The Wild One
by Danelle Harmon

放蕩者を改心させるには

ダネル・ハーモン
村岡　優[訳]

ライムブックス

THE WILD ONE
by Danelle Harmon

Published by arrangement with Gnarly Wool Publishing,
an imprint of Oliver-Heber Books
through Japan UNI Agency, Inc., Tokyo

放蕩者を改心させるには

主要登場人物

ジュリエット・ペイジ……………アメリカ人女性
ガレス・ド・モンフォール………公爵家の三男
ルシアン（ルース）………ブラックヒース公爵。ガレスの長兄
チャールズ………公爵家の次男。ガレスの次兄
アンドリュー………公爵家の四男
ネリッサ………公爵家の末子。長女
シャーロット………ジュリエットとチャールズの娘
ペリー・ブルックハンプトン……〈放蕩者の巣窟〉のメンバー
ニール・チルコット………〈放蕩者の巣窟〉のメンバー
ジョン・コーカム………〈放蕩者の巣窟〉のメンバー
トム・オードレット………〈放蕩者の巣窟〉のメンバー
ヒュー・ロチェスター………〈放蕩者の巣窟〉のメンバー
ロジャー・フォックスコート………弁護士。ルシアンの友人
ジョナサン・スネリング………興行師
ラヴィニア・ボトムリー………娼館の女主人

プロローグ

〝親愛なるルシアン兄さんへ

戸外ではちょうど日が沈み、こうしてペンを執っている今、高まる緊張の気配がこの不穏な町に漂っています。今夜、ぼくの所属する国王所有王立連隊を含む数連隊は、ここボストンの部隊を率いるゲイジ総督の司令により、コンコードに出動して反逆軍が同地に隠した軍需物資を接収することとなりました。任務は内密に行われるため、この手紙は明日まで保留するよう当番兵のビリングスハーストに命じてあります。任務が遂行され、守秘義務が解消されてから、投函(とうかん)されるでしょう。

この作戦で両軍がどちらも血を流さないことを強く願っていますが、出陣前のこの最後の時間、ぼくの心はざわつき、落ち着きを失っています。

それは自分自身のことを考えてではなく、ほかの人のことを想っているからです。

これまでの何通もの手紙でご承知だと思いますが、ぼくはここで若い女性と出会い、温かい友情で結ばれてきました。ぼくが商店主の娘にそこまで心を奪われたことを、兄さんは認めてくださらないだろうと察していますが、この地では事情が違うのです。故郷から五〇〇〇キロメートル近く離れていると、人は孤独よりも愛をはるかに望ましく思うものです。

愛するミス・ペイジはぼくを幸福にしてくれました。ルシアン兄さん、先ほど彼女はぼくの求婚を受けてくれたのです。どうか理解してください、そして許してください。いつか彼女と会う日が来たら、ぼくと同じくらい兄さんも彼女を気に入ってくれるでしょう。

ルシアン兄さん、ひとつだけお願いがあります。兄さんならきっとそれを引き受けてくださるという考えだけが、出陣前のわが悩める魂をなだめてくれます。もしぼくの身に何かあれば——今夜、明日、あるいはぼくのボストン滞在中に何かあれば——ぼくの天使、ジュリエットにどうか慈悲と思いやりを示してください。なぜなら、ぼくにとって彼女はかけがえのない存在だからです。もしぼくが彼女の面倒を見ることができなくなっても、兄さんがそうしてくださると信じています。どうかぼくのために、彼女のことをお願いします。引き受けていただければ、ぼくは幸福です。

もうペンを置かなければなりません。ほかの兵士たちは階下の応接間に集まり、出陣の準備が整いました。愛する兄さん、ガレス、アンドリュー、かわいい妹のネリッサに神の祝福とご加護がありますように。

一七七五年四月一八日　ニューマン・ハウスにて

チャールズ〟

いつしか日は沈みかけていた。

ルシアン・ド・モンフォールは手紙を裏返した。消えゆく薄明かりを背景にして番人のごとく並ぶ丘陵を窓からじっと眺めながら、そのまなざしは何も見ず、心は遠くをさまよっていた。西の空にピンク色の明かりがまだかすかに残っていたが、それもやがて消えるだろう。彼は夜のこの時間帯が嫌いだった。日没直後の静まり返った寂しいこの時間に、過去の亡霊が忍び寄り、遠い記憶がまるで昨日のような鮮烈さを伴って心に迫ってくるのだ。目に見えそうなほど近く、それでいて絶対に触れることはできない幻のような記憶。

けれども、その手紙は現実的だった。あまりにも現実的だ。

ルシアンは親指で、その厚い羊皮紙を撫でた。チャールズ独特の力強くも優雅な筆跡は、一年前の四月ではなく昨日書かれたかのように生々しかった。宛名にはルシアン自身の名前がある。〝ブラックヒース公爵閣下　ブラックヒース城　レイヴンズコーム　バークシャー　イングランド〟

これがチャールズの書いた最後の言葉だろう。

ルシアンは古くもろくなった折り目に沿って手紙を大切にたたんだ。手紙に封をするときに弟が用いた赤い封蝋（ふうろう）の染みが、決して癒えることのなかった傷のように端で合わさる。目をそらそうとしたが、ルシアンの視線は誰かが（おそらくビリングスハーストだろう）裏書きした文字をとらえた。

〝一七七五年四月一九日、大尉チャールズ・アデア・ド・モンフォール卿の机にて発見。同日、閣下はコンコードの戦いにて戦死されました。本状を受取人にお届けください〟

全身に悲痛が走った。戦死。この世から消え、忘れられる。そんなものなのか。

ブラックヒース公爵ルシアンは手紙をそっと引き出しにしまい、それを閉めて施錠した。ふたたび窓の外を見つめる。すべてを手中にしていても、その苦しい虚無感をぬぐえるわけではない。およそ一キロ半離れた高原のふもとで、レイヴンズコーム村の家々に明かりがきらめくのが見え、モンフォール家の死者が眠る墓とノルマン塔を持つ古い教会を思い描くことができた。教会のなかに入ると、内陣の石壁上方に簡素なブロンズ製の記念銘板が掲げられている。弟がたしかに存在したことを子孫に告げる唯一の証(あかし)だ。

次男チャールズ。

自分の身に何かあれば、そしてこの公爵位が三男に引き継がれることになれば、神がお助けくださるだろう。

いや。神はそこまで残酷ではない。

ルシアンは唯一のろうそくを消した。窓の外では空がまだ輝いていたが、彼は闇に包まれてその部屋を出た。

一七七六年　バークシャー　イングランド

1

オックスフォード行きの乗合馬車〈フライング・ホワイト〉は予定より遅れていた。壊れた車軸のせいで失った時間を取り戻そうと、御者が馬を鞭打って飛ばしたため、馬車は全速力で夜道を駆け抜けた。叫び声、雷鳴のような蹄の音、屋根の上で振り落とされまいとしがみつく乗客たちの悲鳴が響き渡る。

ランタンの強い光が雨の降る闇を貫き、溝や木々や生け垣を照らしていく。馬車はジュリエット・ペイジの心臓が口から飛びだしそうな勢いでランボーン・ダウンズを疾走した。ジュリエットは生後六カ月の娘、シャーロットを連れていたおかげで車内の席につくことができたが、それでも頭は右側の革張りクッションを打ち、肩は左側に座る年配の紳士にぶつかり、絶え間ない左右の揺れで首が痛んだ。向かいの席には、若い母親がおびえる子どもふたりを両脇にぴったり抱えて座っている。サウサンプトンから始まったその旅路は本当に惨憺たるもので、ジュリエットはボストンからの長い航海中に襲われた船酔いと同じくらい気分が悪かった。

馬車が隆起した地面にぶつかり、一瞬空を切って激しく地を打つと、ジュリエットの首ががくりと傾き、体ごと左隣の紳士のほうへ勢いよく投げだされた。屋根にしがみつく乗客たちが恐怖の悲鳴をあげている。誰かのトランクが馬車から落下していったが、御者は全速力で走る馬たちを決して減速させなかった。

「神さま、どうかお助けください！」向かい側の若い母親がつぶやくと、その子どもたちは彼女に身を寄せて縮みあがった。

ジュリエットはつり革をつかんで頭をあげ、娘を引き寄せて吐き気と闘った。赤ん坊の柔らかい金色の巻き毛に唇が触れる。「もう少しで着くわ」ジュリエットはシャーロットにだけ聞こえるようにささやいた。「もう少しで――パパのおうちに着くのよ」

突然、叫び声が聞こえた。馬がおびえていななき、御者が悪態をついている。頭上で誰かが絶叫した。馬車は狂ったように疾走し、車内と屋根上の両方の乗客が恐怖の悲鳴をあげるなか、車体が片輪走行で一五メートルほど進んだあげく、車軸をがしゃんと打ちつけた。また首が振りまわされるような揺れが起こり、衝撃で窓ガラスが一枚割れ、年配の紳士が床に振り落とされた。

そして車内はひっそりと静まり返った。外では誰かが恐怖と苦痛ですすり泣いている。

「追いはぎだ！」年配の男性が膝をつき、雨が打ちつける窓から外をのぞいて叫んだ。

銃声が響いた。頭上からどさっという大きな音が聞こえ、不気味な黒い窓ガラスの向こうで何かが動いた。すると急に、その窓ガラスがなんの警告もなく内側に割られ、なかの乗客に破片を浴びせた。

息をのんだ一同が顔をあげると、大きなピストルが視界に入った。その向こうから覆面をした顔がのぞく。

「金をよこせ。さもないと殺す。早くしろ！」

ひどい夜だった。月も星もなく、小雨が顔を打ちつけるなか、ガレス・フランシス・ド・モンフォール卿は愛馬のクルセイダーを駆って、自殺的な速さでウォンテージ・ロードを走らせた。ブナとオークの木立が勢いよく現れては過ぎていく。蹄が音を立てて水たまりをはねあげ、道の両脇を囲む生け垣に反響した。ガレスは肩越しに振り返り、背後には誰もいない道が長々と続いているだけだと確認すると、歓声をあげた。また競走に勝った――ペリーも、チルコットも、〈放蕩者の巣窟〉のほかの連中も絶対に追いつけやしない！

ガレスは笑って、夜を駆け抜けるクルセイダーの首を軽く叩いた。「よくやったぞ、おまえはいいやつだ！　よくやった――」

そして彼は、ウェザー・ダウンを通ろうとして手綱をぐいと引いた。

状況を把握するのは一瞬だった。

追いはぎだ。見たところ、連中は自ら金品をあさり、サウサンプトン発〈フライング・ホワイト〉の乗客を身ぐるみはがしている。

なぜ〈フライング・ホワイト〉が？　ガレスは上着のポケットから時計を取りだすと、暗闇のなかで目を細めて文字盤を見つめた。〈フライング・ホワイト〉にしては、えらく遅い時間じゃないか……。

ガレスは時計をポケットに戻すと、クルセイダーを止め、どうすべきか思案した。道にもあたりにも人影はなく、いるのは捨て身の屈強な人殺し三人組だけだ。御者と護衛は馬車の横の地面に転がり、おそらく死んでいる。どこかで子どもが泣き、追いはぎのひとりが銃の床尾で客車の窓ガラスを叩き割った。ガレスは自分のピストルに手を伸ばした。静かにきびすを返して来た道を戻るという考えは決して起こらなかった。クルセイダーの猛烈な速度のおかげで一キロ半ほど引き離されたであろう仲間を待つという考えも起こらなかった。追いはぎのひとりが客車の扉を乱暴に開け、抵抗する若い女性を引きずりだすのを見てしまえば、そうした考えはなおさら起こらない。

一瞬だけ、その女性の顔——おびえて青ざめた、美しい顔——が見えたが、追いはぎのひとりが客車のランタンを撃ち抜き、現場は闇に包まれた。誰かが叫ぶ。また銃声が響き、おびえた叫び声がぴたりと止まった。

ガレスは険しい顔つきで手綱を結び、一本一本の指から手袋を丁寧に引き抜いた。追いはぎを油断なく見張りつつ、あぶみから足を外し、サラブレッドの高い背から身軽に飛びおりる。スペイン革のつやつやしたトップブーツがくるぶしまで泥灰質のぬかるみに沈んだ。馬は微動だにしなかった。彼は新しい上質のマントを脱ぎ、それを三角帽子と手袋と一緒に鞍の上に置いた。ピストルの火花や煤で汚さないよう、手首のレースを袖口にしまう。道端に生い茂る、膝の高さまである雑草やイラクサをそっとかき分けながら、彼はピストルに弾をこめ、襲われた馬車に向かって慎重に進んだ。連中に反撃される前に引き金を引けるのは一度だけだろう。その一発を命中させせなければならない。

「全員、外に出ろ！　すぐにだ！」

ジュリエットはシャーロットをしっかり抱きしめたまま、なんとか冷静を保った。追いはぎが彼女の手首をつかんで客車から乱暴に引きずりおろす。彼女は粘つく白い泥の上に危なっかしくおり立ったが、手首をつかむ熊さながらの大きな手に引っ張られなければ、転んでいただろう。その手が熊みたいだったからこそ、冷静さを――そして正気を――失わずにすんだのかもしれない、と彼女はぼんやり考えた。メイン州の森で生まれ育ったジュリエットは、熊や先住民やさまざまな脅威に慣れていたため、そうした存在に比べたら、このイングランドの追いはぎたちは温和に見えるほどだったのだ。

しかし、彼らはもちろん温和ではなかった。殺された御者が泥の上でうつ伏せに倒れている。護衛のひとりと乗客のひとりが近くの雑草のなかで大の字に伸びていた。ジュリエットの全身を震えが走る。暗闇なのがありがたい。おかげで、日光があれば照らしだしたであろう恐ろしい光景を、まだ車内にいる小さな子たちが目の当たりにせずにすんだ。

ジュリエットはシャーロットを抱きしめ、ほかの乗客たちの横に立った。追いはぎが屋根上の乗客たちを引きずりおろし、馬車の前に並ばせている。女性がすすり泣いていた。少女がおびえて老人にしがみついている。おそらく祖父だろう。立派な身なりをした、紳士らしき乗客が女性に対する乱暴な扱いに怒って抗議すると、追いはぎのひとりが無言でその男性の腹にピストルを突きつけ、撃ち殺した。男性が倒れ、不運な乗客たちは動揺と恐怖で息をのんだ。車内に残っていた乗客たちも引きずりだされ、ふたりの子が母親のスカートにしがみついて泣きじゃくっている。

一同は雨の降る暗闇のなかで身を寄せ合った。恐怖で声も出せないままに、ひとりずつ所持金や宝石、時計、そして誇りを奪われていく。

とうとう連中はジュリエットの前に立った。

「金を出しな。ねえちゃん、全部だぞ。早くしろ！」

ジュリエットは従った。静かに手さげ袋（レティキュール）を手渡す。

「ネックレスもだ」

彼女は首元に手をやり、ためらった。追いはぎはいらだって手をかけ、その細い金色の鎖をジュリエットの首から引きちぎると、シャーロットの亡き父の細密画を革の袋に落とし入れた。

「ほかに宝石は？」

彼女はまだ袋を見つめていた。「ありません」

「指輪は？」

「いいえ」

けれども男はジュリエットの手をつかんで持ちあげ、それを見つけた。交わした約束、死によって破られた約束の証を。それはチャールズの印章指輪——そして彼女の婚約指輪——だった。ジュリエットの愛する婚約者がコンコードの戦いで戦死する前に最後にくれた贈り物だ。

「この嘘つきの女狐が！　よこせ！」

彼女は一歩も引かなかった。男の目をまっすぐ見つめ、静かだがはっきりした口調で同じ言葉を繰り返した。

「いいえ」

男がいきなり手の甲でジュリエットの頬を打ち、彼女はぬかるみに膝からくずおれて、赤ん坊を守ろうとした拍子に石で手のひらを切った。髪が顔にまとわりつく。シャーロットが叫び始めた。ジュリエットが顔をあげると、数センチ先にピストルの黒い銃口があった。それを構えた男が怒鳴り散らしている。

それまでの人生が走馬灯のように頭のなかをよぎった。

次の瞬間、彼女の右側のどこかで銃声が轟き、追いはぎの胸に暗いバラ色が広がった。男は驚愕した表情で前に倒れ、息絶えた。

一発だけの機会だったが、神のお力によって命中させることができた。

残ったふたりの追いはぎが、ガレスのピストルの爆音にびくりとして振り返った。ガレスの上品なシャツ、襟元のレース、シルクのベスト、高価なブーツ、高価な膝丈ズボン、何もかもが高級な身なりをひと目で見て取ると、ふたりの顔に信じられないという表情が浮かんだ。強盗するにはもってこいの相手じゃないか。ふたりはそう思い、ガレスもそう思われたことを知っていた。彼は剣に手を伸ばした。

「馬に乗って失せろ。そうすれば見逃してやる」

一瞬、追いはぎも乗客も動かなかった。やがて追いはぎのひとりがゆっくりと笑みを浮かべた。もうひとりもあざ笑っている。

「早く行け！」ガレスは命じ、ふたりに近づきながら、冷静な威厳を示して相手をひるませようとした。

そうして地獄のような混乱が沸き起こった。

追いはぎのピストルが火を噴き、ガレスはすぐ近くを飛来する弾丸の低い音を聞いた。乗客たちが叫び、安全な場所に隠れた。馬車馬が棹立ちになり、恐怖でいななく。ガレスは剣を掲げ、相手がふたたび弾を装塡して撃ってくる前にそこへたどり着こうと、道端に生い茂る絡まったイラクサをかき分けて突き進んだ。だが、彼はぬかるみに足をとられて倒れた。頬にイラクサの刺毛が突き刺さる。追いはぎのひとりが口汚く罵りながら、彼を始末しようという一心で突進してきた。ガレスはうめきながら横たわっていたが、相手のピストルがまた火を噴くと、左側に勢いよく転がった。彼の肩があった場所で、泥の柱が空中に数センチ跳ねあがった。

追いはぎは声を張りあげながら、すでに二挺目の銃を掲げて今も向かってきていた。

ガレスは果敢にも立ちあがって剣をつかもうとした。しかし濡れた雑草で足が滑り、まるで一〇〇匹の蜂に刺されたかのように頬が痛んだ。敵には数で負け、弾は使い果たし、剣には手が届かない。だが、彼は諦めていなかった。まだだ。どう考えても負けられない。彼は剣に向かって仰向けに転がり、立ちあがると、突進してくる追いはぎに向けて力の限り武器を振りかざした。

刀身が男のちょうど顎下をとらえ、もう少しで首を切り落とすところだった。男は後ろによろめき、喉を引っかいた。最後の息は、ゴボゴボと耳障りな音を立てた。

ガレスはそこで、ふたりいた子どものひとりが自分に駆け寄ってくるのに気づいた。狂ってしまったこの世界で唯一残された安全な場所が彼のそばだと思ったのだろう。

「ビリー！」母親が叫んだ。「ビリー、だめよ！　戻ってきなさい！」

最後の追いはぎが振り返った。目を血走らせ、必死の形相をした男は逃げようとする子どもを見つめ、仲間のふたりが死んだことを理解すると、予定が狂った夜の恨みを晴らすかのようにピストルを構えて子どもの頭に狙いを定めた。

「ビリー！」

ガレスは跳ね起きて子どものほうに身を投げ、自分の体を盾にして子どもを地面に倒した。ピストルが耳を聾する音を立てて近くで炸裂し、白く熱い火の槍がガレスのあばらを吹き飛ばした。彼は腕に子どもを抱えたまま、雑草とイラクサの上を転がり続けた。

ようやくガレスは仰向けで静止した。体の下には濡れた雑草。脇から血が熱くほとばしっている。彼はじっと横たわり、木々を見あげてまばたきをした。ずきずきする頬に雨がやさしく降り注いでいる。

遠のく意識下で、先ほどの自分の言葉がこだました。

〝よくやったぞ、おまえはいいやつだ！　よくやった――〟

子どもが跳ね起き、泣きながら母親のもとに駆け戻った。

そしてガレス・ド・モンフォール卿の世界では、すべてが闇に包まれた。

2

「彼を助けて！」ジュリエットは叫んだ。彼女は子連れの母親の腕にシャーロットを押しつけると、スカートをたくしあげて大急ぎで雑草をかき分け、倒れた紳士のもとへ走った。

「神さま、彼はわたしたちを助けてくれたのに！」

乗客たちはまだ放心状態で、羊の群れのように立ち尽くしていたが、ジュリエットの言葉が彼らの茫然自失した頭に届いた。残った追いはぎは森に逃げる間もなく取り押さえられ、ほかの乗客たちもジュリエットを追って雑草のなかを突っ走った。

「無事か？」

「どうかお助けを。彼はあの小さな男の子を、あのかわいい子を助けてくれたのに――」

ジュリエットが真っ先に彼のところに着いた。彼は仰向けに倒れ、ずぶ濡れのイラクサに覆われて体が半分隠れていた。怪我をし、傷つき、出血し、動いていない。ジュリエットは彼の横で膝をつき、その手を握った。あまりにも儚く、あまりにもなめらかな手。彼女は手首を飾るレースの下に指を入れ、脈を確認しようとした。

乗客たちが背後に駆けつけてくる。

「死んだのか?」

「そうみたいだな、気の毒に——」

ジュリエットは肩越しに彼らを見あげた。「生きているわ、でも助けを呼ばなければ死んでしまいそう。今すぐに助けを!」

彼女は背後のどよめきを無視し、彼に生きることを諦めさせまいと、その指を握りしめた。さらに乗客たちが救助に駆けつける。ジュリエットは彼の立派な服に血が染み渡るのを見た。三日月形に縁取る濃いまつげの下で頬が青ざめている。ずぶ濡れの棘々(とげとげ)したイラクサが互いに押しつぶされていた。彼女はその繊細な肌に突き刺さるイラクサにたじろぎながら、やさしく手を伸ばして彼の頭を持ちあげ、顔に雑草がかからないようにした。

彼の頬はすでに腫れて赤くなっている。ジュリエットは頭上を囲む人々を見あげた。「誰か上着を貸してください、マントでもなんでもいいから!」

彼の息は蒸留酒(スピリッツ)の匂いがした。頭はぐったりと重く、ジュリエットの手に力なくのしかかり、結んだ髪からほつれたずぶ濡れの毛が彼女の指の上に柔らかくこぼれた。誰かがジャケットを広げ、ジュリエットはその上に彼の頭をそっと戻した。まだ人が駆けつけてくる。

「このイラクサから離れて、彼を馬車のところに運ぶのよ!」彼女は思わず指揮を執っていた。「あなたは彼の足を、そこのあなたは肩を持ちあげるのを手伝って。急いで、さあ、行きましょう!」

彼らの倒れた救い手は背が高く、引きしまった筋肉質の男性で、ずっしりと重く、持ちあげるのもひと苦労だった。道を急いで男性を馬車まで運んでいくと、乗客のふたりがすでに毛布を草地に広げていて、別のひとりが車内の割れたガラスをあわてて片づけ始めた。先ほどの母親が近くで青ざめて沈黙しながら、シャーロットをあやしている。彼女の子どもたちは負傷した男性を見ると、母親のスカートに顔を隠した。

ジュリエットは自分の赤ん坊に関する不安を心から締めだした。「そこにしましょう。そっとね、ひどい怪我をしているから」

人々が手を貸そうと集まってくる。この勇ましい紳士は彼らを救ってくれたのだ。全員が彼に触れたがっているようだった。彼の腕を、体を、脚を支えようと手が伸びてくるが、ほとんどが必要ないばかりか邪魔をしていた。彼らは男性を毛布の上にそっと寝かせ、車内の準備が整うのを待った。ジュリエットは彼の横で濡れた草の上に膝をつき、ほかの乗客たちが周囲に群がるなか、彼の喉元できちんと結ばれた上品なレースを手早くほどいた。ベストのボタンを外し始めると、脇の傷口に近づくにつれ、指先が血で濡れて滑った。

死んではだめよ。ジュリエットは彼に向けて念じながら、せわしげに手を動かし、明かりを求めた。わたしたちを助けてくれたんだから、死なせるわけにはいかないわ!

シャーロットはまだ他人の腕のなかにいて、ぐずり始めたその声がジュリエットの焦燥感をあおった。

誰かがろうそくと火打ち石を見つけてきた。急にかすかな明かりが人々の心配そうな顔を照らし、負傷した男性の上にジュリエットの影を落とした。彼女が慎重に最後のボタンを外すと、彼の頭が毛布の上で弱々しく動きだした。彼が苦痛のうめきをあげる。顔は白墨のように白く、まつげが震えていた。

「子どもは……」彼がかすれた声で言った。

「子どもは無事です。動かないで。力を抜いてください。きっと助かりますから」視界の隅で、ジュリエットは何かが沈黙した影のように動くのを見た。遺体が並べられ、毛布で覆われたのだ。どうか神さま、この気の毒な紳士が彼らの仲間入りをしませんように。彼女は男性のベストの下に指を滑らせ、血でぐっしょり濡れたシャツをはがした。目の前の光景に吐き気が襲ってくる。ろうそくの薄明かりのなか、どこを見ても血だらけだった。

「ああ、神さま、気絶しそう」女性客のひとりがつぶやくと、彼女は気絶する前にその恐ろしい現場から急いで連れていかれた。

そのあいだずっと、シャーロットの甲高い泣き声がジュリエットの頭のなかで鳴り響いていた。

彼女は泣き叫ぶ娘を頭から遮断した。近くの木に両手を縛られ、不快な言葉で罵り続ける最後の追いはぎも遮断した。彼女を取り囲んでいる人たちも、自分の吐き気も、この男性が死にかけているのに誰もなすすべがないという不安も遮断した。

「ナイフはあるかしら」彼女は頭上に並ぶ顔を不安げに見あげた。「誰か持っていませんか？」

小さな刃が差しだされ、ジュリエットは男性のシャツをブリーチズのあたりまで手際よく切り裂いた。衣服は血でじっとり濡れていた。彼女は銃弾の射入口からシャツをそっと取り除いた。薄明かりでは傷の具合がわからなかったが、大量に出血している。

「処置が必要だわ、今すぐに」そう言うと、彼女は自分の綿のペティコートを細長く切り裂き、それを男性の脇に当てて止血を試みた。「傷口が開くかもしれないから動かしたくない。ここがどこなのか誰か知りませんか？　一番近い村か町までどのくらいあるのかしら？」

「ここはレイヴンズコーム村の近くだと思うな」

「その村に医師はいる？」

「どうだろう。村にいなくても、ランボーンに戻れば見つかるはずだ」

ジュリエットは首を横に振った。「彼を連れて医師探しにイングランドじゅうを走りまわるわけにはいかないわ。誰かが馬で探しに行って、連れてきてもらったほうがいいと思うの」みなが互いに視線を交わす。「すぐによ！」

彼女の鋭い口調に、全員があわてて行動を開始した。ふたりの男が落ち着きのない馬車馬に駆け寄ったが、別の者が暗闇のなかから血統のよさそうな栗毛の馬をすでに連れてきていた。「この馬のほうがいいだろう、鞍もついている」

「おれが行く！」

「いや、おれに行かせてくれ！」

誰がその栄誉を賜るかで少々もめたが、やがてひとりが背の高い馬に飛び乗り、大きな音を立てて走り去った。

そうして、その小さな一団はぽつんと残された。追いはぎもシャーロットもようやく静まり、ムラサキブナの木々を吹き抜ける風の穏やかなざわめきと水たまりにはねる雨音以外、何も聞こえない。雨が激しく降りだし、女性ふたりが負傷した男性の上に上着を広げて顔が濡れないようにした。ジュリエットはまたペティコートを裂き、彼の胴まわりにきつく巻きつけた。

待つしかなかった。夜の深い沈黙のなかで誰も口を開かず、それぞれが銃撃や追いはぎや死者のことを考えていた。そして、この見知らぬ男性の自己犠牲のことを。彼らは保護するように男性のまわりに集まっていた。草地や生け垣、向こう側の植えてから間もない小麦畑に雨が静かに降り注ぐ。

「助けを連れてくるのに一〇分、いや、一五分はかからないだろう」誰かが心配そうにささやいた。

「ああ、遅くても一五分はかからないはずだ」

「まあ、ホーキンスが医師を見つけたらの話だがな」

負傷した男性からかすかな気配を感じた。彼がまた目を覚まし、脇腹の傷口を探ってその範囲を推し量ろうとしている。ジュリエットはその手をつかみ、血に濡れた指を彼の指に絡めた。なめらかで品があり、その縁を飾るレースと同じくらい白い、紳士の手。だが、その手による銃さばきは見事だった。

彼がうめき、頭が毛布の上で動いた。「やられた……ちくしょう……あの子は……」

「安静にしてください」ジュリエットは彼の額から髪をそっと払いながら、小声で言った。「助けを呼んであります」もう片方の手で、先ほどの母親を急いで手招きする。この気高い救い手が死にかけているのなら、彼が本当にあの男の子を救ったことを、息を引き取る前に見せてあげたかった。

「あの子は……」彼が繰り返しささやいた。そして目を開き――長いまつげに縁取られ、きれいな形をしたロマンティックな目は、どこか懐かしい気がした――ぼんやりと周囲を見まわした。「あの子は無事なのか……」

「無事で母親と一緒にいます」ジュリエットがやさしく応えると、あたりを見まわす男性の視線がちょうど男の子を見つけた。母親のスカートにしがみつき、おびえた目を大きく見開いて彼を見つめている。男性はやっと安心し、微笑んだ。彼がジュリエットの手をつかみ、自分の腫れて赤くなった頰に当てたとき、彼女は抗わなかった。「あなたはあの子の命を救ってくれました。英雄ですわ」小さな声で話しかける。

「とんでもない。ぼくはただ……タイミングよく、あの場に居合わせただけだ」彼は目を閉じたが、口には満足げな笑みがかすかに浮かんでいた。彼はジュリエットの手のひらに口づけようと頭を傾けた。その唇の柔らかな動きに、わずかな快感が予期せず彼女の背筋を走った。「英雄はしくじらない……ぼくみたいに恥をかいたりしないさ」

「その意見にはみな、反対すると思います」ジュリエットがきっぱり言うと、周囲の人々もそろって彼女に心から同意した。「お名前を教えていただけますか？　どこにお住まいかしら？　ご家族が心配されるでしょうから、お伝えしなければ」

「家族は心配などしない――」

彼の力ない返答は、遠くから聞こえる歓声と笑いと夜を駆け抜ける蹄の音でかき消された。何人かの騎手が南からすごい速度で近づいてくる。

「あの人たちを呼び止めて！」ジュリエットは叫び、まだ人影のない道を見ようと顔をあげた。

突然、疾走する数頭の馬が視界に入った。騎手たちが、どうやら競走中らしい無謀な速度で馬を駆っている。

「止まってくれ！」やさしそうな年配男性が腕を振りながら前に走りでた。「怪我人がいるんだ！」

「どうどう！」先頭の騎手が手綱を引くと、興奮した馬はぬかるみで足を滑らせ、抗議するように棹立ちになった。「どうどう！」

「いったいどうした？」

「なんだよ！」

それは若くお気楽な放蕩者の一団だった。全員素晴らしい身なりで、全員が命知らずの速度で走り、全員が程度の差はあれど酔っているようだった。彼らは順に馬から飛びおりると、手を貸そうと駆け寄ってきた。

「おい、ガレスじゃないか！」先頭にいた男が叫んだ。彼は上質なかつらのテールを揺らしつつ、負傷した紳士の前に膝をついた。「いったい何があった？　ちくしょう、血の海だ！」

「撃たれたのか。チルコット、言葉遣いに気をつけろ……女性と子どもがいるんだぞ」

「言葉なんて気にしていられるか！　ガレス、何があったんだ？」

ジュリエットは顔をあげ、そのチルコットと呼ばれた男の目を見つめた。負傷した救い手と同じく、彼もジュリエットよりそれほど年上には見えなかったが、この酔った若者たち全員を合わせても、彼女のほうが分別があるのは明らかだった。「ご友人がひどく負傷しているのがわからないの？」彼女は叱りつけた。「お願いですから、必要以上に彼に話をさせないで。説明をお求めなら、わたしがお話ししますわ」ジュリエットは追いはぎのことを手短に説明し、ほかの乗客たちも話を補足した。

若い放蕩者のひとりが上着からスピリッツの入ったフラスコ瓶を取りだし、撃たれた友人の頭を持ちあげると、その口元に瓶を近づけた。「子どもに向けられた銃弾をガレスが代わりに受けたってことか？」

「そうです。わたしたち全員の命を救ってくださったの」

「ガレスが？　本当に？」

「そんなに驚いた顔をするなよ、コーカム」一番背の高い男がゆったりとした口調で言い、傲慢な目でその場の状況を見定めながら、かぎたばこ入れを取りだした。彼はそれをふたつまみすると、無造作に蓋を閉めた。「闘鶏場から一番に抜けだすのはガレスだろ？　子犬を助けるのも、拍車を使おうとしないのもガレスだ。ぼけっと突っ立ってこいつを見つめるのはよせ。助けを呼んでこい、今すぐに！」

「おい、やめてくれよ、ペリー」彼らの負傷した友人がささやいた。どうやら照れているらしい。彼は動こうとして、歯を食いしばったまま苦痛の息をのんだ。「起きるから手を貸してくれ。聞いているのか？」

彼は起きあがろうとしたが、ジュリエットがその胸に手を当てて制した。「動いてはいけませんわ、ミスター・ガレス……とおっしゃるのですね。助けを呼んでありますから」

「やれやれ、ご婦人の言いなりだな、ガレス！　ペティコートなんか巻かれてさ、自分の妻でもないのに！」

ジュリエットはいらだって怒りを募らせながら、発言した男をにらみつけた。「坊ちゃんたちは彼のお友だちなんでしょう？」

男が鼻先で笑った。「ぼくたちは〈放蕩者の巣窟〉っていうんだ」

ジュリエットはペリーを見た。背が高く、物憂げで気取っている。そして唯一しらふに見えた。「あなたが……リーダーなの？」

「いいえ、違います」彼は軽く一礼すると、彼女の手に押さえつけられている友人を身ぶりで示した。「ガレスがリーダーです」

「そう。では、雨のなか出血多量で死にかけているご友人をみじめな気分にさせるのはやめて、彼を馬車のなかに移すのを手伝っていただける？　あなた方なら、どこに医師がいるかもご存じでしょうし、どうすべきかおわかりよね」

ペリーが目を見開き、その物憂げで不遜な態度が消えた。彼は背筋を伸ばし、友人のそばに膝をついて鼻にかかった耳慣れないアクセントで話すその華奢(きゃしゃ)な女性を、新たな尊敬の目で見た。そして彼女を認めるようにゆっくりと笑いかけ、敬意を払って帽子に触れた。「このご婦人の言うとおりだ」ペリーは仲間に言った。「ヒュー、きみは医師を城まで連れてきてくれ。コーカムはここに残って、この人たちの護衛だ。あとで人をよこそう。ぼくが御者になる」彼の声は険しかった。「ガレスを公爵のところに連れていくぞ」

「いや、そうじゃない」年配男性が憤慨して声をあげた。怒った顔で、ペリーのシルクの袖をつかむ。「彼に必要なのは公爵じゃなくて医者だよ!」

しかし、ペリーはただ笑って眉をあげた。「おやおや、あなた方はこの高貴な救い主が誰だか知らないようだな」

負傷した男性が、また身を起こそうとした。「ペリー……」

だが、ペリーの目は心ひそかな喜びで輝いた。彼が腕を伸ばし、もったいぶった仕草でそれを払うようにおろすと、彼の友人はいらだちと怒りで目を光らせた。「ガレス・ド・モンフォール卿をご紹介しましょう。悪名高き〈放蕩者の巣窟〉のリーダーで、第四代ブラックヒース公爵の三男であり、第五代ブラックヒース公爵ルシアンの面汚しの弟でございます」ペリーが背筋を伸ばす。「そこでひとつ、ご留意ください。ぼく個人としては、彼に何かあった場合、公爵への説明責任を負うのは勘弁願いたい」

誰かが信じられないという叫び声をあげた。

ガレス・ド・モンフォール卿が小声で毒づいた。

そしてジュリエットは、足元の白い泥と同じくらい蒼白(そうはく)になった。

この勇敢な救い手は、公爵の弟というだけではない。

彼はチャールズの弟——そしてジュリエットの娘の叔父でもあるのだ。

3

ガレス卿をどこに連れていくかで、乗客たちが彼の友人一同と言い争っているあいだ、ジュリエットは立ちあがってその場から少し離れ、気持ちを落ち着けて、顔に出ているに違いない衝撃を隠そうとした。

彼女は両手のひらで頬を撫でた。ああ、神さま、あの人はチャールズの弟なのですね。とてもよく似ているのに……どうして気づかなかったのかしら？

ジュリエットはざわめきを背に何度か深呼吸して一瞬ぼんやりと暗闇を見つめ、気をたしかに持てるよう目を閉じて祈った。それからようやく一同に加わり、シャーロットを引き取って、追いはぎの革の袋からチャールズの細密画を取り戻した。ペリーに腕を取られ、彼女は彼の強い勧めでガレスに付き添うために馬車へ乗り込んだ。

シャーロットを毛布にくるみ、狭い後部席の隅に身を寄せて赤ん坊を脇に抱え、友人たちによって運ばれてきたガレスに手を伸ばす。誰もジュリエットの手の震えに気づかなかった。全身の震えにも。彼らはガレスをジュリエットの横に寝かせ、彼女の膝の上で頭と肩を休められるようにした。苦痛に光るガレスの目が彼女を見あげる。扉が閉まり、御者席にのぼったペリーがかけ声をあげて鞭を振るうと、馬車は勢いよく走りだし、窓の向こうに見える心配そうな人々の顔が過ぎていった。

チャールズの弟。

ガレスは温かく、重く、たくましかった。ジュリエットは彼の視線から目をそらし、自分が口も利けない状態であることに気づいた。

まだ言えない。

馬車がイングランドの寂しい夜を駆け抜けるなか、ジュリエットは冷たい窓に頬をもたせかけ、記憶をよみがえらせた……チャールズ・ド・モンフォール大尉を初めて見た、ボストンでのあの寒い冬の日のことを。

彼は若い女性が夢に描く理想そのものだった。

その記憶は、まるで昨日起こったことのように近く感じられた……。

ジュリエットは養父が経営する商店のカウンターに立ち、小さなストーブに薪をくべていた。外の冷たい朝の空気はガラスのようにひんやりしている。それはいつもと変わらぬ日で、窓ガラスには霜が張り、店内にはまだ金銭的にいくらか余裕のある客がひとり、ふたりと板張りの広い通路をぶらつきながら商品棚を物色していた。そのとき、ジュリエットはそれを聞いた。マスケット銃がカタカタと鳴らす一定の音、歯切れのいい指令の声、凍ったかたい敷石の上に鳴り響く蹄の騒々しい音。

真紅色がちょうど前を通過するのが一瞬見えた。ジュリエットは最後の薪をくべると窓辺に駆け寄り、手の付け根で窓の霜をぬぐった。するとそこに彼がいた。馬に高々とまたがり、上着の後ろの裾が馬の頑丈な茶色い臀部に広がっている。三角帽の下で束ねたブロンドが黒いリボンで結ばれていた。ボストン・コモンの部隊を閲兵する、王立連隊の颯爽とした敏腕将校だ。

　ジュリエットは急に高鳴り始めた胸を手で押さえた。軍服を着たハンサムな男性が通っただけよ、単なる軍服姿のハンサムな男性が。そう考えたが、彼は違った。その赤いチュニックは猩々紅冠鳥の羽のように新雪に映えた。一五メートルほど離れたところからでも、彼が清らかで育ちがよく、どこか特別な人だとジュリエットにはわかった。まっすぐに伸びた背筋。手綱をしっかりと、それでいて品よく握る白い手袋をはめた手。卑劣で下品なものや、平凡で日常的なものを超越した男性だ。ぴったりした革の半ズボンがかもす気品から、腿の部分にさした剣にいたるまで、そしてブリーチズの白さからぴかぴかのブーツまで、彼はどこを取っても紳士だった。神さまみたいだ。彼が兵士であろうが、植民地の住人であろうが、ジュリエットはどうでもよかった。何も気にならない。彼女は恋に落ちたのだ。その瞬間、その場所で……。

「驚いたもんだ、わたしたちのボストン・コモンで軍隊が行進しているんだからね。まるで自分たちの縄張りみたいに。偉そうな連中だよ！　いけ好かないうすのろが！」

　店内にいた客のひとり、年老いたマードック未亡人は、何がジュリエットの関心を引いたのか即座に見抜いた。

「ええ……」

「ジュリエット？　卵を六つもらえるかい？　今回は白いのじゃなく、茶色いのを選んでおくれよ。ひび割れもお断りだ、いいね？　ジュリエット！　聞いているのかい？　ジュリエット！」

馬車が隆起した地面に当たり、ジュリエットは一瞬にして現実に連れ戻された。目を閉じ、必死で思い出にすがろうとする。けれども、あの甘く切ない思い出は曖昧模糊とした時間のなかに消えていき、彼女はふたたびイングランドに戻っていた。故郷から、思い出から、そして戦争によって引き裂かれたボストンから五〇〇〇キロ近く離れたイングランドに。五〇〇〇キロ近く離れたコンコードの墓地では、彼女が供えた一輪の赤いバラはもうとっくに風に飛ばされてしまっているだろう。

喉が急に痛み、ジュリエットは夜の闇をじっと見据えた。浮かんだ涙で目がひりひりする。そして今、ここにはチャールズの弟がいる。かすかになじみがある、それゆえすでに愛しく感じられる彼の弟。一年前の四月、あの恐ろしい日に彼女が自分のなかに押し込めて蓋をした思い出の数々を、亡くなった兄にそっくりなガレスが呼び起こしていた。彼はジュリエットの膝にずしりと体重をかけて横たわっている。頭を彼女の曲げた腕に抱えられ、車内の薄明かりのなかで、顔が青ざめているのがかろうじて見えた。気づいて当然だったのに。ふたりは同じロマンティックな目をして、同じ穏やかな笑顔を見せ、頰の曲線、口元、身長、体格、物腰まで同じだった。違うのは髪の色だけだ。チャールズは明るいブロンドだったけれど、彼の弟はそれより少し暗い色をしている。黄褐色に近いかしら、とジュリエットは思った。日光の下だと明るく見えるかもしれない。でも、今は違う。

　馬車がわだちにぶつかり、ガレスが苦痛で息をのむのが聞こえた。ジュリエットは腕で慎重に彼の胸を支え、馬車の揺れから守ろうとした。温かく粘ついた血が彼女の肌につき、胴着（ボディス）やスカートや胸飾り（ストマッカー）にまで染み込んだ。彼の目は閉じているが、意識はあるのだろうとジュリエットは思った。苦痛と不安が渦巻く地獄をさまよっているに違いない。彼女はガレスに声をかけてチャールズのことを全部聞きたかった。自分の正体を――そしてシャーロットの正体を――打ち明けてしまいたかった。だが、それはできない。死にかけているかもしれないときに、彼の思考を邪魔するべきではない。だからジュリエットは沈黙したままガレスの頭を抱え、暗闇のなかでその手を探した。彼がひとりではないと伝えて、安心させようとした。

　彼はすぐにジュリエットの手を握り返してきた。比べると、自分の手が小さく見える。彼を見つめているうちに突然涙が浮かび、目がちくちくと痛んだ。

　ああ、神さま、彼を見ていると愛するチャールズを思い出します……。

　喉の奥の痛みに耐えられなくなってきた。鼻が熱くなり、ジュリエットはかすむ目をしばたたいて涙をこらえた。忌々しい涙が流れてくる。無意味で、なんの役にも立たない涙が。

彼女はぎゅっと目を閉じ、チャールズとその貴族的な笑顔、引きしまった体、唇を重ねたときの感触を頭から振り払おうとした。そして代わりに、暗闇のなかで外を通り過ぎる木々の暗い影や馬車がきしむ騒音に意識を向けて、思考を麻痺させようとした。自制心の障壁を崩そうとする、大きな感情の波を押しとどめようとした。

ジュリエットは赤ん坊に視線を落とした。毛布にくるまれ、ガレスの頭と車内のクッションの小さな隙間におさまっている。

チャールズの娘。

彼の弟が苦しそうにささやいて沈黙を破るまで、ジュリエットは自分が泣いていることにも気づかなかった。

「ぼくのためかい？」

彼女は鼻水まで流していた。何度も洟をすすり、にっこりしたものの、それはあまりにも早く切り替えた、あまりにもわざとらしい笑顔だった。「何がですか？」

「涙だよ。ぼくのために泣いているのか？」

ああ、だめよ。口を開けば、今にも破裂しそうな狂気じみた苦しみに屈することになる。

ジュリエットは首を横に振った。この男性はとても静かに、とても雄々しく苦痛をこらえている。そんな人に涙を見せるべきではない。彼は彼女から希望と慰めと励ましを与えられるべきだ。弱さを見せられるのではなく。彼女は身勝手な自分を急に恥じた。そこには罪悪感もあった。この人はこんなに苦しんでいるのに、この涙は彼のためのものでさえない。これはチャールズを想っての涙だ。

「泣いてませんわ」やっとの思いでそう言い、袖の裏で目をぬぐって、証拠を隠そうと窓の外を見つめた。

「そうかい？」ガレスが弱々しく笑う。「自分で確かめたほうがいいかな」

するとジュリエットはそれを感じた——そっと、心配そうに彼女の濡れた頬を撫で、悲しみの痕跡をなぞる彼の指を。それは愛撫だった。胸が痛くなるほどやさしく、力なく、甘い感触。

彼女は体をこわばらせ、ガレスの手をつかんで顔から離した。自制心の障壁が永遠に失われてしまわないよう、目を閉じて深呼吸する。なんとか自分を取り戻したが、ようやく彼の視線を受け止めようとしたとき、彼が静かに自分を見あげていることに気づいた。彼女の動揺した表情、果敢にこらえようとしている涙を黙って見つめている。

「ぼくに何かできることはあるかい？」ガレスがやさしく尋ねた。

ジュリエットは首を横に振った。

「本当に？」

「ガレス卿、傷ついているのはあなたですわ、わたしではなく」

「いや、そうじゃない」彼は目でジュリエットの表情を探りながら、彼女の反対側の頬に触れた。追いはぎに打たれたほうの頬だ。ガレスはどこまでも穏やかで、純粋な思いやりにあふれていて、ジュリエットは彼が受けた不当な仕打ちを誰かにぶつけたいという衝動に駆られた。「見たんだ……あの悪党がきみをぶつのを。あの行為だけでも、やつをもう一度殺したいくらいだよ。かわいそうに、まだ頬に手の跡が残っている……」

「わたしは大丈夫です」

「でも――」

「お願いです、ガレス卿。続ける必要がありますか？」

思ったより棘のある言い方をしてしまった。彼の目に困惑の影が浮かぶのを見て、ジュリエットは鋭い自責の念に胸を突かれた。彼女の怒りはガレスに向けたものではなく、この勇猛果敢な兄弟のひとりをまず奪い、次にもうひとりまで奪おうとしているらしい運命に向けたものだった。こんなのは不公平だ。ひどすぎる。それなのに、彼はジュリエットの頬のことを心配している。彼女のスカートはおろか、座席にまで致命的な量の血を流し、肌が刻一刻と冷たく汗ばんでいるときに、彼女のくだらない頬の痛みを気にしているのだ。ジュリエットは泣きたかった。手で顔を覆い、今なお内に閉じ込めている悲嘆、苦悩、憤り、孤独がすべて浄化するまで、大声で泣きわめきたい。だが、彼女はこらえた。深呼吸をして、物問いたげなガレスの視線を受け止める。

チャールズと同じロマンティックな目。心底からのやさしさ。他人に対する思いやり。ああ、神さま……どうかお支えください。

「ごめんなさい」頭を振りながらささやく。「あんまりでした。あなたに当たるつもりではなかったのに……ごめんなさい」

「謝らないで」ガレスは力なく笑った。「あの涙がぼくのために流したものだったなら、涙の無駄遣いだと言いたかったんだ。ぼくは死なないからね」

「まあ、自信がおありなのね！　わたしも――あなたみたいに確信が持てたらいいのだけれど」

「死ぬわけにはいかないんだよ」また、あのゆったりと物憂げな微笑みを浮かべる。たとえ血の匂いが不安を与えていても、彼はその微笑みでジュリエットを安心させようとしていた。「兄のルシアンはぼくが死ぬのを許さないだろうから」

「お兄さまは死さえも従う神さまなの？」

「ああ、そうさ。ブラックヒース公爵だからね。残念ながら、自分自身しか信じない神さまだけど」

ガレスはもう目を閉じていた。どんどん弱り、声もかろうじて聞こえるくらいのささやきになっていたが、それでも彼は口調にユーモアを添えようとして、彼女を深く感動させた。なんて気丈な人なのだろう。自分のことなど考えていないのだ。ジュリエットは彼を見おろし、深まるやるせなさを覚えながら首を横に振った。「どうか力を使わないでください。あなたが本当に生き延びることを、わたしが確信できるように励まそうとしているんでしょう」

「かもしれない」ガレスが目を開け、無邪気なまなざしで見あげる。「だが、自分のことも励まそうとしているんだ。そうしたって悪くはないだろう？」

ジュリエットは彼の手を求め、指を絡めて握りしめた。ふたりはしばらくのあいだ言葉も発さず、暗闇のなかで手を握っていた。馬車が跳ね、暗い夜道を越えていく。

「なぜあんなことを？」とうとうジュリエットは口を開いた。声が震えている。「わたしたちに背を向けて、来た道をそのまま戻ることもできたのに」

ガレスの目がうつろな驚きに見開かれた。「なぜって、そんな質問などするまでもなく、答える必要さえないと困惑しているかのように。「なぜって、それが紳士の務めだからさ。乗客のなかには女性と子どももいた……腰抜けみたいに尻尾を巻いて、きみたちを見殺しにするわけにはいかないだろう？」

「そうね」悲しげに返した。「おっしゃるとおりだわ」

ジュリエットは彼の手を放し、傷口に巻いた布切れがはがれていないか確かめた。指が血で濡れた。新たな不安が全身を駆けめぐり、彼女はマントでこっそり指をぬぐうと、ガレスを不安にさせないよう無表情を装った。

けれど、ガレスはだまされなかった。彼の目を見ればわかる。それでも彼はジュリエットをさらに動揺させまいとして、紳士らしく話題を変えた。

「子どもといえば……」ガレスはシャーロットを見ようとして、ジュリエットの曲げた腕のなかで頭の向きを変えようとした。「ひとりはきみの……子どものようだね」

「ええ、娘です。生後半年になったところで」

「見えるように持ちあげてもらえるかな？　ぼくは子どもが大好きなんだ」

寝た子を起こしたくないと考え、ジュリエットはためらった。でも、死にかけているかもしれない男性の願いを却下することもできない。彼女は赤ん坊をそっと持ちあげ、ガレスに見えるようにした。シャーロットが泣き声をあげて目を開ける。そのとたん、苦痛にゆがんでいた彼の口元がほころんだ。力なく微笑んで手を伸ばし、自分の姪だとは知らずにその小さなこぶしの片方に指を走らせる。ジュリエットの喉元にかたまりがこみあげてきた。それがチャールズで、娘に触れようと手を伸ばしているのだと想像するのは簡単だった。

簡単に想像できる。

「きみは……ママと同じくらいかわいいね」ガレスが小声で言った。「あと何年かしたら……若い連中がみんな、きみを追いかけまわすだろう……犬が狐を追うみたいに」彼はジュリエットに訊いた。「この子の名前は？」

「シャーロット」赤ん坊はもうすっかり目を覚まし、ガレスの袖のレースを引っ張っていた。

「シャーロットか。いい名前だ……かわいいシャーリーのパパはどこにいるのかな？　パパは……ここできみとママを守っていなきゃいけないのに」

ジュリエットは硬直した。その何気ない言葉が新たな痛みを噴出させ、全身を打つ。彼女は唇をかたく引き結び、シャーロットの手からレースを引きはがして娘を抱き寄せた。楽しみを奪われた赤ん坊は顔をくしゃくしゃにして大声で泣き始めたが、ジュリエットは窓の外に目を向けた。口を閉じたまま、感情を制御しようと必死でこぶしを握りしめる。

ガレスはシャーロットの怒りの叫び声にかき消されないよう、なんとか声をあげて言った。

「すまない。気分を悪くさせたようだね……」

「違うんです」

「では、どうして?」

「この子のパパは亡くなったの」

「ああ……そういうことか」ガレスは動揺したように見えた。「申し訳ない、マダム。どうやらぼくは、いつもまずいことを言ってしまうらしい」

今やシャーロットのおかげで、彼の目に浮かんだ輝きが後悔に取って代わられた。

毛布が落ち、シャーロットは激しく泣きじゃくり、反抗するようにこぶしや足を振りまわしている。ジュリエットはそれをもとに戻そうとした。赤ん坊がさらに声をあげ、その金切り声が車内に響き渡って、ジュリエットまで泣きたい気分になった。思わず絶望のうめき声を漏らす。

「さあ……赤ん坊を膝にのせるといい。ぼくの頭の横に」ガレスが口を開いた。「ぼくの首巻き(クラヴァット)で遊べるだろう」

「だめよ、怪我をしていらっしゃるのに」

ガレスはにっこりした。「でも、赤ん坊が泣いているじゃないか。ぼくの言うことを聞いてごらん、そうすれば泣きやむから」彼は赤ん坊に手を伸ばして指を差しだしたが、シャーロットはそれを払いのけて泣き続けた。「ぼくは子どもをあやすのが上手だって言われるんだ……」

ジュリエットはため息をついて言われたとおりにした。シャーロットはすぐに静かになり、彼のクラヴァットで遊び始めた。揺れる車内に沈黙が戻り、馬車が跳ねる衝突音、ペリーがときおり馬にかける声、夜道を疾走する馬の足音だけが響いている。

ガレスは赤ん坊の背中に手を添えて、落ちないように支えた。そうしてジュリエットを見あげる。「きみは本当によくしてくれた」彼がまた口を開いた。「よければ名前を教えてもらえるかな？」

「ジュリエットよ」

彼が微笑む。「『ロミオとジュリエット』の？」

「ええ」わたしのロミオは、海を隔てた墓地で冷たく横たわっているけれど。ジュリエットはまた窓の外を眺めた。長いまつげに縁取られたロマンティックな目、チャールズを思い起こさせるその目を見つめなくてすむのなら、なんでもいい。シャーロットの小さな背中を支える大きくて強い手、赤ん坊の父親と同じように品のあるその手を見つめなくてすむのなら。はるばるイングランドまで来たのは間違いだった——ジュリエットは今、そう悟っていた。恐ろしい間違いだ。この苦痛に……彼女が失ったものすべてを絶えず思い出させる人に、どうすれば耐えられるだろう？

「きみのアクセントがどこの土地のものなのか、わからないな」ガレスが言った。「地元の人ではないようだが」

「お願いです、ガレス卿、安静にしなければいけませんわ。話すと体力を使ってしまいますもの」

「ぼくの天使さん、きみと話しているほうがいいんだ。黙って横たわりながら、明日の朝日が拝めるか考えているよりも……今は考え事で孤独に陥りたくない。どうか話し相手をしてくれないか？」

ジュリエットは息をついてから言った。「わかりました。ボストンから来たんです」

「リンカンシャー州の？」

「マサチューセッツ植民地の」

ガレスの微笑みが消えた。「ああ……あのボストンか」その地名が口から力なく漏れると、彼は瞳が閉じるに任せた。まるで、その言葉によって余力を使い果たしたかのように。「では、故郷から遠く離れているんだね？」

「こんなに遠く離れるべきではなかったのかもしれません」曖昧な口調で答える。

彼はその言葉が聞こえなかったようだ。「昨年、そこで兄が亡くなったんだ。反逆軍との戦いで……第四部隊の大尉だった。たまらなく兄に会いたいよ」

ジュリエットは顔の片側をクッションにもたせかけ、落ち着こうと深く息を吸った。この男性が死ぬのなら、彼のクラヴァットで満足げに遊ぶ小さな女の子が誰なのか知らないままになってしまう。最後の瞬間に自分の世話をするこの見知らぬ人間が兄の愛した女性であることも、その女性が故郷からはるばるイングランドまでやってきた理由も知らないままに。

今ここで話してしまうか、ずっと黙っているかだ。「そうですね」ジュリエットは顔の近くのクッションの小さなひび割れをなぞりながら小声で言った。「わたしも会いたくなります」

「なんだって？」

「わたしも会いたくなる、と言ったんです」

「悪いが、どういう意味なのか……」次の瞬間、衝撃とともに真実を悟ったガレスが蒼白になって身をこわばらせた。目が見開かれ、そこから穏やかさが消えていく。ジュリエットの膝から頭が半ばあがった。ガレスが彼女を見つめて目をしばたたく。車内を満たす突然の沈黙のなかで、ジュリエットは自分の激しい鼓動の音を聞き、彼女の顎の先をじっと見ているガレスの視線を感じた。

ボストン。

ジュリエット。

〝わたしも会いたくなります〟

ガレスが疑いをこめて小さく笑う。「まさか」彼はゆっくりと首を横に振った。まるで不快な冗談でからかわれたと言わんばかりに。あるいはジュリエットが真実を語っていると知りつつ、それを受け止めるすべがわからないというように。ガレスは彼女の顔を注意深く凝視した。「ぼくたちは……いや、ルシアンはきみを探そうとしたと言っていたが……ああ、ぼくは幻覚を見ているんだ、そうに違いない！　きみがあのジュリエットなはずはない。兄のジュリエットだなんて——」

「そうなんです」静かに応える。「彼のジュリエットです。わたしがイングランドに来たのは、彼のご家族の情けにすがるため。もし彼に何かあった場合、そうするように言われていたから」

「だが、あまりにも思いがけないことで……信じられない」

ジュリエットはまた窓の外の暗闇を眺めた。「チャールズはわたしのことを話していたんですね？」

「話していたかって？ 兄からの手紙は、〝植民地の乙女〟〝ぼくの美しいジュリエット〟への愛の誓いでいっぱいだった。兄はきみと結婚すると書いていた。ぼくは……きみは……参ったな、きみはぼくの足りない頭から思考能力を奪ってしまったよ、ミス・ペイジ。きみがここにいるなんて信じられない、本物のきみが！」

「どうか信じて」彼女はつらそうに言った。「チャールズが生きていたら、わたしたちは義理のきょうだいになっていました。だから死なないでください、ガレス卿。モンフォール家の兄弟がまたひとり、早すぎる死を迎えるのを見るのは耐えられません」

ガレスはまた彼女の腕にもたれると、血のついた手首で両目を覆い、体を震わせた。ジュリエットは一瞬、自分の告白が与えた衝撃で彼を死なせてしまったのかと思った。でも、そうではなかった。袖のレースの下で、ガレスが歯を見せて笑っている。死にかけているのではなく、抑えきれないくすくす笑いに襲われているのだ。

何がおかしいのか、彼女にはさっぱりわからなかった。

「じゃあ、この赤ん坊は——」ガレスは笑いをこらえ、手首を額まで滑らせると、目をきらめかせてシャーロットを見ようとした。「この子は——」

「あなたの姪です」

4

ぼくの姪！

その瞬間、ペリーが鞭を振るい、一隊の馬はブラックヒース城の巨大な門を駆け抜け、砕石を敷いた長い私道を猛スピードで突っ走った。これ以上、会話を続けるのは不可能だ。割れた窓の外では、チルコットが上着の裾をひるがえしながら馬車の横を疾走している。「死ぬなよ、ガレス！　もうすぐ着くからな！」彼が叫んだ。

ガレスはジュリエット・ペイジの膝の上で頭があちこち揺れるがままに、目を閉じて赤ん坊を支えた。彼はまだ笑っていた。笑わずにいられなかったのだ。頭がどうかしたと彼女は思っているだろう。だがジュリエットから聞いた話で戦闘準備を整えたガレスは、意識を失うという甘美な罠(わな)――あるいはその背後に待ち受けているもの――に屈するつもりはなかった。死んでいる場合ではない。ああ、そうだとも。この先の展開を見逃してなるものか……。

いや、あの高潔で、決して間違いを犯さないチャールズが子どもをもうけていたと知ったときのルシアンの表情こそ、見ものではないか。

視線をあげると、ジュリエットの顎の輪郭、決意にこわばったような顎の先、頬の美しい曲線が見えた。彼女が初めて城を一瞥した瞬間が、ガレスにはわかった。目を見開き、もっとよく見ようと体を窓に寄せたからだ。そのおかげで、気づかれずに彼女を観察することができた。ああ、本当にそうだ。チャールズが書いていたとおり、この女性はかわいらしい。肌はユキノハナのように白く、結いあげた黒髪と対照的で際立っていた。魅惑的な顔に、鼻筋の通った鼻、優美なアーチ形の眉にきれいな黒い目。体格は小柄で楚々（そそ）としている。しかし体は小さくても、ジュリエットには勇気や強さや不屈の精神を思わせる何かがあった。だが、チャールズがあれほど称賛していた無邪気さ、人生の喜び（ジョワ・ドゥ・ヴィーヴル）はどこにいったのだろう？この女性は実際の年齢よりも上に見える。まるで悲しみと困難の重みで生きる喜びをつぶされたかのように。

ああ、もし生き延びることができるなら、自分がそれを癒やしてやろう。ジュリエットはまだまだ若くて美しく、老いを受け入れるには早すぎる！

ガレスは目を閉じ、いい気分で頭が彼女の膝の上で揺れるに任せた。彼がぶつからないよう、ジュリエットの腕がぎゅっと締まるのを感じて満足感を覚える。チャールズの婚約者がここイングランドにいる。自分のそばにいる、この小さな赤ん坊……自らの鼓動と間違えるほど近くで鼓動を打つこの赤ん坊が兄の娘なのだ……。

「どうどう！」ペリーが手綱を引いた。「どうどう、止まれ！」

ジュリエットはガレスの体に腕をまわし、急な停車で三人もろとも席から転がり落ちないように支えた。馬車はまだ止まってもいないのに、彼の友人たちが扉をこじ開ける。一陣の風雨が吹き込み、ジュリエットはあわててシャーロットを抱きあげながら、ガレスの緊張を感じた。男たちがなだれ込んできてガレスの体の下に手を差し入れ、血でぐっしょり濡れた彼女のスカートから、注意深く彼の体を持ちあげた。

「こっちは肩を支えている」

「こっちは脚を持った」

「気をつけろよ！　ガレス、聞いてるか？　今から動かすからな。我慢してくれ！」

彼らはガレスを運びだした。すぐにシャーロットがまた泣き始めた。ジュリエットはどきどきしながら赤ん坊の背中をあやすように叩き、ブラックヒース城の古めかしい巨大な扉に向かって男たちがガレスを運ぶのを見た。ガレスは連れ去られながら、彼女に向けて手をあげた。最後のお別れの仕草なのか、感謝の念を示すためなのか、それとも彼に対するみなの懸命な扱いを面白がってのことなのかはわからない。

やや途方に暮れて、ジュリエットは席から立ちあがり、血で汚れたスカートを振ってしわを伸ばした。彼らについてなかへ入るべきだろうか？　それとも誰かが彼女とシャーロットを迎えに来るまで、車内で待っているべき？

けれども決断する必要はなかった。男がひとり扉の向こうに立ち、なかにいるジュリエットに手を差し伸べていた。「手をお貸ししましょう、マダム」

ペリーだった。あとに残っていたのだ。彼は混乱のさなかでも冷静さを失わない紳士だった。

ジュリエットは感謝の意をこめて微笑み、急いでシャーロットを抱えると、彼の手を借りて馬車からおりた。そして一瞬、私道で立ちすくんだ。雨が顔に当たり、風が髪をなびかせ、スカートを脚にまとわりつかせる。そこでペリーが腕を差しだし、何も言わずに彼女を城までエスコートした。

ブラックヒース城はチャールズから聞いていた以上に荘厳だった。ジュリエットは圧倒される思いで、暗闇のなかから目の前に現れた城を見つめた。頭上はるか高く、銃眼を備えた双塔が時間を超越するがごとく夜を支えている。片方の塔の上に旗ざおの輪郭がぼんやり見え、細長い三角旗が暗く物悲しい空を背景にして、風が吹くたびにはためいていた。その地をつかさどる絢爛（けんらん）豪華な宮殿――その地は彼女を萎縮させ、途方に暮れさせ、場違いな気分にさせた。

そして、その地の公爵に対面することを考えると、ジュリエットの勇気はくじけそうになった。はるか高く旗をはためかせているこの威風堂々とした城、通り過ぎてきた村、周囲に何キロも広がる田園地帯。それらすべてがひとりの男に属し、その男が慈悲の心を持つかどうかはわからないのだ。ボストンにいたときは、その男の情けを求めてブラックヒースを訪れることにひるむ気持ちはなかった。けれど、このように立派で威圧的な壮大さに直面した今となっては、自分とシャーロットがその男の厄介になるのは厚かましい気がした。実際よりも幸福な状況であったなら、その男は彼女の〝家族〟になっていたであろうこと、そしてチャールズからこうするよう指示されていたことを考えても、気が引けた。

愚かな考えはよしなさい。チャールズの家族を連れて、はるばるイングランドまでやってきたのよ。もう帰るわけにはいかない。だが城のそびえ立つ石塀が迫ってくるにつれ、ジュリエットはここまで来たことを後悔しそうになった。イングランド軍がボストンから撤退した先月、大規模な撤収の一環として出港することになった連合軍の船の乗船券を買ったことを。

でも、選択肢がたくさんあったわけではないもの。ジュリエットはそう自分に言い聞かせた。養父のザカリアが一月に亡くなり、彼女には行くあてがなかった。イングランド支持者ではないかと疑われていたため、ボストンでは命の危険にさらされていたのだ。未婚の母で、その赤ん坊の父親は憎きイングランド軍将校だと噂されていたので、ジュリエットは軽蔑され、つまはじきにされ、脅威にさらされた。好むと好まざるとにかかわらず、彼女はするべきことをしたのだ。それがチャールズのためでないにしても、娘のためにはそうするしかなかったから。

強くなりなさい。チャールズはそう望んだはずよ。

彼らは石階段の前に来た。その先には、ガレス卿が担がれていった古いオーク材の扉が開いたままになっていて、芝地に明かりを漏らしていた。扉は六〇センチほどの厚さだろうか、頑丈なボルトを埋め込まれたいくつかの重厚な鉄製金具で留められている。ペリーはなじみの客で歓迎されているらしく、ジュリエットに階段をあがるよう促すと、扉の両端に直立不動で立つ、お仕着せを着た従僕ふたりの横を通り過ぎ、古く巨大な玄関ホールに足を踏み入れた。ジュリエットは二階分の高さがある、彫刻を施された石造りの丸天井をぽかんと見あげて立ち尽くした。ホールは広々としていて、彼女とザカリアが住んでいたボストンの立派な家がすっぽりおさまりそうなくらいだ。

「ここで待っていてくれ」ペリーはそう言うと、磨かれた大理石の床に残る曲がりくねった血痕をたどって足早に歩いていった。その前で血痕が途絶えている二枚扉を開け、なかに姿を消す。

そしてジュリエットはひとり、そこに残された。

「ガレス！　ちくしょう、死ぬなよ！　ヒューが医者を呼びに行ったから、すぐに連れて戻ってくる。あと少し踏ん張るんだ！」

ガレスが聖人や悪魔や善意の友人たちを罵る一方で、彼らは城内の石造りの通路と回廊を駆け抜けた。あらゆる振動や急な曲がり角が苦痛の種だった。ガレスは歯を食いしばり、手を脇腹に押しつけた。半ば閉じかけた目に入ってくるのは、壁際でオレンジ色の炎を揺らす燭台（しょくだい）、メイドの驚いた顔、西回廊にずらりと並ぶ肖像画……すべてがかすんでいくなか、彼は意識を失うまいと果敢に闘った。

チルコットがつまずいてガレスの背骨を真っぷたつに折りそうになったとき、痛みのあまり、彼は正気に戻った。

「チルコット、この野郎。くそ忌々しいラグにつまずくのなら、せめてぼくを放すくらいの礼儀をわきまえろ！」

やがて扉が開け放たれ、ガレスは自分の居室に敷かれた高価なラグ、彫刻が施された黒いオーク材の巨大なベッド、高原を見おろす鉛枠の窓を目にした。使用人があたふたと走りまわり、シーツを返したりしていたが、ニール・チルコットとトム・オードレットにベッドにおろされたとき、ガレスは痛み以外、何もわからなくなっていた。

もうろうとする頭に、混乱し興奮した声が聞こえてくる。誰かがガレスの靴を脱がせた。ブリーチズとすでに裂かれたシャツの残りも切りはがされ、誰かがイラクサの刺さった頰を冷たい水に浸したスポンジで拭いてくれた。彼は微動だにせず横たわっていた。そこへ古きよき友、ペリーがガレスの頭を持ちあげ、チルコットがありがたいアイリッシュ・ウイスキーを彼に注ぎ込むのを手伝った。ウイスキーが喉から胃を焼くように下っていき、感覚を麻痺させる熱さが手足を伝って指先まで広がっていく。

頭のなかが心地よくかすむのを感じて、ガレスは目を閉じた。「もっとくれ」小声で要求する。

「なんだよ、ガレス。気味の悪い薄笑いを浮かべやがって」チルコットはそう言うと、フラスコ瓶を彼の口元にもう一度運んだ。「笑い事じゃないんだぞ！」

ガレスは返事もせずに片手で一蹴するような仕草をし、ウイスキーを飲んだ。

オードレットが口を開く。「あの娘が機転を利かせて、脇腹に布を当ててくれたのがよかったな。もう少しがんばれよ、ガレス。ドクター・ハイワースがもう着く頃だ」

ガレスは前後不覚になる前にフラスコ瓶を押しのけた。「彼女の面倒を見てやってくれ」あえぎながらチルコットの手首をつかむ。「彼女をひとりでルシアンと会わせるな」

「でも――」

「早く行け！」

そのとき、全員がそれを聞いた。ホールを歩く足音だ。それが石造りの壁に反響し、急がず落ち着いた調子でじわじわと近づいてくる。チルコットがかたまった。オードレットは息をひそめた。部屋にいた使用人全員が静まり、足音が部屋の前で止まる。

そして、また足音が続いた。

ルシアンだ。

目を開けなくても、兄がそこにいるのがガレスにはわかった。業火に燃える悪魔でさえも凍りつかせるほどの冷たい視線で、弟を見おろしている。兄の厳粛な顔を見なくても、その感情を読み取ることができただろう。あからさまにとがめる表情。憤怒。

ガレスは頰にルシアンの冷たい手を感じた。「これはまた、ガレス」公爵は穏やかに話し始めたが、その場にいる誰も、その口調にはだまされなかった。「また厄介事に首を突っ込んだようだな。今度はなんだ？　ああ、答えなくていい。わざわざ標的になるようポーズを取って、友人が撃てるかどうか賭けでもしたんだろう。それとも酔いつぶれてクルセイダーから落下し、フェンスに突き刺さりでもしたか？　話してごらん、わが弟よ。夜はたっぷり時間があるからな」

「地獄に落ちろ、ルース」

「ああ、落ちるとも。だが、その前におまえから説明を聞かせてもらおう」

嫌味なやつめ。ガレスはルシアンのからかうような愚弄に応じようとしなかった。その代わりに手を伸ばし、兄の染みひとつないベルベットの袖をつかむ。「彼女を追い返さないでくれ、ルース。彼女が来たんだ。ぼくたちを必要としている……チャールズのために、彼女と赤ん坊の面倒を見るべきだ」

ホールを急ぐ足音が部屋に到着した。「こちらです、ドクター・ハイワース！」チルコットがふいに声をあげた。

ルシアンは動かなかった。「ガレス、誰の面倒を見るべきだというんだ？」脅すような口調だ。

ガレスは枕の上でなんとか頭の向きを変え、痛みとアルコールでくらくらしながら兄を見あげた。「ジュリエット・ペイジだよ」ルシアンの謎めいた冷たい視線を受け、小声で言う。「チャールズが結婚しようとしていた女性……彼女が来て……階下にいる……赤ん坊と。ルシアン、彼女を追い返さないでくれ。そんなことをしたら殺してやる」

「おいおい、弟よ」ルシアンが冷酷な笑みを小さく浮かべる。「そんなことをするわけがないだろう」

しかし彼は背筋を伸ばし、すでに扉のほうへ向かい始めていた。

ガレスは医師の制止にもかかわらず、片肘をついて身を起こした。「ルシアン……ちくしょう、やめろ！」

公爵は歩き続けた。

「ルシアン！」ガレスは最後の力を振りしぼってベッドから飛びだしたが、その努力も虚しく——アイリッシュ・ウイスキーの影響もあって——とうとうくずおれた。両足がラグに着いたとたん、脚の力が抜け、完全に気を失って床にどすんと倒れた。

医師、使用人、友人たちが、彼を助けようと駆け寄ってくる。

ルシアンは一度も振り返らなかった。

ジュリエットはまだ誰もいない巨大な玄関ホールに残されていた。信じられない思いで周囲を眺める。メイン州の森で育ち、ボストンのどちらかというと田舎で大人になった彼女は、それまでの人生でこのような場所を見たことも想像したこともなかった。ジュリエットの両側にはそれぞれ石造りのらせん階段があり、外から見えた巨大な塔につながっているようだ。狩りの様子を描いた古めかしいタペストリーが壁一面を覆っている。床から天井まである大きな連双窓は夜空に暗く、少なくとも一〇〇以上のろうそくを灯した頭上のシャンデリアのきらきらした明かりを反射していた。あまりにも壮大だ。そして、あまりにも無駄！　彼女は体を半回転させた。石造りの壁に切り込まれた空間にはひとそろいの古風な甲冑が飾られ、面頬が不気味だった。それぞれの甲冑のあいだには紋章入りの盾、斧、そのほか戦闘用の旧式の武器が並んでいる。

チャールズはここで育ったのだ。この石を触り、この窓の下を歩き、ここに立ち、今まさにジュリエットが立っている場所にも、何百回と立ったのかもしれない……。

そう考えると畏敬の念に打たれ、それがどんどんふくらんでいった。チャールズが暮らしたこの家に、シャーロットを連れてようやく無事にたどり着いた……そんなめまいがしそうな安心感がふいに生じて、この一年、いや、この数時間で経験したすべてをのみ込んだ。ジュリエットはこの見知らぬ城、不慣れな土地に親近感を見いだした。チャールズを少しだけ感じさせてくれるから。どこか上のほうからふたりを見守っている彼の魂を想像できそうなくらいだ。ようやく心の平穏を得て微笑みながら、自分の新しい家族がもう二度と不自由な思いをしないことを知って、満足している彼の魂を。そんなチャールズを想像するだけで胸にこみあげるものがあり、こらえた涙で目がきらめいた。チャールズが亡くなってから、これほど彼を近くに感じたことはない……。

下唇がまた震えだしそうになった。ジュリエットはそれを噛(か)んで止め、シャーロットから毛布をはがすと頭上に抱きあげて、父親が生まれ育った豪奢な城を見せた。

「ご覧なさい、シャーロット！」赤ん坊を抱き寄せて、甲冑のひとつを指差す。「パパが小さな頃、きっとあれで遊んだのよ！」

だが、シャーロットは甲冑よりも頭上に輝くシャンデリアのほうに夢中だった。ジュリエットは泣き笑いして、鼻を娘のそれにくっつけると、赤ん坊を掲げて揺らした。シャーロットが喜んで金切り声をあげながら、手足を空中でばたばたと振る。ああ、チャールズ……今ここにいるの？　わたしたちのそばにいるの？

愛する人の近くにいるような不思議な感覚に、とうとう目的地に着いた安心感に酔いしれたジュリエットは、遠くの足音を聞いていなかった。石造りの床に響く揺るぎない足音を。

突然扉が開き、彼女は身をかたくした。頭上高くに赤ん坊を掲げたまま、こみあげていた笑いが消えていく。

ゆっくりと赤ん坊を降ろし、守るように胸に抱き寄せた。

その男性は一〇メートル近く離れたところに立っていた。長身で、黒いベルベットのフロックコートをまとった優雅な装い。レース飾りのついたクラヴァットのひだにルビーがきらめいている。筋肉質の腿にぴったりしたブリーチズは、シルクをまとったふくらはぎに向かって先細り、靴についたぴかぴかの銀のバックルにはそれぞれダイヤモンドが光っていた。陰りのある黒い瞳。漆黒の髪。鼻は細く、顎は引きしまり、頬は精悍（せいかん）で険しい。厳粛で、妥協を許さない表情。彼はその冷酷な黒い瞳でジュリエットを見て、泥と血が染みついたスカートに視線を移した。そしていっさい動じることなく会釈すると、優雅に腕を振って近づいてきた。その動きに合わせて手首のレースが躍っている。

「ブラックヒース公爵ルシアンだ。きみはチャールズを知っていたとガレスから聞いた」黒曜石のような目が一瞬、赤ん坊を見てきらめいた。「親しかったようだな」

ジュリエットは不意をつかれ、シャーロットを腕に抱えたまま、できるだけ身を低くしてお辞儀をした。それから顎をあげると、実際以上の勇気を出して相手の冷たい視線を受け止めた。「はい。結婚を予定していました」

彼は通ってきた扉を身ぶりで示した。「では、図書室に来てもらおうか？　話し合うべきことがたくさんあるだろう」

公爵の声はなめらかで、深みと教養が感じられた。だが言葉にはなんの感情もなく、彼の機嫌や考えを示すヒントもない。そして、その口調は質問ではなく命令であることにジュリエットは気づいた。

頭のなかで警鐘が鳴り響く。

「ええ、もちろんですわ」彼女は小声で答え、自分のひどく乱れた身なりを痛いほど意識しながら、持ちうる限りの威厳とともに扉へ向かった。

立派な回廊を歩いていると、何人かのお仕着せを着た使用人が直立不動で立っていた。まるでここブラックヒース城では血で汚れた女性の訪問が日常茶飯事であるかのように、彼らの視線はまっすぐ前に向けられている。ジュリエットの頭のなかでは、せっぱ詰まった言葉が繰り返しこだましていた。

死なないでください、ガレス卿。どうか死なないで。あなたが必要になりそうです。

5

「どうか公爵さま、その――話し合いの前に着替えさせてください」

広い肩幅に長身のブラックヒース公爵は、将軍のごとく大股で数歩先を歩いていた。壁に取りつけられた燭台が、長く幅の狭い回廊を照らしている。公爵が横を通るとそれぞれの燭台でろうそくの炎が揺らめき、まるで彼に敬意を表してお辞儀をしているみたいだ。薄暗い明かりが彼の髪を光らせている。

「その必要はない」公爵は振り向きもせずに言った。

ジュリエットは彼に遅れまいと足を速めた。「でも、お見苦しい格好をしていますから！」

「わたしから見れば充分だ。来なさい、ひと晩じゅう話している時間はない」

「でも――」

「そこの小部屋に水差しと洗面台がある。どうしてもというなら洗えばいいが、早くしてくれ。今晩は忙しくなりそうだから、きみがくだらない用事にかまけるのを待つ時間はない。そうした用事をすませなければ、ペット以外には顔も見せようとしない女性は少なくないがね。わたしは我慢強くない質（たち）なんだ、ミス・ペイジ」

公爵はえんじ色のベルベットのカーテンで囲われた小部屋を身ぶりで示すと、歩調をゆるめるでもなく、その先の重厚な二枚扉を押し開けた。「ここが図書室だ。五分待つ。それ以上は待たせないでくれ」

扉が彼の後ろで閉まった。

ああ、神さま。なんて傲慢で失礼な人なのかしら！　ブラックヒース公爵がイングランドの平均的な貴族だというのなら、アメリカがその母国に反乱を起こしたのも不思議ではない！　ジュリエットはむっとしてカーテンを押しのけると、洗面台に水をぶちまけ、手、爪、関節のしわについた気の毒なガレス卿の血を洗い流した。片隅に置かれた椅子の上で、シャーロットがじっと母親を見ている。

それにガレス卿の容態は？　公爵は彼がどんな具合か、ひとことも教えてくれなかったではないか！

ジュリエットはそれ以上考えるのはやめ、シャーロットを抱きあげてボディスとシュミーズをさげると、授乳を始めた。赤ん坊はごくごくと吸った。ジュリエットは柔らかな金色の頭を支え、後ろのカーテンをちらりと見た。授乳する機会が次にいつ訪れるかは神のみぞ知る、だ。公爵は女性の〝くだらない用事〟には我慢ならないようだから！

彼女はおよそ一〇分後に小部屋を出た。その頃には怒りも静まり、代わりに不安が急速にこみあげていた。それでもぐいと顎をあげ、背筋をしゃんと伸ばして、実際にはありもしない勇気を装いつつ図書室の扉を押し開けた。

公爵がいた。人を小ばかにしたような態度で、彫刻を施したイタリア産大理石の立派な炉棚にもたれ、ブランデーのグラスを指先からぶらさげている。彼は邪悪な天使(ダーク・エンジェル)、もしくは陰気な審判の神といったところか。その暗く鬱屈した視線を向けられると、ジュリエットは気持ちがくじけるのを感じた。

「座りたまえ」

「でも……椅子を汚してしまいます」

「椅子などいくらでもある」

だけど高価なものだわ。ジュリエットはそう思った。高価な東洋風のラグの上に配置された数脚の椅子は、濃い赤紫色のベルベットで布張りがしてある。かぎ爪足の馬毛詰めソファは優雅なブロケード織りで、ほかに細長い脚のふたりがけソファもあった。暖炉のそばには、彫刻が施されたオーク材の大きくて男性的な椅子があり、座面も背面も革張りだ。

彼の玉座みたいね。

ジュリエットはその玉座に向かった。意地を張ろうと思ったわけでも、公爵の地位に歯向かおうとしたわけでもない。革張りなら簡単に拭けるし、彼女の北米人(ヤンキー)的な倹約気質が、ほかの高価な椅子やソファを血まみれのスカートで台なしにすることを許さなかったからだ。椅子はいくらでもあるとしても、自分のせいで無駄にはしたくない。

「こちらでもよろしいですか？」彼女は礼儀正しく尋ねた。

公爵は肩をすくめ、炉棚からは動かずにグラスだけ振った。「ご自由に」

ジュリエットは腕にシャーロットを抱え、自分の身なりを痛ましいほど気にしながら、バターのように柔らかく奥行きのある椅子に身を沈めた。この男性にちゃんとした印象を与えたくて、今朝どれだけ入念に服を選んだことか。彼の援助と慈悲を求めようと海を渡ってきたのだ。それなのに、小さなバラのかわいらしい刺繍入りペティコートをのぞかせているアップルグリーンのスカートは、血で黒く汚れていた。ブーツは白墨みたいな泥だらけで、ストマッカーはずぶ濡れだ。おまけにドレスの裾に巻きつくアイビーに合わせて選んだ、おしゃれなパイングリーンの上着の胸部は血だらけだった。まったく、目も当てられない。

けれども公爵はその言葉どおり、気にしていないようだ。彼はすぐさま話を始め、ジュリエットの感情やプライドについては考えてもいなかった。そして彼女が自分の城の客だという事実、自分が与えうる以上の親切を彼女は受けて当然だという事実も考慮しなかった。ジュリエットが座るやいなや、公爵はどのようにチャールズと知り合ったのかと単刀直入に尋ねてきた。彼女はありのままの事実を話した。公爵の苦い顔、目に浮かんだいらだちを見て、話をしながら居心地の悪さに身悶えしたくなった。全然うまくいかない。もう最悪だ。

「なるほど。では、チャールズがボストン・コモンで閲兵しているときに初めて彼を見たわけだな。ひと目惚れということか」公爵が皮肉めかして小さく笑う。「わたしには理解しがたいが」

「チャールズはとてもハンサムな方でしたから」

「チャールズはイングランドでも有数の由緒ある貴族の家に生まれた。自分より身分の低い者と結婚するつもりなどなかったはずだ。次男として許されなかったからな。どんなところを気に入られたんだ？」

「そのご質問は失礼ですわ、公爵さま」落ち着いて応える。

「失礼かどうかはどうでもいい。答えてもらおうか」

「どこを気に入っていただけたのかはわかりません」

「外見は悪くない。かわいらしい顔に美しく黒い瞳。男をひざまずかせるには――そしてベッドに誘うには――充分だったのだろう」

「そのような物言いはあなたの弟さんを貶めています、公爵さま。チャールズは立派な方でした」

「ああ、そうだな。故郷から遠く離れ、反逆軍の輩やそのずる賢い女性陣の巣窟に放り込まれた男がどんな考えをめぐらすかは、悪魔にしかわからない。人肌を感じられれば、誰でもいいのだろう」

「チャールズとわたしは愛し合っていました。彼は求婚してくれましたから」

「身ごもったことを知る前か、知ったあとか？」

ジュリエットは赤面した。「あとです」

「弟は責任を果たそうとしただけで、思いはほかにあったと考えたことはないか？」

「そんな考えは浮かびませんでした」

「弟の結婚相手は同等の身分の女性、彼の慣れ親しんだ生活様式を維持できるだけの持参金のある女性だと誕生時に決められていたのでは、と考えたこともなかったのか？」

「そんな女性がいらっしゃるとは聞いておりません。それにチャールズはお金を崇拝するような方ではありませんでした」

「弟の家族がきみとの結婚を認めないだろうとは考えなかった？」

彼女はまっすぐに公爵の目を見ると、静かに答えた。「考えました」

「にもかかわらず、ここに来たわけだ」

「ほかに選択肢がありませんでしたから」

「ほかに選択肢がなかった、か」

癇癪を抑えようと、ジュリエットはシャーロットの毛布の下でこぶしを握りしめた。顔がほてるのを感じ、顔色で本心がばれているとわかっていたが、いくらけしかけられても負けるわけにはいかない。乱れた服装のままここにいるよう無理じいし、偉そうに質問して攻撃を仕掛け、事実ではないことをほのめかしてこちらに揺さぶりをかけようとしているのかもしれないけれど、それで勝てると思ったら大間違いだ。彼女はそのくらいでへこたれる器ではない。

ジュリエットは儀礼的に応えた。「恐れ入りますが、公爵さま、わたしが財産目当てではないかと疑っていらっしゃるのですね。弟さんを誘惑し、彼の名前と地位を利用してのしあがろうとしたとお考えなのでしょう。でも、そうではないことをご説明します。チャールズは王立連隊の将校で、わたしはボストンの一未婚女性でした。ボストンの未婚女性はふつう、王立連隊の将校とはおつきあいしません。お相手の家柄がどれだけよくても。軍の存在そのものを忌み嫌っているコミュニティで自分の立場を守りたいのなら、彼らとつきあおうなどと思ったりしません」

公爵は黙ってブランデーをすすり、ジュリエットを観察した。その謎めいた黒い瞳の奥でどんな考えが行き交っているのか、少しもわからない。

「わたしは友人知人からは、とても信頼されていました」彼女はひるまずに続けた。「わたしは公爵さまのように高貴な血が流れているわけでも、際限ない富を所有しているわけでもありません。ですが養父はボストンでは有力市民のひとりで、わたしたちは勤勉に、そして大義のために働き、不自由なく暮らしておりました。何も恥じることなどございません」

「きみの養父はイングランド支持者だった」

「養父は反逆派のスパイをしておりました」

「チャールズから聞いていた話とは違うな」

「外見や風貌だけではわからないものですわ。それに正体がみなにばれていたら、スパイの意味がないでしょう？」

「たしかに。では養父に情報を流すために、きみは弟から話を聞きだしていたのか？」

「いいえ」

「反逆派、イングランド支持派……ならば、きみは何を支持している、ミス・ペイジ？」

ジュリエットはまっすぐに公爵の目を見た。「わたしの娘です」

彼が眉をあげる。

「本当は、わたしはここにいたくありません」彼女はきっぱりと言った。「イングランドにはひとりも知人がいませんし、故郷に帰りたくて胸が焦がれています。それにわたしがこのブラックヒースで歓迎されていないのは明らかですから。そもそも歓迎はされないだろうと思っていました。アメリカに帰って残りの人生をやり直すことを何よりも望んでいますが、チャールズと約束をしたのです。わたしは約束を破りたくありません」

「なんの約束だ？」

「彼に何かあった場合、イングランドにいるあなたを訪ねるという約束です」

「チャールズはわたしがきみのために何をすると思っていたんだ？」

「彼は、あなたがわたしたちを引き取り、赤ん坊の後見人になってくれるだろうと言っていました。赤ん坊にあなたの家名を名乗らせるだろう、と。わたしはここへ来たくはなかったのですが、ボストンでは状況が変わり、あまり選択肢がなかったのです。娘の幸福が何よりも大切ですから」

「チャールズが他界したのは一年前だ」公爵がかすかな皮肉をこめて言った。「わたしの勘違いかもしれないが、アメリカから海を渡るのに要する期間は一カ月程度だろう？」

「ええ、でも――」

「ならば、なぜ一年もかかった？」

「体調が悪い状態で航海をしたくなかったからです。とても具合が悪かったので」

「赤ん坊が生まれてからなら航海もできただろう？」

「まだ生後間もない子を厳しい航海に連れだすわけにはいきません。それに養父が経営する商店と酒場が人手を必要としていましたので、恩を返したくて残りました」

「ああ、では、その商店と酒場とやらで何をしていたのか教えてもらおうか、ミス・ペイジ。ビールを出したり、ありがた迷惑な誘いをおどけて受け流したりするのが仕事だったんだろう、王立連隊の将校との出会いに備えてね」

頬にかっと血がのぼり、憤りで鼓動が激しくなった。「そうではありません」罠にかかるまいと無表情で応じる。「養父はわたしの倹約気質と計算能力を重宝していました。わたしには給仕をさせず、貯蔵室からテーブルまで走りまわるようなことは禁じていました。わたしは商店と酒場の帳簿をつけていたんです。朝の開店準備と夜の閉店を任されていました。従業員の給与支払い、商店の在庫管理、小売店との価格交渉、調理人と給仕人のあいだで起こる問題解決もしていましたわ」ジュリエットは恥じることなく彼を見つめた。「わたしはきつい仕事をいといません、公爵さま」

「なるほど」彼の目に、何か読み取れないものがきらめく。「それで、きみの尊敬すべき養父はきみたちの渡英をどう思っている？」

「養父は病気になり、一月に亡くなりました。何も思っていないでしょう」

「では、チャールズとのあいだにできた子についてはどう思っていた？」

「不本意に〝できた子〟ではありません、公爵さま。わたしたちは深く愛し合い、結婚の約束をしていたのですから――」

「質問に答えてくれ」

「失礼ですが、どうしてもそんな不躾なことを訊く必要がありますの？」

「そうだ。答えてもらおう」

彼女はこぶしを握り、憤然と爪を手のひらに食い込ませて辛辣な言葉を押しとどめようとした。「チャールズとわたしは愛し合っていることを内密にしなければいけませんでした。さもないと身の危険があったからです。ボストンでは、軍の存在は心底憎まれていましたから」

「そうらしいな。きみたちアメリカ人は、それを公然と示していた」

「わたしにはアメリカ人らしくない面もあります」きっぱりと言う。「チャールズが還ってきてくれるのなら、なんでもしますわ。けしかけるのは、どうかおやめください！」

公爵が眉をあげ、その貴族的な鼻の上から見おろすように彼女を見つめた。彼の弟の血で汚れ、不快な思いをしているジュリエットは臆することなく見つめ返した。格子のなかで火が音を立てた。回廊のどこかから人の声が聞こえる。すると公爵は、自分に立ち向かう彼女の勇気を称えるようにかすかな笑みを漏らした……いえ、称えるためではなく、彼女を放りだす楽しみを考えてのことだろうか？

彼は身を起こし、クリスタル製のデカンターを置いた彫刻入りのマホガニー材の机に向かった。ゆっくりとグラスに注ぎ足し、酒がとくとくとグラスの縁に近づくあいだも無言だった。その厳しい横顔からは何もうかがえない。やがて彼は足首を交差させた姿勢で机の端にもたれ、考え込むように目を細めてジュリエットに顔を向けた。彼女を観察しながら、ブランデーをひと口すする。そう、観察だ。学者がひどく興味深い生物標本をあらためるかのようにジュリエットを判断し、評価し、研究していた。神さま、最悪だわ。

彼女は立ちあがった。「お話は終わりでしょうか？　そろそろおいとまいたします」

「どこへ行く？」

「どこへでも。ここから離れますわ。必要とあらばアメリカに戻ります。チャールズは自分の幼い娘の面倒を家族が見たがるだろうと信じていましたが、その信頼は根拠のないものだったのですね。この子もわたしも、ここでは歓迎されていないようですから」

「ばかなことを言うんじゃない」

ジュリエットはシャーロットの毛布に手を伸ばした。「実際家なだけですわ」

「実際的な性格というのは、わたしの知る女性のほとんどが持ち合わせていないものだがね」

「公爵さまがおつきあいをされている女性たちを否定するわけではありませんが、わたしはメイン州の自然のなかで生まれ育ちましたの。非実際的で、要領の悪い、忍耐力のない人間は生き残れません」

「メイン州？　では、なぜボストンに落ち着いた？」

「一六歳のときに父が亡くなったのです。子熊を守ろうとした母熊に襲われて。父のいとこがボストンにいて、彼は遠くから母のことをずっと想っていましたの。父の死後、彼がわたしたちを迎えに来て、母と結婚し、ボストンへ連れていきました。母は一七七四年に亡くなりました。養父のことはもうご説明しましたね」ジュリエットはマントを手に取ると、この城を辞去して永遠に振り返るまいと思った。「そろそろ失礼いたします、公爵さま。ご質問には充分お答えしたと思いますので、もうお邪魔しないほうがいいでしょう。それでは、おやすみなさい」

彼女がシャーロットを抱いて机のそばを颯爽と通り過ぎても、公爵は身じろぎもしなかった。「ガレス卿の容態を知りたくないのか？」彼が急に話題を変え、穏やかに尋ねた。

「お言葉ですが、公爵さま、お尋ねする機会をいただけませんでしたので」

「弟は命を救ってもらった礼を伝えたがるはずだ」

ジュリエットは部屋の半ばで立ち止まり、声をひそめて公爵を罵った。いったい何をたくらんでいるのかしら？　彼女は振り向きもせず、嚙みつくように言った。「その反対です、わたしのほうが助けていただいたんです」

「ブルックハンプトン卿の話と違うな」

「ブルックハンプトン卿という方は存じあげません」

「ペリーのことだ」公爵が忌々しいほど歯切れよく説明する。「彼から一部始終を聞いた」

「公爵さま、わたしは――」

その瞬間、扉が勢いよく開き、雷鳴のような音が広い部屋に響いた。

「向こうへ行っていなさい、アンドリュー、ネリッサ」

「ガレスから聞いたの、この方がどなたか教えてくれたわ。それに赤ちゃんのことも。ガレスは――」

「行きなさいと言っただろう」

ジュリエットは部屋に入ってくるふたりを見つめることしかできなかった。モンフォール家の残りの子女ふたりに違いない。ふたりの顔の輪郭、アーチ形の眉、長いまつげに囲まれた目のロマンティックな形がチャールズを思い出させる。口元も同じだ。頰の線、鼻、顎、髪でさえそっくりだった。もっとも、アンドリュー卿の髪はチャールズと同じくせ毛だが、色は濃い赤褐色だ。アンドリューは兄を無視してジュリエットのところにまっすぐ来ると、彼女の手を取って流れるような身のこなしで優雅にお辞儀をした。

「ジュリエットですね」温かい口調で言い、濃いまつげのあいだから彼女を見る。彼は若くハンサムな青年で、表情には知性が感じられた。その目は笑い、モンフォール家らしい穏やかさを見せているが、どんなことも見逃さない鋭さがある。「ぼくはチャールズの弟のアンドリューです。こちらは妹のネリッサ。イングランドへ、そしてブラックヒース城へようこそ」

だが、ネリッサはジュリエットの腕のなかで眠るシャーロットを見つめていた。はっとしたように両手で口を押さえ、可憐な青い目に突然涙を浮かべる。そして戸惑いながら一歩前に出ると、唇を噛んでジュリエットを見あげた。「抱っこしてもいい？」彼女は腕を差し伸べながら小声で訊いた。

ジュリエットは観念した笑顔で、赤ん坊をその叔母に渡した。辞去するのは――そして憎らしい公爵の前から逃れるのは――諦めるしかない。けれども身をかがめたネリッサが赤ん坊を抱いて物陰に身を引くと、ジュリエットの不機嫌も消えていった。ネリッサの肩は震えていて、泣いているのがわかる。

「アンドリュー卿とレディ・ネリッサだ」公爵がいらだって訂正した。「どうしても自己紹介がしたいというのなら、せめて正しい称号をつけるんだな」

アンドリューがどうでもよさそうに手を振り、デカンターに向かった。「いいだろう、ルース。彼女は植民地から来たんだ。称号なんて気にしないさ」

「行きなさいと言ったはずだ、アンドリュー。わたしを怒らせる前に、さっさと指示に従ったほうがいい」

「お言葉ですが、アンドリュー卿、では？」

公爵のグラスがテーブルに大きな音を立てて置かれた。もはや彼の顔はうわべだけの忍耐を浮かべていなかった。凍るような冷たい空気が部屋に満ちる。ジュリエットは兄弟間の憎悪にはっきりと気づいて息をのんだ。陰鬱で手ごわい兄と、大胆不敵で露骨にふてぶてしい弟。一瞬いやな予感がして、ジュリエットはふたりが殴り合いを始めるのではないかと思った。いえ、それは違う。公爵は癇癪を制御する人間だ。他人の前で、しかも弟を相手に殴り合いをして品位を落とすような真似はしない。

その考えは正しかった。公爵はアンドリューに小さな勝利を譲って、首をかしげた。そうしなければ起こったであろう騒動を避けるために。「では座りなさい」低い声で言う。「ふたりとも」

ネリッサはシャーロットを抱いたまま言われたとおりにしたが、アンドリューは明らかにその指示にも逆らうべきだと感じたようだった。彼はたっぷり時間をかけて自分用にブランデーを注ぎ、椅子にどすんと腰をおろした。長い脚を組み、気だるげに会釈する。彼はジュリエットに向けてグラスをあげると、彼女を観察しながら長々と杯を傾けた。「ああ、本当にあなたはチャールズが言っていたとおりだね。兄が夢中になったのもわかるよ、ミス・ペイジ」

「チャールズだけじゃない」ネリッサが口をはさんだ。「ガレスもあなたを褒めちぎっていたわ。仲間たち全員であなたに祝杯をあげていた。あなたがその場を取り仕切って、みんなを落ち着かせ、とっさの判断で兄を救ってくださったそうね。ガレスはあなたにすっかり夢中だと思うわ！」

「ガレス卿はわたしのことを買いかぶっていらっしゃるわ」ジュリエットはうつむき、血まみれのスカートを腕でさりげなく隠そうとした。「彼のほうが本物の英雄だったのよ、わたしじゃなくて」

「でも」アンドリューがグラスを振りながら言う。「ガレスは放埓(ほうらつ)で浪費家で、無法者かもしれないが、嘘はつかない」

「たしかにね」妹も同意した。

ジュリエットは公爵をちらりと見た。その陰鬱な視線はまだ彼女に向けられている。まだ彼女を観察している。まだ見定めている。

それどころか、あのかすかな笑みが今も口元に浮かんでいた。気にかかる笑みだ。

「ところでガレス卿の具合はいかが?」公爵の不可解な視線を無視しようとして、ジュリエットは陽気な兄妹のほうに注意を向けた。

「ああ、出血とアイリッシュ・ウイスキーのせいでちょっとぼんやりしているけど、それ以外は大丈夫だよ。まあ、あれがガレス流だからね」アンドリューは慣れた手つきでグラスを傾け、残りのブランデーを飲み干した。「村人たちはガレスのことを〝放蕩者〟と呼んでいるんだ。先週も〈巣窟〉の仲間に村落広場でピラミッドを組ませて、見物に集まった人たちと賭けをした。それでクルセイダーに乗ってピラミッドを飛び越えたんだよ。あの日、ガレスはその賭けで大金を稼いだ。先週は——」

「そのくらいにしておけ、アンドリュー」公爵が身を起こして話をさえぎる。

「いいじゃないか、ルース。兄さんだって、ミセス・ドーキングの豚を酔わせたのは傑作だったと認めざるをえないだろう」

「傑作ではなく前代未聞の愚行だ。あの動物が引き起こした損害を考えれば、なおさら笑えるわけがない」

ネリッサがシャーロットの小さな指を一本一本確認しながら、笑いをこらえてうつむいた。

アンドリューがかまわず続ける。「でも、今夜のガレスの行為はすべてを帳消しにするよ。ルース、ガレスが自ら英雄的行為におよぶなんて、いったい誰が予想した？」

「まあな。あいつが自ら何かをするなんて誰も思わなかった」公爵はひとりごとのようにつぶやき、ブランデーを飲み干した。「では、そろそろ失礼しよう。レイヴンズコームまで行って、馬車の気の毒な乗客たちの世話をしなければならない。おまえの兄が始末すべきだった追いはぎの片をつける必要もある。そうできなかったのは残念だ。おそらく絞首刑になるだろう。ミス・ペイジ、トランクは馬車に残してきたのか？」

「ええ、でも、そろそろおいとますべきですわ」

「きみは動揺しているし、急いで決断を下す前に休養する必要がある」公爵が腹立たしいほど穏やかに言い返す。「思いがけずチャールズの弟と出会ったんだ、しかも衝撃的な状況で。困惑するのも当然だろう」彼は笑っていたが、その笑顔の下にジュリエットには見極められない何かが隠れていた。それに陰鬱な目は彼女をじっと観察している。気味が悪いくらいに。

「ガレス卿はチャールズと似ているところがあると思わなかったか？」

「公爵さま、口答えしたくはありませんが、わたしは村のどこかに泊まったほうが気が楽だと――」

「なんですって？」「なんだって？」ネリッサとアンドリューが声をそろえた。

「ミス・ペイジ、トランクは馬車に置いたままか？」公爵がしつこく尋ねる。

「ええ、もちろん。でも――」

「トランクに名前かイニシャルは？」

「書いてありますけど――」

「パディフォード！」

すぐさま扉が開き、お仕着せを着た使用人が現れた。無表情のまま、直立不動で指示を待つ。

「パディフォード、村に用事がある。ミス・ペイジのトランクを持ってきて、彼女の部屋に運んでくれ。ネリッサ、おまえはお客さまが居心地よく過ごせるよう取り計らうんだ。彼女付きのメイドも部屋にやってくれ」公爵は値踏みするようにジュリエットに視線を走らせた。「〈青の間〉を気に入ってもらえるだろう」

「公爵さま、ご厚意に甘えるつもりはありません――」

「ばかなことを言うんじゃない、お嬢さん。きみは立派にふるまった。質問に対する答えも満足できるものだった。そんなに気を悪くしないでくれ、わたしがわざと失礼な態度を取って、きみを試していたのだと気づかなかったか？」

試していたですって？　怒るべきなのか屈辱を感じるべきなのかわからず、ジュリエットは泣きそうになった。だが公爵はすでに会釈をして、それ以上は何も言わずに出ていってしまった。

アンドリューとネリッサがジュリエットをなだめようと駆け寄ってきたものの、彼女はブラックヒース公爵ルシアンが通った扉を見つめながら立ち尽くしていた。彼が他人を操る名人だということは知るよしもなかった。ジュリエットに関して彼が何かたくらんでいることも。そして大広間に向かっていた公爵が帽子と手袋と馬を用意するよう指示しながら、狡猾な喜びで目を輝かせていることも。

6

不愉快な公爵はさておき、イングランド人のもてなしには何か格別なものがあった。

アンドリューは使用人を脇に呼び寄せて小声で指示を出すと、部屋を出ていった。開いた扉の向こうを、従僕がジュリエットのトランクを持って足早に通り過ぎる。品のあるメイドが颯爽と現れ、シャーロットを引き取ると、洗って着替えさせるために連れていった。清潔感あふれる溌剌（はつらつ）としたメイドが数人、次々と図書室に入ってきて、レディ・ネリッサの検査を受けるために並んだ。若い令嬢はにっこりすると、ひとりのメイドを手招きした。「彼女はモリーよ」ネリッサはジュリエットに紹介し、今度はそのメイドに向かって言った。「ミス・ペイジのお風呂を用意して。わたしたちのお客さまなの」

「どちらのお部屋にご用意いたしましょう、お嬢さま?」

ネリッサは思案するように指先で唇を軽く叩き、振り向いてジュリエットを見た。「チャールズ卿の部屋はどうかしら?」

ジュリエットは息をのんだ。追いはぎに遭い、ガレス卿と出会い、厳しい面接を受けさせられたあとで、チャールズのベッドで眠るだなんて、精神的に耐えられるだろうか? だが、この件に関してネリッサは考える時間を与えてくれなかった。楽しげに話しながら、自分についてくるようジュリエットに告げる。

「ルシアンの手に乗せられて、気分を害してはだめよ」横に並んで歩きながら、ネリッサはジュリエットの袖にそっと触れた。「兄は一番機嫌がいいときでも、残忍になることがあるの。だけど先月、レディ・ハートフィールドから脅迫されて結婚に追い込まれそうになって以来、特に機嫌が悪くて。ご想像のとおり、兄は今のところ女性のことをよく思っていないのよ！　でも、気にしないでね。部屋で休む前にガレスにおやすみの挨拶をしたい？」

ジュリエットはまだチャールズのベッドで眠ることに気を取られていたため、その言葉に不意打ちを食らった。「えっ、あの……」

ネリッサはジュリエットの戸惑いの理由を誤解した。「ガレスはきっと喜ぶと思うわ」穏やかに促す。

「でも、不謹慎ではないかしら？」

「大丈夫よ、わたしもいるから」

ネリッサはついてくるよう身ぶりで示し、古めかしい石造りの床にスカートを擦りながらひと続きの階段をあがっていった。階段は壮麗で幅広く、五人の人間が横に腕を組んでも余裕を持ってのぼれそうなほどだ。

階上に着くと羽目板張りの長い回廊になっていて、いくつかの扉が並んでいた。ひとつの扉の向こうから酔った歌声が聞こえ、大きな笑い声がそれに続く。

ネリッサが遠慮なく扉を押し開けると、そのばか笑いはすぐにやんだ。

「みなさん？」部屋のなかの人々が紳士たちだとはまったく思っていないことを知らしめるような言い方で、ネリッサはその言葉を強調した。「ガレスのお見舞いにお客さまがいらしたのよ、失礼のないようにお願いするわ」

彼女は扉を大きく開けて、ジュリエットに入るよう促した。

ジュリエットはためらいがちに扉を抜けると、なかに入ったところで立ち止まった。室内は薄暗く、陰気だった。凝った漆喰天井は頭上五メートルほどの高さがある。燃え尽きそうなろうそくが数本、炎の先を隙間風に揺らされながら、大きな部屋に明かりを絶やすまいとあがいていた。部屋の暗さに目を慣らそうとして、ジュリエットはまばたきをした。

そうして、さまざまな体勢でくつろぐガレス卿の友人たちに気づいた。窓の下のベンチに腰かけたチルコットは、人差し指を空のボトルに突っ込んで前後に揺らしている。ペリーはダマスク織りの背もたれがついた椅子にだらしなく座っていた。ベストのボタンが外れ、クラヴァットがゆがんでいる。彼はハンサムな顔にぼんやりと笑みを浮かべていた。ほかの男たちの名前は記憶になかった。ひとりは大きな鼻の男で、結んだ髪からほつれた茶色いくせ毛の下で目を血走らせている。もうひとりは荷馬さながらに巨大でたくましく、仰向けに倒れていびきをかいていた。その頭の横に転がるかつらは、まるで死んだネズミみたいだ。細身で気取った三人目は酔ってしゃっくりをしながら、ジュリエットにボトルを掲げて挨拶した。「ご婦人に……ひっく……今夜の英雄に！」

そして、ガレス・ド・モンフォール卿。

彼は彫刻が施されたオーク材の巨大なベッドで、山と積まれたブロケード織りの枕に支えられて横になっていた。髪は乱れ、むきだしの上半身にシーツがだらしなくかかっている。片方の口角をあげた、眠たげな小さい笑みが誘惑的だ。彼の視線があがってジュリエットに留まると、今夜二度目となる激しい動悸に襲われ、彼女は胸に手をやって鼓動を落ち着けようとした。

シーツの下は裸なのがわかった。

急に部屋が暑すぎるように感じた。息をするのが苦しい。ジュリエットの体の女性らしい部分が燃えあがった。枕にもたれ、シーツに覆われたガレスの姿に激しく反応してうずいている。背後にネリッサが立っていなければ、きびすを返して逃げてしまうところだ。

ろうそくの明かりがガレスの肌を蜂蜜色に輝かせ、上半身を温かい金色に包んでいた。骨や腱や美しく鍛えられた筋肉の加減で、上腕や首の付け根のふくらみにくぼみができ、それを明かりが浮きあがらせている。胸には黄褐色の毛が渦巻いていて、ひと房ひと房がベッド脇のろうそくのキスを受けて甘美な金色に輝いていた。顎にうっすら生えた無精ひげも同じくきらめいている。彼に見あげられると、ジュリエットは急に膝の力が抜けそうになった。

この男性にはチャールズでさえ太刀打ちできない一種の危険な魅力がある。その考え――そしてシーツと枕に身をゆだねた彼の魅惑的な姿に対する自らの肉体的な反応――に、ジュリエットは愛した男性を裏切ったような罪悪感を覚えた。思わずごくりとつばをのみ込む。

「こっちに来てくれ」ガレスが声をひそめて言った。

部屋じゅうが静止し、壁や彫刻を施したモールディングや高い天井に、ろうそくだけが揺れる影や光を投げていた。

全員の視線が自分に集まるのを意識しながら、ジュリエットは前に進んだ。心臓が早鐘を打っている。手のひらは汗ばんでいた。ベッドに近づくと、ガレスが手を伸ばして彼女の手を取り、キスをした。

「きみは……天使だ」低い声で言い、彼女の手を温かく包み込む。

ジュリエットは微笑んだ。「そしてあなたは酔っていますわ、ガレス卿」

「みっともないほどにね。だがこんな状況だから、そのほうが都合がいい」

「たいそう痛みますの？」

彼は手を握ったまま笑った。「正直に言うとね、ミス・ペイジ、何も感じないんだ」

背後でチルコットが高笑いしたが、ガレスに目を奪われている彼女の耳には届いていなかった。ガレスが額にかかった髪のあいだから見あげると、ジュリエットはようやく彼の瞳が淡い青色だと気づいた。

「そうでしょうね」彼女はガレスの手のなかから手を引き抜き、腕を伸ばして彼の額の髪をそっと払った。手が震えている。「この調子でしたら、死ぬことはなさそうですけれど」

「死ぬなんてありえない。英雄でいるのが気に入ったんだ。生き延びて、これからは苦境の乙女たちをもっと助けようかな」ガレスは美しく青い目でジュリエットを真剣に見つめ、彼女がその存在すら忘れていた心の琴線に触れた。「ルシアンに追い払われないよう、気をつけて」

「ええ」

彼は満足げにうなずくと、まぶたが閉じるに任せた。「会いに来てくれてありがとう、ミス・ペイジ」

ジュリエットは声を出そうと息を吸った。「お礼を申しあげるのはこちらです、ガレス卿。みなを助けてくださったんですもの」そこで突然の衝動に駆られて身をかがめ、彼の額にキスをする。「わたしたちの命の恩人ですわ」

少しも寒くないのに、ジュリエットは両腕で自分を抱きしめながら、ネリッサと薄暗い回廊を移動した。静まり返った城のなかで聞こえるのは、ふたりの歩く音だけだ。まだ動悸が激しく、外に飛びだして夜の冷気のなか深呼吸をしたかった。いったいどうしたのだろう?なぜガレス卿に対してあんな反応をしてしまったの?

こんな感情はあれ以来……そう、チャールズ以来、経験したことがない。

ジュリエットは身震いしてその考えを振り払った。動悸が激しいのはチャールズの部屋に向かっているからに違いない。そこに行くのが怖いと同時に待ちきれない思いだ。ガレスにあんな反応をしたのは、彼がチャールズの弟だからというだけで、ほかに理由などない。ガレスには関係のないことだ。何もかも、チャールズが理由なのだから。

そうではないのだろうか？

「ジュリエット、大丈夫？」ネリッサが横で尋ねた。

なんとか弱々しく笑みを浮かべる。「ええ、ありがとう、今日はちょっと大変な一日だったから」

「そうよね」ネリッサは理解をこめて言ったが、その青い目は鋭く、ジュリエットは自分の態度に出ている以上のことを勘づかれている気がした。チャールズの喪に服しているはずなのに、その弟のことで浮かれていると知られたら、ネリッサはどう思うだろう？

ふたりは廊下を歩き続けた。壁の燭台ではオレンジ色の炎が輝き、肖像画や絵画、古い彫像や胸像をちかちかと照らしている。ふたりは彫刻を施した巨大な扉にようやく着いた。そこでネリッサが足を止め、掛け金に手を伸ばす。

ジュリエットは緊張し、心の準備をした。ネリッサの視線が自分に止まるのを感じる。

「チャールズはあなたのことを誇りに思ったでしょうね」ネリッサが静かに言った。「赤ん坊に家名と家族を与えるためだけに、はるばるイングランドへいらしたんだもの……ルシアンのことは心配しないで。兄があなたを助けないとしても、わたしたちの誰かが助けるわ」

彼女が扉をわずかに押し開けるのを、ジュリエットはためらいがちに後ろに立って見ていた。

「マーサ？」ネリッサが暗闇に向かって穏やかに呼びかける。「もうさがっていいわよ。あら、ありがとう、子ども部屋から揺りかごを持ってきてくれたのね」

ジュリエットはまだ部屋の外で体を小さくし、ラグの模様を爪先でなぞりながら、ネリッサガメイドと話すのを聞いていた。

シャーロットを連れていった品のある女性があくびをしつつ部屋から出てきた。「アンドリュー卿が指示してくださったんですよ、お嬢さま。母と娘は離れたくないだろう、とおっしゃって。急なことで村に乳母は見つからないから、赤ん坊は子ども部屋ではなく母親とここに泊まってもらおうともおっしゃっていました。赤ちゃんはもう眠っていますけど、すぐにお腹をすかせると思います」

「まあ！　アンドリューはこういったことは何も知らないと思っていたけど、気が利くのね」ネリッサが愉快そうに眉をあげる。

ジュリエットは顔をあげた。「ありがとう、マーサ」そう言うと、今度はチャールズの妹に顔を向けた。「あなたもありがとう、レディ・ネリッサ。みなさん、親切にしてくださって」

マーサが顔を輝かせる。「お気になさらないでください、奥さま。この家には長いあいだ、赤ん坊がいなかったんですよ」

「本当にね」ネリッサが苦笑した。「さがっていいわ、マーサ。ミス・ペイジはおやすみになりたいでしょうから。シャーロットには朝食のときにまた会えるわよ」

「かしこまりました、お嬢さま。朝が楽しみだこと！」

マーサは軽くお辞儀すると、廊下をのんびりと歩いていった。

ネリッサはメイドが立ち去るのを見送った。「あなたは人に頼らない方のようだけど、モリーの手が必要なら、ベッドの奥にある呼び鈴を引いてね」彼女はジュリエットの腕に両手を置いてじっと見つめてから、さっと引き寄せて抱きしめた。「来てくださってうれしいわ。じゃあ、おやすみなさい。朝にまた会いましょう」

ジュリエットは微笑みを返した。「おやすみなさい、レディ・ネリッサ」

チャールズの妹は廊下を去っていき、その足音も消えていった。ジュリエットはそれを見送りながら、行かないでほしいと思っていた。でも、避けて通るわけにはいかない。彼女は深呼吸すると、ゆっくり扉を押し開け……チャールズのものだった部屋に入った。

何もかもがしんとしている。暗い。暖炉では弱い火がパチパチと音を立て、その前には真鍮(しんちゅう)製の浴槽とタオルかけ、シャーロットが眠る揺りかごの輪郭だけが見えた。ジュリエットは一歩進んで、背後の扉をそっと閉めた。立派なカーテンのかかったベッドが影を落としている。ぼんやりした形で、いくつか家具があるのがわかった。整理戸棚の上で唯一のろうそくが隙間風に炎を揺らめかせ、ひと筋の光で暗闇を照らしていた。彼女は両腕をおろし、ほとんど息もできない状態で沈黙のなかにたたずみ、そこにのみ込まれた。

チャールズ。

ここに来たら彼を感じるだろうと思っていたけれど、部屋は空っぽだった。小さなろうそく、ジュリエット、眠る娘しかいない。ほかには何もない。チャールズの存在感に圧倒される感覚もなければ、彼の香りが漂う気配もない。記憶も何も押し寄せてこなかった。そこはただの部屋で、それ以上でも以下でもない。

ジュリエットはその巨大で冷え冷えとした寝室を歩きまわった。かつてチャールズが歩いた床でスカートが擦れ、かつて彼の服がしまわれていた家具の上を指がなぞる。彼はここにはいなかった。彼はジュリエットから遠く離れたところにいた。ボストンで過ごした孤独な数カ月、ずっとそうだったように。

ああ、チャールズ……こんなに孤独を感じたのは初めてよ。

火が音を立てた。小さな火の粉が格子越しにパラパラと落ち、暗闇のなかで悲しげに響く。ジュリエットはベッドの支柱にもたれ、その赤い炎をわびしく見つめた。彼がいないことに、どこか裏切られた気分だった。悲しみ、混乱、孤独、失望。

「チャールズ……」

返事はない。

赤ん坊が目を覚まし、ぐずりだした。ジュリエットは揺りかごのそばに行き、娘を抱きあげて胸に引き寄せると、乾いた目で静かに苦悩しながら前後に揺すった。〝かわいいシャーリー〟とガレスはこの子を呼んだ。なんという愛情表現だろう。喉の奥から悲嘆がこみあげてくる。

チャールズは死んだのよ、ジュリエット。死んでいなくなってしまった。この生気のない空っぽの部屋がそれを証明しているでしょう?

ジュリエットは長いあいだシャーロットを抱き寄せ、赤ん坊から得られる限りの慰めをかき集めるようにして、かつては自分のものだったけれど二度と手にできないものにすがりつこうと無駄な努力をした。初恋の息もつけないような高揚感。ハンサムなイングランド人将校のことを考えるだけで喜びにはずんだ胸。チャールズのなかに〝永遠の〟恋人を見いだすなんて、自分はなんと幼く世間知らずだったのか。彼みたいに若くたくましい人に死が忍び寄るなんて考えもしなかった。当時の思い出、あのめくるめく興奮が、今はどれだけ遠く感じられることだろう。

それなのに、チャールズの弟と出会ったとき――見事に男らしく、力強く鍛えあげた彼がベッドで横になり、裸体にシーツだけをまとっているのを見たとき、ジュリエットのなかで何かがうごめいた。とても長いあいだ感じたことのない何かが。

あれは欲望だ。

彼女は頭を振った。どうりでチャールズをここに感じないはずだ。彼の立派な弟の姿をこれほど鮮やかに頭で描きながら、チャールズを感じられるわけがない。

「痛っ！」シャーロットがジュリエットの髪をつかみ、飾りピンから引き抜く勢いで引っ張っていた。自分自身のことより、気にするべき相手がほかにいるでしょう、と指摘するかのように。彼女は小さなこぶしから髪をゆっくりと引き抜き、椅子を引いて座ると、娘をあやしながら燃え尽きそうな暖炉の赤い火の粉をじっと見つめた。チャールズのことを考える。ガレス卿に対する自分の反応についても。あんな反応をするなんて最低だ。

やがてジュリエットは疲れすぎて何も考えられなくなった。

シャーロットを寝かしつけ、汚れた服を脱いで震えながら浴槽に入る頃には湯が冷めていた。ようやくあがる頃にはさらに冷たくなっていた。彼女はタオルで体を拭き、ナイトガウンに着替えると、冷たくぱりっとしたシーツの下にもぐり込んだ。チャールズの愛しい頭がのせられた、羽のように柔らかな枕に頬をうずめる。

彼の枕。彼の部屋。彼のベッド。

ここで寝た最後の人は、おそらく彼だろう。

ジュリエットは別の枕を引き寄せ、それを抱きしめるように体を丸めて、向こうの壁に揺らめく影を見つめた。そして目を閉じ……チャールズの夢を見た。

また彼に会えた。大きな軍馬にまたがった立派なイングランド人将校が冷静な目で、配下の部隊が颯爽と行進していく様子を見おろしている。ジュリエットはまたあの瞬間を生きていた。窓辺から見ている彼女に初めて気づいたチャールズが、返礼するように三角帽に触れたあの瞬間。そして彼女はまたあの場所にいた。彼がとうとう威勢よく店に入ってきて……彼女に話しかけたあの日……それから二週間後、薪小屋の裏で会い、ふたりは初めて魔法のようなキスを交わした。ジュリエットは彼の腕にきつく抱きしめられている自分に気づいた。ああ、チャールズ。小さなため息をついて寝返りを打ち、また深い眠りに落ちていく。

夢が消えた。

チャールズ？

ああ、愛する人、どうか戻ってきて！

けれど、チャールズはもういなかった。誰か違う人が近づいてくる……イングランドの雨が降る夜、馬に乗って現れ、ピストルを構えている誰か。脇腹を銃弾に裂かれながら、腕のなかの子どもを守って、鋭いイラクサの上を転がる誰か。

ジュリエットが駆け寄り、彼の頭をイラクサからすくいあげたとき、彼女を見つめたうつろな目はチャールズのものではなく、ガレス卿のものだった。

7

ガレスは夜明け前に少しだけ目を覚ました。カーテンのあいだから薄明かりが差し始め、戸外のどこかでクロウタドリが朝一番の歌を歌っている。彼は身震いしてベッドカバーを肩まで引きあげた。部屋は冷たく空っぽで、暖炉には燃えた灰が積もり、友人たちはいなくなっていた。ルシアンが夜中に追いだしたのだろう。それがありがたいのか腹立たしいのか、自分でもよくわからない。ガレスはそこに横たわり、体を動かしてでも尿瓶(しびん)を取って用を足すべきか考えていた。医師の言葉がまるで説教のように頭のなかでこだまする。

〝幸運でしたよ、ガレス卿。とんでもなく幸運だ……あと数センチずれていたら、肋骨(ろっこつ)が砕けていたでしょう。肋骨どころか、肺までやられて命を失っていたかもしれません〟

そう思うと酔いも醒(さ)めそうだった。

弾は下部肋骨の肉をこそいで骨を削り、はがれかけた皮膚から大量出血したらしい。傷そのものは当初の見た目ほど深刻ではなかった。しかし、あのときは終わったと思った。そして今、ガレスはうめき声をあげてようやく尿瓶に手を伸ばしながら、終わったのは首から上だと思っていた。顔の左半分が猛烈に痛い。

今後、イラクサからは距離を置いたほうがいいだろう。

それにアイリッシュ・ウイスキーを飲んだのも悪かった。

とはいえ、もう一度あの追いはぎを退治する機会があれば、また同じようにするだろう。二日酔いで、頬は刺すように痛み、撃たれた脇腹もずきずきしているが、ガレスは今、自分に気分をよくしていた。ご機嫌なくらいだ。愚か者のように薄笑いを浮かべ、またベッドカバーの下にもぐり込む。英雄になるのは気分がいい……それにミス・ペイジがおやすみの挨拶に来て、あのかわいらしい唇で額にキスしようと身をかがめたときの感情を言い表す言葉が見つからない。彼はため息をつき、幸せそうに微笑んで、ベッドにふたたび横たわった。あんなふうに注目されると、自分がとても特別な気がした。それに感謝されていると感じた。人から感謝されることには慣れていない。

ガレスは目を閉じた。クロウタドリがまだ歌っている。彼はまどろみながら、ジュリエット・ペイジが自分を崇めるように見つめている姿を想像した。ガレスは負傷した偉大な英雄的戦士で、彼女は天から舞いおりた天使のごとく彼を見守っているという想像を自らに許した。

一時間後、ルシアンが様子を見に静かに入ってくると、ガレスはぐっすり眠っていた……微笑みを浮かべながら。

偉大な英雄は朝食の時間が過ぎても眠りこけていた。その頃には花束や贈り物、手紙や称賛の詩が届き始めていた。追いはぎとそれを妨害したガレスの噂が、レイヴンズコームや周囲の村々にまで広がっていたのだ。

〝放蕩者〟は以前から女性に人気があったが、その四月下旬のさわやかな朝ほどガレスの人気が上昇したことはなかった。前夜の行動――そして彼が〝生死に関わる深刻な〟傷を負ったという事実――はバークシャーじゅうの女性を熱狂させたようだ。村から来たメイドの一団が頬を赤らめ、はしゃぎながら明るい紫色のライラックの花束を彼に届けた。レディ・ジェイン・スノウからは半ダースの赤いバラが届いたが、その姉妹のレディ・アンからの一ダースの花束に数で負けてしまった。ミス・エイミー・ウッドサイドからは果汁たっぷりの甘いオレンジの箱が届き、そのほかにも手紙が何十通と殺到した。ニール・チルコットの妹、ミス・サリー・チルコットからはほとばしる情熱でガレスを称える詩が届いた。ろくでなしの兄、ニールに似て、愚かな娘だ。

その手紙を銀製のトレイにのせて従僕が朝食の場に入ってきたとき、すでにいらだちを募らせていたルシアンは吐き捨てるように言った。「まったく、いいかげんにしてくれ」香水を染み込ませた羊皮紙をつかみ、ガレスの空席の前に積まれていく手紙の束の上に叩きつける。それからコーヒーを手に取ると、『ジェントルマンズ・マガジン』に視線を戻した。

「ルース、開けてみようよ」アンドリューがパンにバターを塗りながら、ゆったりとした口調で言った。首を伸ばし、折りたたまれた羊皮紙上の華やかな筆跡をのぞき見る。「どれどれ……へえ！　〝勇猛果敢なガレス・ド・モンフォール卿に捧(ささ)げる詩〟だってさ」彼は小ばかにしたように言った。「何が書かれているにしても、朝食時の気晴らしとしては楽しめるんじゃないかな」

「何が書かれていようと、それはガレスだけに宛てられたものよ」ネリッサが膝の上でシャーロットをあやしながら、ぴしゃりと言った。「ガレスが注目を浴びているのが気に入らないんでしょう、自分には注目が集まらないものだから」

「愛しの妹よ、その正反対さ。ぼくは忙しいから、厄介な女性たちの注目をかわしている暇なんてないんだ」

「かわしたくても、注目してくれる厄介な女性がいないじゃない」ネリッサがやり返す。

「子どものけんかだな」公爵が新聞から視線もあげずにつぶやく。

ジュリエットは居心地が悪く、かなり場違いな気分で紅茶に入れた砂糖を静かにかきまぜた。昨晩の面接で公爵にひどい扱いをされたことを、まだ引きずっていた。それに彼がふたりを迎え入れてシャーロットを被後見人にするつもりなのか、今朝になってもまだわからない。公爵はその話題については何も口にせず、ジュリエットはネリッサに呼ばれて朝食におりてくるまで彼を見かけなかったので、尋ねる機会もなかった。公爵とふたりきりで話したい。口げんかする兄妹が耳をそばだてている朝食の席で、そんな話題を持ちだすのは適切ではない気がする。

朝食のあとで少し時間を取ってもらえるよう、お願いしようかしら……。

「そんなに困った顔をしないで、ミス・ペイジ」ジュリエットの心ここにあらずな表情を誤解して、アンドリューが愛想よく話しかけた。「ぼくたちは犬と猫みたいにけんかばかりしているんだよ。ここではこれが日常なんだ。すぐに慣れるさ」

そんな時間を与えてもらえるだろうか。そう懸念しながら彼女は公爵をちらりと見たが、彼は何も言わず、ただ雑誌を読み続けている。

「アンドリューは科学書を読みふけってばかりいるの。たまには読書をやめて現実世界に繰りだせば、アンドリューでも厄介な女性に追いかけられるでしょうに」ネリッサが話を引き継いだ。「ねえ、考案中の発明品について話してあげたら?」

「くだらない発明だよ」

ジュリエットはアンドリューの頬が急に赤らんだことに気づいた。「発明品?」

彼は肩をすくめてうつむくと、別のパンにバターを塗るという大プロジェクトに取りかかった。「飛ぶ機械を設計しようとしているんだ」

「飛ぶ機械ですって!」ジュリエットは飲みかけていた紅茶のカップを落としそうになった。

「そうなんだ」アンドリューは顔もあげずパンにバターを塗りたくっていたが、頬の赤らみが広がった。「ばかげて聞こえるだろうけど、鳥は飛べるし、凧や木の葉でさえも宙に舞うんだから、飛べない理由はないんじゃないかな」

「不可能だね」公爵が雑誌を読みながら小声で言う。

「ぼくは可能だと思う」アンドリューが応じた。

公爵はページをめくった。「人間が飛べるよう神がお望みだったなら、翼を与えてくれたはずさ」

「ええ、それに人間が海を渡れるよう神さまがお望みだったなら、ひれを与えてくださったでしょうね」ネリッサが言い返した。アンドリューが赤面したままナイフを置く。「でも神さまはひれを与えてくださらなかったから、人間は船を発明するしかなかった。飛ぶ機械だって同じことでしょう？　アンドリューの考えは試す価値があるし、素晴らしいと思うわ」

「わたしはとんでもなくばかげていると思うね」公爵は顔もあげず、高飛車に言った。「この二〇年間でオックスフォードを卒業できた男たちのなかで、酒や女遊びにうつつを抜かさず、真剣に学業に励んだ者はほんのひと握りだ。アンドリューはそのうちのひとりだろうが、なんのためだったんだ？　飛ぶ機械が聞いて呆れる。せっかくの教育が台なしだ。明晰な頭脳の無駄遣いじゃないか」

アンドリューは顔を真っ赤にし、噴出した怒りで目を光らせた。

「ルシアン、今のはひどいわ。かわいそうよ！」ネリッサが声をあげる。

「真実を言っただけだ」

「ほかの人が不可能だと考えることをアンドリューみたいな人が発明しなかったら、何も新しいものは生まれないわ！」

「飛ぶ機械など不可能だ。できやしないさ」

アンドリューは椅子を後ろに押しのけ、ちょうど入ってきた従僕にぶつかりそうになりながら、怒って部屋を出ていった。ネリッサも勢いよく椅子から立ちあがり、激怒する兄を追って従僕の横を走り過ぎたが、従僕はまばたきひとつしなかった。一方の公爵は、争いなど起こらなかったみたいに雑誌を読み続けている。従僕に注意を払いさえしない。従僕はまた別の手紙をのせたトレイを手袋をはめた手で運び、それを公爵の目前におろした。

「公爵閣下、ガレス卿宛でございます」

公爵は無言で手紙を取ると、積まれた手紙の山にそれを放り投げた。従僕は物音も立てずにさがっていった。

そこで公爵は視線をあげ、ジュリエットがとがめるような険しい表情でまだそこに座っていることに気づいた。「ああ」気まずそうな笑みを小さく浮かべる。「きみもわたしが無情な男だと思っているようだな。だが、アンドリューはひとつのプロジェクトに集中して取り組めないやつなんだ。アイデアを思いついては途中で投げだす、非生産的で困った癖があってね」彼はコーヒーをひと口すすり、ジュリエットに温厚な笑顔を向けた。「わたしがからかったり挑発したりしなければ、あいつは飛ぶ機械の設計に着手しないだろうから」

「公爵さまは人を巧みに操る方ですのね。ご自分の思いどおりに相手を動かすために、いつもそんな方法をお取りなんですか？」

また、あの愚弄するような笑み。「必要なときだけだ、ミス・ペイジ。さあ、ご機嫌を直して、ガレス卿にこの手紙の束を届けてくれないか？　手紙の香りで頭が痛くなる」

ジュリエットは数多（あまた）の部屋と回廊の迷路を抜けて、なんとか大階段を見つけた。そして階上で立ち止まった。廊下を半分ほど行ったところにガレスの部屋があり、扉が少しだけ開いている。彼女は彫刻を施した手すりを握り、脈拍がいつもの二倍の速さになっていることに気づいて驚いた。なぜ、あの部屋に入るのにここまで緊張するのだろう？　考えることはほかに山ほどあるのだから、珍しいほどハンサムな男性に対して起こる、女性の珍しくもない反応など気にしている場合ではないはずだ。

　気になるといえば、ブラックヒース公爵のたくらみもそうだった。

　使用人にさせるほうがふさわしい仕事——もちろん、そうしたほうが適切でもある——を公爵がジュリエットに言いつけたことも気がかりだ。彼は何かたくらんでいる。でも、それがどんなたくらみなのかわからない。公爵が糸を引き、相手が図らずも踊らされている様子を、ジュリエットは目の当たりにした。アンドリューをわざとからかって怒らせ、操る様子を見たのだ。公爵はゆうべの面接でも、彼女に対して同じようにふるまったではないか。彼自身もそう認めていた。もっとも、その動機については昨晩も今も不明のままで、ジュリエットはそれを知りたいかどうかすらわからなかった。考えたところで、公爵が関心を示しうるものを彼女は持っていないし、彼が欲しがりそうなものも持っていない……。

　ジュリエットは回廊を進み、ガレスの部屋の少しだけ開いた扉の前で止まって、室内の様子をうかがった。しんとしている。遠慮がちにそっと扉を押すと、きちんと油をさした蝶番は音を立てずにまわり、彼女は安堵のため息をついた。とんでもなく緊張していた。手紙の束が手のひらの形に曲がり、手の汗を吸っている。彼女は静かに扉を抜け、入り口のところで立ち止まった。

部屋は不自然なほど静まり返っていた。ジュリエットはベッドを見ないようにしながら、手紙の置き場所を探しつつ深呼吸した。枕がひとつ、床に落ちている。もうひとつ。いや、ひとつふたつではない数の枕がベッドの周囲に散らばっていた。ベッドで眠る男が寝つけなかったか、あまりの苦痛で投げ捨てたのだろう。ジュリエットの視線は散らばる枕をたどり、床を横切ってベッドの足元にたどり着いた。真紅の房付きロープが、ベッドを飾るつややかな金色のシルクのカーテンを留めている。カーテンのあいだからは彫刻を施したヘッドボード、そしてゆったりとしたシーツに部分的に覆われた男性の体がのぞいていた。その輪郭をたどっていくと、盛りあがった肩のむきだしの肌と枕の上の乱れた髪が見えた。

ジュリエットの頬が発熱したかのように熱くなった。プライバシーを侵害しているような気がして、あわてて視線をそらす。秘密をのぞいた気分だ。男性の寝室にいるなんて！　窓のあいだの戸棚に手紙を置いて、さっさと出ていこう。

けれども引き返す途中で、彼女はガレスが手紙を取るためにベッドから出なければならないことに気づいた。負傷しているのだから痛いだろう。

ああ、自分をこんな状況に陥れたブラックヒース公爵を絞めあげてやりたい！

しかたない。ガレスを起こさないよう気をつけて、ベッド脇のテーブルに手紙を置き直そう。

ジュリエットは覚悟を決めた。まるで太陽光から守るように目を覆い、うつむいて靴の動きを見つめる。ベッドに近づきつつ、そちらを見ないよう、そしてガレスを見ないよう、ほかのものに目を集中させるのだ。彼はおそらく今も裸で、ひょっとするとシーツの具合次第で体半分があらわになっているかもしれない。いつもの三倍の速さで心臓が打つのを感じながら、彼女はそそくさとラグの上を横切った。

ベッドの端が視界に入る。視線を落としたままこらえようとしたものの、まるでパンドラの箱のように視線があがり、不安げにさまよった末、観察すべきではないものに定まった。たくましいむきだしの肩の曲線が見えた。触れられそうなほど近い。同じくむきだしの胴には清潔な白い包帯が巻かれている。そしてシーツの下には、ヒップ、脚、くるぶし、足の輪郭が……ああ、なんてこと！　するとガレスが息をついて寝返りを打った。ジュリエットはかたまり、彼が目を覚まして自分の存在に気づきませんようにと祈った。招かれてもいないのにここに立っている自分、まるで眠る人を初めて見るかのように彼をのぞき見ている自分に気づかれたくない。

そう思いつつも、ジュリエットは眺め続けた。ガレスは横向きでも仰向けでもない、その中間の姿勢で眠っている。美しい曲線を描く唇をわずかに開き、片腕を肘で曲げて頭上に投げていた。軽く曲げた指の下に手のひらが見える。彼の胸は広くたくましかった。力強い腕。彼女はガレスの呼吸に合わせて上下するシーツを見つめた。彼のリラックスした顔、頑丈な首、そこから流れるような広くたくましい肩、シーツに軽く覆われたヒップや腿や脚に、窓から差す光と影がまだら模様を描く。ああ、なんて……ほてった頬に手を当てて、彼女は思った。なんて、なんて、なんて……。

ジュリエットはつばをのみ込んだ。そして爪先歩きでベッドに近づき、大理石の小さなテーブルに手紙の束を置いた。だが、できるだけ早くすませようという焦りと不安が裏目に出た。引き返そうとした彼女の袖が手紙の束に当たり、その束がかすかな音を立てて床に落ちたのだ。

ベッドで眠る男が目を開けた。

ジュリエットは息を止めた。

ガレスはにっこりしただけで、ジュリエットの苦境をすぐさま見て取ると大げさにあくびをし、彼女に気を取り直す時間を与えた。「ふう」彼が吐息をつく。眠たげでとろんとした目はどうしようもなく誘惑的だ。「まだここにいたんだね、よかった」

「よ……よかった？」彼女はあとずさりして目をそらした。泣きたいくらいに恥ずかしく、顔が溶けだすのではないかと思うほど熱い。

「ああ、よかったよ。ゆうべ、おかしな夢を見たんだ」ガレスは目をこすり、また腕をおろすと、軽くこぶしを握って耳の横に当てた。「兄が小さな女の子の父親になって、彼女を通して生き続けるという夢を見たんだ。そして美しい女性がぼくの部屋にいて、眠っているぼくを見守っている夢を。夢のなかのルシアンは彼女を送り返さなかった」彼は笑い、温かなまなざしでジュリエットを見あげた。「夢じゃなかったのかもな」

「わたし、あの」急に言葉が出なくなり、話し方を忘れてしまった。「わたし——もう出ていくところでしたの」

「出ていく？　ぼくは起きたばかりなのに。そんなにすぐ行かれたら、ぼくが気を悪くするかもしれないよ」ガレスは身を起こして腕をほぐし、ライオンのような音を立てて気持ちよさそうに無邪気なあくびをした。次にゆっくり両腕を横に伸ばすと、こぶしが枕にぶつかった。それが床に落ちて、先に転がっていた枕に仲間入りする。「ところで――」彼が体を戻して両腕を頭の下で組むと、ジュリエットは毛深く男らしい脇の下とくっきりした筋肉に見とれた。「ルシアンとはうまくいっているかい？」

ガレスが無意識に見せた誘惑的な姿に、彼女は顔を赤くした。目をそらして答える。「ええ、ひとまず大丈夫です。彼はどちらかというと――」

「気難しい？」

ジュリエットは微笑んで肩をすくめた。彼の兄のことを悪く言いたくはない。

「傲慢？」

彼女の微笑みが含み笑いに変わった。

「失礼で、高圧的で、短気で、不愉快な男？」

ジュリエットはガレスの目が楽しげに輝くのを見た。「あら、そんなふうに言うのは憚(はばか)られますわ」

「なぜだい？　真実じゃないか」彼はたちまち真顔になり、鋭い表情を浮かべた。「兄はシャーロットのことをなんと言っていた？　被後見人にするつもりだろう？」

「わかりません。どうなさるつもりか、何もおっしゃっていませんから」

ガレスが小声で毒づく。

「朝食のときも口を開かれませんでした。アンドリュー卿を挑発するとき以外は……。わたし、この手紙をお届けするよう仰せつかったんです。起こさないよう静かにしたつもりなのに……」彼女は小さく頭を振った。「もう、本当に恥ずかしいわ！」

「なぜ？」

「普段は男性の寝室をうろついたりしませんもの。その男性が在室で、眠っているときは特に！」

「ああ、でも、ぼくは気にしないけどね」両腕を頭の下で組んだまま、ガレスがいたずらっぽい表情を向けてきた。「きみが気にしないならの話だが」

「もう行ったほうがよさそうです」

「いや、行かないでくれ、ミス・ペイジ。きみと話していると楽しい」

「でも、外聞が悪いですもの！」

「誰が気にする？　ぼくは退屈なんだ。暇を持て余している。それに話し相手もいないし」

「お話を続けるわけにはいきません。シーツの下は裸でいらっしゃるのに……」

ガレスが眉をあげた。「どうして裸だと知っているんだ、ミス・ペイジ？」

「見たかどうかをお尋ねになっているのなら、見ていません！」

「ああ、だが、見たじゃないか」楽しげに唇がゆがむ。「ぼくの夢のなかで」

「ガレス卿！」

彼は温かいまなざしで笑った。空みたいに青い瞳だ。そこにある熱っぽい輝きに気づいたジュリエットは動揺と混乱で目をそらし、ぴりぴりと快い欲望の波に襲われた。ガレスの視線を感じる。それに対する自分の反応、彼に対する自分の感情を意識した。彼女は思わず笑い始めた。ガレスが好きだ。本音を言うと、彼のからかうような、それでいて強い関心が心地よかった。

「ところで、あなたは何をしていらっしゃるの？」話題を変えようとして訊いた。もう少し安全な話題がいい。

「何をしているとは？」

「お仕事よ。チャールズは将校だったし、アンドリュー卿は発明家を目指しているでしょう？　ルシアン卿は公爵で――あなたは？」

「ああ、そういう意味か。ぼくはぼくだよ」

「ぼくはぼく……」

ガレスは一瞬、途方に暮れたようだった。彼が考えていることを、ジュリエットは知るよしもなかった。〝ぼくはどうしようもない浪費家なんだ。黒い羊。家族の恥。仕事？　何もしていない〟

「ぼくは……楽しんでいるよ」そう言うと、ガレスはまつげのあいだから無邪気にジュリエットを見あげた。えくぼのある魅力的な笑顔を向けられた彼女は、笑うしかなかった。

「楽しむだけ？」

「今はね。白状すると、ここで何もせずに回復を待っているのは退屈だと思うんだ。だから毎日、会いに来てくれないかな、ミス・ペイジ。きみが来て楽しませてくれたら、絶対に退屈しないから」

彼女は笑って手紙の束を取ると、それでたくましい裸の胸を軽く突いた。「どうぞ。そんなに退屈でしたら、手紙をお読みになるといいわ。そうすれば療養のあいだも耐えられるでしょうから」

「手紙を読む気分ではないんだよ。それに賭けてもいいが、みんな同じようなことばかり書いているはずだ。一通読めば、全部読んだも同然さ」

「じゃあ、一通はお読みになったの？」

「いや、読んでいない。ぼくは眠りながらいろんなことができるが、さすがに読むことはできないからね」

ガレスは両腕を頭の下で組んだまま、彼女を見あげた。楽しげに小さな笑みを浮かべている。

ジュリエットは深く息を吸って目をそらした。視界に入るのは花だけだ。整理戸棚の上、窓台の上、書き物机の上も花だらけだった。それを見ていると――そして彼女の手のひらに香りを移した手紙の束を見ていると――気分が落ち着かず、嫉妬のようなものが胸をきりきり締めつけるのを感じた。だが、もちろん嫉妬などしていない。ガレス卿のことはほとんど何も知らないのだ。彼の兄に対する権利があったからといって、彼本人に対する権利があるわけではない。

「きれいな花」ジュリエットはうつろな口調でつぶやいた。ほかの女性の香りを無意識に払おうと、手のひらをスカートでぬぐう。「あなたは女性に人気があるようですわね、ガレス卿」

「そう思うかい？」

「そう思わないんですか？」

彼は控えめに肯定するような仕草で小さく肩をすくめた。たぶん人気はあるのだろうけれど、今はどうでもいい気がした。そんなことは重要ではない。

ジュリエットは尋ねた。「お兄さまも女性に人気があったのかしら？」

「お兄さま？　チャールズのことか？」

「ええ」

彼女の顔に向けられた視線に温かみが増した。「最低でも、ひとりの女性に大人気だったようだな」

頬をピンク色に染め、ジュリエットは小さな笑みを隠そうとうつむいた。「わたし以外の女性のことを訊いたんです」

「ああ、チャールズには崇拝者がいたよ。でも、兄は野心的な男だったからね。学業に熱心で、その後は軍務に夢中だったので、スカートを追いかけまわす時間などなかった。少なくとも本人はそう言っていたな。実際のところ、両親は――それにルシアンは――チャールズの人生を完璧にお膳立てしていた。チャールズは反抗したいから反抗するという性格でもなかったし」

「そう……公爵さまはチャールズがほかの女性と将来を約束していたようなことをおっしゃっていたけれど」

「チャールズは生まれる前から、誰かと将来を約束させられていたんだ。だからといって、彼がその女性のことを想っていたというわけではない」

「では、あなたは？　新たに推定相続人となったあなたには、将来を約束した方がいらっしゃるの？」

ガレスがにやりとした。「親愛なるミス・ペイジ。ぼくは反逆児なんだ、ただ反抗したいという理由だけでね。もし結婚することがあるとしたら、自分が選んだ相手とする。ルシアンが選んだ相手ではなく」

「そうね……なぜかしら、あなたはお兄さまやほかの人に敷かれたレールを歩む人には見えないわ」

「当然さ！　といっても、ルシアンが何も強要してこないわけではないけどね」ガレスはまだ熱っぽい目で彼女を見つめていた。だが、ジュリエットの顔を見ているうちに彼の笑みは少しずつ消えていき、同情と理解を示す表情に変わった。「まだ兄が恋しいんだね？」

ジュリエットも笑みを消した。物憂げに窓の外へ目をやり、緑深い高原を見つめる。「いつまで経っても恋しいと思うわ、ガレス卿」彼女は少しのあいだ身じろぎもせず、丘の頂から淡い青色の地平線へと視線を移した。遠いボストンまでの道のりを、そしてあの四月の最悪の日を振り返るように。「まだあの日のことを鮮明に覚えているの。彼に会った最後の夜のことを。赤ん坊を授かったと話したところだった。ああ、あのときの彼の顔を見せたかったわ……喜びに満ちた顔を。そして真剣な顔でわたしの前にひざまずき、結婚を申し込んでくれたの。それが彼に関する最後の記憶。ひざまずいて頭を垂れたチャールズ……あの明るいブロンドに、ろうそくの明かりがきらめいていたわ」

「最後の記憶としては悪くないんじゃないかな、ミス・ペイジ」

「そうね――わかっているの。同じ理由で、彼の遺体を見ることがなかったのをときどきは感謝しているのよ。生きている人を覚えているほうが、ずっといいから。そうでしょう？でも、それが苦しいときもある……彼にすがって泣く機会も、お別れを言う機会もなかったから。それを思うとまだ苦しくて。愛する人を亡くすだけでもつらいのに、なんの予告もなくその人と引き離されるのは、そしてさよならも言えないのは、いっそうつらいわ」

「そうだね……よくわかるよ」ガレスは少しのあいだ沈黙し、悲しみに浸っているようだった。彼が思い出を反芻（はんすう）していることが、ジュリエットにはわかった。大西洋を隔てた地では誰も彼女に共感できず、そうしようともしなかったけれど、ガレスは静かに彼女の言葉を噛みしめていた。

ふいにジュリエットは彼を身近に感じた。心が通じる相手だ。

「あなたも彼に会いたいのね」

「ああ、いつだって」

「昨夜はレディ・ネリッサがチャールズの昔の部屋を使わせてくれたの。ばかみたいに聞こえるだろうけど、その部屋に行けば彼の存在を感じられるだろうと思っていた。そう願っていたわ」

「どうだった？」

彼女は自分を抱きしめ、寂しげに床を見つめて首を横に振った。「感じなかった」

一瞬、ガレスは沈黙した。そして言った。「慰めになるかわからないが、ぼくもあの部屋で兄の存在を感じたことがないんだ」

「じゃあ、あなたも彼を感じたくてあの部屋に行ったことがあるのね？」

彼がやさしく微笑む。「何度もね」

ふたりのあいだに沈黙が広がり、ジュリエットは袖のレースを意味もなくいじった。ガレスの視線が自分に向けられているのを感じる。「わたしのチャールズへの想いは、そんなに一目瞭然かしら？」

ガレスは思いやり深く笑った。「そうだな、だが悪いことじゃない。正直なところ、死後一年経ってもそんなに誠実な女性を兄は愛したのだと思うと、うれしいよ」目が悲しみを帯びる。「チャールズのことを思うとうれしいが、残された女性のことを思うとうれしくはない。ミス・ペイジ、人生と折り合いをつけていかなければいけない。兄はそうしてほしかったはずだ」

「ええ……そうね。あなたに会うまでは、なんとかやっていたのよ」ジュリエットは打ち明けた。「だけどあなたに会って、あなたが彼にそっくりなことを知って、記憶がよみがえったの」

「ああ、でも、似ているのは外見だけなんだ」ガレスはまたあのえくぼのある笑顔を見せて、彼女の内側をざわめかせた。「ミス・ペイジ、ぼくのことをもっと知るようになったら、まったく別の種類の男だとわかるよ」

彼は自分の品位を——いえ、ジュリエットの品位だろうか——保つためにシーツを引きあげると、体を横に傾けて、大理石のテーブルに置いた手紙の横にあるグラスとスピリッツの瓶を取ろうとした。けれども手がまだグラスから一〇センチ以上離れたところで顔をしかめ、ゆっくりと体を枕に戻した。何も取れず、顔が急に青ざめている。

「お手伝いするわ！」彼女は息をのんでベッドに近づいた。

「大丈夫。脇にちょっと痛みが走っただけだ」彼はあわてふためくジュリエットに笑顔を向けた。「アイリッシュ・ウイスキーの効き目が切れたんだな。体じゅうが痛み始めている」

彼女は床に落ちた枕をひとつ、またひとつと拾った。「ゆうべは苦しかったのでしょう？」

「もっと大変な経験をしたこともあるよ。今よりひどい痛みで目を覚ましたこともね。ミス・ペイジ、悪いが、そのウイスキーをちょっと注いでくれないか？　体を伸ばさないと届かないから……」

「ええ、もちろんよ」そんな単純な要望に気づかず、ガレスが動く前に気がまわらなかった自分をジュリエットは歯がゆく思った。酒瓶とグラスを取って、自分の配慮不足を補うかのように酒をグラスの縁まで注ぎ、彼に手渡す。偶然ふたりの指が触れた。そのちょっとした触れ合いにガレスは微笑み、彼女は思わず体を震わせた。指がむずむずする。ジュリエットはその強い酒を慣れた手つきで一気にあおる彼を見つめた。

飲み終えると、ガレスはグラスを彼女に渡した。肌が少し紅潮している。「ああ、少しましな気分になった。ありがとう」

ジュリエットはお代わりを注いだ。「枕を整えましょうか？」

「ああ、そうしてもらえるとありがたい」

ふたりははにかんだ笑みを交わした。彼女はラグの上から残りの枕を拾い集めるとガレスの左腕の近くに置いて、いくつかを背中の後ろに積もうとした。ジュリエットが積みやすいように、彼が体を傾ける。彼女は枕を整えながら、自分の手の近くにある見事に美しく男らしい背中を見ずにいられなかった。がっしりと筋肉がついた背中に幅広い肩。ガレスが背中を倒し始めると、そのむきだしの肌に触れたいような、そうするのが怖いような思いであわてて手を引っ込める。触れてしまえば、体の奥であの性的な反応が燃えあがってしまう。

枕に深く身を沈めながら、ガレスが心地よさげにため息をついた。半ば閉じた目で、またグラスに酒を注ぐジュリエットを見る。それを手渡されると、ガレスは感謝の――そしてそれ以外の何かが――こもったまなざしで彼女を見あげた。ジュリエットは赤面した。昨夜のような生死に関わる緊急事態が起こっていない今、そして自分たちのことから関心をそらすためのチャールズの話題がない今、ふたりのあいだには気恥ずかしく心もとない空気が流れていた。互いに惹かれ合いながらも、それを認めるほど相手のことを知らず、それを表現するのは気まずい。

少なくとも、ジュリエットはそう感じていた。

ガレスがどう感じているかはわからない。彼はジュリエットが近くにいても、そして大量のウイスキーの助けを借りても借りなくても、完全にくつろいでいるように見える。

「あの……そろそろ行かなくては」彼女は言った。

「残念だな」ガレスが唇にグラスを寄せ、その縁越しに彼女をじっと見る。「もう頼んでも無理なんだね？」

「ええ。でもお望みなら、またあとでうかがいます。食事か何かをお持ちするときにでも……」

「本当に？　そうしてもらえるとうれしいよ。でないと、退屈しのぎにくだらない手紙を読むしかなくなるからね。正直に言って、きみと過ごすほうがずっといい」彼はにっこりした。「それからシャーロットと。連れてきてくれるかい」

「連れてきますわ」

「よかった。ぼくの姪と、そのかわいいママと近づきになるのを楽しみにしているよ。次に来るときは、アメリカのことや航海のことを全部話してほしい。それと——ああ、参ったな」ガレスは突然はっとして、何度か素早くまばたきをした。まるで思いがけずウイスキーの酔いがまわったかのようだった（そうだとしても驚きではない、とジュリエットは思った。彼が飲み干した量と速度を考えれば当然だろう）。彼はゆっくりと頭を振り、申し訳なさそうな笑みを浮かべて頭を枕に傾けた。「ルシアンがきみにどんな対応をしているのか、一部始終を聞かせてほしいと言おうとしたんだ」

「ガレス卿、それもお話しするわ」ジュリエットは空になったグラスを彼の手から取り、テーブルに置いた。「でも、今はお休みになったほうがよろしくてよ」

「そうだな……残念ながらそうするしかない。スピリッツがちょうど効いたみたいだ。すまない、ミス・ペイジ。失礼なことはしたくないし、いつもなら三杯以上飲まないとこんな状態にはならないんだが……それにしても不思議だよ、ちょっと出血したくらいで、こんなふうに活力まで奪われるとは……」

「そのようですね」彼女は微笑み、シーツをガレスの胸までそっと引きあげた。彼はまつげのあいだからジュリエットを見あげ、ゆっくりと眠たげな笑みを浮かべた。面倒を見てもらい、気にかけてもらえることに満足して喜んでいる。女性のそばで完全にくつろぐ男性そのものだ。

「ありがとう」まぶたが閉じるに任せながら、彼は笑顔でささやいた。「夢を見るのが……楽しみだ」

暗にほのめかされた夢の内容にジュリエットは頬を染め、彼の腕に触れてから静かにベッドを離れた。

「ミス・ペイジ、最後にひとつ」

彼女は振り向き、ガレスを、そして今やほとんど閉じている目を見つめた。彼は必死でまぶたを開けようとしている。「なんでしょう？」

「ここは……ちょっと厳しい家だ。ぼくはルシアンがどんな人間か誰よりもよく知っているし、きみがホームシックになっていることもわかっている。慣れ親しんだ、愛する人たちや場所から遠く離れているのだから。だが、これだけは覚えておいてほしい……ここで居場所がないように感じたり、疎外感を覚えたり、すべてから逃げだしたくなったりしたときは、ぼくがここにいるからね」

その言葉はジュリエットの胸の内にある何かをつかみ、彼女はこの見知らぬ寂しい場所で初めて本当の友人を見つけたことに気づいた。喉にかたまりがこみあげてくる。「ありがとう、ガレス卿」

「いや……お礼を言うのはこちらのほうだよ、マダム」

ガレスは夕食の時間を過ぎても眠り続けた。体が治癒に必要な休息を求めていたからだけではなく、彼が摂取したアイリッシュ・ウイスキーの量は、最も堕落した英国紳士でさえ参らせるほどの量だったからだ。

彼が夜ふけに目を覚ますと、闇が忍び寄り、部屋はしんとしていた。奥の窓辺の消えかけた明かりで人影の存在に気づいた。

「おや、勇敢な英雄が目を覚ましたようだな」

ガレスは毒づきながら目をこすった。「ルシアン」

「気分はましか？」

「大丈夫だ」ガレスはあくびをし、いつもの悠然とした調子で気だるげに伸びをしたが、はっと思い出したように動きを止めた。「彼女はどこにいる？」

ルシアンは腕を払うようにして、部屋じゅうのあらゆる平らな場所から生えたような幾束もの花を示した。「どの女性のことだ？」

「とぼけるなよ、誰のことかわかっているだろう」

「ああ、ミス・ペイジのことか。彼女は階下の〈金の応接間〉でネリッサやアンドリューと一緒にシャーロットをあやしている。ばかだな、ガレス。わたしが彼女を追い返したと思ったのか？」

「そう思ってもおかしくないだろう？　追い返すつもりなんだから」

穏やかで柔和な笑み。「たぶんな」

「お決まりの利己的でねじ曲がった駆け引きか。今回は何をたくらんでいるんだ？」ガレスはずきずきする頭を手首で押さえながら身を起こした。「自分がどれだけ早く彼女を脅して出ていかせることができるか、試したいのか？　彼女が尻尾を巻いてボストンに逃げ帰るよう怖がらせたいんだろう？　いや、それよりひどいことをたくらんでいるのかもしれないな」

ルシアンがとぼけるように驚きを装って眉をあげる。「おいおい、ガレス。そんなに疑われると傷つくぞ。わたしはそこまで冷たい男じゃない。その証拠に紅茶まで持ってきてやっただろう」

「いつも人の心をもてあそぶくせに。ルシアン、彼女の心をもてあそんだら、ぼくが許さない」

「愛する弟よ、そんなことは考えもしないさ」ルシアンは黒いベルベットの袖からほこりを払った。「それにあの娘は簡単に怖がったりしない。おまえも気づいているはずだ」

「彼女を追い返してはだめだ」

「必要とあらば追い返す」

「ぼくが許さない」

「おまえが決めることじゃない。わたしの目は節穴ではないぞ、ガレス。おまえはすぐに彼女の味方になった。すでに心を奪われかけているんじゃないか？　スカートをはいた二本脚を見たら、たいてい夢中になるがな。だが、誤解するなよ。わたしはあの娘を結構気に入っている。ミス・ペイジは美貌と勇気に恵まれた立派な女性だが、生まれながらの田舎者だ。そしておまえは爵位の推定相続人――まあ、そのことでわたしは四六時中、頭を悩ませているわけだが」わざとらしく大げさにため息をつく。「おまえではなく、アンドリューが相続人ならよかったのに……」

「お説教はやめてくれ。そんな気分じゃないんだ」

「そうだろうとも。今までにそんな気分のときがあったか？　しかし、おまえには療養中に考えるべきことができた。その程度のかすり傷を騒ぎ立てて、身に余る英雄崇拝に酔いしれているあいだにな」ルシアンはガレスの悪態を無視して続けた。「わたしがミス・ペイジを追い返すかどうかは、おまえの行動次第だ」

「どういうことだ？」

兄のからかうような口調が険しいものに変わった。「チャールズが自分よりはるかに身分が下の者と結婚したがったことを、わたしがどう思ったかは知っているだろう。だから、おまえまでがあの娘に恋愛感情を抱くことになれば、わたしがどう思うかもわかっているはずだ。彼女と赤ん坊が、ここブラックヒースにとどまることを許すことにする。だがおまえが彼女を目で追いかけたり、恋わずらいする子犬のようについてまわったりするようなら、彼女を送り返す」また、あの腹立たしいほどに柔和な笑み。「もちろん、おまえのためにだ」

「ふざけるなよ、ルシアン。ぼくの行動をあれこれ命令する権利なんてないだろう。ぼくはもう二三歳だ、一五の少年じゃない！」

「ああ、だから残り半分の条件も聞いてもらおうか」

「もう充分じゃないか！」

「いや」ルシアンが憎たらしいほど冷静沈着な態度で立ちあがる。ガレスは兄が花瓶の花を手にしていることに気づいた。階下から持ってきたのだろう。「今、自分で言ったように、おまえは二三歳だ、一五歳ではなく。そろそろ実年齢に合わせた行動を取るべきだろう、精神年齢じゃなくてな」

ガレスはまた悪態をついた。またその話か。

「公爵位を継ぐべき教養ある若い貴族にふさわしい行動を見たいものだ」ルシアンはよどみなく話を続けた。「もうくだらない遊びやばかげたいたずら、酔いどれ騒ぎはたくさんだ。ガレス、あと一度でも愚行を重ねたら、あの娘は送り返す。わかったか?」

兄の陰鬱な視線が闇を突き抜けてガレスの視線とぶつかる。

「地獄に落ちろ」ガレスはむっつりと小声で言い、目をそらした。

「よし、わかったようだな。では、やすむといい。ああ、それから――」ルシアンは手に持っていた花瓶をどすんとおろした。「花を持ってきてやったぞ」

8

日が経つにつれ、ジュリエットは自分がこの巨大な城で孤独感を募らせていることに気づいた。家族と一緒にとる食事は、いつも静かで緊張感があった。アンドリューはたいてい彼の研究室で〝実験中〟だったし、ネリッサの朝は遅く、しょっちゅう近所の貴族を訪問していた。ブラックヒース公爵は決して愉快な相手ではなく、大体は知らん顔で、ジュリエットが時間や世話がかかる重荷であるかのように、いつもやすやすと彼女に肩身の狭い思いをさせた。そして、シャーロットを被後見人にするかどうかという質問を巧みに避けた――ミス・ペイジ、そのことについてはまだ決めかねているんだ。質問攻めでわたしを困らせないでくれ。そのような状況では、ジュリエットがますますガレスのベッドのそばで時間を過ごすようになったのも不思議ではなかった。彼女はガレスの冗談に笑い、気を引くような言葉に顔を赤らめ、彼がシャーロットと遊ぶのを見て日々を過ごした。彼女の新しい友人は、冷たいイングランド人の儀礼的な氷河に広げられた温かい毛布のようだった。公爵の威圧的な厳格さから逃れるための救護室。彼の厳格さは、まるで城の壁にまで浸透しているかのようだ。

知らず知らずのうちに、ジュリエットはガレスに惹かれてはいないと自分に言い聞かせていた。気楽で屈託のない、そして必ずしも成熟しているとは言えないガレスは、彼女に似合うような男性ではない。彼のことを実際の関係とは異なる存在として考えてしまうのは現実的ではなく、賢明でもなかった。

実際の関係――つまり友人だ。

もちろん、この深まりつつある友情から恩恵を受けているのはジュリエットだけではなかった。ガレスもまた、自分の世話をし、食事を運んできたり姪を連れてきたりしてくれる若く美しい女性と一緒のほうが、療養期をはるかに楽に耐えられた。それに本音を言うと、ルシアンに対する嫌がらせとして好都合でもあった。ジュリエットがたびたび見舞いに来ていることに兄が気づいていて、それを快く思っていないことをガレスは知っていた。ルシアンはその話題に触れなかったが、ジュリエットがガレスの部屋を訪ねるたびに、使用人がすべてをお見通しの兄に逐一報告しているのだろうとガレスは推測していた。

追いはぎ騒動から一週間半後、ガレスは部屋に閉じこもったままの毎日に辟易していた。ベッドに横たわってばかりで筋肉がけいれんを起こしているし、傷口の縫合は抜糸した。もう充分だろう。彼は散歩に出かけることにした。もちろん、ひとりでその冒険に繰りだす体力はあったが、ジュリエットに付き添ってもらうための完璧な言い訳として、〝まだ力が出ない〟と言えばよかった。ひょっとすると急にめまいに襲われるかもしれないし、彼女の助けが必要になることもあるだろう。その午後、ジュリエットがふたり分の昼食を持ってきて一緒に食事をすると、彼はスパーズホルト・ダウンの頂上まで散歩につきあってくれないかと彼女を誘った。

ジュリエットは異を唱えるだろうという予想に反して、外の新鮮な空気はガレスの体にいいはずだと彼女は言った。そうして一時間後、ふたりはシャーロットをネリッサに預けると、肩を寄せ合って笑いながら前庭の芝地を出発した。

図書室の前を通ったとき、窓のカーテンがわずかに動いた。しかし、ふたりは気づかなかった。ブラックヒース公爵が不可解な表情でふたりが出ていくのを見ていた。当然ながら、彼はジュリエットが弟の部屋を頻繁に訪れていることを知っていた。ふたりが惹かれ合っていることにも気づいていた。彼はそのことを不服に思っているとガレスが信じるよう仕向けたが、実際はその半分も不服になど思っていなかった。むしろ、その正反対だ。

不服どころではない。

顔にかすかな笑みを浮かべ、公爵はカーテンをぴしゃりと閉めた。

ガレスはわざと彼に逆らっている。

たくらみどおりに事が運んでいる。

数時間後、ふたりが子どものように笑いながら春の雷雨にあわてて家に駆け込むのを目にすると、公爵の笑みはさらに広がった。

けれども週末が近づくにつれ、ガレスはランボーン・ダウンズ周辺の散策だけでは飽き足りなくなっていた。友人たちに会いたかった。彼らとの遊びが懐かしい。土曜の夜を迎える頃になると、ペリーをはじめとする〈放蕩者の巣窟〉の仲間も集まり、ガレスは騒ぎを起こす気満々になっていた。

「元気いっぱいじゃないか」ペリーがゆったりした口調で言い、かぎたばこ入れを取りだしてひとつまみした。「こんなに早く出かけたがって、動きまわろうとするとは思わなかったよ」

「老婦人じゃあるまいし」ガレスは鏡の前に立ち、クラヴァットを丁寧に結びながら言い返した。赤紫色のシルクであつらえたコート、クリーム色のブリーチズ、金色の刺繡が入ったベストに身を包み、髪は後ろに束ねて軽く髪粉をかけた。剣は腰に着用済みだ。仲間と違い、彼はこの二週間、部屋に閉じこもって退屈しきっていた。もう一日、いや、あとひと晩でもそんなふうに過ごすつもりはない。「それに」ガレスは自嘲気味に続けた。「ほんの軽傷だからな。ルシアンには〝かすり傷〟だと言われたよ。さてと」鏡越しに仲間と目が合う。「今夜はどこに行く？」

「コーカムのところでカードでもやるか？」ヒュー・ロチェスター卿が言った。

「退屈だな」ガレスは答えた。

ニール・チルコットが六ペンス硬貨を取りだして放り投げた。「ブロートンの納屋で闘鶏があるらしいぞ」

「闘鶏は嫌いだ」ガレスははねつけた。

「ペンバリー卿の愛人がお得意の〝禁断の果実〟をやるという噂だけどな。観に行かないか？」トム・オードレットがぼそぼそと提案し、にやつきながらヒューを肘でつついた。

「だめだ、だめだ。どれも却下」ガレスは鏡の前に立ったまま、いらだたしげに言った。飾りのレースを引っ張ってシャツとベストにぴったり合わせ、仲間を振り返る。完璧な顔立ち。完璧な装い。完璧な清廉さ。

外見は人をだます。ガレス・ド・モンフォール卿には清廉さなど一片もなかった。

「飲んで騒いでゲームを繰り返すだけの遊びはうんざりだ。ほかに何かあるだろう、わざわざロンドンまで繰りださなくても楽しめる、張り合いのある遊びが……」

「張り合いといえば、ガレス、おまえの命を救ってくれたあのすてきなご婦人はどうしてる？」

「おお、そうだ。もう好印象を与えたか？」

ガレスはにやりとした。「取り組んでいるところさ」

「はん！　おまえのところの暴君がどう思っているか、想像がつくな！」

「兄貴がどう思っていようが、関係ないだろう？　ルシアンはブラックヒースを管理しているかもしれないが、ぼくを管理しているわけではないからな。さあ、行こう。お楽しみが待っている。こんなところに閉じこもっているのは、もう一分たりともごめんだ」

悪名高き〈放蕩者の巣窟〉——彼らはあらゆる愚行のおかげで、ランボーン・ダウンズの悩みの種になりさがっていた――がいつもの悪ふざけにたどり着くまで、さほど時間はかからなかった。

メンバーたちは結局、闘鶏場に行った。そのあとで〝禁断の果実〟を観に行き、チルコットのアイリッシュ・ウイスキーのボトルを三本空けたのち、最後には村の広場の向かいにある〈斑点鶏亭〉に落ち着いた。騒動が始まったのはそこからだ。ジョン・コーカムがまず地元民のひとりとけんかを始めた。トム・オードレットはエールの味が粗悪だと言って支払いを拒んだ。残りの連中は女給のテスとローナを口説き、抱き寄せた。ふたりの女給は喜んで身を寄せ、支払われた額だけの仕事を嬉々として承知し、この育ちはいいが素行の悪い男たちの膝にしなだれかかった。ついに堪忍袋の緒が切れたのは宿主のフレッド・クローリーだった。

クローリーは彼らを店から放りだした。女給ふたりも道連れにされた。

「ひどいよな、ガレス……これからどうする？」

彼らはぶつぶつ文句を言ったり毒づいたりしながら道路脇に立った。全員が酔いつぶれ、誰ひとりとしてまっすぐに歩けない。女給たちはくすくす笑いながら媚を売りつつ、チルコットのアイリッシュ・ウイスキーを遠慮なく飲んでいた。そのうちのひとりが酔ってガレスにすり寄り、彼の尻に手を当てた。もうひとりも気に入られようとガレスの腕の下に入り込み、ベストのなかに手を滑らせて胸をまさぐり始めた。

「ねえ、ガレス卿、どうするの？」

彼は笑ってふたりを見おろした。二週間前ならこの誘いに応じて、つきあっただろう。ふたりの女と官能的な夜を過ごすなんて、あらゆる男の夢ではないか。実際、彼は何度もその夢を実現してきた。だが、今夜はもう家に帰りたい。

ジュリエット・ペイジのいる家に。

「どうしようかな」自分でも意外な反応に少し戸惑いながら返す。

コーカムが口を開いた。「ぼくらを放りだしたあの生意気な野郎に仕返しする、いい方法を思いついたぞ。食堂の窓から見える景色を変えてやろう。客がびっくりして、宿を替えるはずだ」

「どうするんだ?」

コーカムは長々とウイスキーをあおってから、ボトルの底で村の広場を指し、ガレスの腕にしなだれかかる女に身を寄せた。「テス、クローリーが正面扉に塗ったあの紫色のペンキがどこで手に入るか知ってるか?」

棹立ちの軍馬にまたがったヘンリー八世の像は、ガレスの高祖父である初代公爵が前世紀に建てたもので、広場の中心にあり――それは村人の誇りでもあった――レイヴンズコームの交通量が多い交差路のはるか頭上にそびえ立っている。交差路はニューベリー、スウィンドン、ウォンテージ、ランボーンを往来する際に必ず通る道だ。像は見事な作品で、人目を引いた。後ろ脚で立ち、前脚の蹄で空を切る豪快な石造りの馬には気品と激しさがあった。

それにまたがる君主は荒々しいほど威圧的だ。しかし今夜、哀れな古のヘンリー王は、その不運な妻たちに負けず劣らずみじめな目に遭う運命にあった。彼の臣下のなかでも有数の高貴な男たちが像の土台周辺に集まって、けしからぬことをたくらんでいたからだ。実にけしからぬことを。

ひとりを除いた全員が像のまわりに立っていた。その三メートル上では、彼らのリーダーが石の馬の首に投げたロープにぶらさがっている。ガレスがその役目を引き受けた唯一の理由は、全員が彼にそんな勇気はないというほうに賭けたからだった（そのようにけしかけられると、ガレスはなんでも受けて立った）。彼は像の台に足を固定し、軍馬の後ろ脚の下から手を差し入れていた。

「上からの眺めはどうだ、ガレス？　えらく時間がかかっているじゃないか！」

「無理もないさ。石の馬をまさぐる機会なんて毎日あるもんじゃないからな」

「ぼくの一物がその馬の半分でもあればなあ！」

「そうじゃないのか、チルコット？」

「ガレス卿の一物は立派よ！」テスが叫んだ。「だってあの人、どんな軍馬よりも立派な体つきだもの。馬が石だろうと本物だろうとね！」

男性と女性の酔った笑い声がどっと響いた。まもなく辱めを受ける予定の軍馬にまたがったヘンリー王の下で、立っているというよりも揺れている複数の人影が、新たに開けられたアイリッシュ・ウイスキーのボトルをまわし飲みしている。

「おい、ガレス！　おまえの好みが——ひっく！——獣にまでおよぶとは知らなかった！まだほかにも秘密があるんだろう？」

「静かにしろ、うすのろども！」ガレスは言った。「村じゅうの人間を起こすつもりか？」

そう言うガレスも彼らと同じくらい酔っていたので、誰もその言葉を取り合わなかった。

「ひっく！　なんだよ、ガレス、五分もあったら——ひっく！——タマを青に塗るのに充分だろ！」

「青じゃなくて紫だ。濃い紫（ロイヤル・パープル）。王家（ロイヤル）の騎手にふさわしい色だ」

チルコットがいななく馬そっくりの鳴き真似をした。コーカムは馬のような荒い鼻息をつき、笑いをこらえようと腹を押さえた。けれども大量に摂取したアイリッシュ・ウイスキーがたたり、彼はバランスを崩して濡れた草むらに顔から突っ伏した。それでもばか笑いは止まらず、脇腹を押さえている。「ああ！　まずい、吐きそうだ……笑いが止まらん……だめだ……」

間髪をいれず、ガレスはペンキにブラシを浸してぱしゃぱしゃと振り、下にいる友人たちのかつらや髪粉をつけた頭にペンキをかけた。

わめき声が夜を貫く一方で、ガレスは平然と作業に戻った。

「やったな、ガレス！　ひっく——一番上等のかつらが台なしだ！」

「おまえのかつらなんかどうでもいいよ、ヒュー、ぼくは上着をやられたんだぜ！」

チルコットがまた馬のいななきを真似て顎を引き、足を外側に向けて地面を引っかき始める。

「しぃーっ！」

「ああ……だめだ、気分が悪い」

「まぬけども、ちゃんとしろよ。バケツごとひっくり返してやろうか」ガレスは上から声をかけた。手をロープにまわして体を少しだけ引きあげ、左腕のほうの張りをゆるめると、馬のもう片方の睾丸にペンキを塗りつける。「片方は完了。もう一方もすぐだ。ぼくのことをゲインズバラと呼んでくれ」

口いっぱいのウイスキーをヒューが吹きだし、笑いの発作を起こして倒れた。ペリーはむせ返り、大きな笑い声が周囲にこだまする。

「レノルズでもロムニーでもホガースでも、好きな画家を名乗るがいいさ。やばい、吐きそうだ」コーカムが地面に転がったまま、笑って叫んだ。「傑作だよ、ガレス！　まったくの傑作だ！」

ガレスはにやりとした。「ぼくは詩人ではないし、自分でもちゃんと承知しているさ。ペンキの追加を頼む。つまずいてぶちまけるなよ。もう少しで終わるから」

ガレスは空のバケツを放り投げた。狙いも定めずに落としたため、それは像の土台に当たり、セブンバローズにまで聞こえそうなほど大きく不快な金属音を立てた。ヒューがペンキを追加する。まだ地面を引っかいていたチルコットがバケツの取っ手を口にくわえ、いななきながら駆け足で像をぐるりとまわった。バケツが危なげに揺れ、彼の上品なレースのクラヴァットと高価なベストにペンキが飛び散る。彼は鼻を鳴らしていななき、ガレスの真下で跳ねるように止まった。チルコットは仲間の手を借りて長い棒の先になんとかバケツを引っかけると、リーダーのほうへ押しあげた。

バケツがガレスの耳元で前後に揺れ、下に並ぶ髪粉をかけて着飾った頭の上に中身がこぼれそうになった。ガレスはそれをつかみ、ブラシを浸してペンキを含ませると、自分の傑作に二度塗りしようとした。「真っ暗で何も見えやしない」馬の後ろ脚のあいだの暗い空洞にブラシを突っ込み、そこが目当ての部位であることを願う。「全然見えないのに、どうやってタマに色をつけるんだ？　間違えて腹に塗ってしまったら最悪だ」

「おまえの兄貴に誰の仕業か知られたら最悪だな」

「ちくしょう、ガレス、早くしろよ！」

くすくすとさらに笑い声が起こる。延々と辛酸をなめている王が、夜空の影となって、哀れみ深い神の助けを乞うように丘の頂の向こうをにらんでいた。神の介入は起こりそうになかったが、公爵の介入が起こる可能性は大いにあったし、ここにいるメンバー全員がそれを承知していた。

ガレスの兄は予想外の場面で現れる癖があるのだ。

あるいは、歓迎されざる場面で。

「完成だ！」ガレスが声高に告げた。「おりるとしよう」

「アレにもちゃんと塗ったか？」

「うるさいぞ、ペリー！」

テスが大声で話しかけた。「タマだけ塗って、アレを塗らないなんてつまんないわ、ガレス卿！」

バケツがゆらゆらと夜空に揺れた。「痛っ！」バケツが耳に当たり、危うく土台から落ちそうになる。ガレスは怒ってブラシを振り、足の下に並ぶ不運な頭にペンキを落とした。

「ふざけるなよ。ヒュー、気をつけろ」

さらに笑いが起こる。ガレスはうんざりして、やっぱり家に帰ればよかったと後悔し始めていた。ロープにつかまり、足元を確認する。こんなくだらないいたずらをするには、大人になりすぎたのだろうか？　どういうわけか自分でもわからないが、こうした騒ぎはもはや少しも楽しくなかった。

作業を終えるやいなや、ガレスは落下地点も気にせずブラシを肩越しに放り投げた。べちゃ。

「くそったれめ！」

「おしまいだ。ロープを外したら、もうおりるからな」

ガレスは片手で王の腿をつかんでバランスを取りながら、狭い土台に立った。馬の左耳の後ろにきつく結んだロープにもう片方の手を伸ばす。まだ治りきっていない脇腹の傷から痛みが走ったが、それは無視した。

「届かない。棒か何かをよこしてくれ。それを結び目に引っかけて頭から外す」

「燃やせばいいじゃないか」ペリーが他人事のように言う。

「絞首索にしたらどうだ」オードレットが言った。

「いや、それより――」

「いいから棒をよこせ！」仲間と今の状況の両方にしびれを切らして、ガレスはさえぎった。

コーカムが体を起こし、四つん這いになって草むらを掘り返しながら豚の鼻息を真似た。

「ブヒ、ブヒー！」

オードレットがげっぷをする。

准男爵のヒュー・ロチェスター卿が、もっと下の部位から大きな音でガスを発射した。

すると、ふたりの女性が酔って歌を歌いだした。「ああ、神さま、わたくしには違う種類の友人が必要です……」

仲間にうんざりしたガレスは自分で馬の上に這いあがり、王の前にまたがった。そうして足を体の下に引き寄せ、ロープをつかんでバランスを取りながら立ちあがると、馬のたてがみに沿うように体を伸ばして結び目を外そうとした。

だめだ……全然……届かない。

ちくしょう。彼はさらに体を伸ばした。ウイスキーで麻痺していたはずなのに、痛みで脇腹が悲鳴をあげる。上着のボタンがはじけた。シャツが破れる。馬の首のどちら側でもいいから足場を得ようと空を蹴ったが、そこには空間しかなかった。ガレスは必死で結び目をつかもうとした。だめだ。はるか下では、仲間たちが賭けを始めている。

「二ギニー賭けるが、三〇秒以内には無理だ！」

「ぼくは五ポンド上乗せして――」

「ブヒ、ブヒーッ！」

ガレスは自分が後ろに滑り始めていることに気づいた。

悪態をつきながら、冷たい石の首を両膝ではさむ。それでも滑り続けた。必死によじのぼってロープに手を伸ばす。それをつかんだ瞬間、チルコットが叫んだ。「まずいぞ、ガレス、誰か来る！　クローリーが巡査か何かを呼んだに違いない！」

「くそっ！」

すべてが一瞬だった。コーカムは地面を這って豚の鳴き真似をするのをやめ、大声をあげながら夜の闇に消えた。チルコットはペンキのバケツをつかんで溝に放り投げると、丘を駆ける野うさぎのごとく走り去った。ペリーは近くの納屋に突進し、ふたりの酔った女性は忍び笑いを漏らしながら像の土台に倒れかかった。ヒューとオードレットもばらばらになり、ひとりは村のほうへ、もうひとりはコーカムを追って叫びながら消えていく。ひとり、またひとりと仲間に見捨てられ、ガレスは馬の首の上で体を目いっぱい伸ばしたまま、片手にロープを握り、足をなすすべなく王の腰に向けて滑らせていた。

そのとき音が聞こえた。暗闇のなかからこちらに向かってくる蹄の音。急ぐでもなく、一定の速度で近づくその音は、時間をわがものにして黄泉（よみ）の国からやってきた残忍な死神を連想させる。

ガレスは像の冷たい首に頰をがくりと落とし、悪態をついた。頭上の空と同じくらい黒い毛並みの猛々しい馬にまたがった騎手が闇から姿を現す前に、それが誰なのかわかった。

騎手は像の下で馬を止め、見あげもせずに言った。

「お遊びは終わりだ。ガレス、おりてこい」

兄のブラックヒース公爵だった。

翌朝。いや、もう正午に近い。

ガレスは窓の外で聞こえるカッコウの鳴き声で目が覚めた。

目をこじ開け、自分のまわりをゆっくりまわるベッドのカーテンを見る。深酒した夜についてくる麻痺状態に心地よく包まれながら、彼は重厚感があるカーテンのひだや真紅の房を見つめた。やがてその緩慢な動きに圧倒され始め、急な吐き気で胃がよじれた。脈を打ったびに頭がずきずきと痛み、彼はうめき声をあげた。口が乾き、すえたような不快な味がする。どれもこれも、〈放蕩者の巣窟〉の仲間と遊んだ夜のあとに必ず予測できる症状だ。しかし、今朝は頭痛だけではおさまらなかった。体じゅうの筋肉が痛む。ガレスは毒づいてベッドカバーを目の上まで引きあげた。陽光を遮断し、昨夜しでかしたことを思い出そうとする。

カッコウ、カッコウ、カッコウ。

彼はこめかみに指を当て、記憶を引きだそうとした。

紫のタマ。

ああ、そうだ。思い出した。まあ、部分的にではあるが。像の記憶がある。そのタマを紫に塗った記憶も。

そして、ルシアン。彼がすべてを台なしにした。

ガレスはベッドカバーをはがすと、おそるおそる起きあがった。ベッドのカーテンの隙間からかすかな光が差し、彼は目を細めた。それほどわずかな朝の気配でも、直視する気力が――それに余力も――ない。最悪な気分だ。彼はうめきながら、夜のあいだに髪から枕に落ちた小枝を払いのけた。そうか。体じゅうの筋肉が痛む理由がわかった。ルシアンが到着すると、ガレスは像から転がり落ちた。チルコットが持ってきた、あの忌々しいアイリッシュ・ウイスキーのせいだ。本当にばかげている。ガレスは地面に落下したことも覚えていなかった。もちろん城まで馬で戻ったことも覚えていない。きっとルシアンが彼を愛馬アルマゲドンに乗せて、連れ帰ったに違いない。

ガレスは目をこすり、髪に手をやった。結んだままになっている部分もあるが、幾筋かの髪が泥で首に張りつき、束になって目の上でかたまっている。耳の後ろから乾いた泥のかたまりをはがすと、白墨のような白い粉がベッドのシーツにパラパラと落ちた。指でそっと引っ張るだけでも頭皮が痛み、二日酔いが増す。

「ああ……最悪だ」そう言って、ガレスは呼び鈴を力任せに引いた。風呂を用意させるあいだ、手で頭を抱えて苦痛にうめく。専属の従者、エリソンが立って指示を待っていた。

「お手伝いいたしましょうか、ご主人さま？」

いる。ガレスは自分を見おろした。昨晩着飾ったままの格好——ではなく、その残骸をまとっていた。ローン地の高価なシャツは乾いた泥でごわごわし、いくつかボタンがなくなっている。ブリーチズは膝の飾り留めが片方なくなり、大きな裂け目から肌が見えている。先週、仕立て屋から届いたばかりのコートは見るも無残なほどくしゃくしゃになり、おそらく再生不可能だろう。しかも、まだ靴を履いたままだ。

ルシアンのやつめ。兄は服はおろか靴も脱がさずにガレスをベッドに放り込んだのだ。

怒りで目の奥がずきずきする。ベッドから足を振りおろすと、すぐに気分が悪くなり、ガレスはなんとか間一髪のところで尿瓶をつかんだ。

戸外では、忌々しい鳥がまだ鳴いていた。カッコウ、カッコウ、カッコウ。ほとんど間を置かず、さえずり続けている。

「ああ……うるさい！」ガレスはよろめきながら立ちあがり、ぼろぼろの服を脱ぐのをエリソンに手伝わせながら、眼窩に指の関節をぐりぐりと押し当てた。「うるさいな！」

しかし彼をいらだたせていたのは、四〇〇メートルほど離れたところで木に止まって鳴いているカッコウではなかった。いらだちの原因はルシアンだ。兄はいつも干渉してくる。兄は楽しみ方を知らず、楽しむことを望まず、他人が楽しむことを禁ずる。ルシアン——権威的で支配的なブラックヒース公爵。ガレスは浴槽に入って熱い湯に身を沈めた。ルシアンが長男だったらよかったのに、とふてくされながら思う。チャールズなら感じのいい公爵になれただろうし、ルシアンもあの独裁的な性格を発揮して立派な軍人になっただろう。

少なくとも、チャールズは楽しむことを知っていた。

それにルシアンなら、絶対に殺されなかったはずだ。

頭を傾けてエリソンに洗髪させるあいだ、いつもは陽気なガレスの胸を悲しみの刃が引き裂いた。チャールズはガレスやその友人、親友、仲間たちと一歳しか離れていなかった。そしてガレスは、いつもチャールズを基準に判断された。ガレスはチャールズと一緒に木のぼりや馬の競走をし、イートン校、オックスフォード大学に通ってブラックヒース城へ戻ってくるのもチャールズにならった。ガレスと同じく、チャールズも年齢を重ねるにつれ、落ち着きを失った。そして大学から戻ってきてわずか二カ月後には軍職を購入し、城から永遠に去ってしまった。

チャールズのことは考えないほうがいい。嘆いたところで、彼が戻ってくるわけではない。そこでガレスはジュリエット・ペイジのことを思い出した。チャールズの心をつかんだ美しい女性。チャールズの求婚を受けた女性。ガレスは自らの放蕩騒ぎの後遺症にいらつきながら、チャールズのひとり娘を産んだ女性のことを考えた。

〝ガレス、あと一度でも愚行を重ねたら、あの娘は送り返す〟

冷たい不安がよぎった。ルシアン。

ガレスは悪態をついて、浴槽から飛びだした。

9

立ち止まる時間ももどかしいとばかりに、ガレスはいくらかの紙幣をつかむと階段を駆けおりた。髪は濡れ、着替えたシャツはまだ湿った体にまとわりついている。ボタンもはめていないベストが、淡い青色の高価なフロックコートの下ではためいていた。

階段をあがってくるアンドリューに会った。

「ガレス！　よかった、もう起きていたんだね。ちょうど知らせに行こうと——」

「何があった？」

「ルシアンがひどいんだ！　彼女を送り返したんだよ！」

「ちくしょう。アンドリュー、なぜもっと早く言わなかった？」

アンドリューはガレスについて階段を駆けおりながら言った。「ぼくも今、知ったんだ！　ネリッサがミス・ペイジの部屋に行ったら、もういなくなっていたって。メイドによると、ルシアンが朝一番にボストンへ帰らせるための荷造りをさせたらしい！　ガレス、手遅れになる前にジュリエットを見つけないと！」

殺してやる。ガレスはそう誓った。怒りに任せて〈金の応接間〉、〈赤の客間〉、〈タペストリーの間〉を突き進み、大広間へ向かう。「ルシアンはどこだ？」

「外にいる。西側の芝地に」

ピストルの発射音が午前中の静けさを破った。もう一発。それ以上アンドリューの説明は必要なかった。ルシアンが西の芝地を使用する目的はひとつだけだ。

決闘の練習。

遠くでまた銃声が響いた。

ガレスは扉の横に端然と立つ従僕に気づいた。自分の鼻先で起こっている事件に気づいていないふりをしている。「ギャラガー、厩舎に伝言を頼む。クルセイダーに鞍の用意をしてくれ、至急だ」

「かしこまりました」

「あとブルックハンプトン卿にも〈巣窟〉の連中を招集するよう連絡を頼む。全員、二〇分後に広場で集合だ。急いでくれ！」

別の従僕がガレスの三角帽とマントを持って走ってきた。エリソンはガレスの剣を持って控えている。ガレスはそれを装着し、大広間の石造りの床にブーツの足音を響かせながら、大股で外に向かった。私道を進み、堀にかかった橋を渡り、門番小屋を抜けて西の芝地を横切る。黒ずくめの人影が見えた。ガレスに背を向けて立ち、ピストルを手にしている。鞭縄の一端をブリーチズに引っかけ、反対側の一端は木製人形の手にワイヤーで固定したピストルに取りつけてある。ルシアンが一歩さがると、鞭縄が人形のピストルの引き金を引き、彼に向けて発射する仕組みだ。自分に向けて発砲されても、しっかりと立ったまま動かずにいられるか、その技能を試す究極の練習方法。この界隈では並ぶ者がいないほどの決闘家であるブラックヒース公爵が、最低でも週に一度は行っている練習だった。

いつか自殺する羽目になるぞ。ガレスは激高しつつ思った。ぼくとしては待ちきれないくらいだが。

ガレスはベルベットのようになめらかな芝地にずかずかと入っていった。ルシアンは人形のピストルに再装弾したところだ。彼は人形に狙いを定め、後退すると同時に発射した。弾は風を切って彼の肩を通過し、ガレスの首の横も通過すると、堀を隠すムラサキブナの樹皮のかたまりを引きはがした。

ガレスは大股でまっすぐルシアンのもとへ向かい、肩をつかんで強引に自分のほうに振り向かせた。ピストルが人形の木製の手から引っ張られて落ちる。

「いったい何事だ?」ガレスのあからさまな敵意に兄が眉をあげた。

「彼女はどこにいる?」

ルシアンは人形に向き直って静かに再装弾した。「ニューベリーまであと半分といったところじゃないか」穏やかに言う。「いい子だから、あっちへ行け。これはおまえみたいな子ども向きのスポーツじゃないんだ、怪我をさせたくない」

その見下した口調にガレスは深く傷ついた。兄の正面にまわる。身長も体格も同じくらいで、体重もほとんど変わらない。彼は怒りに燃える青い目でルシアンの黒い目をのぞき込み、兄の真っ白なクラヴァットをつかんで引き寄せた。

ルシアンの目が冷淡になり、彼は鋼鉄のような強さでガレスの手首をつかんだ。慇懃（いんぎん）さが消えている。「よせ」すごみを利かせて警告した。「おまえの子どもじみたいたずらや堕落した仲間のことは、もう見限った」

「ぼくが子どもだと?」

「そうだ、おまえが子どもみたいにふるまう限り、子ども扱いする。おまえは怠け者で、無責任で、役立たずの放蕩者だ。モンフォール家の——特にわたしの——面汚しだ。ガレス、大人になって責任の意味を学んだら、わたしもチャールズにそうしたように敬意を払っておまえを扱おう」

「援助もしないで罪のない若い女性を追い払っておいて、何が責任だ！　それに彼女は兄さんの姪である生後半年の赤ん坊を抱えているんだぞ！　兄さんは冷淡で、無情で、思いやりのないろくでなしだ！」

ルシアンは弟を押しやり、顎をあげて乱れたクラヴァットを整えた。「彼女には大金を与えた。故郷の荒れ果てた植民地に戻る旅費を払っても余るくらいのね。自分とあの私生児が残りの人生を快適に過ごせるくらい残るだろう。彼女はおまえが心配すべき人間ではない」

私生児。ガレスは腕を引き、頭をもぎ取るほどの勢いでルシアンの顎に拳骨（げんこつ）をお見舞いした。兄は後ろによろめいたが、血が噴きだした口に手を当てつつ、倒れはしなかった。ルシアンは絶対に倒れない。その瞬間ほど、ガレスが兄を憎んだことはなかった。

「彼女を探しに行く」ガレスは言い放った。ルシアンは彼を冷たい目で見つめながら、ハンカチを出して口をぬぐった。「見つけたら、彼女と結婚して、彼女と赤ん坊の面倒を見る。チャールズが生きていたらそうしたようにね。それがぼくたちの務めだ。もうぼくのことを子ども扱いはさせないし、あの赤ん坊を私生児だなんて言わせないからな！」

　彼は向きを変えて芝地を引き返した。

「ガレス！」

　そのまま歩き続けた。

「ガレス！」

　クルセイダーに飛び乗ると、ガレスは嵐のように走り去った。

〈斑点鶏亭〉の宿主、フレッド・クローリーがエールの大樽（おおだる）を貯蔵室から苦労して運びだしているちょうどそのとき、〈放蕩者の巣窟〉の連中が立派な馬に乗って突進してきた。

「ああ、彼女なら見かけたよ」取り乱した一同の問いに答えて、クローリーは不機嫌そうに言った。「ロンドン行きの切符を買ってたな。あと二時間、いや、三時間早ければ会えたんじゃないか」彼は放蕩者の一団を見あげ、彼らへの嫌悪感を顔に出した。いつもはユーモアのわかるクローリーだが、ならず者たちにそんな態度を見せるつもりはない。彼の立っているところから、紫色の睾丸を光らせている像が見えた。宿泊客が食堂の窓から見るその光景に、クローリーはいい気がしなかった。たしかにあと二、三〇歳若ければ、村の連中と同じように彼もそのいたずらを面白がったかもしれないが。

「行こう、ガレス！　時間を無駄にしている暇はない！」ニール・チルコットがすでに馬を方向転換させながら叫んだ。「遅くなればなるほど見つけられなくなるぞ！」

「チルコット、待て」ガレスは手で制した。「彼女は困っていたか？」クローリーに尋ねる。ガレスの顔は三角帽で陰になり、青い目には不安が浮かんでいた。

「さあな、知らんよ。だが、あんたの友だちの言うとおりだ。彼女を見つけたいんなら、早く行くんだな。こっちはあんたらと世間話してる暇なんかない、仕事があるんだ」

「無礼なやつめ！」ブルックハンプトン卿が薄い眉をあげて言った。「クローリー、それが身分が上の者に対する態度か？」

クローリーは大樽をおろして言った。「どんな態度だって？　あほらしい！　その身分が、い、い、上の方々がこの村で善行を積むなら、尊敬してやってもいいがね。ヒバリみたいに大騒ぎで遊び暮らして、像にいたずらしてまわる連中なんぞ尊敬できるもんか」

「ガレスは善行をしたじゃないか！　あの乗合馬車を追いはぎから救っただろう！」チルコットが弁解がましく声をあげる。

「運命の事故だな。自分でも何をやってるのか、わかっちゃいなかったんだろう」

「つきあってられないな」チルコットは卑猥な言葉をつぶやきながら、馬の向きを変えて全速力で走り去った。ペリー・ブルックハンプトン卿もクローリーをにらみつけてからチルコットのあとに続く。トム・オードレット、ジョン・コーカム、ヒュー・ロチェスター卿も、クローリーの田舎者の訛(なま)りを真似してばか笑いしながら、ふたりのあとを追った。ガレスだけがそこにとどまった。馬は鼻息も荒く泡を吹き、先に行った仲間に早く追いつこうとじれている。

ガレスは難しい顔つきをして、この年老いた宿主をじっと見つめた。

「クローリー……像のことは――悪かった。戻ってきたら直すつもりだ」ぎこちなく笑い、情報提供のお礼として硬貨を相手に投げ渡す。そして愛馬の手綱をゆるめると、仲間に続いて突風のごとく走り去った。

クローリーはガレスが走り去るのを見送った。そして頭を振りながら、大樽を持ちあげて宿のなかに運んでいった。

愛すべき者(チャールズ)はアメリカに行って殺されてしまった。

反逆者(アンドリュー)は飛ぶ機械を発明しようとしている。

そして放蕩者(ガレス)は像にいたずらし、罪のない若い女性たちの人生を台なしにしている。

ブラックヒース公爵は悪魔の申し子かもしれないが、クローリーはあの悪しき者(ルシアン)の権力など、ちっとも羨ましいとは思わなかった。

10

ジュリエットはレイヴンズコームで駅馬車に乗った。

馬車は予定より早く進んだ。わだちや水たまりが残る道を走り、壮大な白亜の砂丘や生け垣に囲まれた牧草地、みすぼらしい村々やマーケットタウンを抜け、穏やかな川の岸沿いに進んでいった。乗客のひとりがテムズ川だと教えてくれた。だが、暗雲が早い日暮れを告げ、ハウンズローに着く頃には雨が降り始めた。

陰鬱な決意のようなものを胸に、ジュリエットは過ぎゆく景色を眺めた。どんよりした天候は彼女の気分そのものだったが、まばゆい景色――窓の外の野原や庭の塀からあふれんばかりに咲くムラサキナズナ、明るい赤や黄色のチューリップ、緑の牧草地に咲き誇る何千というデイジーやタンポポ――は彼女の未来を映しだしているとは思えなかった。イングランドの春はすぐそこまで来ているけれど、ボストンではまだ花が咲き始めた頃だろう。まるで長く厳しい冬のあとに咲いていいのか戸惑っているかのように。

ボストン。

根底から覆され、戦争と対立によって引き裂かれた町。ジュリエットは乾いた目でまばたきもせず窓の外を見つめた。ボストンは若い未婚の母が赤ん坊を育てるのに最適な場所ではなく、当然ながら安全な場所でもなくなっている。特に、人々からイングランド支持者だと思われている、このご時世では。

しかも、赤ん坊の父親は敵側の人間だと噂されているのだ。

ジュリエットは馬車の揺れに身をゆだねた。イングランドにとどまり、公爵から受け取ったお金を節約しながら、ロンドンで乳母か何かの職を探すのが一番いいだろう。

数羽のうさぎが道端に座って、馬車が猛スピードで通り過ぎるのを見ていた。遠くの牧草地で羊の群れが草を食(は)んでいる。地平線は灰色の霧と低く垂れこめる雲のなかに消えていた。キジが驚いて鳴き声をあげ、ミントグリーンの小麦畑の上を飛んでいった。胸の痛みとともに、ジュリエットはアンドリューと彼の飛ぶ機械、彼をかばったネリッサ、ガレスの魅惑的でロマンティックな目を思った。

そして公爵のことを。

その朝、ジュリエットは目覚めた瞬間に、ゆうべ何かが起こったことを察した。部屋の外でメイドたちが回廊を急ぎながら忍び笑いを漏らすのが聞こえた。朝食におりていく途中で、張りつめた空気にも気づいた。静かにテーブルに着くと、彼女はブラックヒース公爵の顔に緊張を読み取った。

彼はブラックコーヒーをすすり、新聞を読むあいだ、誰にもひとことも発しなかった。ネリッサとアンドリューは困惑の視線を素早く交わしていたが、そのふたりでさえ珍しく黙り込むほど公爵は不機嫌だった。公爵の指輪をした指がテーブルをこつこつと軽く叩く音だけが、顔に出すまいとしていた内心のいらだちを暴露していた。彼はネリッサとアンドリューが席を離れるやいなや立ちあがり、ジュリエットに視線を定めた。「図書室に来てもらおう」公爵が発した言葉はそれだけで、彼女は何かいやな話を聞かされるのだと悟った。

ジュリエットは公爵の目のまわりの黒ずみと、冷たく険しい顔に浮かぶ疲れに気づいた。彼は炉棚にもたれて手ぐしで髪を整えていた。彼女は公爵に身ぶりで促されて椅子に腰かけた。そこに座ってすべてが崩壊するのを感じながら、彼がシャーロットを被後見人にするわけにはいかないと冷ややかに告げるのを聞いた。

その決定に関する説明は何もなかった。公爵はただ、できないとだけ言った。

ジュリエットはぼんやりと彼を見つめた。風が凪いで船が急に止まり、船体に穴が開いて沈みだしたみたいに、衝撃を受けて空っぽな気分だった。では、そういうことなのね。予想どおりだったのかもしれない。希望よ、さようなら。チャールズ、さようなら。娘の将来に対するあなたの希望はかなわなかった。さようなら、モンフォール家の方々。もうここにはいられない……。

「もちろん、ブラックヒースに残りたいなら、好きなだけ滞在してもらってかまわない」公爵はどうでもいいと言いたげな、あの慇懃かつ不平がましい口調で言った。だが、ジュリエットは残るわけにはいかなかった。そうするべきではない。彼女にも誇りがあり、この幼い娘を望まない男の慈悲にすがるわけにはいかなかった。彼がどう感じているかを知りながら、この城で暮らすことはできない。シャーロットをここで育てれば、娘は自分に衣食住を与える男に望まれていないと知りながら成長することになる。それはだめだ。娘を連れてここから離れ、非情な伯父のような人間から守って母親の愛で包み込める場所で育てたほうが、はるかにいい……。

ジュリエットは手早く荷造りをした。公爵が大広間でひとそろいの古風な甲冑の近くにひとりで立って彼女を待っていた。積年の静寂が彼の周囲で反響している。

「きみが去ってから、弟たちにはきみの決断を話しておく」彼が無愛想に言った。「騒ぎは起こさないほうがいいだろう」

「でも、お別れを――」

「そうしたほうがいいんだ」

公爵の表情は彼自身と同じくらい謎めいていた。彼は無言でジュリエットを外にいざない、レイヴンズコームまで送るために私道で待たせていた彼専用の馬車のところへ連れていった。それから礼儀正しく手を差しだしてジュリエットが馬車に乗り込むのを手伝うと、次にシャーロットを渡し、従者がトランクを屋根に固定するあいだ、そこに立って彼女をじっと観察した。馬の横で御者が指示を待って立っている。

公爵がポケットから分厚い袋を取りだし、ジュリエットの手に押しつけた。

「受け取ってくれ。わたしができなくても、それがきみと娘の安全を守ってくれるだろう」

金だった。しかも大金だ。彼女の誇りはそれを返すよう主張した。けれども実際的な性格

——公爵が称賛したその性格が、金を受け取って感謝するよう促した。

ジュリエットは袋を受け取り、感謝の意を伝えた。公爵の謎めいた黒い目に判別できない何かが光るのを見て取ったが、そこで扉が閉められた。彼が深くお辞儀をし、馬車は砕石を敷いたブラックヒース城の長い私道を走りだして、ジュリエットをそこから永遠に連れ去った。

彼女は決して振り返らなかった。

駅馬車は今、轟音(ごうおん)を立てて走っている。ナラ、サンザシ、シカモア、クリの木の芽吹き始めた木立の後ろに、灰色のテムズ川が見え隠れしていた。嘆くべき理由などないと、ジュリエットは自分に言い聞かせた。そもそもブラックヒース公爵ほど高い身分と権力を備えた人間なら、自身の非嫡出子でさえ認知するとは思えないし、それが弟の非嫡出子であればなおさらだ。公爵が彼女を助けようとしないことは、とっくにわかっていたではないか。

でも、ガレス卿は？　どうして彼もわたしたちを見捨てたのだろう？　友人だと思っていたのに。

裏切られたという思いに、ジュリエットはこみあげる涙をこらえた。

馬車が馬の交換のためにハウンズローの宿屋で停車すると、彼女はロンドン行きは翌朝にしようと考え、そこで部屋を取った。シャーロットとトランクを抱え、カウンターに立って宿の主人が鍵を取りだすのを待つ。背後の扉が開いていた。雨はやむ気配もなく水たまりに降り注ぎ、彼女の郷愁の念と孤独感を増大させた。湿った草木、馬糞、ヒヤシンスの合わさった匂いがそよ風に乗って流れ込み、ビールとたばこのすえた臭気とまざり合う。その臭気は、雨のせいで宿の古い石造りの壁から余計に漂ってくるように思われた。

絶望と闘いながらも、最善を尽くそうという誓いを胸に、ジュリエットはシャーロットを抱えて部屋にあがった。窓越しの雨に光るスレート屋根の向こうに、暗い空を背景にしてそよ風に揺れる木々が黒ずんで見える。イングランドの雨、イングランドの敷石、イングランドの木々、イングランドの風。自分がこのうえなくよそ者に感じられた。故郷からどれだけ離れていることか。ああ、チャールズがそばにいてくれるのなら、なんでも捧げただろう……。

そばにいてもらえるのなら、ガレス卿でもいい。

全身が苦痛に襲われる。モンフォール家のことは考えるまい。後ろではなく前を向くべきだ。ふいにこみあげてきた孤独感をやりすごそうと、ジュリエットは赤ん坊のおむつを洗って乾かすために火のそばに干した。そして公爵からもらった大金が入った袋を枕の下に置き、シャーロットに授乳してから、宿主が親切にも持ってきてくれた夕食をとった。だが、ガレスの魅力的な笑顔とロマンティックな青い目ばかりが浮かんでくる。ベッドに横たわる彼、シャーロットと遊ぶ彼、あの春の雷雨の日、走って家に戻りながら、笑ってジュリエットを見つめた彼が続けざまに浮かんだ。喉元にかたまりがこみあげる。彼女はガレスのことなどどうでもいい、まったく気にしていないというふりをした。彼女が出ていくのをガレスが止めようとしなかったことに、傷ついていないというふりを。本当は止めてくれると思っていのだけれど。外ではまだ雨が降っていた。忌々しい雨がひびの入った窓ガラスを伝い、屋根の上をしたたり落ちて、彼女のわびしさを浮き彫りにする。

突然、ジュリエットはこの大きく果てしない世界でひとりぼっちだと痛感した。

三〇分後、彼女は三つ編みにした黒髪を背中に垂らし、ペティコート、ドレス、マントは椅子にかけ、シュミーズだけをまとって冷たいベッドにもぐり込んだ。横ではシャーロットが眠っている。

外では雨が降り続け、どこか遠くで羊がメーと鳴いた。茫漠(ぼうばく)たるイングランドの夜に響く寂しい音。故郷のボストンから彼女を隔てる五〇〇〇キロ近くの距離をひしひしと感じた。ふいに涙があふれ、目が熱くなる。

チャールズ、あなたを失望させてしまったわね。期待に応えられなかった。あなたの兄弟に見捨てられてしまったわ。ごめんなさい。神さま、どうかお助けください……最善を尽くしたけれど……。

喉の奥が痛んだ。鼻がつんとする。窓の向こうでは雨が降って降って降りしきっている。

泣くものですか。

涙で公爵の同情を買えるわけではない。涙で家が、家族が、赤ん坊の未来が買えるわけでもない。泣いたところで状況は少しも変わらない。ジュリエットは歯を食いしばり、もう泣かないと決意した。くじけずに人生を歩み、最善を尽くそう。母がよく言っていたように、涙が人にもたらすものは早すぎるしわだけだ。涙に屈するつもりはない。けれども一滴の涙が頬を伝い、枕に染み込んだ。

そしてまた一滴。

ふいに枕の上で動きがあった。シャーロットだ。暗闇のなかで母親を求め、小さな手でつかもうとしている。ジュリエットはぐっと息をこらえ、人差し指を赤ん坊の手のひらに差し入れた。びっくりするほどの強さで、小さな指がそれを握りしめる。

ジュリエットはむせび泣きそうになるのをこらえ、内面を探って自分の奥底に強さを見いだした。ふたりは一緒だ、親子なのだから。チャールズの期待には応えられなかったけれど、娘の期待まで裏切るわけにはいかない。

そう考えると、彼女は目を閉じ、窓の向こうで絶え間なく降り続く雨音になだめられて眠りに落ちた。

「ここで止まろう。レイヴンズコームからロンドンへの街道沿いにある主要な宿を、しらみつぶしに調べるぞ！」

〈放蕩者の巣窟〉のメンバーは熱気を放つ馬を抑え、また別の宿屋の前で止まった。ガレスはクルセイダーが完全に停止する前に鞍から飛びおり、水たまりを飛び越えて正面玄関に向かった。

少し経って戻ってくると、彼は失望で殺気立ち、ますます不安を募らせて、疲れきった馬にまたがった。

「この宿にはいない」ガレスは声を張りあげ、雨を避けるように帽子をさげて、馬の脇腹にかかとをつけた。「ちくしょう、どうしても見つけないと!」

ジュリエット・ペイジが眠る支度をし、ずぶ濡れで湯気を立てたガレスが〈野うさぎと馬亭〉をあとにして突き進んでいる頃、ブラックヒース公爵ルシアンは静かに夕食を終えようとしていた。

ひとりきりではなかった。ガレスが怒って出ていき、城内を騒然とさせた数時間後にたまたま訪ねてきたルシアンの一番親しい友人が、テーブルの向かいに座っていた。法廷弁護士であるロジャー・フォックスコート卿がルシアンと初めて会ったのは一七七四年のことで、彼は妻殺害の容疑をかけられていたホイッグ党の著名議員を見事に弁護し、ナイト爵を授けられたところだった。その議員の妻、レディ・チェシントンは、同夫妻のロンドンにあるタウンハウスの寝室で胸にナイフを突き立てられた状態で発見された。夫婦仲が悪かったのは周知のことで、絞首刑の縄が気の毒なアラン・チェシントン卿を今にもとらえようとしているかに思われた。国内の法廷弁護士は誰も彼を弁護しようとしなかった。チェシントンは国王の親しい友人だったため、もし絞首刑に処せられた場合、彼を救えなかった者は国王の不興を買うだろうからだ。しかし、当時二五歳だったフォックスコートは自分の力量を示そうと意欲満々で議員の弁護を引き受けた。彼は証言台でレディ・チェシントンの愛人が犯人であることを暴きだし、そのニュースは国じゅうにまたたく間に広まった。騒ぎがおさまると、ほっとした国王は上機嫌ですぐさま〝抜け目ない狐(フォックス)〟に、その功績を称えて爵位を授けた。

その愛称は定着した。そして彼の評判も。

オックスフォードシャーの貴族家系の次男であるフォックスは遠慮のない男だった。意見にも服装にも特に控えめなところはなく、ハンサムで、洒落者(しゃれもの)の一面がある。だが、彼を知る者やその噂を聞いた者は外見にはだまされなかった。フォックスとその友人、ブラックヒース公爵はイングランドで最も危険な男たちだった。

その夜、専属の楽隊(カルテット)が食後のヴァイオリン協奏曲を奏でるなか、ふたりは公爵家の巨大なダイニングルームでポートワインをゆっくり楽しんでいた。そこは華美な漆喰円柱やイタリアの芸術品が並ぶ壮麗な部屋で、高い天井にはバッカスと神々の絵が描かれている。フォックスはその部屋をたいそう気に入っていたが、部屋の贅沢(ぜいたく)な雰囲気がその理由ではない。扉の真上に飾られた肖像画のひとつに惚れ込み、食事をしながらそこに描かれた美しい女性のいたずらっぽい目を見るのが好きだったのだ。その女性、レディ・マーガレット・シーフォードがおよそ二世紀前に生きて亡くなったという事実はどうでもよかった。それでもフォックスは彼女を眺めるのが好きだった。

そして今、従僕たちが食事の後片づけをしているあいだも、彼は見ていた。スグリとアプリコットを詰めてローストしたキジ肉を食べ、赤ワインで締めくくったのは、あいにくフォックスとルシアンだけだ。最高の食事。極上だった。それなのにガレスは不在で、長兄とは口を利こうとしないアンドリューとネリッサも自室で食事をとった。

ブラックヒース城では日常茶飯事だ。

「ルシアン、どう考えても難儀な状況だな」フォックスが考え込むように言った。従僕が運んできたチーズの皿からV字形のスティルトンを選び、口に放り込む前にぼんやりと見つめる。「その娘を滞在させてガレスが彼女に夢中になるのを見計らい、ガレスが例によってトラブルを起こしたタイミングで彼女を追い払う。冷酷な男だよ、きみは！　弟を罰するために気の毒な女性を利用するなんて！　まあ、裏があるんだろう。そこまで非情なのはきみらしくない。ぼくには今のところ理解できないが、きみのことだから何かたくらんでいるとしか思えない」彼は横目でルシアンをちらりと見た。「チャールズが惚れ込んだ女性が彼女だというのは間違いないのか？」

ルシアンは笑みを浮かべ、カルテットを眺めながらくつろいでいた。「絶対に間違いない」

「赤ん坊のことは？」

「父親にそっくりだよ」

「それなのにふたりを追い払ったというわけか」フォックスが呆れたように頭を振る。「何を考えてのことだ？」

ルシアンは驚きを装って眉をあげ、友人のほうを見た。「わが友ロジャーよ、とぼけるのはよせ。わたしが本当にあの母娘（おやこ）を追い払ったと思うのか？」

「ここに着いたとき、きみの妹からそう聞いたぞ」

「ああ、妹がそう信じるよう仕向けたからな」ルシアンはこともなげに言った。「弟たちにもそうだ。特にガレスがそう信じるように」ワインをすすり、グラスをぐるぐるまわしてなかの液体が揺れる様子を思案げに見つめる。「それにロジャー、どうしても知りたいなら言っておくが、わたしはあの娘を追い払ってなどいない。彼女がここに残りたくなるよう、居心地の悪い思いをさせただけだ」

「それは追い払うのと同じことだろう？」

「もちろん違う。彼女は出ていくことを自分で決めた。そうすることで、誇りを保つと同時に少しばかりの敬意を示したというわけだ、わたしへの好意とまではいかなくてもね。それが後々、好都合になるだろう。ガレスはわたしが彼女を追い払ったと思い、わたしに対してひどく腹を立てる。その結果、どうなると思う？　彼女が出ていき、ガレスが追いかける。わたしが望んだとおりに」ルシアンはくすくす笑った。「あいつが彼女を見つけて、これはわたしが仕組んだことだとふたりが知る瞬間をこっそり観察したいものだ……」

「ルシアン、狡猾な喜びに目が輝いているぞ。何か策略をめぐらせているのが丸わかりだ」

「そう見えるか？　では、明白なことを隠すいっそうの努力が必要ということだな」

フォックスは抜け目ない表情で友人を見た。「どうもおかしいな。まあ、きみの狙いどおりなんだろうが。赤ん坊は間違いなくチャールズの子なのに、それを認知しないなんて……しかもチャールズは赤ん坊を被後見人にするよう、はっきりと頼んだんだろう？」

「まあ聞けよ、ロジャー。あの子をわたしの被後見人にする必要はないんだ、ガレスが自分の娘として養子にするだろうから」

フォックスがけげんそうに目を細める。「われわれ凡人には計り知れない動機があるようだな」

「それはそうさ」ルシアンはつぶやくように言い、グラスを持ちあげて気だるげにその濃い液体をすすった。

「それで、ここにいる凡人には説明してくれるんだろう？」

「簡単な話だよ、フォックス。極端な問題には極端な解決法が必要だ。あの娘を追いだすことで、ガレスの救済策を開始したというわけだ。思惑どおりにいけば、あいつはわたしに腹を立てたまま彼女を救おうとまっしぐらに突き進む——だけではなく、まっしぐらに彼女と結婚するだろうね」

「ひどいな！　ルシアン、その娘はガレスとまったく不釣り合いじゃないか！」

「いや、むしろその反対だ。ふたりが一緒にいるところを観察してきたが、互いを崇拝している。娘のほうは富と社会的地位に欠けるが、それを補って余りあるほどの勇気や決断力、常識、成熟ぶりを備えている。一方のガレスは彼女のような相手を必要としている。本人が自覚しているかどうかはさておきね。わたしの願いは——言ってしまえば彼女にあいつの矯正をしてもらうことだ」

フォックスは信じられないとばかりに頭を振り、極上のチェシャーチーズにかじりついた。

「ガレスが彼女を見つけられるかどうかもわからないんだぞ、その時点でリスクがあるじゃないか」

「ああ、あいつなら見つけるさ。間違いなく」ルシアンが身ぶりで合図すると、従僕がすかさず彼のグラスに酒を注いだ。「ガレスはもう恋に落ちたも同然だ。あいつの取り柄は粘り強いところだからな」

「それに無分別で判断力に欠けるし、生活態度も悪い」

「そのとおり。そしてあいつのそういった点こそを、あの娘が治してやれると思うんだ」ルシアンはワインをすすって微笑んだ。「ガレスはあの追いはぎ騒動ですっかり英雄気取りだったからな、またもや勇敢な救世主になりたがるのはわかっていた。完全に状況は掌握している。彼女とあいつの両方を挑発して、あいつが英雄になるための絶好の機会を作ってやったのさ。あいつはわたしに腹を立てているから、もし事態が厄介なことになっても、おめおめと泣きついてくるわけにはいかない」彼は後ろにもたれ、またグラスをまわした。その底を見つめながら、思案するように小さな笑みを漏らす。「事態が厄介なことになるのは確実だがね」

「どういうことだ?」フォックスが問いかけた。

「ガレスは着の身着のままでここを飛びだした。自分とミス・ペイジの生活費になりそうなものは着ている服しかない。あいにくなことに馬もいるが。まあ、あいつも多少の金は持っているし、わたしが彼女に渡した金もあるが、あいつなら一週間程度でおしまいだろう。だが、今回ばかりはわたしのところに戻ってくるわけにはいかない。絶対に」

フォックスが眉をあげる。

「あいつも成長すべきときが来たというわけさ」ルシアンはまだ思案するようにワインを見つめていた。「窮地の乙女と世話が必要な赤ん坊、新しい家族を養うための限られた資金。少しばかりの責任ほど、人を手早く成長させるものはない。そうだろう、ロジャー？」

「だが、彼女はどうなるんだ？ 赤ん坊は？ ガレスの手に負えなくなって、誰かの命を危険にさらす可能性だってあるだろう？ 考えてもみろ、赤ん坊はまだ生後半年なんだぞ！」

「わたしがそんな事態を起こさせると思うか？ 信頼できる情報提供者のおかげで、弟の目的とやがて行き着く先もちゃんと把握している。あいつのつましい家族には何も起こらない。きみも承知のとおり、わたしは状況を完全に掌握しているからな」

「いつものようにね」

ルシアンは笑って首を傾けた。「ああ、いつものように」

「恐れ入ったよ」フォックスはにやりとすると、狡猾な友人のほうにグラスを傾けて敬意を示した。「ルシアン、きみは人を操る天才だ。お利口すぎるんじゃないか」

「それなのにきみは、クラヴァットにパンくずを落としているぞ。少しは世間の目を気にしたほうがいい」

11

「しいーっ！」

　バン！

「くそっ、チルコット、ぼくは小石をよこせと言ったんだ、窓を割れなんて言ってないぞ！　貸せよ、ぼくがやる」

　彼らはジュリエットがロンドンに着いて行方がわからなくなる前に探しだそうと、必死でロンドン・ロードにある宿屋をくまなく当たり、ようやくその居所を見つけた。ハウンズローー近郊のその宿屋の主人は、彼らの半狂乱の問い合わせにあっさり答えた――ああ、黒髪の若くてかわいらしいご婦人なら、今夜の宿を取ったよ。うん、おかしなアクセントで話していたな。そうそう、赤ん坊も連れていた。

「二階の部屋に案内した」そのおしゃべりな主人は言った。「朝が早いらしいから、東向きの部屋にしてやったんだ。朝日が入るからね」

　しかしガレスは、ジュリエットに会うために朝まで待つつもりはなかった。彼は今、宿屋の脇の泥道に立ち、爪先で石を掘りだしたところだ。それを拾いあげ、二階の東向きの黒い窓めがけて投げる。

反応はない。

「もう少し強く当てろよ」ペリーが促した。横に立って、クルセイダーと彼自身の牝馬の手綱を握り、腕を組んでいる。

「あれ以上強く当てたら、窓が割れる」

「別の窓じゃないのか？」

「まわりくどいことはやめて、あの主人に彼女を起こしてくれと頼めばいいじゃないか」

「そうだ、そのほうが時間も手間もかからないぞ、ガレス。なぜそうしないんだ？」

ガレスは仲間たちをにらみつけた。今夜の彼は怒りっぽかった。「こんな夜中の三時に彼女を起こしてくれなどと頼んだら、彼女の評判はどうなる？」

チルコットが肩をすくめる。「評判なんて、もう彼女自身が台なしにしてるじゃないか。私生児を産んだ時点で――」

ガレスのこぶしがいきなりチルコットの頬に飛び、彼を泥の上に倒した。「ちくしょう、ガレス、そんなに感情的になるなよ！」チルコットが顔をしかめ、頬を撫でながら大声で言った。

「彼女は家族だ。彼女の名前を貶められたら感情的になる。わかったか？」

「悪かったよ」チルコットがふくれっ面で言う。「でも、あんなに強く殴り飛ばすことはないだろう」

「また似たようなことを言ってみろ、今度はもっと強く殴るからな。さあ、泣きごとはやめろ。町じゅうの人間を起こして、兄貴に噂が伝わってしまう」

ガレスはまた爪先で石を掘りだした。それを拾って窓に投げる。

反応なし。

少なくとも雨はやんでいた。頭上では風が木々をざわめかせている。

「さあ、どうする？」ペリーが乗馬鞭で顎を軽く叩きながら訊いた。「窮地にあるおまえの乙女は眠りが深いようだな、ガレス」

ガレスは腰に手を当てて思案しながら、後ろにさがった。そして頭上のクリの木を見あげ、それが窓に近いことに気づくとにやりとした。

「いいことを思いついた。この木がちょうどいい」

「まさかのぼるつもりじゃないだろうな？」

「それ以外に手があるか？」マントを脱ぎ、剣と手袋と帽子を外してコーカムに預ける。

「持っていてくれ。のぼってみる」

「落っこちて首をぽっきり折るなよ」ペリーが注意した。

ガレスは不遜な笑みで応えた。手をこすり合わせ、低く垂れさがった大枝に手を伸ばしていとも簡単に這いあがると、片方の脚を太い枝に引っかけてそこにまたがった。脇腹に痛みが走ったが、それは無視する。あっという間に、暗い窓ガラスに向かう太く濡れた枝に近づいていった。

「くそっ！」

「どうした？」

「枝がぼくの体重に耐えられそうにない」

たしかに枝がガレスをのせたまま、ゆっくりと地面に向けて垂れ始めている。彼は枝に猿みたいにしがみつき、悪態をついた。

その下で仲間たちが楽しそうに笑い始める。

そして、枝は窓から腕一本分の距離で止まった。

ガレスは彼らを見おろして言った。「ぼくの乗馬鞭を取ってくれ。それで窓ガラスをついてみる」

ヒュー・ロチェスター卿が進みでて背伸びをし、その短い鞭を渡そうとした。

「だめだ、届かない。コーカム、おまえは一番背が低いだろう。オードレットの肩にのって、鞭をよこしてくれ」

「どうやってのれっていうんだよ？」

「自分で考えろ」

「クルセイダーなら余裕で一七〇センチはあるじゃないか。代わりにこの馬の背に立ってみようか？」

「クルセイダーがいやがるに決まっている。オードレットの肩にのれよ。脚を支えてもらって立てばいい。鞭が必要なんだ、早くしろ」

枝は危なげに揺れている。ガレスが数センチ進むと、クラヴァットが横枝に引っかかった。彼は毒づきながらそれをぐいと外した。木の下では、仲間がジョン・コーカムをトム・オードレットの肩に押しあげている。一〇〇キロ近くあるトムは、体重の軽いコーカムにのられてもよろめきさえしなかった。

ガレスは仲間がトムに群がるのをいらいらと見ていた。コーカムは脚をぐらつかせながらも、かがんだ姿勢から立ちあがった。暗闇のなか、面長の顔が青ざめている。トムの頭に手を置いて自分を支えつつ、コーカムは鞭をガレスに渡そうと手を伸ばした。

ガレスの指がそれをつかんだ瞬間、コーカムがバランスを崩し、腕を激しく振りまわして体勢を整えようとした。

「助けてくれ！」

「支えてやれ！」

「くそっ！」

「ああ！」

コーカムは腕を振りまわし、ハウンズローじゅうの人間を起こすほどの音量で叫びながら、後ろにのけぞった。笑いながら駆け寄ったヒューとチルコットが寸前で彼を受け止める。

「ふざけるな、静かにしろ！」ガレスはしびれを切らして居丈高に言った。

「無理だ、タマにヒューの膝蹴りを食らった！」

その瞬間、湿気を吸った木枠が不快な音を立て、窓が開いた。

「ガレス卿？」

彼は硬直した。

愛らしい顔に信じられないという驚きの表情を浮かべ、ガレスを見つめるジュリエットがそこにいた。彼は完全に不意をつかれた。自分が愚か者に見えることもわかっている。われながら、そう感じていたのだから。しかし彼はこの状況の滑稽さにふと気づき、こらえきれずに唇が震えだした。このうえなく無邪気に彼女を見あげる。「こんばんは、ジュリエット」

一同の不ぞろいな声が下から届いた。「ロミオ、ロミオ、どうしてあなたはロミオなの？」

ガレスは彼らの頭をめがけて鞭を投げ捨てた。コーカムが悲鳴をあげ、すぐに笑いだす。

状況を把握したジュリエットは顔をしかめた。一隊の馬の横に立つペリー。下に集って、まぬけ面でこちらを見あげる男たち。そしてガレスはにこにこしながら、窓の外で木の枝に沿って目いっぱい体を伸ばしている。

「ガレス卿、いったいそこで何をしているの？」

その口調に、彼の頬が恥ずかしさで熱くなった。ああ、ぼくはとんだまぬけ野郎だ。だが、かまうものか。ガレスは恥じらう代わりに極上の笑みを浮かべ、明るく言った。「何をしているのかって、もちろんきみを助けに来たんだ」

「助けに来たですって？」

「ルシアンがきみを追いだして苦境に陥れるのを、ぼくが見過ごすわけないだろう？」

「でも、わたし、公爵に追いだされたわけでは――」ジュリエットは信じられないというように小さな笑いを漏らし、胸元に毛布をきつく引き寄せて窓から身を乗りだした。三つ編みにした長い黒髪が胸元で揺れる。「まったく、ガレス卿……こんなの常軌を逸しているわ！」

「わかってる。でも時間は遅くなってしまったし、きみを探すのに一日かかったから焦っていたんだ。こんなふうに思いきった手段に出たことを許してほしい。なかに入れてもらえるかな？　話がしたいんだ」

「だめよ！　そんな、寝室に男性を招き入れるなんて！」

「愛しいジュリエット、なぜだい？」ガレスは彼女をよく見ようとして葉が茂る小枝を横に払い、言い聞かせるように笑いかけた。「きみはぼくの寝室に来たじゃないか」

自分の希望と常識のあいだで板ばさみになり、ジュリエットは頭を振った。「ねえ、ガレス卿……お兄さまはこんなこと、決してお許しにならないわ。お帰りになるべきよ。あなたは公爵家のご子息で、わたしはただの――」

「行くあてのない、若くて美しい女性だ。ぼくの家族の一員になるべき、若くて美しい女性だよ。さあ、荷物をまとめてシャーロットと出ておいで、ミス・ペイジ。急ぐ必要があるんだ。結婚するなら、ルシアンにつかまる前にしないといけないからね」

「結婚ですって？」ジュリエットはささやくのも忘れて声をあげた。

ガレスが曇りのない無邪気な表情で彼女を見つめる。「ああ、そうだ。当然だろう」彼はまたもや数センチ垂れさがった枝にしがみつきながら言った。「結婚以外の目的があって、枝にぶらさがったりすると思うかい？」

「おいで」警戒心を解く笑顔。「ほかに選択肢がないことはわかるだろう。ぼくの姪を父親なしで成長させるわけにはいかない。ぼくがどんな男だと思っていたんだ？　さあ、親愛なるミス・ペイジ、荷物をまとめてシャーロットを連れておいで。ぼくもそろそろ居心地が悪くなってきているんだ」

「でも――」

混乱と不信でこめかみをさすりながら、ジュリエットは部屋のなかに引っ込んだ。頭の整理がつかない。たしかに彼女は城を出るときガレスが止めてくれなかったことに失望したし、彼が追ってきてくれることを内心で願ってはいたけれど、これは……極端すぎる。

いえ、そうだろうか？　ガレスは家族になって守ると言ってくれているのだ。自分たち母娘の面倒を見たい、亡くなった兄とその妻になるはずだった女性のために正しいことをしたいと言っている。気高い申し出であることはわかるが、それにしても……ジュリエットは唇を噛んだ。混乱と、そう、不安で胃がよじれている。だって、わたしは彼を愛していないもの！　ガレスが欲しいのは認めるわ、でもチャールズの弟だからという理由だけで欲しいのだとしたら？　チャールズをそばに感じたいから、チャールズの次にいい人だからという理由だけで、この欲望を感じているのだとしたら？　ガレスと結婚するなら、ありのままの彼が欲しいからという理由でなくてはいけない。本当に結婚したかった人と似ているからとか、血縁だからとかいう理由で結婚するのはだめよ！

混乱と不安が募る。外ではガレスが体重を移したせいで、枝がみしみし鳴っていた。絶望に引き裂かれそうだ。神さま、お助けください、どうするべきでしょうか？　ジュリエットはチャールズのような男を望み、必要としていた。それなのに彼の弟——無鉄砲で軽はずみな弟が木の枝にのって、彼女に求愛しているのだ！

たしかにガレスは完璧な解決法を申しでている。でも、まだチャールズを愛しているのに別の男性と結婚するなんて、間違っていないだろうか？　しかも、自分には似つかわしくないとわかっている男性からの求婚を受けた場合、チャールズへの愛を裏切ることになるのでは？

ああ、でも、ガレスといると本当に楽しいのはたしかだ。

それにシャーロットのことも考えなければいけない。

シャーロットには父親が必要だ。

ジュリエットはごくりとつばをのみ込んだ。それが結論ね。ガレスと結婚しよう。けれど、それは娘のためよ。

彼女は着替えて荷物をまとめた。五分後、質素な白い婦人帽（モブキャップ）の下に三つ編みをピンでまとめ、腕にシャーロットを抱えたジュリエットはそっと部屋から出た。ほかの宿泊客たちを起こさないよう、静かに扉を閉める。

未来は不透明だけれど、これだけはたしかだ。

結局のところ、ガレス・ド・モンフォール卿は彼女を失望させなかった。

12

結婚を決めるのは簡単だった。しかし、結婚する場所を決めるのはかなりの難題だった。イングランドの法令では、婚姻予告を公示してから三週間待つ必要があるからだ。しかもルシアンがきっと彼らを必死で探しているであろうことを考えると、ぐずぐずしている暇はなかった。スコットランドではその法令は適用されないものの、宿屋の外に立って激論を交わす仲間に向かって、ガレスは駆け落ち結婚の名所グレトナ・グリーンくんだりまで婚約者と赤ん坊を引き連れていくわけにはいかないと強く反対した。全員が意見を述べ、全員が提案した。とうとうコーカムが声を張りあげた。彼のいとこがロンドンのスピタルフィールズで牧師をしていて、大主教から認可を受けることができれば、そのいとこが結婚式を執り行ってくれるはずだという。

「そうか、ではそうしよう」ガレスは大股でクルセイダーに向かいながら言った。ようやく決着がついて安堵していた。彼の未来の花嫁は少し離れたところに立ち、静かにしていた。静かすぎるくらいだ。見るからに結婚を迷っている。そして時間が経てば経つほど、彼女の迷いも深まるようだった。

ガレスの読みは間違っていなかった。実のところ、議論が長引くにつれ、ジュリエットの不安も強くなっていたのだ。ガレスは彼女を早く祭壇に連れていきたがったが、どうやって連れていくかについては考えてもいなかった。彼は妻と赤ん坊を引き受ける覚悟がちゃんとあるのだろうか？

わたしは何をしようとしているの？

〈巣窟〉のメンバーはそれぞれ自分の馬にまたがり、チルコットがジュリエットのトランクをトム・オードレットに渡している。トムがそれを落とさないよう鞍頭にくくりつけた。ペリーはコートのボタンを留め、ガレスは馬を先頭に誘導している。彼女に近づくと、ガレスはモンフォール家特有の心を溶かすような笑みをゆっくりと浮かべた。けれども今度ばかりはジュリエットも心を動かされず、不安と戸惑いが増しただけだった。

ガレスが彼女の頬に触れて訊いた。「どうしたんだい、ミス・ペイジ？」

「どうもしないわ」彼を傷つけまいと嘘をついた。「今日は大変な一日だったから」

「それはぼくのせいだね。ゆうべは帰りが遅くて、午前中はずっと寝ていたから。そうでなければもっと早く追いついていたんだが」

「ガレス、酔いつぶれていたんだろう？」

「あっちへ行ってろ、チルコット」

「酔いつぶれていたの？」ジュリエットは眉をあげて尋ねた。

「翌朝はアイリッシュ・ウイスキーの後遺症があるんだ」ペリーが苦々しい口調で説明する。

「ぼくもそうだった」

「全員がそうさ」オードレットがジュリエットのトランクを固定しながらつぶやいた。

「とにかく」ガレスが続ける。「何が起こったのか知ったときは、ルシアンを殺しそうになったよ。ミス・ペイジ、ぼくたち兄弟が犬猿の仲なのは知っているだろう？　仲よくできたためしはないし、これからもそうだ。ぼくたちの性格の違いがきみにまで迷惑をおよぼして、申し訳ない」

「あら、迷惑なんて別に」ジュリエットは困惑して言った。いったい、なんの話をしているのだろう？

「でも、兄がきみを追いだしたんだろう？」

「いいえ、違うわ。わたしは自分の意思で出てきたのよ」

「なんだって？」

「公爵はシャーロットを被後見人にはできないけれど、ブラックヒース城には好きなだけ滞在していいと言ったの。彼に追いだされたんじゃない、わたしが出たのよ」

ガレスが小声で毒づく。「兄は自分がきみを追いだしたように、ぼくに思わせたんだ！」

「どうしてそんなことを？」

「そうだよ、ガレス。なんでそんな必要がある？」仲間たちも同じく困惑して声をそろえた。

ガレスの顔が怒りと恥ずかしさで紅潮した。

ペリーが愉快そうに小さく咳払いする。「公爵は何かたくらんでいるんじゃないかな。今回のたくらみが何かは、悪魔のみぞ知る、だけどね」

「本当に悪魔だ」ガレスは切り捨てるように言い、転がっていた石を蹴りあげた。「あの策士の悪党め、殺して――」彼はふとわれに返り、近くの木をこぶしで殴りつけると、その場から少し離れた。小声で悪態をつきながら落ち着きを取り戻そうとしている。

ジュリエットは後ろから近づき、彼の腕に触れた。「ガレス卿、ごめんなさい。あなたはお兄さまを責めているけれど、もしわたしがいなければ、あなたもお友だちも夜中にこんなところへ来なくてすんだのに。本当なら、家でベッドに入っていたはずよね」

「ベッドに？」チルコットがロチェスター卿と目配せしながら鼻先で笑う。「マダム、こんな時間にベッドに入っているとしたら、それは自分のベッドではなく――」

「黙れ、チルコット」ガレスが語気も荒く言った。自分の馬のところに戻り、いらだたしげに大きな音を立ててあぶみを引きずりおろす。「おまえが話しているのはぼくの未来の妻で、売春婦じゃないんだぞ。敬意を払え」

チルコットは目を伏せたが、ジュリエットは彼がそうする前に横目でオードレットをちらりと見たことに気づいた。オードレットが意味ありげにコーカムを見る。ペリーとヒューも素早く目配せした。ジュリエットはガレスの仲間が慎重に彼女を観察し、自分たちのリーダーにふさわしい相手かどうか評価しているのがわかった。それも当然だろう。ジュリエットは彼らとは話し方も服装も考え方も異なる、植民地出身のただの田舎者だ。劣っていると思われているに違いない。

「悪かったよ、ミス・ペイジ」チルコットが大げさに後悔した表情で言った。「ぼくはたまに気の利かない愚か者になるんだ」

「おまえはいつも愚か者だろう」ガレスがぶつぶつ言う。彼はコートの袖で濡れた鞍をぬぐい、大きな馬の肩をぽんと叩いた。そしてジュリエットがそうと気づく前に彼女のウエストを両手でつかみ、シャーロットと一緒に馬上に軽々と乗せた。

それから自分もジュリエットの後ろに飛び乗ると、胸で彼女の背を支え、彼女を囲むように腕を前にまわして手綱を握った。

「予定は変えないんだな？」ペリーが何気ない口調で訊く。

ガレスは彼に険しい視線を投げた。「当たり前だろう。あのずる賢い悪党がぼくを相手にゲームを仕掛けているなら、ほかにも何かたくらんでいるに決まっている。偉大なるブラックヒース公爵に天罰が下るときが来たってことだ」彼は邪(よこしま)な笑みを浮かべた。「ルシアンからはミス・ペイジに関わるなと命じられた。だから彼女と結婚する以上に兄貴を怒らせる手なんて考えられないね。さあ、行こう。時間がもったいない」

その後の一時間、ジュリエットはいつの間にかうたた寝していた。自分を囲むガレスの温かい腕、馬の軽快な足取り、そして疲労に誘い込まれたのだ。ぼんやり目を開けると、雲が南西に流れていた。明け方の光が地平線を縁取り、遠くでピンク色と金色の層を成している。ジュリエットはかたい筋肉質の腕に頭をもたせかけていた。その親密さに赤面し、気まずい思いではっと身を起こす。急に動いたせいでシャーロットが驚き、お腹がすいたとぐずり始めた。

「おはよう」頭上からガレスの朗らかな声が聞こえた。「少しは眠れたかい？」

ジュリエットは目をしばたたいて周囲を見まわした。夜明け前の薄明かりのなか、いくつもの建物が、柵で囲まれた田畑や沿道の生け垣に取って代わっている。石炭の煙が重く漂っていた。「あなたよりは眠ったと思うわ、ガレス卿。もうロンドンに着いたのかしら？」

「ああ。でも、スピタルフィールズまではロンドンをだいぶ横断しないといけないんだ」

シャーロットの泣き声が激しくなり、叫び声に変わりつつあった。

「どうしたんだろう？」ガレスが心配そうに尋ねる。

「お腹がすいているのよ」

彼はかたまった。「そうか」

前を走っていたペリーが振り返り、愉快そうに眉をあげた。ヒューがにやりとする。

シャーロットの叫び声が金切り声に変わった。

ガレスは咳払いした。「ええと……やるべきことがあるみたいだな。ここで止まろうか。きみはシャーロットを連れて木の後ろにでも……」

ヒューがあからさまに笑っていた。

「ここで大丈夫だと思うわ、ガレス卿」ジュリエットは応えた。

「ここで？」

「ええ、もちろん」ジュリエットはマントのゆったりしたひだを引き寄せてシャーロットにかぶせると、ボディスをおろした。慎ましい覆いの下で、赤ん坊を胸に引き寄せる。シャーロットはすぐに泣きやんだ。誰にも見えなかったものの、〈放蕩者の巣窟〉のメンバーは馬を追い立て、駆け足で先へ走っていった。

「あの……こういったことはよく知らなくて……」ガレスがひどく困惑した口調で言う。

「父親になるんだったら、こういったことにも慣れてもらわないといけないわ」

「そうだな……でも、あの……」

「この子はポークパイとエールの食事をとるわけにはいかないの」ジュリエットは穏やかに言って聞かせた。振り向くと、ガレスのハンサムな顔が夜明けの光と同じくらいピンク色に染まっていた。シャーロットがごくごくと吸うのを聞き、そのピンク色が真っ赤に変わる。

「困ったな」彼は目をそらしてつぶやいた。

わたしもよ。ジュリエットは笑いそうになりながら思った。シャーロットが吸う音を聞いて思い描いたのだろう、ガレスのものがかたくなるのをヒップで感じたからだ。彼の不運な窮状を思うと、ジュリエットの唇が笑いをこらえきれず震えた。だが彼女が楽しめたのもガレスのその部分が大きく脈打つまでで、それに応じて欲望が急な突風のように彼女の全身を駆けめぐった。

ジュリエットの顔も熱く燃えあがり、動揺と驚きで彼女は体をこわばらせた。もう楽しんでいる場合ではない。

それに今夜のことはどうするの？　ジュリエット、彼とベッドをともにするのよ。どうするつもり？

どうしよう。そのことを考える余裕などない。今は無理。まだ考えられないわ！

ふたりのあいだに緊張が走った。口にできない思い。どちらもガレスの興奮状態をひどく意識していたものの、彼は礼儀から、そしてジュリエットは気まずさから、それに注意を向けるわけにはいかなかった。とはいえ、その状態はまぎれもなく存在し、どんどんかたく、大きくなっていく。ジュリエットは自分の鼓動が聞こえるほどだった。呼吸が乱れる。そのうち、ありがたいことにシャーロットが乳を飲み終え、ガレスは仲間がいる安全圏に合流すべく愛馬を駆り立てた。

近づいていくと、ペリーが振り返った。ほかの者たちと同様に意地の悪い笑みを浮かべている。「父親業にもいずれ慣れるさ」彼はゆっくりした口調で言い、首をすくめてガレスのパンチをよけた。外れたこぶしが誤って帽子に当たる。

「そうだよ、ガレス。おまえは父親向きだからな。家庭生活が目に浮かぶよ！」

「うるさい」

笑い声が周囲にどっと響いた。しかし全員、長時間走り続けて疲労困憊（こんぱい）していた。やがて全員が——そしてすべてが——静まり返った。〈巣窟〉のメンバーは目的地に近づく馬に運ばれながら、鞍に沈むように身をゆだねた。蹄鉄（ていてつ）を装着した蹄が敷石に当たって音を立て、道の両脇に迫る、まだ明かりのついていない家々にこだまする。空は明るくなり始め、道幅は広がり、れんがと石造りの煤で汚れた建物が周囲に立ち並び始めた。屋根の向こう側では、空高く浮かぶ夜明けの柔らかい雲の薄紫が、明るいオレンジ色の朝日と対象的だ。すべての路地には扉も窓もそっくりの家々がずらりと並び、切れ味の鈍い歯のような通風用の煙出し（チムニーポット）がピンク色に染まりつつある空を背景に列を成していた。

ジュリエットは唖然（あぜん）として周囲を眺めた。これがロンドン……この大都市の政府が、遠く離れた彼女の故郷を支配し、そして破壊したのだ。タウンゼンド諸法、印紙法、耐えがたき諸法はここに端を発し、ボストンを引き裂いた反逆軍の種をあおり、広めたのだ。メイン州出身のちっぽけなジュリエット・ペイジが、この無秩序な巨大都市にいるというのが信じられなかった。五〇〇〇キロ離れたボストンで流血沙汰を起こすに至った諸法の発端の地に……。

ふと気づくと、ガレスがそれぞれの道の名前を教えながら、名所を指差して案内していた。彼らは今、ピカデリー通りにいた……右に曲がるとセント・ジェームズ通りだ。ペルメル通りを進んでセント・ジェームズ・スクエアを通過する。そこで彼は肩越しに公園のほうを示した。目をやると、きらきら光る運河に浮かぶアヒルの鳴き声が早朝の静寂を破った。

「コーカムのいとこが早起きであることを願うよ」ペリーが自分の馬をクルセイダーに並べ、あくびをしながら言った。「ぼくは正反対だけどね」

たしかに彼の目は睡眠不足でどんよりしていた。すぐ先を走るヒューも、頭をがくんと垂れてはびくりと起きるのを繰り返している。

「今、何時頃だ？」ガレスが訊いた。

「まだ四時にもなっていない」ペリーが上品に手を添えて、またあくびをこらえた。「ミス・ペイジ、われらが輝かしきロンドンをご覧になった感想は？」

「朝が早いようね」周囲を見まわしながら答える。「イングランドの太陽と同じだわ」立ち並ぶ建物のかなたの空は明るく、汚れた窓を太陽の光がピンク色と金色にきらきらと照らし始めたところだったが、こんなに早い時間帯であっても町には活気があった。点灯夫があくびをしながらはしごにのぼり、街灯を消してまわっていた。点灯夫は優美な馬と高価な服装に気づくと、通り過ぎる〈放蕩者の巣窟〉のメンバーに敬意を払って会釈した。女性が開いた扉の前に立ってモップの水を絞っている。清掃したばかりの濡れた舗道で汚れないよう、木靴を履いていた。夜警が明かりと警笛を手にしてゆっくりと通り過ぎ、口笛を吹きながら脇道に消えていく。一同はストランド通り、フリート通りを進み、堂々としたセント・ポール大聖堂に近づいた。早朝の光に照らされたその光景はあまりにも美しく、ジュリエットは大聖堂を通り過ぎてからも、体をひねってそれにじっと見入った。ロンドンの中心地であるチープサイドに着き、王立取引所、リンデンホール通り、東インド館を通り過ぎる。ガレスとペリーが順番に指を差し、驚きに目を見開いているジュリエットにひとつひとつ説明した。道路脇や戸口で酔いつぶれている売春婦たちもいた。みすぼらしい子どもの窃盗団、家路を急ぐ数台の華美な馬車。針みたいに狭い路地の向こうに、銀色に輝くテムズ川がちらちら見えた。大きな海洋船舶のマストが夜明けの光を浴びている。商品の売り込みを始める酪農婦、鮮魚店、ベーカリー。空が輝きを増してきた。この大都市の匂いは多種多様で、魚や残飯や馬糞の匂いにかぶさるように、石炭の煙の刺激臭が漂っている。

一同は川の反対側に向きを変え、北東に進んでホワイトチャペルに向かった。そこで先頭を走っていたコーカムが左に曲がり、ブリック・レーンに出た。そこでは醸造所のビールの匂いがどんよりと漂い、ジュリエットはその地域が今しがた通り過ぎてきたいくつかの地域よりも豊かでないことに気づいた。あたりの質素な住居の屋根には長い天窓がはめられている。彼女がそれをけげんそうに眺めていると、ガレスがスピタルフィールズはベルベットとシルクの織物産業地だと説明した。天窓は、石炭の煙をくぐり抜けた日光が屋内に入るようデザインされ、配置されているという。そうして織工のために採光しているのだ。

ジュリエットは身震いした。わたしはシャーロットを連れて、ここで露頭に迷っていたかもしれないんだわ。そう考えると謙虚な気持ちになった。ガレス卿が助けに来てくれなければ、そして途中で一泊せずにロンドン行きを決行していれば、いずれお金を使い果たして、この哀れな小さい家に身を落ち着けることになっていたかもしれない。神さま、ガレス卿を遣わしてくださってありがとうございます。彼との結婚が正しいことなのかはわかりませんが、このような運命から救ってくれた彼に感謝の気持ちだけは忘れないよう、お導きくださ い……。

そこでコーカムが馬を止め、一同はこぎれいなれんが造りの家と高く優美な尖塔を備えた石造りの教会の前に着いた。厳しい現実に迫られて、ジュリエットは先ほどのこじつけたような感謝の念が消えていくのを感じた。決意という名の岸辺に不安の第一波が襲いかかる。

彼女は結婚しようとしている。ここで。今。

ロンドンとボストンがかけ離れているように、彼女の理想からかけ離れている男性と。

「さあ、着いた」コーカムが朗らかに言う。「ご両人、入るぞ！」

ほかの男たちはすでに馬からおり、冗談を交わしていた。結婚は刑務所行きも同然だとか、結婚は人生の墓場だとか、結婚はライオンに食い殺されることだ、いやいや、ペティコートで窒息死させられることだ、などと大声で言い合っている。いかにも男性が言いそうなことだ、とジュリエットは気もそぞろに考えていた。

ガレスが彼女の耳元で訊いた。「ミス・ペイジ、緊張しているのかい？」からかう口調だ。

胸を締めつけてくる不吉な虫の知らせと闘いながら、ジュリエットは激しい鼓動を落ち着かせようとした。チルコット――その中身どおり愚か者のようにくすくす笑い、拘束されているふりをして片足で跳ねているチルコットの頭を叩き割ってやる武器があればいいのに。

「正直に言うと緊張しているわ、ガレス卿。でも式をすませれば、ふたりとも幸福になれることはわかっているの」

「なんだか気が進まないように聞こえるな」

ジュリエットはコーカムが鉄製の門扉を開け、ふんぞり返って牧師館に歩いていくのを見た。ノッカーをがんがん打ちつけながら、振り返ってチルコットの悪ふざけを笑っている。

「ごめんなさい、そういう意味では……」

ただ、あなたはチャールズとはまるで違うし、わたしが結婚すべき相手は彼のような男性だと思うの。あなたのような男性ではなく。

「では、どういう意味だい？　ぼくにはどこか足りないところがあるということかな？　外見とか？」

「違うわ、ガレス卿。なんでもないの。ただのマリッジブルーよ」

そこへ扉がさっと開き、コーカムがあわててみなを手招きした。

13

ハロルド・ペイン牧師はまだ寝巻き姿で、ろうそくを片手に不機嫌な様子で部屋に勢いよく入ってきた。特別許可証？　急を要する結婚？　しかるべき時間まで待てないのか？　婚姻予告の公示も待てないだと？　牧師はまくしたてたが、ガレスが静かにポケットに手を入れて金をいくらか取りだすと、それを見つめて黙り込んだ。目を真ん丸にし、唇を〝O〟の形に開いている。彼はあくびをしている気の毒な家政婦に、紅茶とパンとバターをお客さまにお出ししろとあわてて言いつけた。

「さあ、さあ、お座りください！」ペインは急に満面の笑みを浮かべ、大声で言った。

ガレスはジュリエットのために椅子を引き、自分もその横に腰かけた。〈放蕩者の巣窟〉のメンバーが周囲をうろつくなか、ペインはろうそくの明かりで金を数え始めた。式を執り行うことを牧師に納得させるために、所持金の三分の一を要した。だが花婿の兄がほかでもない偉大なるブラックヒース公爵だと知ると、ペインが尻込みしたため、再度の説得に残った所持金の四分の一を払った。公爵は〝植民地出身の無名の女とのあわただしい内密の結婚〟には絶対に反対するだろう、とペインが不安げに反対したからだ。しかし、ガレスは兄と同じく状況を完全に掌握していた。

「では、ほかを当たってみるしかないな」彼はさりげなく明るい口調で言った。「あなたに断られても、ロンドンには式を執り行ってくれる牧師がいくらでもいるからね」

ペインは躊躇(ちゅうちょ)した。悪名高きブラックヒース公爵に対する恐れと金銭欲のあいだで引き裂かれそうだ。ガレスが肩をすくめ、金を取り戻そうとすると、そのはったりが効いた。すぐに使いの者が送りだされた。日がのぼり、通りの交通量が増してくる頃には、大主教から特別許可証を手に入れた使いの者が戻っていた。

一同はたちまち列を成して教会に入った。

なかは寒く、静まり返っていた。古くてかびくさいタペストリーと、じめじめした石と、ずいぶん前に燃え尽きたろうそくの匂いが広い会衆席に満ちている。彼らの足音、咳払い、神経を高ぶらせたささやき声が、ひとつ残らず巨大な教会内で反響した。一同が敷石を敷いた通路を祭壇に向かって移動する一方で、ガレスはマントを脱ぐために立ち止まった。それをジュリエットの肩にそっとかける。赤ん坊を胸に抱いた彼女は、感謝の笑みをガレスに向けて目をそらした。しかし彼はジュリエットの瞳に浮かぶ苦悶(くもん)、口元のこわばり、眉間に寄った小さなしわを見逃さず、驚いて眉をあげた。

「悲痛な表情だな！」マントを整えながらからかう。「元気を出してくれ。そんな顔をしていたら、ぼくと結婚したくないのだと思われてしまうよ！」

「そうではないのよ、ガレス卿」

「だったら、どうしたんだ？」

「どうでもいいわ。さっさと進めてしまいましょう」

〝さっさと進めてしまいましょう〟ジュリエットの観念したような態度に彼は狼狽し、傷ついた。いったいどうしたのだろう？　ぼくでは不満なのだろうか？　ぼくがルシアンに復讐したいがために結婚するのだと思って、怒っているのか？　いや、それとも――神よ、どうかそうではありませんように――ぼくとチャールズを比べて、物足りないと思っているのだろうか？

何しろ、全員が過去にそう思っていたのだから。

ガレスが肘を曲げて促すと、ジュリエットはそっと腕を組んできた。「でも、ガレス卿、やっぱり牧師さまのおっしゃるとおりかもしれないわ」彼にだけ聞こえるようにゆっくりと言う。「わたしは植民地出身の無名の女で、あなたはわたしよりはるかに身分が上の女性と結婚できるでしょう？」

「そんなくだらない質問には答える気にもならないな」彼は明るさを装って返した。なんだよ、チャールズのことを気にしているのか？「それより、そろそろ〝ガレス卿〟〝ミス・ペイジ〟と呼び合うのはやめにしないか？　もうすぐ結婚するんだから」

「結婚は考えなしにするものでは――」

「大丈夫だよ、愛しい人。ぼくたちは考えなしに結婚しようとしているんじゃない。きみには夫が必要だし、シャーロットには父親が必要だ。それにぼくは――」ガレスはにっこりすると、片手で胸を大げさに叩いて軽く会釈した。「ふたりを助ける立場だ。考えなしどころか、こんなに真剣な理由もないだろう？」

「ふざけてる場合ではないのよ、ガレス卿」

「結婚も悪くはないと思うよ」

「こうなることを想定して、チャールズはわたしにイングランドへ行けと言ったわけじゃないと思うわ」

「ジュリエット、チャールズは死んだんだ。兄が何を考えていたかは、もう問題ではない。ぼくときみは生きているし、今はきみ――とシャーロット――の苦境を解決する一番の方法を考えなければいけない」ガレスはジュリエットの顎を指ですくうと、微笑みながら彼女の困惑した目をのぞき込んだ。「さあ、その愛らしい顔に少しくらいうれしそうな表情を浮かべてくれ。ぼくとの結婚をきみがみじめに思っているなんて、仲間に思われたくないからね」

ジュリエットは息をのんだ。ガレスの束ねた髪から黄褐色の房がいくつかほつれ、顔にこぼれている。神々しいくらいハンサムだ。首に結んだ完璧なレースが顎を引き立てている。そして八月の太陽よりも温かい、からかうような笑顔。ああ、違うの、と彼女は思った。ガレスとの結婚をみじめに思うわけがない。そういう問題ではないのだ。

ふたりが愛し合うどころか、互いをよく知らないことが問題なのでもなかった。彼がどんな夫に、そしてどんな父親になるのか見当もつかないことや、今晩どこで眠ることになるかさえ知らないのが問題なのでもない。あるいは、ガレスがあれほどの大金を惜しげもなく浪費したことが問題なのでもなかった。結婚許可証を得るための賄賂よりはるかに大切な、食料や住まいや生活必需品に使うべきお金ではあったけれど。

ジュリエットは一同がすでに着席している祭壇のほうを必死の面持ちで見た。それからさらに絶望的な表情で扉を見る。体じゅうの細胞が抗議の声をあげ、警告していた――これは間違いだ、間違いだ、間違っている！――その声がどんどん音量をあげ、彼女は聞くまいとして両手で耳をふさぎそうになった。

神さま、お助けください。問題は――。

「ジュリエット、準備はいいかい？」

彼女は全身を震わせて目を閉じた。落胆が背筋を走り、急にみぞおちのあたりがむかむかしだした。「ええ、ガレスきょ――」

「おっと！」彼が注意するように人差し指と眉をあげた。

ジュリエットは肩を落とした。「ええ、ガレス」

「よし。さあ、準備はできたようだな」彼はまたあの明るくからかうような笑顔になり、物憂げな青い目を海のように輝かせた。「行こうか？」

ガレスはジュリエットをエスコートして、自信満々のゆったりした足取りで会衆席のあいだを進んだ。床に並ぶ墓碑の上にふたりの靴音が響く。敷石は何年も踏まれ続けて、なめらかにすり減っていた。ジュリエットにしがみつくシャーロットが好奇心いっぱいの大きな目で周囲を見つめている。

ジュリエットの鼓動が大きく、激しくなった。気分が悪い。

「それでは、ここにお立ちください」ペイン牧師が祭壇の前を示して言った。「花嫁は花婿の左側に。花嫁を引き渡す役はどなたが？」

「誰もいません」ジュリエットは答えた。

ペインが顔を曇らせる。「そうですか。では、証人は？」

ガレスが招くように指を曲げ、近くに立って冷静なまなざしで見守っている一番の親友に合図した。「ペリー、いいかい？ あとコーカムも。ここに来るのは、きみが思いついたことだからな」

コーカムが微笑み、尊大ぶって胸を張りながら前に進みでた。

牧師はそそくさと進行した。後ろを向き、いくつかのろうそくに火を灯す。揺らめく炎の厳かな点々は、教会の重苦しい闇を貫く力を持たなかった。誰かが咳払いをした。シャーロットが不満げに泣き声をあげると、ジュリエットはばつが悪そうに赤ん坊を引き寄せ、花婿のシルク裏地のついた高価なマントの下で身震いした。

彼女は不安げにガレスを盗み見た。腰の片側に体重と片手をかけ、フロックコートの裾の片側をいじりながら、ペリーと冗談を交わしている。屈託なく笑うそのさまは、まるで自分の結婚式ではなく農産物の品評会にでも来ているみたいだ。彼は完全に落ち着き、けしからぬくらいハンサムだった。ほかの女性なら、喜んでジュリエットの立場を受け入れただろう。

「頼むぞ、ペリー。どう見えるか教えてくれ！」ガレスはふざけながら、中央をサファイアのブローチで留めたクラヴァットのフリルを整えた。「式にふさわしい格好に見えるか？」

「みっともない格好だよ、ガレス」オードレットがにやにやしながら言う。

「本当にみっともない」チルコットも軽口を叩いた。

ペリーだけは仲間と違い、ジュリエットが感じている不安と同じものを目に浮かべていたが、彼は少し笑ってガレスのクラヴァットを指ではじいただけだった。「ひげを剃ったほうがいいな」そっけない口調だ。

「そんな時間はない」ペインが口をはさみ、ペリーにガレスの右側に立つよう指示した。

「式のあいだは誰か赤ん坊を抱いていてくれないかね」

ジュリエットが無言でヒューのほうを見ると、笑っていた彼の顔がたちまち恐怖でこわばり無表情になった。腕のなかに赤ん坊を置かれると、ヒューは硬直して息まで止めた。

「よろしい」牧師がふたりの前に立つ。「では、始めましょうか？」

ジュリエットはガレスのマントを脱ぎ、背後の会衆席にかけた。急に寒けが走る。彼女は長身で笑顔の花婿の横に立った。彼はロマンティックでハンサムで立派だ。どんな女性でも喜びと誇りを持って夫にしたがるような男性……。

わたし以外の女性なら。罪悪感が襲ってきて、彼女の目に涙が浮かんだ。

祈禱書を手にしたペインが眼鏡の位置を直して咳払いをした。ガレスは高揚感で顔を輝かせ、生まれてからずっとこの瞬間を待っていたかのように、牧師に満面の笑みを向けている。

「親愛なるみなさん。わたしたちは神の御前、そして信徒の前に集い、この男性と女性の神聖な結婚式を挙げようとしています。結婚は、人類が創造された当初から神によって定められた尊いものです……それゆえ、軽率、無分別に、あるいはふしだらな理由で成されるべきではありません……」

軽率……無分別……。ジュリエットは息を詰まらせ、かたく目を閉じて、この永遠なる言葉を浴びた。

「結婚は子孫繁栄のため……そして罪に対する救済策、姦淫を避けるために定められ……富めるときも貧しきときも互いに尊重し、助け合い、慰め合うことを定めています……この結婚に正当な理由をもって異議のある方は、今ここで申しでてください。申し出がなければ、今後、異議を申し立ててふたりの平和を破ってはなりません」

誰も動かなかった。

教会のなかは静まり返っていたが、外からは馬車が石畳の道を往来する音が聞こえた。ペインが一度、二度と不安そうに扉のほうを見る。ブラックヒース公爵が突入してきて、この愚行に終止符を打とうとするのではないかと危ぶんでいるようだった。

むろん、公爵は現れなかった。そしてジュリエットはもはや感覚を失った足で立ち、もはや聞こえなくなった言葉に耳を傾け、もはや魂が抜けてしまった体のなかにいた。彼女は単なる観察者として、この恐ろしい事態が進行するのを見ていた。自分の行いになんの喜びも感じない。それに——ああ、どうしよう——涙が出てきた。涙は痛む喉にもたまり、鼻の奥まで熱くなる。

「汝はこの女性と結婚し、神の定めに従って夫婦となることを誓いますか？　病めるときも健やかなるときも常に相手を愛し、敬い、慰め、その生命の限り、かたく貞節を守ることを誓いますか？」

「誓います」ジュリエットの隣に立つ男が大声で言った。

ペインが今度はジュリエットのほうを向いた。背後の床に並ぶ墓碑と同じくらい灰色になった彼女の顔色を見て、牧師が眼鏡の上で眉根を寄せる。

「汝はこの男性と結婚し……病めるときも健やかなるときも……その生命の限り、相手に従い、仕え、愛し、敬い、相手と連れ添うことを誓いますか？」

彼女は涙をこらえようと唇を嚙み、まばたきをしたが、かすんだ目に浮かぶ涙越しにガレスの笑顔が凍りつくのを見た。彼女を見つめる瞳が、突然わいた懸念で暗くなる。

ジュリエットは足元に視線を落とした。「誓います」小声でささやく。

そこで彼女はガレスを見あげ、自分が彼を傷つけたことに気づいた。彼が困惑していることに。混乱のあまり、モンフォール家特有の整った眉がひそめられている。牧師がガレスの右手を彼女の手に重ねると、彼はジュリエットの肌の氷のような冷たさと手の震えを感じたのだろう、その目から高揚感が消えていった。

「繰り返してください」牧師が言った。「わたしガレスはジュリエットを妻とし、今日よりいかなるときも、幸福なときも困難なときも、富めるときも貧しきときも、病めるときも健やかなるときも、神の聖なる定めに従って、死がふたりを分かつまで汝を愛し慈しむことを誓います。そして汝に貞節を誓います」

ジュリエットは彼が誓いを繰り返すのを聞いたが、そこにはもう何かが欠けていた。その何かはずっと音楽を奏でていたのに、彼女はガレスの胸の内にあったそれを自分が殺してしまったことに気づき、慚愧（ざんき）の念で気分が悪くなった。今や音楽は止まり、沈黙している。牧師がふたりの手を再度重ね合わせ、ジュリエットも同じように誓いの言葉をぼんやりと繰り返した。

「指輪をどうぞ」

彼女はガレスが首を傾けて重厚な金色の印章指輪を外そうとするのを見た。どんな指輪かはすでに知っている。モンフォール家の紋章と家訓〝勇気、美徳、勝利〟を彫った、重厚な金色の指輪だ。彼女がそれをはっきりと知っていたのは、すでに同じ指輪を――。

大変、外すのを忘れていたわ!

もう遅かった。ガレスが彼女の手を取り、彼の指輪をはめるべき場所に別の誰かの指輪があるのを見て動きを止めた。形、家訓、紋章までそっくりの指輪が、あざ笑うように彼を見つめ返している。

チャールズの指輪が。

ほかの者たちもそれに気づいた。ペリーがはっと息をのむ音、チルコットの驚いたような悪態、参列者のあいだを駆けめぐる低い話し声。ガレスはどうすべきかわからず、こわばった顔をあげた。しかし、何をしてもジュリエットに恥をかかせてしまう。ガレスはしかたなく自分の指輪を彼女の指の途中まで滑らせ、ふたりを永遠に結びつける言葉を述べ始めた。

「この指輪で汝を妻とし、この身で汝を崇め、すべてを汝に捧げます。父と子と聖霊の御名において。アーメン」

恐ろしい沈黙がすべてを覆った。ジュリエットは死にたかった。花婿もきっとそう感じているだろう。ところがガレスは切なげな笑みを小さく浮かべ、上体をかがめてささやいた。

「この指輪をはめるから、それを外さないといけないよ、愛しい人」

彼女は急に浮かんできた涙をまばたきしてこらえ、ぎこちなくうなずいて手を差しだした。自分でチャールズの指輪を外すのは気が引けたからだ。ガレスに手を取られ、ジュリエットは彼を見ようとして視線をあげた。ごめんなさい、本当に、本当にごめんなさい。そう思ったが、今、自分が彼にしたことを償える言葉など存在しないのはわかっている。ガレスは目を伏せ、顔をこわばらせていた。その瞬間、ジュリエットは彼がようやく真実を理解したことを知った。

彼女がまだチャールズを愛しているという真実を。

ガレスは無言で彼女の指から亡き兄の指輪を抜いた。彼がそれをぎゅっと握りしめ、長く恐ろしい沈黙が流れるあいだ、ジュリエットは彼がそれを会衆席の向こう側に力いっぱい投げつけるつもりだと思った。ところがそうではなかった。ガレスは首をかしげ、彼女が思わず涙を浮かべてしまうほど清廉な、しおらしい仕草で、チャールズの指輪をそっと彼女の右手の人差し指にはめた。それから彼自身の指輪をそれがおさまるべき場所、彼女の左手の薬指にはめた。

涙がジュリエットの頬を伝う。

彼女の夫は妻を見つめ、頬に手を当てて涙がほかの者に見えないように隠した。目が彼の胸の内を語っていた。ぼくはチャールズではないけれど最善を尽くすよ、ジュリエット。約束する。

ガレスの洞察力、私心のない態度、寛大さに胸を打たれ、ジュリエットはわかっていると伝えるような思いで彼の手を握りしめた。ええ、わたしも最善を尽くすと約束するわ。夫婦になったのだから。

ペイン牧師がふたりにひざまずくよう指示していたが、彼女はそれをぼんやり聞きながら、握りしめた夫の手の力強さだけを感じていた。こうべを垂れたふたりの頭上で、最後の誓いの言葉が唱えられる。

「神のもとに集いし者のなんびとたりとも、この結婚を壊すことはできない……ガレスとジュリエットは聖なる婚姻に同意し……互いに貞節を誓ったからである。神と子と精霊の御名において、この兄弟と姉妹が夫婦であることを宣言する。アーメン」

ガレスが彼女のほうにかがみ、最後の涙をぬぐって、唇にやさしく口づけた。

そうして式が終わった。

14

チルコットがいきなり歓声をあげ、全員がふたりを祝福しようと駆け寄った。まるで大げさに騒げば、指輪をはめたあの恐ろしい瞬間の気まずさと戸惑いをどうにか打ち消せるとでもいうように。さらにありがたいことに、シャーロットがその場の注目を奪ってくれた。ヒューの腕に抱かれたまま、大きな金切り声をあげて一同の大騒ぎをかき消し、顔をくしゃくしゃにしてこぶしを振りまわしたのだ。ヒューが青ざめ、必死の形相でジュリエットを見る。彼女は涙をぬぐい、互いに困り果てているふたりをあわてて助けに行った。

「赤ん坊のことは詳しくなくて」ヒューは口ごもって赤面しながら、やれやれとばかりに赤ん坊を母親の腕に返した。「何か気に入らなかったかな……」

「おまえみたいな顔つきをしていたら、シャーロットが泣くのも無理はない」チルコットが茶化して言う。「女性を泣かせるのが得意だもんな！」

一同は大笑いし、哀れなヒューはさらに顔を真っ赤にした。

「あなたのせいじゃないわ、ロチェスター卿」ジュリエットは泣きわめく赤ん坊を抱いて言った。「おむつを替えてほしいだけなの」

「ああ……」ヒューが微妙な顔をした。「そういうことか」

全員がまた笑う。ガレスも牧師と握手をしながら笑った。仲間が彼を祝福し、背中をうれしそうに軽く叩いている。だが、ガレスの屈託のない態度は見せかけにすぎなかった。黄褐色のまつげの下に隠れた目は、彼の花嫁を鋭く観察していた。

いや、ぼくの花嫁ではない。

チャールズの花嫁だ。

胸が痛みで締めつけられた。つまりは死んでからも生きていたときと同じということか。ガレスはチルコットの冗談に笑うふりをしながら、切ない気持ちを押し隠した。ともに成長してきた年月、人は決まってガレスとチャールズを比較した。年齢が近かったし、外見や体格も似ていたからだ。だが周囲の大人たちの目には——人々はふたりが耳も感情も持ち合わせていないかのようにふるまった——チャールズのほうが有望な少年に映っていた。チャールズは〝愛すべき子〟だと。ガレスの気ままで無鉄砲な性格は、チャールズの真剣な野望や自らの言動に対する頑固な完璧主義に決して太刀打ちできなかった。鋭い機知に富んでいたのも、頭脳明晰（めいせき）だったのも、真面目な性格だったのもチャールズだった。チャールズなら立派な議員になれるだろう、いや、遠い地の輝かしい大使にだってなれる、チャールズは一家の誇りだ。チャールズ、チャールズ、チャールズ。人は彼を褒めそやす一方で、ガレスのことは……まあ、あの出来の悪いガレスの行く末は神と悪魔だけがご存じだろう、という具合だった。

チャールズは決してそのことを鼻にかけたり、あてこすったりしなかった。それどころかそんな比較をガレス以上に嫌っていたが、ガレス自身は笑って受け入れるふりをし、人々の予想を下まわることに全力を尽くした。そうして何が悪い？　ガレスには証明すべきことも、応えるべき期待もなかった。チャールズのことを羨んでもいない。本当に羨む気持ちなどなかったのだ。ルシアンが子孫を残さず死んだ場合に備え、チャールズは爵位を継ぐよう教育されていたが、ガレスは気楽に人生を謳歌していた。バークシャー、イートン、最近ではオックスフォードにまで足を運び、自由に遊び暮らしていたのだ。二三年間の人生で、自分とは比較にもならない完璧な兄を羨んだり妬んだりする気は一度も起きなかった。

これまでは一度も。しかしガレスは今、チャールズは手に入れたのに自分は持っていないひとつのものを求めていることに気づいた。ジュリエット・ペイジの愛だ。

ガレスは彼女に目をやった。ジュリエットはひとり離れ、娘をなだめようと首を赤ん坊のほうにかしげている。シャーロットは死者さえも墓から出てきて静かにしろと抗議しそうなほどの大声で泣き叫んでいるが、母親は冷静を保ったまま、赤ん坊を胸に引き寄せて背中を軽く叩いていた。

チャールズの花嫁。チャールズの娘。疎外感を覚えながら、ガレスはその母娘を見つめた。

なんてことだ。

ガレスは自分が絶望的な表情……地獄に閉じ込められ、天国を仰ぎ見ている者のような表情で母と娘を見つめていることを自覚していた。チャールズの指輪を外して別の指にはめてあげたときの、妻の顔を思い出す。その目には、彼の思いやり深く立派な行いに対する後ろめたさを伴った感謝の念が浮かんでいた。ガレスにとってはなんでもない行為だったが、ジュリエットにとっては重要だったようだ。あんな敬愛の表情をふたたび向けてもらうには、どうすればいいのだろう？　ああ、彼女の目はぼくを見ていたが、心ではチャールズを想っていたに違いない。

ジュリエットはまだガレスの兄を愛している。誰もが彼の兄を愛していた。妻に自分を愛してもらうためには何ができるのか、考えずにはいられない。

だが、彼女が望んでいるのはガレスではない。その兄だ。ちくしょう。生きているときでさえ、チャールズには決してかなわなかった。今さらどうやって競えるというんだ？

昨日の朝、ルシアンが放った厳しい批判の声が頭に鳴り響く。〝おまえは怠け者で、無責任で、役立たずの放蕩者だ〟

ガレスは大きく息を吸い、壮麗なステンドグラスの窓越しに上方を見つめた。

〝モンフォール家の――特にわたしの――面汚しだ〟

彼は第二希望だった。悲しき二番手。

ふと気づくとペリーがそばにいて、ガレスの背を軽く叩きながら手を握っていた。「おめでとう、相棒！」大声でそう言ってから、ガレスの肩に腕をまわして脇へ連れていく。それから首を傾け、まだひとりで立っているジュリエットのほうを顎で示した。「彼女、大丈夫か?」

ガレスはすぐにいつもの自分を取り繕い、あまりにも早く大きく明るすぎる笑顔を作って、万事順調だとペリーに納得させようとした。「ばかを言うなよ、大丈夫に決まっているだろう。マリッジブルーに襲われているだけさ。そんなに深刻な顔をする必要はない。便宜上の結婚をするのはぼくたちが初めてではないし、最後でもないんだぞ。うまくやっていけるよ」彼は笑ってペリーの肩を軽くこづいた。「ほら、ぼくだって、そのうち彼女を愛するようになるかもしれないし」

ペリーが疑わしげな目を向けてきた。ガレスは会衆席からマントを取りあげると、それ以上探られる前にペリーをそこに残し、花嫁のもとへ行った。

〝ぼくだって、そのうち彼女を愛するようになるかもしれないし〟

とんだ言い草だ。

本当は、彼女がぼくを愛するようになるかが問題だというのに。

ふたりが登録をすませ、牧師に礼を告げると、一同はしゃべり、笑い、午前半ばの陽光にまばたきしながら教会を出た。外は天候に恵まれ、紫がかった灰色のふわふわした雲が鮮やかなコバルトブルーの空を飛ぶように流れている。あたりに散らばる藁(わら)や何かの残骸がそよ風に吹かれ、敷石の上を転がっていった。馬、馬車、通行人が通りを往来している。一同は風に吹かれつつ歩道で立ち止まり、コーカムとオードレットが馬を連れに厩舎へ向かった。

ガレスが自分の指輪をジュリエットの指にはめようとしたあの恐ろしい瞬間のことは誰も話題にしなかったが、彼女は全員がその出来事を気にしていることを承知していた。

「こう申してはなんですが、美しい花嫁でしたよ、レディ・ガレス！」

ジュリエットは健気にも微笑んでみせた。レディ・ガレス。耳慣れない響きだ。「ありがとう、ロチェスター卿。教会が薄暗かったから、欠点を隠してくれたんだわ」

「なんだって？」チルコットが甲高い声をあげる。「おい、聞いたか？　欠点だってさ！」彼は片眼鏡を取りだし、ジュリエットを頭から爪先まで調べるふりをした。彼女は笑い、恥じらって顔をピンク色に染めた。「ぼくには欠点なんて見えないけどな。ペリー、おまえには見えるか？」

「いや、ひとつも」

「もう、やめてちょうだい」ジュリエットはもじもじした。

「よせよ」彼女の夫が陽光から目を守りながら言った。「彼女を困らせるな。全員に言っているんだぞ」

ガレスはジュリエットに近づき、わがもの顔で彼女のウエストに腕をまわした。ジュリエットは反射的に身を寄せたが、ガレスの仕草には儀礼上の堅苦しさしかなく、彼女はふたりの関係がブラックヒース城で過ごした二週間で築いたものには決して戻らないことに気づいた。気のおけない友人同士だったのに。

最後の締めくくりとばかりに、シャーロットがまた泣きだした。

「ぼくに抱かせてくれ」ガレスが言った。彼はジュリエットの腕から赤ん坊をすくいあげると、自分の胸に抱きかかえた。すぐに泣き声がやんだ。シャーロットは不思議そうに大きな目を見開いて彼を見ている。

ジュリエットは視線をそらし、通り過ぎる馬車を見送った。自分自身と心の葛藤が恥ずかしくて、ガレスと目を合わせられなかった。「おむつが濡れているわよ」彼女は注意した。

「かまわないさ。そんなことより、ほかに心配すべき大切なことがあるよな、シャーロット？」ガレスは気軽な口調で言うと、赤ん坊のフリルがついた帽子を小さな頭にかぶせ直した。ジュリエットは彼が言わんとしていることに気づき、その言葉の裏にふたつの意味合いと緊張が隠されていることを理解した。後ろめたそうにガレスをちらりと見たが、彼はその視線に気づかない。ジュリエットを無視し、赤ん坊をあやして頭上に掲げ、笑い声をあげるのに夢中だったからだ。シャーロットは空高く輝く太陽と同じくらい明るい笑顔を振りまいた。その様子を、ジュリエットは少し羨ましい思いで見つめた。あんなふうに幸福で気楽な人間になれるのなら、なんでもしただろう。チャールズの指輪がまだ指にあることにガレスが気づいた最悪の瞬間を消し去れるのなら、なんでも。どうして今朝、自分できっぱりと外さなかったの？

ガレスを傷つけてしまった。とても深く。そのせいで胸が苦しい。

「高い高いが好きかい？」

シャーロットがきゃっきゃと声を立てて笑った。

「さあ、もう一度だ」ガレスが快活に言う。ジュリエットは視界の片隅にペリーを認め、彼があの何事も見逃さない冷静な灰色の目でガレスを観察していることに気づいた。ペリーは何かがおかしいと見抜いているのだ。ガレスが赤ん坊を相手に突然ふざけだしたのは内面の痛みを隠すためだということに気づいているのだろう。ジュリエットの夫は今、シャーロットを頭上で揺らしながら、赤ん坊が喜んで歓声をあげるまで変な顔を作り、顔以上に変な声を立ててあやしていた。

「さあ、見てごらん、ウイー！」

その様子を見ていたペリーが、しょうがないやつだと言わんばかりに頭を振る。

「子どもみたいなふるまいを知っているやつがいるとしたら、それはおまえだな、ガレス」

「ああ。若さの秘訣(ひけつ)は若い気持ちを保つことだからね。それを忘れると老いてしまう。さあ、もう一度だ、シャーロット。いいかい？……ほら、高い高い！」

ガレスはまた赤ん坊を揺らした。高く、高く、高く。シャーロットもきゃっきゃと声をあげる。ジュリエットでさえ、心ならずも笑みが浮かぶのを感じた。たとえ押しつけられたときでも、彼女の夫のユーモアにはつられてしまう。仲間たちもにこにこ笑い、互いを肘でつつきながら、ガレスが独身生活と一緒に正気まで失ってしまったと言いたげに彼を見ていた。

「目にしている光景が信じられない」チルコットがぶつぶつ言った。

「まったくだ。〈ホワイツ〉の会員連中はなんて言うだろうな、ガレス？」

ペリーが呆れたように頭を振る。「このあたりに知り合いがいないのが、つくづくありがたいよ」彼はゆっくりと続けた。「ガレス、笑い物になっているぞ」

「ああ、そしてその笑い物は実に楽しんでいるよ。いいか、おまえたちだって、いつか小さなことで物笑いの種になることがあるかもしれないぞ。女性が原因とは限らない。だから最後に大笑いしよう！」

一同のあいだで爆笑が起こるなか、ペリーはしかめっ面をして、ばかげた考えを軽蔑するように仲間を手で払う仕草をした。ジュリエットだけが静かにそこに立ち、自分が結婚したばかりの陽気な男性を見つめていた。笑顔で彼女の娘を高く掲げているその男性が、別の人であればいいのにと思いながら。彼がもう少し……大人らしくふるまってくれればいいのにと。

チャールズのように。

突然、不快な罪悪感に腹部をぎゅっと締めつけられ、彼女は痛みに甘んじるべく手のひらに爪を食い込ませた。ジュリエットが彼を望んでいるかどうかは関係なく、ガレス・ド・モンフォール卿にはもっとすてきな人生がふさわしい。彼女よりもすてきな女性が。それなのにガレスはふたりがモンフォールの家名を名乗れるようジュリエットと結婚し、彼女が夫を、そしてシャーロットが父親を持てるよう自らの将来を犠牲にしてくれたのだ。ガレスがチャールズと別人だからといって、それは彼のせいではない。彼だって、ジュリエットとの結婚を幸せに思ってはいないかもしれない。彼だって、ほかの誰かを愛しているのかもしれない。

自分は立ち止まって、そのことを考えることさえしなかったではないか？

ああ、どうしよう。今夜、初夜のベッドをともにするとき、ふたりはどうなるのだろう？

ジュリエットの物思いは通りをやってくる蹄の音にさえぎられた。オードレットとコーカムが馬たちを連れて厩舎から戻ってきたのだ。近づいてくると、ガレスの馬は耳をぴんと立て、潤んだ黒い目で主人が赤ん坊をあやしているのを見た。いったいどういうことだと言いたげにいななく。

コーカムが知りたがり屋の馬を引き寄せて立ち止まった。「さて、どうする？」

「そろそろ出発だな」ガレスがのんびりと言った。「だがその前に、モンフォール家伝来の〝馬との相性〟をシャーロットが受け継いでいるか確かめよう」

「馬とのなんだって？」コーカムが訊いた。

「相性だよ、わかるだろう。クルセイダーがシャーロットをどう思うか確認しておきたい」

ガレスはシャーロットを抱いたまま馬に歩み寄り、そのベルベットのように柔らかな鼻に赤ん坊を近づけた。大きな馬は目と耳を赤ん坊に向け、首を弓なりにして穏やかに鼻息をついた。シャーロットは馬の息にくすぐられるたびに歓声をあげ、楽しそうに足をばたばた揺らしている。ガレスが笑って赤ん坊を高く持ちあげ鞍に乗せると、シャーロットは彼に支えられながら、小さな王女のように笑顔で一同を見おろした。

「危ないわ！」ジュリエットは叫んだ。あわてて馬に駆け寄る。

「大丈夫だ、しっかり支えているから」ガレスが大きな手でがっしりと赤ん坊の腰をつかんだまま無造作に言う。

「この子はモンフォール家の血筋だよ、ジュリエット。モンフォール家の人間はみな、馬が好きなんだ。そういう血が流れている」

けれどもジュリエットはみなが呆れて自分を見ているのもかまわず、ガレスを押しのけて娘を馬からおろした。そのとたん、シャーロットが顔をゆがめて泣きだした。

泣いただけではない。

叫び始めた——周囲の建物の窓ガラスを吹き飛ばすくらいの勢いで。

コーカムが顔をしかめる。「さあ、そろそろベッドに向かうとするか」ジュリエットが泣きわめく赤ん坊を必死であやそうとするかたわらで、彼は叫ぶように言った。「じゃあ、またな！」

オードレットもまた、次第に大きくなる赤ん坊の叫び声に耐えかねたような様子で、自分の馬のもとに向かった。「ぼくも失礼するよ、長い夜だったから！」

「ぼくもそろそろ行くとするか」チルコットがうわべだけの同情を装ってガレスをちらりと見てから、自分の馬のところへ行って勢いよく飛び乗った。「ごきげんよう、ガレス夫妻！」

「待てよ！」ガレスが呼び止めた。シャーロットの叫び声は通行人が振り返るほど大きくなっている。

しかし彼の友人三人は蹄の音を石畳の道に響かせながら、急いでその場から去ろうとしていた。ロチェスター卿までが言い訳をして帰ってしまった。ペリーだけがシャーロットの金切り声を礼儀正しく聞こえないふりをして、ふたりのもとに残った。「友だちがいのない連中だ」ガレスが憤慨して言った。「一番必要なときにいなくなるなんて！」

「まあ、結婚初日の夜だからな」ペリーがゆっくりと応じる。彼はかぎたばこ入れを取りだしてひとつまみした。右耳から一・五メートルほど離れたところでシャーロットが声も限りに叫んでいるというのに、そんな音など聞こえていないようにふるまっている。「連中がいつまでもつるんで、寝室にまでお邪魔するとは思わないだろう？」

「ばかを言うなよ。おまえもぼくを見捨てるつもりか？」

「いや、その反対だよ、親友くん」ペリーは馬の首に手綱をかけた。「おまえは奥方と赤ん坊を乗せないといけないからな。ぼくが今おまえを見捨てたら、彼女のトランクはどうするつもりだ？」

「感謝するよ」ガレスが小声で言った。だが、ジュリエットはシャーロットの背中を軽く叩いて必死になだめつつ、花婿がますます気まずそうにしていることに気づいた。ガレスは片足に体重を移し、神経質な仕草で髪をかきむしって咳払いした。

「どうした？」ペリーが馬にまたがる準備をしながら尋ねる。

ガレスはきまり悪そうにまた身じろぎをした。笑みを浮かべているものの、その気楽な態度とは裏腹に目は困惑している。「いや、たいしたことじゃないんだが。おまえの母君はまだぼくの顔を見るのもいやがるかな？」

「訊くまでもないだろう？」ペリーがいぶかしげに眉をひそめた。「どうしたんだ、ガレス？」

シャーロットはまだ叫んでいる。無駄だとわかりつつも、ジュリエットはおもちゃのガラガラを与えてなだめようとした。赤ん坊はただ叫び声の音量をあげ、おもちゃを振り落とした。

「いや、今晩、おまえのタウンハウスに泊めてもらえないかと思って」ペリーが戸惑いを見せると、ガレスはあわてて続けた。「もちろん今晩だけだ。母君にはすでに嫌われているんだから、これ以上機嫌を損ねたくはない。ぼくがおまえに悪い影響を与えていると思われているのもわかっているし……」

ペリーは明らかに返答に困っている。ジュリエットはふたりの気まずいやりとりを見て、泣きわめく娘をなんとか落ち着かせようとしながら、嵐に翻弄される木の葉みたいに気分が沈むのを感じた。母と娘を〝助ける〟というガレスの計画が教会の階段のところで停止したことは火を見るより明らかだった。その困惑した表情、目に浮かんだ動揺の色を見れば、彼が次に何をすべきか、どこへ行くべきか見当もついていないのがわかる。何も考えがないのだ。

どうか神さま、お助けください。

「モンフォール邸があるだろう？」耳をつんざくようなシャーロットの声に負けまいと、ペリーが声を張りあげた。「公爵は自分が市内にいないときも、ロンドンの屋敷に使用人を置いているんじゃないのか?」

「ああ、もちろん。でも、あそこに滞在するわけにはいかないんだ、ペリー」

「どうして? 自分の家じゃないか」

「違う、ルシアンの家だ。自分と家族をまた兄の庇護下に置くのは地獄に落ちるも同然だ」

「おい、いいかげんにしろよ」

シャーロットの叫び声がさらに耳をつんざく。目から涙がほとばしり、癇癪を起こして顔がトマトのように真っ赤だ。ジュリエットはガレスだけが赤ん坊をなだめられるかもしれないと思い、すがる思いで夫を見たが、今の彼は怒っていて、先ほどまでの朗らかな男性は姿を消していた。ペリーはガレスを説得しようとしている。ガレスの青い目が怒りで燃えた。

「説教はやめろ、ペリー。あそこには行かない、神に誓って本気だ」

「ばかを言うな」

「おまえこそ、無神経なことを言うなよ! ぼくが兄の厚意とやらにつけ込むと思うか? 自分の姪を被後見人にするのを拒んだあげく、若い女性と赤ん坊を護衛もなしにブラックヒース城から追いだしたんだぞ? あんな非道な男と同じ血が自分の体に流れているなんて、認めるのも恥ずかしいくらいだ! もういいよ、ペリー! おまえには頼まない!」

「ガレス、〝驕れる者久しからず〟ってことわざは知っているだろう?」

「失せろ。おまえもあいつらと同じじゃないか。ジュリエット、行こう。きみたちがクルセイダーに乗ればいい、ぼくがトランクを運ぶから」

「ガレス――」ペリーが友人に手をかけようとしたが、ガレスはその手を振り払った。

シャーロットは依然として叫びながら手足を振りまわし、声を限りに泣いている。数台の馬車が速度を落とし、周囲の住人が窓から顔を出して静かにしろと注意してきた。ジュリエットは視線を赤ん坊から憤る男性ふたりに移し、自分がなんとかすべきだと思った。

夫の腕に触れて話しかける。「ねえ、ガレス、本当に公爵は不親切ではなかったのよ。大金まで渡してくれ――」

「兄が何を渡したかはどうでもいい。きみは五〇〇〇キロもの距離を渡ってここにたどり着いたのに、ルシアンは何をした？　きみをまるで債権者みたいに扱って、金で追いだしたんだ！　きみは家族の一員として扱われるべきだ、不要な荷物なんかじゃない！　ジュリエット、ぼくは兄を許せない。許せなんて言わないでくれ！」

「そんなことは言っていないわ。でも、ひと晩だけプライドを捨てることはできるでしょう、あなたの姪のために」

ガレスが憤慨した様子で彼女を見つめる。

「いえ……あなたの娘のために」ジュリエットはぎこちなく訂正した。

ガレスが歯ぎしりして言う。「モンフォール邸にも、ブラックヒース城にも、ルシアンのほかの屋敷にも絶対に行かない。この話はもう終わりだ！」ペリーがうんざりしたようにため息をつき、シャーロットがあらゆる考えや理性をかき消す勢いで延々と叫んでいるかたわらで、ガレスはこぶしを額に押し当て、癇癪を抑えようとした。

ペリーが最悪のタイミングを選んで皮肉を言った。「上出来だな、ガレス。疑うことを知らない花嫁に、おまえの別の顔を披露したってわけだ。レディ・ガレス、きみの新しいご主人は甘ったるいだけの男だと思い始めていたんだろう？」

ガレスの堪忍袋の緒が切れた。うなり声をあげて剣をつかもうとした彼を、ジュリエットは間一髪のところで止めた。

「やめて、ふたりとも！　まったく、ブルックハンプトン卿、彼をそんなに挑発する必要があって？」

ペリーが自らを指差して言う。「ぼくを責めるのか？」

「そうよ、あなたも悪いわ！　ふたりとも騒々しい子どもみたいにふるまっているじゃない！」ジュリエットは剣の柄からガレスの手を押しのけ、怒りに燃えた目で彼と向き合った。「シャーロットもわたしもうんざりしているの。わたしたちをモンフォール邸に連れていくか、わたしたちと手を切るかどちらかにして。シャーロットがロンドンを揺るがすほどの悲鳴をあげているのに、あなた方が口げんかするのをぼんやり見守るつもりはないわ」

ガレスは呆然（ぼうぜん）として彼女を見つめている。

ペリーのほうは突然現れたジュリエットの激しい気性に眉をあげ、黙ってコートに手を入れると財布を取りだした。

無造作にそれをガレスに放り投げる。「取っておけよ。おまえたち家族の一週間分の宿代くらいにはなるだろう。そのあいだに頭を冷やすんだな。ぼくからの結婚祝いだ」ペリーは馬にまたがり、帽子に触れてジュリエットに会釈をした。「ごきげんよう、レディ・ガレス」それから嘲笑するような表情をガレスに向ける。「結婚の喜びが長続きすることを祈っているよ」

そう言うと、ペリーはジュリエットの失望をよそに向きを変えて馬で走り去った。彼女は泣き叫ぶ赤ん坊と、妻子のどちらの面倒を見るにも不向きな夫――その事実は不安なくらい明白になりつつある――とともにその場に残された。

15

ガレスは走り去るペリーの姿を動揺とともに見つめた。赤ん坊はまだ泣きわめいている。新妻は娘をなだめながら歩道に立ち、唇を引き結んで、ガレスが初めて見る怒りで目を燃やしていた。彼は仲間に見捨てられ、自ら兄の助けを拒否したのだ。

しかも、次にどうするべきかは見当もつかない。

ガレスはクルセイダーの手綱を握りしめ、なすすべもなくそこに立ち尽くした。鞍が誘っているように見えたが、ペリーや仲間たちを追って走り去りたいという衝動に、この問題を残して逃げだしたいという衝動に必死で抗った。

軽率にも、自ら引き受けた問題。

窮地にある妻と娘。

おまえはいったい何を考えていたんだ?

その答えは悪魔のみぞ知る、だ。なぜならガレス自身もわかっていないのだから。しかも彼は、ジュリエットと赤ん坊にどう対処すべきかもわからなかった。困り果てているものの、自分以外に頼れる人間はいない。

ちくしょう。

ガレスは妻を見た。彼に背を向け、少し離れていったのは、激高したことを恥じているからか、あるいは彼に頭を冷やす時間を与えようとしているからだろう。ジュリエットはようやく静かになり始めた赤ん坊——神よ、感謝します——に覆いかぶさるようにうつむいていた。耳をつんざく金切り声が、しゃっくりのような嗚咽(おえつ)に変わっている。ガレスは手で髪をかきむしり、考えをまとめ、気を静めようとした。それからクルセイダーの手綱を引いて、彼女の背後に近づいていく。

「ジュリエット?」

彼女は振り向こうとしない。ガレスはふいに恥ずかしさに襲われた。ジュリエットの前で自分が見せたふるまいが恥ずかしい。この状況に対処する準備ができていないことが恥ずかしかった。彼女と結婚して妻子への全責任を負ったことを、一瞬とはいえ後悔したことが。

責任。

この世で最も忌まわしい言葉だ。

「ジュリエット」彼女はまだ振り向かなかった。こうべを垂れ、撫であげた黒髪の下の首筋の曲線が目に入る。ガレスはごくりとつばをのみ込んだ。うなだれて、気まずそうに言う。「すまなかった。ペリーの言ったとおりだ。ぼくは怒りっぽくて、たまに手に負えなくなる」

するとジュリエットが振り向き、冷静で容赦のない視線を向けてきた。「怒りっぽいのは気にしないわ、ガレス。わたしが気にしているのは、今夜の居場所がないことなの。明日の夜もないんでしょう。来週、来月、来年はもちろんのこと」

彼は肩をすくめた。「宿屋かどこかに行けばいい」

「そうね、でもそんな暮らしをしていたら、お金はどのくらい続くかしら?」

ガレスは赤面して目をそらした。

「わたしに求婚して、妻子の面倒を見る責任を引き受ける前に、そういったことを考えもしなかったの?」

「ジュリエット、悪かったよ」

ふいに彼女は疲れた表情を浮かべた。続いて嫌悪の表情。

「ああ、考えていなかった」

ジュリエットはまた離れていった。まるで彼の近くにいるのが耐えられない、顔を見るのもいやだと言わんばかりに。

「ジュリエット!」

ガレスは毒づき、後ろにクルセイダーを従えて彼女のあとを追った。状況が刻一刻と悪くなっている。

「ジュリエット、頼むから——」

「少しひとりになりたいの、ガレス。考える必要があるのよ」

「すべてうまくいくよ、ぼくには確信がある!」

「わたしたちのうち、ひとりだけでも確信しているなら安心ね」

彼は歩く速度をあげた。「ぼくに怒っているのはわかるが、夫になるのは初めてなんだ。そのうちこつをつかむから。少し練習が必要なだけさ、わかるだろう？　チャールズだって、少しくらいは間違いを犯したはず――」

ジュリエットは歩き続けた。「そうは思わないわ」

「なんだって？」

「そうは思わない、と言ったの」

ガレスはその場に立ち止まり、クルセイダーの大きな頭が、歩いていく彼女を見つめる主人の肩にぶつかった。彼は妻の言葉に深く傷つき、言い訳しようにも言葉が見つからなかった。ああ、そうだ。たしかに比類なきチャールズなら、間違いなど犯さなかっただろう。

彼女も数歩進んでから立ち止まった。肩を落とし、疲れきった重いため息をつく。少しのあいだそこに立ち尽くして、内心の葛藤と闘っているかのようにガレスに背を向けていた。それからゆっくりと振り返り、悲しみに暮れた顔で彼と向き合った。

「失言だったわ、ごめんなさい」

彼は口元をこわばらせ、視線をそらした。「謝る必要はない」

「でも、あなたとチャールズは別の人だもの、いえ……別の人だったもの。比べるべきではなかったわ」

「比べて何が悪い？」ガレスは笑い飛ばそうとしたが、声には怒りが表れ、止める間もなく言葉が滑った。「誰もがいつも比較していたよ」

同情と理解と哀れみで、たちまちジュリエットの目が陰った。彼女が近づいてくる。

ガレスは手で押しとどめた。「ぼくに特技があるとしたら、それは物事を台なしにすることだ。今みたいにね」

ジュリエットがまた歩み寄ってきた。ゆっくりと手を伸ばして彼の袖に触れる。

「ガレス、あなたのせいではないわ」

「ああ、そうだ。チャールズのせいさ。兄は聖人で、間違いを犯したり、他人に気まずい思いをさせたり、失敗したりしなかった。鞭打ちや批判を受けたこともない。くそっ！ なんて男だ」

彼女はそこに立ち尽くし、ガレスの袖に目を据えていた。彼は相手の反応を、きつい言葉を待ちながら——期待さえしていたのかもしれない——ふくれっ面でジュリエットを見つめた。彼女が言い返してくれれば、わだかまりを解消して、この場でふたりの結婚を再スタートさせられると思ったからだ。

だが、彼女は言い返さなかった。

「チャールズをかばわないのか？」ガレスは憤然として訊いた。「チャールズの美徳を、完璧なところを、汚れなき名誉を並べ立てないのか？」

ジュリエットはたじろぎ、目に悲しみを浮かべた。「ええ」静かに付け加える。「彼も完璧ではなかったもの」

「そうかな？」

「もちろんよ。祖母がよく言っていたわ、この世に生きた人で完璧だったのはひとりだけ、そして神が彼をお召しになったと」

ガレスは通りの反対側の柵を険しい目つきで見つめた。ジュリエットが袖を放し、ゆっくりと身を引くのを感じる。ふたりは無言で気まずそうに立っていた。

ぎこちない間が空いた。

さらなる沈黙。

数台の馬車が通りを過ぎていく。

「どうしましょう……」とうとうジュリエットは言った。

ガレスが乾いた声で小さく笑う。「何が？」

「今夜の宿を探したほうがいいんじゃない？」

「そうだね」

仲直りしたいのにその方法がわからず、ふたりは何も言わなかった。ジュリエットは兄弟を比較するような発言を後悔し、ガレスに与えた傷を癒やす術（すべ）を知らない自分がもどかしくて唇を噛んだ。ふとシャーロットを見おろすと、娘は泣き疲れ、悲しみに打ちひしがれてぐずっていた。

彼女は赤ん坊を夫に渡した。仲直りのしるしだ。

シャーロットはすぐ静かになり、涙に濡れた青い目を見開いてガレスを見あげると、催促するように手を伸ばして顎に触ろうとした。

その瞬間、ガレスの傷ついた心が足元の水たまりに溶けていくのがジュリエットにはわかった。

「まったく、しかたないな」ガレスはつぶやき、笑う赤ん坊の濡れた頬を親指でぬぐった。口の片端をあげ、困ったような笑みを浮かべている。その心温まる光景にジュリエットは胸を打たれた。シャーロットの小さな顔に比べて、彼の手はなんと大きく力強いのだろう。たくましく頼もしい腕に包まれていると、シャーロットはひどく小さく見えた。

欠点はあるにせよ、ガレスはすでにいい父親だ。

ジュリエットの視線がやわらいだ。その瞬間、夫が彼女のほうを見て、その思いがけない表情に気づいた。ガレスが動きを止め、言葉にはできない意味深な何かがふたりのあいだを通り過ぎていった。

「そろそろ行こうか」ようやく彼が口を開き、シャーロットの毛布を肩まで引きあげた。「もうすぐお茶の時間だしね」

「わたしは許してもらえたのかしら?」

「許すだって?」太陽が雲間から現れるように、ガレスはゆっくりと笑顔になった。えくぼが浮かび、青い目に輝きが戻る。そんな笑顔を見せられたら、彼に腹を立て続けるのは不可能だ。

どんな理由があろうと。

ガレスは妻の手を取って口づけし、自分の腕にかけさせた。「ぼくがチャールズではないことを、きみが許してくれるならね」

「まあ、ガレス」ジュリエットは頭を振り、彼に身を寄せた。「気を取り直して、最善を尽くしましょう」

その言葉を合図にふたりは通りを歩き始めた。

背の高い人影に尾行されていることにも気づかずに。

〈ホワイツ〉の賭け金帳に参加者が正式に記録された。〝ブルックハンプトン卿はミスター・トム・オードレットを相手に、ガレス・ド・モンフォール卿が二週間以内にブラックヒース城へ戻ることに五〇ギニー賭ける〟

「ガレスが女のためにぼくたちを見捨ててしまった今、〈放蕩者の巣窟〉はどうなるんだ？」

「彼女を名誉会員にするしかないな」

「それはいいな。彼女がぼくたちと一緒に酔っ払って、彫像にいたずらするところが目に浮かぶよ。誓ってもいいが、あいつの結婚は続かないはずだ」

「そう願うね。ガレスがいないと、ぼくたちはどうしようもないからな」

「まあ、一週間だろう」コーカムはそう言うと、仲間たちがカード賭博をしようとついたベーズ張りのテーブルに近づいた。上着の後ろ裾をさっと払い、目を光らせてペリーのそばに座る。「ペリー、おまえの賭け金に七〇ギニー上乗せしよう！」

「いいぞ」

「一週間か?」オードレットが立ちあがり、椅子が後ろに倒れる。「えい、くそっ、じゃあぼくは三日以内にブラックヒースへ逃げ帰ることに一〇〇ギニーだ！」

「じゃあ、ぼくは一二〇！」

「一五〇でどうだ！」

給仕人が開けたてのワインボトルを持ってきた。そこで行われている熱狂的な賭けに眉ひとつ動かさず、それぞれのグラスに注ぎ足していく。給仕人が静かに消えると、ヒューがテーブルに身を乗りだし、興奮気味に言った。「ペリー、おまえは恥を知るべきだ」

「なぜ？」

「哀れなガレスを自活させるために残してきたんだろう。女性と赤ん坊までいるのに！」

「ああ、良心が痛むよ」

「良心なんてないくせに！」

「それはどうも。ヒュー、最大の褒め言葉として受け取っておくよ」ペリーはかぎたばこ入れを開けて、ひとつまみした。「おまえたちはひとりも残らなかったじゃないか」

「ぼくたちが帰ったのは、初夜のために気を遣ったのさ」

「何が初夜だ！」コーカムが言う。「彼女とちゃんとした初夜を迎えられるわけないだろう。教会で指輪をはめたままだったんだぞ、あんなことをするなんて信じられないよ。生意気な女だ！」

「ジョン、あれはわざとじゃないと思う」ペリーがゆっくりと言った。「それにガレスの花嫁は外見とは違ってなかなか根性がある、ぼくたちが思っている以上にな。怒るとなかなか印象的だ」

「なんでそんなことを知っているんだ？」

「お忘れかい？　ぼくはおまえたちが逃げ帰ったあとも残ったからね」ペリーの灰色の目が楽しそうに躍った。「ガレスのかわいい花嫁は退屈とはほど遠い」

「それなら神に感謝だな！」

「本当だよ、この二四時間で観察したところ、チャールズがあの田舎娘のどこに惹かれたのかさっぱりわからなかったんだ。ぼくたちに見えていない何に気づいたんだろうって」

「幸福に気づいたんじゃないか」ペリーが辛辣な口調で指摘する。

「幸福？　彼女がガレスを鬱状態に引きずり込まないことを願おうぜ！」

コーカムが身を乗りだした。「ぼくの考えが知りたいか？」

「いや、別に」

「思うに、ガレスは身分がはるかに下の者と結婚してしまった。財産目当ての結婚もできたのに。資産家の娘とね。それ以外にガレスが世を渡っていく方法があるか？」

オードレットが訳知り顔でうなずいた。「たしかに女性の相続人なら選びたい放題だったのにな。レディ・イーストレイ、ミス・ベアトリス・スミス＝モーガン……ルイーザ・ベリントンでも狙えたよ。イングランドで一番裕福なあのいたずら娘は、発情期の雌犬みたいにガレスを追いかけていたんだぞ。ガレスが求婚すれば秒で承諾しただろう」

「たしかに……笑えるよな」ペリーが大げさにため息をつく。「資産や地位なんてどうでもいいんだ。ハンサムな顔と魅力さえあれば、イングランドでも最上の名家の扉が開くんだから」

「かわいい脚も開いてくれるし」コーカムがちょっと羨ましそうにつぶやいた。

ペリーがちらりとコーカムを見た。「最近おまえには誰も開いてくれないようだな？」

コーカムが早口で悪態をつく。「天罰でも食らえ、ペリー！」

ペリーはにやりとしただけで、ワインをすすった。

「それはそうと、チルコットはどうした？」

「教会の外で別れてからは見てないな」オードレットがぶつぶつ言った。甲高く鼻にかかった声でチルコットの物真似をする。「〝疲れたから美容のために寝るとする〟だってさ」

テーブルのまわりでどっと笑いが起こる。

「疲れただって？　ぼくたちは疲れていないみたいな言い草だな！」

「チルコットなんて、どうでもいいよ」ヒューが考え込むように言った。深刻な顔をして、テーブルのベーズを飾る絵柄の入ったカードの一枚をぼんやりと指先でなぞる。「ぼくが心配なのは、ガレスが今後どうやってふたりの面倒を見ていくかってことだ。若い妻と小さな赤ん坊を連れているのに、入ってくる金も住む場所もないんだから……」

たちまち笑いが消えた。友人が苦境にあることは全員が承知していたのだ。

「ブラックヒース公爵には、イングランドの半分を余裕で買い占めることができるくらいの資産があるんだろう」オードレットが威勢よく言った。「ガレスのことは心配ない」

「でも、ガレスはプライドのかたまりだからな。昨日の公爵との口論を考えると、とりわけ兄貴のもとに逃げ帰るわけにはいかないよ」ヒューが心配そうに返す。「ほかから金を得るしかない」

「どうやって?」コーカムが訊いた。

「あいつにも貯金があるんじゃないか」

「ぼくたちもついてるし」

ペリーがワイングラスを見つめながら首を横に振る。「ガレスの貯金なんて、あいつの借金支払い能力と同じくらいお粗末なもんさ。公爵は経済的な援助を止めたんだ、あいつの借りを返すこともやめた」

「なんだって!」

「でもまあ、ぼくたちが助けられるじゃないか、仲間なんだから!」

「たしかに」ペリーが皮肉めかして応える。「ぼくたちの経済状況も、ガレスと大差ないけどな」

「なんてこった。ペリー、あいつはどうするつもりだろう?」

ペリーの唇がかすかな笑みにゆがんだ。「ひょっとすると、とんでもない話だが、生活のために働く必要があるかもしれない」

「ガレスが? 働く? ありえない!」

「そうしないと食べていけないだろう？　働くか、物乞いをするか、借りるか、盗むか」ペリーが思案げに言った。「まあ、率直に言うと、ぼくたちの友人は後者の手段を取るには高潔すぎるからな。さてと、賭けは続行か？　今晩のぼくは運がいい気がする」

16

運のいいことに、新しくできた家族をどこに連れていくべきかとひと晩悩んだガレスは、早めの昼食をとったところでその解決法を見いだした。

彼らはベーカリーで砂糖衣のかかったラズベリータルトにかぶりついたあと、ロンドンじゅうを歩きまわって帰ろうとしている途中で、ラヴィニア・ボトムリーに出くわしたのだった。立派な四輪馬車で通りすがった彼女は当然ながら馬車を止め――ガレス卿は彼女自身が喜んで奉仕したいと思う上客だった――かの放蕩者が結婚したばかりで、家族ともども今夜の宿を探していると聞くと、自分の館の部屋を使ってくれと申しでた。

「お代は結構よ、もちろん」ラヴィニアは親切に言うと、同情あふれる目でジュリエットと赤ん坊を見た。「どうぞ二階のクリムゾン・スイートを使ってちょうだい。うちで一番上等な部屋だから。そして誰にもあなた方の邪魔はさせないわ」

「何を言うんだ、ヴィン、家族をあそこに連れていくなんてありえない！」ガレスはたまらず叫んだ。

「きれいごとを言ってる場合じゃないでしょう、ガレス。わたしからの結婚祝いだと思ってくれればいいわ」

「絶対にだめだ、そんなことは考えるのも無理――」

「いいえ、ガレス、待って」ジュリエットはラヴィニアの官能的な香水や大きく開いた胸元が何を意味しているか知らないのか、はたまた気にしていないのか、片手をあげて彼を黙らせると年配の女性に向き直った。「ご親切にどうも。わたしたち、今夜はほかに行くところがないんです。お申し出を喜んで受けさせていただくわ」

ガレスはむせそうになった。「ジュリエット、だめだ、そんなことをしたら……」

「ここは遠慮なく言っておいたほうがいいわね」ラヴィニアが微笑んだ。「閣下がおっしゃりたいのは、わたしが女主人だということなの。つまり娼館を経営しているのよ」

「まあ!」ジュリエットの顔が赤くなった。恥じ入っているようだ。

「といっても、ちゃんとした店よ」ラヴィニアが言葉を継ぐ。「一流のね。お金持ちで、機知に富んでいて、教養豊かなお客さましか入れない店なの」彼女はウインクした。「ろくでなしは入店お断り」

「わたし、あの……わかりました」ジュリエットはか細い声で言い、弱々しい笑みを浮かべた。「躊躇してしまったこと、お許しくださいね、ミセス・ボトムリー。娼館に泊まるなんて、これまで経験したことがないものだから、ちょっと……きまりが悪くて。でも、わたしたち、本当に今夜泊まる場所がないんです。あなたはとても寛大な申し出をしてくださって――」

「謝らなくていいのよ、ちゃんとわかってるから」ラヴィニアはジュリエットの腕をぽんぽんと叩いた。「でも、部屋は部屋、そうでしょ？　あなた方が過ごしやすいように室内を整えさせるし、誰にもあなた方の邪魔はさせないわ。赤ん坊のための揺りかごだって、見つけられると思う。それに今から店に向かえば、まだ時間も早いから、あなた方がそこにいることは誰にも知られずにすむわよ」

ジュリエットは心を決めてうなずいた。「わかりました。でしたら、お受けします」

「ちょっと待ってくれ」ガレスは抗議の声をあげた。だんだん腹が立ってきていた。「いかがわしい店で妻と娘をひと晩過ごさせるわけにはいかない！」

ジュリエットは彼を脇に引っ張っていき、顔を近づけて耳元でささやいた。「ガレス、これ以上駄々をこねないで。たったひと晩のことよ。それに間違いなくお金の節約になるわ」

「金なら充分にあるんだ。けちる必要はない！」

「それはこれまで聞いたあなたの言葉のなかでも最も愚かな言葉ね」

ガレスは顎をこわばらせた。

ジュリエットが続ける。「あなたは持っていたお金のほとんどを牧師に渡してしまった。ペリーと公爵からいただいたお金だって、充分にあるとはいえ永遠に続きはしないわ。わたしたちには選り好みをする余裕なんてないのよ、ガレス。さあ、ほんの一瞬でいいからプライドは脇に置いておいて、現実的になってちょうだい」

「これはプライドの問題じゃない。ぼくはきみを宿屋に連れていきたいんだ」彼はむっつりとして言った。「ちゃんとした宿屋に。結婚して初めて迎える夜なんだぞ、ジュリエット。きみにはそれだけの価値がある」

「結婚初夜だって、ほかの夜と何も変わらないわよ」ジュリエットは現実的になって言ったが、深く考えもせずに口から出たその言葉は思いがけず彼を傷つけたようだった。ガレスの目の奥に痛みがよぎるのを見て、彼女は片手で彼の手首を包んだ。「わたしたちには無駄遣いできるようなお金はないのよ、ガレス」

ガレスは彼女を見つめた。彼が特別だと思っている結婚の象徴的な部分を、ジュリエットは軽く見ているようだと知って衝撃を受けていた。ガレスを愛してくれていれば、彼女もそこを特別だと思うはずなのに。ジュリエットはこの結婚自体を軽く見ているということなのか？　必ずしも必要ではない、特別な努力を払う価値もないものだと思っているのだろうか？　相手がチャールズだったとしても、彼女が結婚にはたいして意味がないと思っているとすれば、初夜を娼館で過ごすなどという不名誉なことも受け入れただろう。今、彼らの結婚についてはそうしてもかまわないと思っているのだから。

ただどういうわけか、そうではないようにガレスには思えた。

「わかったよ、マダム」胸の痛みを隠すために、ガレスはよそいきの顔を取り繕って言った。「だったら、きみの好きなようにするといい」

ガレスは自分の妻がロンドンで最も高級な娼館にいるところを誰にも見られたくなかった

ので、ラヴィニアを先に店へ行かせ、自分たちはじっくり時間をかけて向かうことにした。そして実際にそうした。家族を町じゅう連れまわして時間を稼ぎ、クルセイダーをつないでおく厩舎を見つけて馬にブラシをかけ、餌と水をやって時間を稼いだ。避けられない事態をあとまわしにするためなら、どんなことでもするつもりだった。とうとうこれ以上引き延ばせないとわかると、娼館に向かっているところを誰にも目撃されないように、狭い路地を選んで歩いた。

ジュリエットは黙って彼の横についていた。ガレスは彼女の絶望を感じ取った。彼女は自分がとんでもないことをしたとわかっていて、それがなんなのか突き止めることができないというのもわかっている。おそらくジュリエットは、彼がプライドのせいで怒っていると思ったのだろう。自尊心のある貴族なら、妻を娼館へ連れていこうなどとは考えないものだ。ましてや結婚初夜なのだから。だが、そんなことではない。もっと大きな問題だ。もしジュリエットがチャールズと結婚していれば、彼女は初夜を娼館で過ごすようなことはしたがらなかったに違いない。今のガレスと同様に、すべてが完璧であることを望んだはずだ。

ジュリエットがついに口を開いた。「ガレス?」

「なんだ?」

「わたし、自分が何をしてしまったのか、よくわかっていないの。何が問題なのか、あなたが教えてくれたらいいのにと思うのだけれど」

「もういいんだ」

「わたしが無駄なお金を使いたがらなかったせいで怒っているの？」

ガレスは顔をしかめた。無駄な金。「違う」

「だったら、わたしが話を決めてしまったせいかしら。女性にリードさせたことが、あなたの男性としてのプライドを傷つけたの？」

「違う」

「だったら、わたしはいったい何をしたの？」

彼は頭を振った。そんな話はしたくない。自分が怒っているのは、どうしても避けられないチャールズとの比較がまたしてもなされたからだと、しかも彼はまたしてもチャールズに勝てなかったからだと、ジュリエットに言えというのか？　だめだ。そんなことを話しても、自らを哀れんでいるようにしか聞こえない。

「なんでもないんだ、ジュリエット。ぼくはもう大丈夫だから」

彼女はじっとガレスを見ていたが、肩をすくめ、また口をつぐんだ。

娼館はすぐそこだった。角地に慎ましやかに立っている。ガレスは表の入り口を避け、知り合いに目撃されることがないよう用心して裏口へと家族を連れていった。妻を社交界で正式に紹介するよりも先に、彼女の名前と評判が汚されることは避けたい。

ああ、神よ、そんなことになったらどんな混乱が待っていることか！

石段をあがってノッカーを鋭く打ちつける。すぐに扉が開いた。スモーキーな香りのする雲が奥から吐きだされ、ちらりと見えた玄関ホールの高い天井には、裸で戯れる人々の狂乱ぶりが描かれていた。そして戸口では身長二メートルもある大男のマリオが彼らを見おろしている。髪粉を振ったかつらをつけ、金色のサテンのスーツを着た優美ないでたちをしていても、生まれ育ちがよくてこぎれいにしているという女主人の基準を満たさない客を放りだすためだけに雇われた男の猛々しい強さを隠す役には立っていなかった。彼はガレスのしわくちゃなスーツと無精ひげの伸びた顔をちらりと見て、その後ろに立って腕に抱いた赤ん坊をあやしている小柄な若い女性を一瞥（いちべつ）した。マリオが生え際にくっつく勢いで眉をぐいとあげる。

「閣下！」彼はあえいだ。それから咳払いをして、やおらクラヴァットの結び目を直すと、より威厳のある抑えた声で言った。「閣下」

ガレスは毅然（きぜん）としていた。「ラヴィニアに、今夜はここに泊まっていいと言われたんだ、マリオ」

「はい、もちろんです。どうぞこちらへ」

「クリムゾン・スイートだ」ガレスは言った。こんなに恥ずかしいと思ったことはなかった。

「絶対に、誰にも邪魔されたくない」

「お邪魔はしませんとも、閣下」

「誰も部屋には通すなということだぞ」

「誰もお部屋には通しません」

マリオはお辞儀をして、彼らをなかへと招き入れた。建物のどこかから女性の笑い声が聞こえた。ガレスは妻をちらりと見た。ジュリエットの顔はひどく青白かったが、毅然としていた。決意に満ちた、強い顔だ。彼らの後ろでマリオが扉を閉めた。

暖かくて見覚えのある室内に入ると、ガレスの怒りは薄れた。怒りが狼狽へ、それからきまりの悪さへ、そして最後には息詰まるほどの困惑へと変わる。頭上にはラヴィニアの有名な天井画があった。豊かな色彩で詳細に描かれた、肉感的で官能的な八人か九人のしどけない女性たちが戯れている絵だ。全員が裸で、チェリーやブドウに吸いつく者もいれば、黄金の杯から酒を飲んでいる者もいる。ひとりは別の女の胸の上にワインをこぼしていて、男がひとり、その下で口を開いてしゃがみ込み、クリーム色の胸からしたたり落ちるしずくを舌で受け止めていた。男のものは大きく屹立(きつりつ)している。男の下でまた別の女が仰向けに横たわり、手と舌で彼に奉仕していた。

ジュリエットはその絵をじっと見あげていた。

ひとことも言葉を発することなく。

やがて彼女は頬を染めた。ピンクが赤になり、白い肌がまだらに染まった。

ガレスは死にたい気分だった。彼はパネルのはめ込まれた壁を見た。飾り立てられた金メッキのフレームに入った鏡を見た。ブーツの下のラグは素足で踏みたいくらいに柔らかい。遠くの部屋からは女のかすれた笑い声や男の高笑い、小さな金切り声が響いていた。天井の大作に負けじと挑発的な絵がかけられた壁が、どんどん近くに迫ってくるように思える。高価な香水とお香、性の交わりのひそやかな匂いがまじった官能的な香りに、ガレスはかすかような思い出が。ああ、なんてことだ。いやはや、まったく！　彼の横では、やさしく美徳あふれる妻がシャーロットを守るように胸に抱いていた。顔は硬直し、視線はまっすぐ前を向いている。ラヴィニアのよりすぐりの女の子たちが廊下の角や扉の向こうから代わる代わる顔をのぞかせ、好奇心もあらわに彼らを観察していた。

そして、そこに女主人が現れた。ダイヤモンドで飾り立て、光沢のある薄紫色のサテンのドレスに身を包み、大きく開いた胸元からは今にも胸がこぼれでそうだ。香水の霧をまとってサロンからすっと出てきた彼女の後ろには、有名なふたりの赤毛の美女、メリッサとメリタが付き従っていた。

ガレスはふたりともよく知っていた。

い、いや、よく知っているどころではすまないほどに。

彼女たちの誘惑的な視線に体をなめまわされ、ひとりは口で、もうひとりは足の爪先でどんな快楽をもたらすことができるかを思い出し、彼の全身がかっと熱くなった。

神よ、お助けください。

「無事に着いたのね」ラヴィニアが満足げに言った。満面の笑みを浮かべ、もてなしの心を全開にしてガレスの腕に触れ、ジュリエットに笑顔を向ける。「さあ、こちらへ、ついてきて。メリタに夕食を運ばせるわ。石けんとかみそりと、赤ん坊のおむつを作れるように何枚かの清潔なシーツも。居心地よく過ごせるはずよ。それはわたしが請け合うわ」

「揺りかごも？」ジュリエットが訊いた。

「それはもう置いてあるはずよ」

ジュリエットはうなずいた。「では、ほかに必要なものはないと思うわ」不安そうに夫を見る。「そうよね、ガレス？」

「ああ」彼はささやき、ジュリエットの腕を取ると無言で二階へと連れていった。

ロンドンはどんどん暗くなっていく。

西に向かってサーモンピンクと金色の光の筋が何本も走り、色あせた空には何百という煙突のシルエットが浮かびあがっている。通りや家々の外にオイルランプの明かりが灯り、人々は家路を急いでいた。暗くなってから外にいることは、ふつうの市民にとっては安全ではない。夜の訪れとともに、町にはごみをあさるネズミの大群だけでなく、犯罪者たちがわきでてくる。泥棒、強盗、すり、墓荒らし、その他さまざまな、できることなら一生出会いたくない連中が。

路地はすでに暗く、危険な場所になっていた。ラヴィニア・ボトムリーの娼館と近くの質屋のあいだの狭い路地にも不吉な人影がひとつ、幽霊のように不気味に動いている。

男はポケットに手を突っ込み、目をぎらつかせて、マリオに握らせる金をまさぐった。この金でうまくいかない場合は、腿に隠した剣を使うしかない。彼は大男のマリオも怖くなかった。暗くなったロンドンも怖くない。彼を怖がらせるものは何もない――彼に金を渡し、ガレス卿を尾行しろと命じた男のほかには何も。あの悪魔の逆鱗に触れることだけはしたくなかった。

彼は扉を鋭く三回ノックした。金をちらつかせて質問し、求めていた答えを得た。

やはり、彼らはここにいる。三人とも。

男は満足して、暗がりへと戻っていった。娼館の正面玄関の上に輝くランプが一瞬だけ彼を照らしたが、その顔と格好ははっきりしなかった。彼は足を止めた。頭を後ろに傾けて二階の窓を見あげる。重厚なカーテンの隙間から、ひと筋の光が漏れていた。

ガレス卿とその家族は、今夜はもうどこにも出かけたりしないだろう。

薄い笑みが顔をよぎり、彼はきびすを返すと出てきた影のなかへ溶け込んでいった。

17

ジュリエットは洗面台の前に立って顔を洗っていたが、あまりに疲れていて、今にも倒れてしまいそうだった。タオルで頬を軽く叩いて水気を取りながら、彼女は黙って夫を観察した。剣を外して炉棚の上に置いているガレスの後ろは深い緋色のベルベット張りの壁で、それが彼の貴族らしい優美さを完璧に引き立てる背景になっている。

ガレスはいつもの彼らしくなかった。肩を怒らせ、表情は兄の公爵かと思うほど険しい。激怒しているのだ。だが、ジュリエットにはどうしてもその理由がわからなかった。もちろん、彼は貴族だから倹約の意味を理解していないだろうし、これまでは理解する必要もなく、また理解したいとも思っていなかったはずだ。もしかしたら、倹約を強いられたことを恨んでいるのかもしれない。彼女とシャーロットの面倒を見る羽目にならなければ、今も贅沢な暮らしを続けていられたのにと思っているのかも。あるいは、やはりジュリエットがさっさと話を進めて女主人の提案をのんだことを怒っているのだろうか？

でもジュリエットが話を進めるしか、やりようはなかったはずだ。教会の外に立っていたとき、彼女は心が沈むような感覚を抱きながら悟った。自分とシャーロットだけでなく、貴族である夫に対する責任も彼女の肩にかかっているのだと。けれども今はその責任と疲労に夫の態度もあいまって、ジュリエットは困惑していた。重荷を感じていた。怒っていた。

警告のしるしはあちこちにあったが、彼女はそれらを無視してきた。まずはガレスの家族からの謎めいた言葉だ。アンドリューは言った――〝ガレスは放埒で、浪費家で、無法者かもしれないが、嘘はつかない……村人たちはガレスのことを放蕩者と呼んでいるんだ〟と。さらに、公爵はこう言った。〝あいつが自ら何かをするなんて誰も思わなかった〟衝動的な求婚、お金に対する子どもじみた態度、それに今朝の牧師のところで起こした騒ぎ。それを思うとめまいがして、ジュリエットは急にうずきだしたこめかみに指を押し当てた。明らかに彼女がお金を――その使い道も――管理しなければいけない。彼女が決断を下し、住むところを探して、生きていけるように仕事を見つけなくては。ガレス・ド・モンフォール卿があの優美な手で、あの高貴な血筋で、労働に身をやつすのを許すわけにはいかない。彼は魅力的で甘やかされて育ち、五歳児と同じくらい道理をわかっていないのだ。

わたしって愚かね。ジュリエットは自分をなじった。この絶望的な状況とガレスのハンサムな顔――それに彼がチャールズの弟であるという事実――に気を取られて、良識を捨ててしまっていたなんて。まともにものを考えていたら、木の枝の上から結婚を申し込むような人とは結婚しなかったはずだ。彼の魅力にほだされて判断を誤ったりはしなかった。これはわたしのあやまちだ。

自分に嫌気が差して、ジュリエットは赤ん坊のナプキンからピンを外して手近なボウルへと放り投げた。このことで責めを負うべきは彼女しかいない。ガレスがあんなことをしたのはしかたがないのだ。彼はチャールズとはまったく違うのだから。ジュリエットは彼と結婚した。そして今はただ、この状況で最善を尽くすしかない。

この状況を最大限に利用するしか。

これまでだって何度も嵐をくぐり抜けてきた。今回もなんとか乗りきってみせる。スピタルフィールズでお針子として働かなければならないのなら、そうしよう。どこかの裕福な家の乳母にならなければならないのなら、それでもいい。彼女にはよく働く頭と使える両手があるのだ。家族が生き延びるためなら、どんなことでもしてみせる。

ジュリエットはむずかって足をじたばたさせている赤ん坊を抱きあげ、ベッドに寝かせた。視界の隅で、ガレスが彼女のトランクを椅子の上に置くのが見えた。彼は蓋を開けてなかをかきまわし、清潔な布地を取りだした。それから顔をあげ、彼女と目を合わせる。

ガレスがおずおずと微笑んだ。ふたりのあいだの緊張を解こうとするように。

ジュリエットは彼を無視してシャーロットに視線を戻した。濡れて汚れたおむつを外すと、あとで洗うためにそれをおまるに投げ込んだ。赤ん坊が輝く太陽のようにまばゆい笑みを浮かべ、ジュリエットはふいに罪悪感を覚えた。彼女はろくでなしの弟と結婚してチャールズを裏切っただけでなく、気の毒な娘のことも裏切ったのだ。何時間も前におむつを取り替えてもらうべきだったのに、かわいそうな子。

怒りの涙がこみあげる。体の内側で緊張が高まり、頬が熱くなって、動きがぎこちなくなった。彼女は顔にかかった髪を払いのけ、洗面台へと突進し――。

夫と衝突した。

ガレスは濡らした布と水を半分入れたボウルを持ってジュリエットのほうに向かっていた。ふたりがぶつかった拍子に水がいくらか絨毯（じゅうたん）にこぼれ、残りは彼のベストにかかった。それをものともせず、ガレスが休戦協定であるかのように濡れた布を差しだす。

「それはなんのため？」

「あの子を拭いてあげないと、そうだろう？」

「あなたが赤ん坊について何を知っているというの？」

「よしてくれ、ジュリエット。ぼくだって、まるで常識がないわけではないんだ」

「どうかしら」意地悪くつぶやく。

ガレスは礼儀正しく、しかし混乱した顔で微笑んだ。それがなおさらジュリエットの怒りをあおった。こんなときにも紳士でいてほしいなんて望んでいない。ガレスととことん言い争いたかった。彼について、彼の向こう見ずなふるまいについて思っていることをぶちまけたい。深刻な状況で彼が見せるのんきな態度を非難したい。ああ、どうしてわたしはチャールズのような人と、なんでもできて成熟している人と結婚しなかったの？

「何がいけないんだ、ジュリエット？」

「何もかもよ！」彼女は激高した。布をボウルの水に突っ込んで、シャーロットのお尻を拭き始める。「ペリーが言ったとおりだわ。わたしたち、あなたのお兄さまのところに戻るべきだったのよ」

「ペリーの言うことなど聞かなくていい」

「どうして？　彼には、あなたとあなたのほかのお仲間を全員合わせたよりも常識がある。結婚してまだ一日も経っていないけれど、あなたが絶望的なまでに常識に欠けていることがよくわかったわ。あなたは妻と娘をどうするかなんて何も考えていない。どこに行くべきか、どうやって養えばいいか、考えは何もない。でも、あなたはわたしたちを追いかけてきて、面倒を見ると言わなければならなかった。救世主として、窮地を救わなければならなかった。そのあとのことなんて、何ひとつ考えていなかったんでしょう？　ああ！　あなたは行動に移す前に考えるということをしないの？」

ジュリエットの語気の荒さに呆然として、ガレスは目を丸くした。それから皮肉な口調で言う。「おいおい、思い出してほしいな。まさにその向こう見ずな性格がきみの命を救ったんだぞ。あの馬車に乗っていた、ほかのみんなの命も」

「ええ、そうよ。だけど、それではわたしたちを養っていくことはできないわ！」彼女はシャーロットのお尻を持ちあげて清潔なおむつを当て、自分の両手を石けんで洗った。「今でも信じられない、結婚許可証一枚のためにあんな大金を投げだすなんて。いいえ、あれは賄賂ね。あなたのそんな態度が今でも何も変わっていないことにいらつくのよ。今夜宿屋に泊まっていたら、どれだけのお金を無駄にしていたと思うの？　あなたにはお金の価値がわかっていない。あなたのやり方で生きていけば、わたしたちはいずれ教会の慈悲にすがるか、通りで物乞いをするしかなくなるわ！」

「ばかなことを言うな。そんなことには決してならない」

「どうしてそう言えるの？」

「ジュリエット、ぼくの兄はブラックヒース公爵だぞ。ぼくの家系はイングランドでも最も古くて、最も裕福なんだ。ぼくたちが飢えることはない。それは保証する」

「だったら教えて。どうやって生計を立てるつもり？　その甘やかされた真っ白な手を汚して、指にたこを作って働くことができるというの？」

「ジュリエット、頼むよ。ぼくの我慢の限界を試すようなことはしないでくれ」

「あなたが助けを乞いに行くつもりがないのなら、裕福で権力を持っているお兄さまがいてもなんの役にも立たないわ。これはゲームじゃないのよ！　深刻な現実なの！　手のかかる赤ん坊を抱えた母親としては、あなたがどうやってわたしたちを養ってくれるつもりなのか、ぜひ聞きたいわ！」

「それはまだわからない。だが、きっと何か考える」ガレスは顔をそむけた。「頼むから、少しくらいぼくを信じてくれ」

「そうしようとしているわ、でも……とにかく……ああ、今日は人生で最悪な日になってしまった。これ以上よくなるようには思えない」涙がこみあげ、ジュリエットは手のひらの付け根をこめかみに押し当てた。下唇がわななく。

ガレスがすぐさま彼女に歩み寄った。「ああ、ジュリエット……」

「放っておいて」

「きみがそんなに苦しんでいるのを見るのは耐えられないよ」

「だったらどこかに行って。お願い」

彼は肩をすくめてフロックコートを脱ぐと、それを椅子の背に投げ、ジュリエットを抱き寄せようとした。「そんなに悪い一日だったのか？」

「ええ」

「きみがここへ来るためにボストンを出発した日よりも悪いと？」

彼女は手を振ってガレスを追い払い、怒りの涙を隠そうと横を向いた。

「追いはぎどもに襲われた、あの日よりも？」

心を落ち着かせようと大きく息を吸い、震える唇をきつく噛む。

「チャールズが死んだ日よりも悪いというのか？」彼がやさしく言った。

ジュリエットはこぶしを口に当ててすすり泣きを押し殺し、わっと泣きだしたいのをこらえた。「チャールズを失ったよりも悪いことなんて何もないわ」彼女はささやき、同情をたたえた彼の青い目を見た。背を向けて、彼から少し離れる。「何もないのよ」

ガレスは黙って彼女の後ろに寄り添った。近い。近すぎる。ジュリエットは彼の手がそっと自分の頰に触れるのを感じた。その手が彼女のほつれた髪を耳の後ろにかける。「それなら、今日はきみの人生で最悪の一日ではないということになる、違うかい？」彼は静かに訊いた。

震えがジュリエットの体を駆け抜けた。鼻の奥がつんとして、喉がひりひりする。彼女は体の脇でこぶしを握った。ガレスの前で泣くつもりはなかった。あのたくましい胸にもたれ、苦痛と恐怖と不安を彼に肩代わりさせるつもりもない。そう考えると、苦々しい笑い声が口から漏れそうになった。彼はわたしたちをどこに連れていくべきか、わたしたちをどうやって養うべきかもわからない人なのよ！　ジュリエットは素早く彼から離れ、あらためてふたりのあいだに安全な距離を取った。そして赤ん坊をすくいあげると、しっかり胸に抱きしめた。「あなたの言いたいことはわかったわ、ガレス」鋭い口調で言う。「さあ、どうかわたしのことは放っておいて」

ふいに彼が疲れ果てた表情になった。「きみの言いたいこともわかったよ、マダム。今後はぼくも金の使い道について、もっと慎重になろう」

その口調にはよそゆきの堅苦しさがあった。ジュリエットは娘の頭に頰を押し当て、ガレスが部屋を横切ってもうひとつの燭台に火を灯しに行くのを見守った。ふたりとも、黙って立っていた。彼女は赤ん坊を抱き、彼はろうそくを見つめている。階下で笑い声が響いているのが遠く聞こえた。

とうとう、ジュリエットは肩をがくりと落とした。「ごめんなさい、ガレス」

彼は肩をすくめたが、振り返りはしなかった。「ああ。ぼくも悪かった。きみはもっとちゃんとした扱いを受けてしかるべきだ。きみも、シャーロットも」

「わたしたち、とにかく今あるものを最大限に活用しないと」

ガレスがろうそくを見つめたままうなずく。ろうそくの火が躍り、彼の顔の上でまたたいて、後ろの壁をゆらゆらと照らした。

「あんなひどいことを言うつもりじゃなかったの」自分の耳にさえ、それは苦しい言い訳にしか聞こえなかった。おずおずとガレスの後ろに歩み寄り、片手を彼の腕にかける。「ただ疲れていて――そうね、おびえていたんだと思う。あなたのほうはちっとも心配していないように見えて、わたしたちの苦しい現実を何もわかっていないように思えて、癪に障ったの。それだけよ」ジュリエットは詫びるように小さな笑みを浮かべた。「わたしがこんなに心配しているんだから、あなたにも心配してほしいと思ってしまったの」

ガレスが振り返り、彼女の手を自分の手で包んだ。「ああ、ジュリエット。もちろんぼくだって心配しているよ」彼は認めた。「だが、それをくどくど述べるつもりはない。ぼくが心配したからって、それがなんの役に立つ？　心配したところで、明日の宿が見つかるわけでも、食べ物が手に入るわけでも、この窮地を脱することができるわけでもない」

「ええ、それはそう思うわ」

一瞬、ふたりは黙り込んだ。頭を傾け、体を寄せ合い、お互いを慰めようと心を差しだしていた。ガレスはまだジュリエットの手を包んだままで、親指がためらいがちに指の節を撫でる。彼女の体を温かな震えが駆け抜けた。

その震えを彼女は無視しようとした。

彼の口がふとゆがんで、微笑が浮かぶ。「知っているかい、ジュリエット？」

「何を?」

「ぼくはきみに怒っていた。だが今考えると、すべては笑い話になるな」

「笑い話ですって?」

「そうさ。ぼくたちは結婚し、金のことが原因で初めてけんかをした。兄はもしかしたらぼくたちを探して、イングランドの半分を駆けずりまわっているかもしれない。モンフォール邸、バーリー・プレイス、それに〈放蕩者の巣窟〉のメンバーの家々はすでに探しただろう。賭けてもいい。それで、ぼくたちはどこにいる? ロンドンで最も高級な娼館だ!」ガレスは愉快そうに目をきらめかせた。「ああ、なんという冒険だろう!」

ジュリエットは頭を振った。この恐ろしい状況の深刻さが、彼には何も見えていない。

「わたしにはこれが笑い話だとは思えないわ、ガレス」

「そうかい?」

「ええ」

「ふうん」彼は朗らかに、挑むように腕組みをした。「ぼくは思えるけどね」

からかうような光がガレスの目の奥に宿り、黄褐色の無精ひげの下で顎にえくぼができると、ジュリエットも思わず微笑まずにはいられなかった。

同時に、彼についていくつかのことに気づかずにはいられなかった。袖なしのベストがその下のリネンのシャツとよく合っていて、肩の広さ、胸のたくましさ、引きしまったウエストを強調していること。喉元からこぼれたような真っ白なレースが彼の顎を引き立て、手首のレースは両手のしなやかさを際立たせていること。黄褐色のブリーチズがヒップと長い腿にペンキで塗られたようにぴったり合っていること。彼がとても背が高くて、とても力強く見えること。ふいにジュリエットの全身が熱くなった。ガレスの姿形は素晴らしい。彼の顔は素晴らしい。彼は素晴らしい。どこからどう見ても、貴族のモンフォール家の人間だ。自分の思考の向かう先を考えたジュリエットは、この魅力的な浪費家がどうやって彼女たちを養っていくのかということよりも、はるかに強い恐怖を感じた。

こんなふうに感じるべきではないのに。ここにいるのはチャールズの弟なのよ、チャールズではなく！

夫は彼女の沈黙の理由を誤解した。

「まあいいさ、ジュリエット、ぼくたちが陥っている苦境をきみが面白いとは思えないなら、シャーロットに何ができるかを見てみようじゃないか」ジュリエットが抗議するよりも早く、ガレスは彼女の腕から赤ん坊を取りあげてベッドに寝かせると、喜んで金切り声をあげるまでくすぐった。「ほら、シャーロットは面白いと思っているようだ。なあ、かわいいシャーリー？」

赤ん坊は明らかに彼を好いていて、喉を鳴らし、甲高い声で叫んでいる。気づけばジュリエットはその光景に見入っていた。ガレスは長身で男らしく、彼女の娘はとても小さくて頼りない。ジュリエットはごくりとつばをのみ込んだ。父親としてのガレス・ド・モンフォール卿の力強い姿には、心の奥底を揺り動かすものがあった。鳥が飛ぶことを覚えるように、彼は簡単にその役割をこなしている。

鼓動が速まった。ジュリエットはついに、自分が認めるのを恐れていたものがなんなのかを悟った。

わたしはガレスを求めている。

彼が欲しい。その思いがジュリエットをおびえさせていた。

ガレスが微笑んで彼女を見る。ジュリエットはかぶりを振りながら腕を組み、怒っているふりをしたものの、目が愉快そうにきらめくのを止めることはできなかった。彼はシャーロットのほうにかがみ込み、鼻と鼻を近づけて、額から垂れた幾筋かの髪で赤ん坊の額をくすぐった。ばかげた音を立てながら指を自分の口の両端に突っ込んで横に大きく広げ、横目でジュリエットをからかうように見やる。彼は完全にばかに見えた。いや、そう見えるとわかっていて、それを楽しんでいた。ジュリエットの口から自然に笑い声がこぼれ、シャーロットのうれしそうな金切り声とひとつになった。口から指を離したガレスの笑い声も加わって、大きな、幸せな響きが部屋を明るく照らしだした。温かな家族の笑い声。またこんなふうに誰かと笑い合えるようになるとは、ジュリエットは思ってもみなかった。

彼女の胸を何かが突き刺した。チャールズとはこんなふうに楽しく過ごしたことはない。娼館で夜を過ごすことになったとしたら、彼はそこにこんな面白さを見つけられなかっただろう。この状況下で救いになるものを見いだすことはできなかったはずだ。チャールズは真面目すぎて、ジュリエットに対してずっと静かな怒りを抱いていたに違いない。

でも、ガレスは違う。

「ほらね、ジュリエット？　きみの娘はこんなに楽しんでいる。シャーロット、ぼくたちはきみのママを笑わせたようだぞ。彼女は笑顔がとてもすてきなんだ、そう思わないか？」

彼女は赤面した。「お世辞はやめて、ガレス」

「お世辞だって？　ぼくは真実を言っているだけだ」

「わたしをそんなふうに笑いながら見るのもやめて」

「なぜだい？」

「だって」自分を抱きしめて目をそらす。「あなたへのいらだちが募るわ」

「きみはぼくにいらだったりしないさ、ジュリエット」ガレスはブーツを脱いでストッキングのままベッドに這いあがり、枕に背を預けて寝そべった。長い脚を膝のところで曲げ、その上にもう一方の脚を投げだしている。「少なくとも、今はそんなことはないはずだ」彼はシャーロットを自分の胸の上にのせ、物憂げな笑みをジュリエットに向けた。

心臓がおかしなふうに跳ね、血管を欲望が駆けめぐった。腿のあいだに熱い、おなじみの潤いがあふれるのを感じる。胸の奥に鋭い痛みがぶり返した。ああ、神さま、彼は恥知らずにも誘っている。あの姿。あんなふうに寝そべり、両腕を頭の下に敷いて、青い目には誘惑の輝きが宿り、まるで彼女をベッドへ――。

神さま、お助けください。

「ぼくはきっときみを幸せにするよ、ジュリエット」ガレスが告げた。片方の膝にのせたストッキングをはいた足が、からかうように上下する。目は笑っていて、温かかった。「もしきみが我慢してぼくのことを理解してくれるなら、ぼくは向こう見ずな独身男から従順で愛される夫になれるよう、不器用ながらできる限りのことをする」彼はにやりとした。「恐ろしく見込みはないけどね」

「ええ、知っているわ」

「ルシアンはいつも、おまえは大人にならないといけないと言うんだ」

「そう言われることを誇りに思っているような言い方をするのね」

「誇り？　違うな。ルシアンは子どもでいることができなかった。ときどき思うんだ、彼はぼくが何物にも縛られずにいることが羨ましいんじゃないかと。気の毒なやつだよ。兄が爵位を継いだのは、まだほんの若者だった頃だ。兄にとっては、それは楽なことではなかった」

「ええ、決して楽なことではないわ、親を失うんですもの」それがどういうことか、ジュリエットはよく知っていた。

「ああ、でも、ぼくたちはただ父親を失ったというだけではなかった。母はネリッサを産むのに大変な思いをしたんだ。父は泣き叫ぶ母の声を聞くのが耐えられなくて、出産のあいだ塔のなかに引きこもろうとした。だが、そんなことをしても意味はなかった。父は結局、母を助けに行こうとした。そして階段から真っ逆さまに落ちた」ガレスの足の動きが止まった。悲しげな目は遠くを見ている。「父を見つけたのはルシアンだった」

「まあ、ガレス……」ジュリエットの目は同情で陰った。「チャールズはそんなこと、一度も話してくれなかったわ」

「そうだろうな。チャールズは家族のことをぺらぺらしゃべるような人間ではなかった。だが気の毒なルシアンは、決してそれを乗り越えられなかった。産後の肥立ちが悪くて数日後にこの世を去った母のことも。乗り越えようとして酒に溺れる人間もいるが、ルシアンはそうではなかった。公爵という立場とぼくたちに対する責任の下に、自分の悲しみと自分が目にしたものへの恐怖を埋めたんだ。兄はその責任を深刻に受け止めた。深刻すぎるほどに。兄の庇護のもとで暮らすとなったら、牢獄に入ったも同然だよ」ガレスは痛ましげに微笑んだ。「なぜチャールズが軍隊に入ったと思う？　ルシアンとぼくたちのあいだに溝を作ったものはなんだと思う？　ルシアンは楽しむということを学ぼうとしなかった。悪ふざけもせず、冗談を言うこともなく、若者なら一度は必ずやりたがるような野放図な生活を望むこともなかった。兄はすべてを深刻に受け止めた。でも、ぼくはそんなふうには生きられない。人生はあまりにも短すぎる」

ジュリエットはベッドに近づいて、端に腰をおろした。「そしてあなたは、お兄さまの代わりに豚を酔わせて楽しむというわけね」

「その話、聞いたのかい？」

「ええ。ある日の朝食のテーブルで」

ガレスが目尻にしわを寄せて微笑む。「まあ、そんなことをするのは酔っ払っているときだけだ。しらふのときにやったことは、きみには伏せておこう」

「知りたいとは思わないわ」

「正直な話、ぼくもきみに知ってもらいたいとは思わない！」

ジュリエットは笑った。ガレスも笑った。心浮き立つようなこの一瞬に、彼らの世界を襲うトラブルは消え失せて、そこにいるのは三人だけだった。心配も困ったことも何もなかった。けれど、ふとガレスが真面目な顔になった。彼が今語ったことのなかにこそ、ジュリエットに伝えたいメッセージがあったのだ。からかうような調子は、もうどこにもうかがえなかった。

「ルシアンのようになったらおしまいだ」ガレスは静かに言い、手をあげて彼女の頬に触れた。「きみの若さを、きみの元気を、愛を、もう失われたものに捧げて捨てないでくれ、ジュリエット。もう存在しないものに愛を捧げるな」

彼女はうつむいた。その言葉は思いがけない真実で胸を刺した。ガレスはもちろん、チャールズのことを言っているのだ。今朝の教会では、あの恐ろしい瞬間についてもガレスは何も言わなかった。ジュリエットがガレスと兄を残酷に比較していたことも彼は許した。彼女が見せつけるように首にかけていたチャールズの細密画についても、何も言わなかった。だが、すべて気づいていたのだ。ジュリエットの心のなかに別の男性の聖廟(せいびょう)があり、自分が今もこれからも彼女の心の王子さまにはなれないかもしれないことを知っていて、それでも恨みや怒りや嫉妬を口にしなかった。ジュリエットの喉の奥にかたまりがこみあげた。夫は高貴で寛大なだけでなく、彼女が思っていたよりもはるかに鋭敏で賢明なのだ。

ジュリエットはベッドカバーの糸くずをつまみあげて言った。「どうしようもないのよ、ガレス。わたしは今でも……チャールズに忠実でいたいと思っている。彼はもう死んで、今はあなたと結婚しているのだと理解していても。ばかげたことだとはわかっているのよ。でも……とにかく、思い出が多すぎるんだと思うわ」

「思い出は素晴らしいものだ。だが、きみのベッドを温めてはくれないぞ」

「彼が亡くなったのは、まだ人生これからというときで――」

「チャールズの人生は終わったんだ、ジュリエット。兄はきみにいつまでも自分のことを想っていないで、人生を謳歌してほしいと望んでいるんじゃないかな」

彼女は黙って床を見つめた。ガレスは正しい。でも、だからといって何もかもが簡単に進むわけではない。ジュリエットはシャーロットを抱きしめ、柔らかな髪に頰をすりつけて、ふいにこみあげた涙をまばたきで押し戻した。夫がやさしくて理解に満ちた目で辛抱強く見つめているのを感じる。

「わたしに怒っている？」みじめな気分で尋ねた。

ガレスが微笑む。その目には温かな許しがあった。「もう怒っていないよ」それから彼は訊いた。「きみはぼくに怒っているかい？」

「いいえ」彼女は首を横に振り、右目からこぼれたひと粒の涙をぬぐった。洟をすすり、また涙をぬぐう。「わたし……今朝のこと、本当にごめんなさい……教会であの指輪を――」

「それはもう許された」

「いいえ、あのことを考えると最低の気分になるの。あのとき、お友だち全員が見ている前で、わたしはあなたに恥をかかせたわ。あなたを傷つけて――」

ガレスは首を横に振り、微笑んだ。「こっちにおいで、ジュリエット」

「まあ、そんな。だめよ。わたし、まだ心の準備が――というか――」

「しいっ。心の準備ができていないのはわかっている。ぼくはただ、きみに一緒に座ってほしいんだ。それだけさ。きみはもう充分、何もかもひとりで背負って切り抜けてきた」

彼は背を起こしてベッドに座り、横にジュリエットが座る場所を空けた。

一瞬ためらったものの、彼女はガレスの横に行った。彼の大きな体のぬくもりが伝わってくる。静かで落ち着いた力を感じることができた。たちまち動悸がし始めた。鼓動が乱れ、頬が熱くなって、手足の指先がじんじんと痛くなってくる。ガレスの魅力の前に、ジュリエットは無力だった。もはや気づいていないふりをすることすらできない。重たげなまぶたに覆われた青い目、長いまつげ、あの抗いがたい微笑み。

彼にキスしてもいいかもしれない。そう思った瞬間、ふたりの目が合った。ガレスの温かくて魅惑的な目と、ジュリエットの混乱しておびえた目が。けれどもガレスはにっこりすると彼女の肩に腕をまわして引き寄せ、その機会は消え失せた。ジュリエットは心臓をはずませたまま、彼の肩のくぼみに頭をのせた。ほとんど息もできずにいたものの、柔らかなシャツの下の彼の体のかたさと、独特の男らしい香りを意識せずにはいられなかった。

ガレスはその言葉どおり、彼女を抱き寄せただけで何もしなかった。ただジュリエットを促して、彼女が感じている恐怖、彼女の夢、それにチャールズのことを語らせた。そうして長いあいだ話しているうちに、いつしかガレス・ド・モンフォール卿は彼女が結婚した男性ではなく、彼女の親友になっていた。

18

夕食が部屋に届けられた。ガレスがそれをテーブルの上に並べるあいだに、ジュリエットは隅の仕切りの奥でシャーロットに授乳した。そこから出て眠そうな赤ん坊を揺りかごに寝かせると、温かい料理の匂いが彼女の鼻をくすぐった。とたんにお腹がぐうっと鳴る。最後にまともな食事をしてから何時間経っただろう？

ガレスは思いやり深く椅子のそばに立って、ジュリエットを座らせようと待っていた。彼女は微笑んで腰をおろし、ハンサムな夫がテーブルをまわり込んで向かいに座るのを目で追った。彼は完璧な紳士で、皿の覆いを取って中身をジュリエットに見せてから、彼女の分も取り分けてくれた。

小さな枝付き燭台のろうそくに照らされたのは、まぎれもないごちそうだった。ハーブとシナモンが香る野うさぎのポートワイン煮。プラムと砂糖で味つけした子牛肉のパイ。バターと砂糖とラズベリージャムを詰めたふわふわの白いケーキ。トリュフや砂糖衣で飾られたペストリー、スパイシーでしっとりした焼きたてのジンジャーブレッド。そこに甘くてフルーティーなワインとビスケット、チーズの盛り合わせ――スティルトン、チェシャー、チェダー――までもがついていた。ふたりは輝くクリスタルのグラスに注がれたワインとともに料理を平らげながら、先ほどベッドの上で始めた会話の続きに取りかかった。話せば話すほど心がほぐれ、ガレスは酔えば酔うほどに愉快な話を繰り広げた。

ワインを二杯飲んだところで、彼はアメリカを革命へと駆り立てるきっかけを作ったノース卿やその他の大臣たちの物真似をして、ジュリエットを笑わせた。彼女が名前を聞いたこともない政治家たちや、出会うこともないであろう貴族たちの醜聞や個人的な嗜好を聞かされているうちに、自分たちが抱えているトラブルは遠くへ去ったように思え、彼女はガレスと一緒になって大声で笑っていた。

「いや、冗談なんかじゃない！」彼は抗議し、笑ってチーズのかけらを振りながらペリーの母親の話をした。「彼女が娘の結婚式のごちそうを腹いっぱい詰め込んだと思うと、コルセットの骨がポキッと折れたんだよ。その音はテーブルにいた全員が聞いている！」

「まあ、ガレスったら、そんなの嘘よ！」

「それが本当なんだ。というか、ぼくは彼女のメイドを誘惑して、あらかじめそのコルセットをぼくのところに持ってこさせたんだよ」

ジュリエットは片手で口元を押さえ、笑いをこらえた。「つまり、あなたが……それに細工をしたっていうの？」

「もちろん。ああ、面白かったな。あの音はきみも聞くべきだった。本当に〝ポキッ！〟といったんだから。彼女がたくさんの布地に包まれていてよかったよ。でなければ折れた骨が矢のように飛びだして、誰かの目に刺さったかもしれない」

「まあ、ガレス、そんなのありえないわ！」彼女はあえぎ、笑いながら脇腹を押さえた。

「やった、きみを笑わせたぞ！」ガレスがワインをごくりと飲む。「こんなこともあった。ペリーの母親が舞踏会を開いたので、ぼくは〈巣窟〉のメンバーたちと前もって忍び込み、ケーキの中身をくり抜いて代わりに死んだサーモンを詰めておいた。その二日前にペリーが釣ってきたやつだ。夏の盛りだったから、どんな匂いがしたか想像できるだろう？ケーキを切り分け始めたとたん、悪臭が爆発した。その場にいたみんなの顔は見ものだったよ。あまりにひどい匂いだったから、ヒューの母親は気絶して、ケーキの砂糖衣に顔から突っ込んだくらいだ！」

ジュリエットは涙を流して笑っていた。「ペリーのお母さまがあなたを家に泊めてくれない理由がわかった気がするわ」

「ペリーの母親だけじゃない。ぼくの友人たちの母親は誰ひとり、ぼくを門のなかにすら入れようとはしないよ。敷居をまたぐなってね。年寄りは頭がかたくて困る。もう四年も五年も前のことなんだから、許してくれたっていいじゃないか」ガレスはにやりと笑い、無邪気な顔をしてみせた。「今はもう、そんなことは絶対しないのに！」

彼女は笑った。「酔っ払っていなければ、でしょう」

「そう、酔っ払っていなければ」

「あなた、お酒をやめたほうがいいんじゃない？」

「そしてきみはもっと食べたほうがいいんじゃないか、親愛なる奥さま。スズメのほうがまだ食欲旺盛だ。さあ、このチェシャーチーズを試してごらん。おいしいぞ」

彼が皿からチーズのかけらをつまんだ。テーブル越しに身を乗りだし、それをジュリエットの唇へ持っていく。彼女はためらった。その仕草がきまり悪いほど親密に思えたのだ。けれどもワインの酔いが心をほぐし、結婚初夜の緊張を取り去っていたので、いつまでも怖じ気づいているのもばかばかしく思えた。ガレスのロマンティックな青い瞳に見つめられ、チャールズの面影を感じさせる顔で物憂げに微笑まれるとなおさらだ。指先にまで熱い血がめぐり、みぞおちにぬくもりを感じて、彼女はゆっくりと口を開けた。チーズを受け入れ、彼の指が唇をかすめる感触に思わず震える。

ガレスと見つめ合ったまま、チーズを咀嚼し、のみ込んだ。とうとう視線をそらしたジュリエットの顔はほてり、両手はテーブルクロスの下でしっかりと握りしめられていた。勇気を出して目をあげると、ガレスが愉快そうに半ば笑みを浮かべて彼女を見ていた。

「どうだった？」彼が問いかけ、ジュリエットのグラスにワインを注ぎ足す。

「おいしいわ」たった今ふたりで分かち合った親密さに反応して、全身の神経がうずいていた。彼の指がかすめた唇がずきずきする。「でも、チェダーのほうが好きかも」

「ふうん。ぼくはまだそっちは食べてなかったな」

「そうなの？」

「ああ」ガレスの目がからかいの色を帯びた。彼女に挑み、勇気を出すよう誘い、そして

――。

なんてこと、彼はわたしにそれを食べさせろと言っているんだわ！

ジュリエットの体を熱が襲った。ガレスはまだ彼女を見ている。目の奥に面白がるような輝きが躍り、口の端がゆがんでいる。

「わたしから食べさせてもらいたいのね」内心の震えはおくびにも出さず、大胆な口調で言いきった。

「親愛なるジュリエット、きみが望まないことを強いるつもりはないよ」

彼女はテーブルの向こうのガレスを見た。彼が見つめ返す。穏やかな、愉快そうな目。ろうそくの光に照らされた彼は、なんてハンサムなのだろう。いえ、どんな光の下で見てもハンサムだ。彼の微笑みはにやにや笑いにまで広がっていた。ジュリエットの苦境をからかって大笑いする準備ができていると言いたげな顔だ。なんといういたずらっ子！　対して自分はなんと意気地なしなのか。かつてはメイン州の森で先住民や熊とも対決したことがあるというのに、ボストンで革命を目の当たりにしたというのに、追いはぎに襲われても敢然と立ち向かったというのに。このいたずら好きなイングランド人の貴族にかかると――それが彼女の夫なのだけれど――たちまち勇気がくじけてしまう。臆病者などではないということをガレスにも、自分自身にも証明しなければ。ジュリエットは決意して手を伸ばし、淡い黄色のチェダーチーズのかけらをつまんだ。ろうそくが袖に触れないよう注意深く身を乗りだし、挑むような視線で夫を見返して、チーズを彼の唇の上にのせた。

物憂げに微笑んでいる、官能的な唇の上に。

ガレスは彼女の目を見つめているが、口を開けようとしなかった。値踏みするような視線は、ジュリエットの全身の骨まで溶かすようだった。

それから彼が口を開いた。舌が出てきて、チーズの端をなめる。

生々しい欲求が彼女の血管を沸騰させ、神経が脚のあいだに集中した。手が震え、胸がうずく。柔らかくて温かい彼の唇が指をかすめ、ゆっくりとチーズを口のなかに運ぶと、ジュリエットの目を見つめたまま、彼は咀嚼を始めた。彼女は震える手を引こうとしたが、ガレスがその手をしっかりとつかんだ。そして自分の口元へ持っていき、ゆっくりと指の先をなめた。

ジュリエットはあえぎ、手をぐいと引き戻した。「わたし、今夜はもうお腹がいっぱいよ」震える声で言い、椅子を後ろに押してテーブルから離れる。

ガレスが笑った。片肘をテーブルについて手のひらで顎を支え、静かにチーズをのみ込んだ。「臆病だな」

「違うわ！　ただ……そうよ、これは――」

「不道徳？」

「ええ、そう！」

「不品行？」

「それは――」

「ジュリエット」

彼女は凍りついた。体の内側は熱く燃えて震え、喉はからからに渇いている。骨が突然もろくなったように思えて、立ちあがれる気がしなかった。こぶしに握った両手で胸を押さえ、なんとかガレスとふたたび目を合わせた。「な、何?」

「きみはどうやって楽しめばいいか知らないんだな」

「知っているわ!」

「いいや、知らない。ルシアンといい勝負だ。誰かがきみに楽しみ方を教えてやらないと。たとえば、ぼくが。ぼくたちの状況も何もかも、心配するなら明日にしろ。今夜はぼくがきみを笑わせて、きみがぼくを恐れていることも忘れさせてあげよう」

「あなたのことを恐れてなどいないわ!」

「恐れているさ」

そう言うと、ガレスは椅子を後ろに押して立ちあがり、テーブルをゆっくりとまわり込んで、素早く彼女を椅子から腕のなかへと抱きあげた。

「ガレス! おろして!」

彼はただ笑い、やすやすとジュリエットをベッドへ運んでいった。

「ガレス、わたしは大人の女性なのよ!」

「きみは大人の女性だ。実年齢よりもずいぶんと老けたふるまいをしているが」彼は言い返した。「〈巣窟〉のメンバーの妻としては、それではまずい」

「わたし、その、あれはまだ心の準備が――」

「あれ？　誰がそんな話をしている？」ガレスは彼女をベッドの上に放りだした。「おやおや、かわいいジュリエット。ぼくはあれをしようなんて言ってないぞ」

彼女は逃げだそうとした。「だったら何をするつもり？」

「今宵だけでも、きみの目から悲しみをぬぐい去ってあげたいんだ。トラブルも恐怖も忘れさせ、ぼく以外のすべてを忘れさせてやる。ぼくがどうやってそうするつもりか、きみにはもうわかっているだろう？」彼はジュリエットのペティコートをつかんだ。「きみが笑うまでくすぐってやる……大声で……ロンドンじゅうに聞こえるほどの大声で笑うまで！」

ガレスは獲物を狙うタカのように飛びかかり、ジュリエットは彼の指にあばらをくすぐられて金切り声をあげた。

「やめて！　食事をしたばかりなのよ！　具合を悪くさせる気ね！」

「なんだって？　妻の具合を悪くさせたい夫がいると思うのかい？」

「いいえ、ただ――ああ！」

彼はさらに激しくくすぐった。ジュリエットは手足をじたばたさせて笑い、叫び、声が出るたびに恥ずかしくなったが、自分でも止められなかった。ガレスも笑っている。彼はジュリエットの片足をつかまえてブーツの紐をほどき、するすると脱がせた。敏感な足の甲にガレスの指が触れると、彼女は鋭く叫び、反射的に足を蹴りだした。彼は鼻を折られる寸前にかわし、足首をつかんでストッキング越しに爪先を、かかとを、土踏まずをくすぐった。

「やめて、ガレス！」笑いすぎて目から涙があふれている。「お願いだから！」

シャーロットがさっきの大騒ぎで疲れ果て、ぐっすり眠っていてくれてよかった！

くすぐりは続いた。ジュリエットは暴れ、その動きでたっぷりひだのあるペティコートと青いドレスのスカートが腿までずりあがり、シルクのストッキングに包まれたすらりとしたふくらはぎがあらわになった。ガレスの目がなめるようにそこを見ている。そうしながら、彼はもう一方の足をつかんだ。

「だめ！　これ以上続けたら、夕食をもどしてしまうわ！　本当よ——ああ！」

ガレスはブーツを脱がせ、そちらの足もくすぐり始めた。ジュリエットは大笑いしながらベッドの上をのたうちまわった。涙が頬を流れ、脇腹が痛くなる。ようやく彼が手を離し、ジュリエットはスカートの布地の山のなかでぐったりと横たわり、胸を激しく上下させた。髪はどうしようもなく乱れている。彼女は笑顔で見おろしているガレスを見あげた。彼の髪もくしゃくしゃで、その乱れ方が誘惑的だった。ガレスがジュリエットのかたわらに片膝をついた。そして一方の手を、彼女の右の胸のふくらみのすぐ下に置いた。

ふたりの視線が合い、部屋は静かになった。ガレスがえくぼを浮かべる。邪な、からかうような、魅惑的な微笑み。彼の手が上へ動き、胸を包んだ。親指がゆっくりと問いかけるように、布地越しに先端をまさぐる。

ジュリエットは体をこわばらせた。ガレスが動きを止める。ふたりとも筋肉ひとつ動かさず、お互いを見つめていた。まるでどちらが先に動くか待っている敵同士のようだ。ふたりの目にはあえて声には出さない誘いが、欲望が表れていた。

ついに口を開いたのはガレスだった。「これはくすぐったいかい？」

ジュリエットはごくりとつばをのみ込んだ。「いいえ。そんなことはないわ」

「ふむ……」彼が頭を傾ける。親指が胸の頂のまわりに小さな円を描き始めた。「これはくすぐったい？」

心臓がはずみ、血が燃えるのを感じた。ガレスの誘惑に反応して体が熱くなる。ジュリエットはかすれた声で返した。「まだそれほどでも」

手がさらに上へと動き、頂を押さえた親指を起点にして、ほかの指がボディスの端に引っかけられた。胸のふくらみに当たる彼の指の節は温かく感じられ、ジュリエットは体の内側が静止するのを感じた。ガレスがボディスとシュミーズを引きおろし始め、ゆっくりと、少しずつ片方の胸をあらわにしていく。部屋は暑くなり、動くものは遠くの壁にちらちらと影を投げているろうそくの火だけだ。ただ息をするのも難しい。彼女は夫の顔を見つめた。ガレスの手がじりじりと下に動いていくにつれ、肌がじんわり汗ばんで熱くなった。

「これはくすぐったいかい、ジュリエット？」

おずおずと、彼女は片手をあげてガレスの頬に触れた。指が顔の脇を滑り、顎をなぞって、唇をかすめる。「いいえ。くすぐりたいのなら――もう少し強くしてくれていいのよ」

ガレスの目が陰る。そのとき、ジュリエットは悟った。彼も息が荒くなり、欲望をこらえきれずに身を震わせているのだと。

ガレスがシュミーズとボディスをつかんで一気に引きおろし、とがった胸の先端をさらけださせた。飢えたように見つめる彼の目に称賛の色が浮かび、これまでのからかう調子が消えて生々しい欲望が取って代わるのを見て、ジュリエットは息をのんだ。彼が胸を片手で包み、その形となめらかな手触りとぬくもりを確かめる。それからひと声うめいてベッドに完全に飛びのり、重みで彼女の横のマットレスを沈ませた。ジュリエットの鼓動が期待に高鳴った。彼女よりももっと大きな、もっと強い体の熱に焦がされている感じがする。ガレスの膝が彼女の肋骨に当たった。親指はふくらんだ胸の先端をさすり続けている。それから彼はジュリエットの上へと体を動かし、大きな両手で彼女の熱い頬を包んだ。指を髪へ差し入れて、ほんの数センチしか離れていないところから彼女を見おろしている。ジュリエットは思わず舌を突きだし、乾いた唇を湿らせた。

「わたし……くすぐられるのは好きよ」彼女はささやいた。

ガレスが微笑む。まつげが伏せられ、彼の息――甘くて温かく、ワインのフルーティーな香りがする息――がジュリエットの顔に吹きかけられた。ガレスがゆっくりと顔を近づけ、彼女は目を閉じた。彼の唇が羽根のような軽さで彼女の唇に合わさり、ふたりの心が初めてひとつになる。ジュリエットはため息をつき、腕を彼の背中へまわした。ベストとシャツの下に盛りあがるかたい筋肉を探検した指はうなじへとあがり、なめらかな黄褐色の髪のなかをくぐっていった。欲望に貫かれた体が彼に向かって熱くとろけ、彼女は甘美なキスにわれを忘れた。

しばらくしてガレスが身を離し、荒い息とともに彼女を見おろした。

「きみが望むならここでやめてもいいんだよ、ジュリエット」しゃがれた声で言う。「ぼくは無理じいはしないと言った。神に誓って、きみには絶対に――」

だが、ジュリエットは首を横に振った。悲しみからのつかのまの逃避を、ワインの酔いも手伝って夢心地のこの瞬間を邪魔されたくない。彼女はガレスの頭を引き寄せ、ふたりの口はふたたび出会った。柔らかくしなやかな彼女の唇が、もっとかたくて貪欲な彼の口を迎える。ガレスの舌が彼女の唇の輪郭をなぞり、口を開かせた。ジュリエットは小さくうめいて彼を引き寄せ、もう一方の手でベストのボタンを探った。ボタンを外して前を開けると、ベストのシルクの布地の端が彼女のむきだしの胸をかすめた。ジュリエットはシャツのなかに指を差し入れ、かたい筋肉の感触に背筋を震わせた。ガレスの心臓も彼女と同じぐらい速く、激しく打っている。

「ああ、ジュリエット……すごい、きみはこんなにもすてきな味がする……きみは本当に美しい……この瞬間をぼくがどれほど待っていたか、きみにはわからないだろう……」

ガレスの口が彼女の口の上で動き、キスが深まった。舌が絡み合い、頬に当たる彼の息がさらに熱くなる。ジュリエットが彼の髪をつかみ、束ねているリボンをほどくと、なめらかな黄褐色の波が肩の上に広がった。一瞬、彼女は別の時間、別の場所へと運ばれ、よく似た別の男性の下に体を横たえていたことを思い出した。だがそのイメージは、夫となった人と今ふたりで作りあげている新しい記憶によって打ち消された。彼の指がかたくとがった胸の頂を愛撫するのを感じる。ジュリエットはガレスに向かって背中をそらし、低くうめいて彼の手に胸を押しつけた。ガレスが触れたすべての場所から爆発的に快感が広がり、あまりの快楽に彼女はめまいを覚えた。

そしてジュリエットもまた、彼を探検していた。ごつごつした肩から背中の谷間へと手を滑らせ、臀部をなぞってかたい筋肉のついた腿へ。その動きにガレスの呼吸が速まり、荒くなった。彼はジュリエットの唇から唇を離して首筋に顔をうずめると、突きだされた胸を乱暴にまさぐった。鎖骨に熱い息を感じ、彼女はうめいて首をのけぞらせた。キスが喉元から胸の先端へと移り、舌のざらついたぬくもりが唇の柔らかさに取って代わる。ガレスはなめらかな肌をなめ、砂糖のように白い肌にかじりつき、指で胸の頂を愛撫してジュリエットを燃えあがらせた。激しい爆発に向かって感覚が疾走する。

「ああ――ああ、ガレス……」彼女はあえぎ、すすり泣いた。

ガレスは彼女の胸に向かって笑った。「ジュリエット……ぼくはきみを過小評価していたようだ！　きみはちゃんと楽しみ方を知っている」

かたくとがった胸のつぼみに舌を這わせると、ジュリエットは喉の奥で叫ぶような音を立てた。ガレスはなめらかな腹部へと手を滑らせ、さらに下へ、骨盤から腿へと下っていった。その手の動きに反応してジュリエットの口から出る彼の名前は、なんと甘い響きなのだろう。ガレスは顔を彼女の胸にうずめた。体が震え、猛烈な欲望に下腹部がうずいている。もうまともに頭が働かない。

ガレスの髪に差し入れられた彼女の指が頭を強く押さえつけ、無言の要求を示している。ジュリエットは続けてほしいのだ。もう一方の胸もすでに半ばあらわになっている。そこを完全に解放すると、彼はふくらみに口づけし、吸いつき、舌で愛撫した。ジュリエットが狂おしげに身をよじり、もうたまらないとばかりに不明瞭な音を立てる。ガレスも頭がどうにかなりそうだった。正気ではいられない。彼はスカートとペティコートの布地をまくりあげ、シルクのストッキングに包まれた脚を手で撫でた。彼女がうめき、激しく身を震わせる。ガレスの手も震えていた。その手をふくらはぎの内側から腿へと這わせて、彼女の情熱の中心へと近づけていった。

そこはなめらかで、熱く、濡れていた。思ったとおりだ。ガレスは彼女の胸に吸いついたまま、脚のあいだの花びらを開き、ふくらんだ突起を親指でさすった。ジュリエットが大きくのけぞって頭がベッドの上に落ち、かかともマットレスに落ちて、唇から熱狂的なうめき声がこぼれでた。

「ああ、ガレス！」彼女はあえいだ。「ガレス……お願い……ああ、どうか神さま……」

彼は指を回転させた。ジュリエットは今にも達しそうだ。ガレスはさっと体を離すと、スカートとペティコートをお腹の上まで引っ張りあげ、称賛のため息をつきながら罪深いほど官能的な脚を見つめた。青白くほっそりとした腿、黒い茂みに覆われたなめらかな丘。体の中心はみずみずしいピンク色に輝いている。彼は自分を抑えられなかった。指でもう一度だけ愛撫すると、そこを味わおうと頭をさげた。ジュリエットが爆発するまで舌でなめ、いじめたい。自分の脈打つものを、その甘美な濡れそぼった秘所に突き入れたかった。

両の親指で花びらを分け、震えているつぼみに舌先で触れる。それからキスをして、最も親密な部分をゆっくりと舌でなぶった。ジュリエットがすすり泣き、けいれんし始める。ガレスは目をあげた。彼女の腹部を越え、大きく上下している胸へ視線を移すと、その向こうの扉のあたりでかすかな動きがあった。

それは扉の小さな鍵穴の向こうから漏れてくる光だった。そこがさえぎられ……また元に戻る。

猛烈な怒りがこめかみのあたりに渦巻いた。視界に赤い靄（もや）がかかって目がくらみ、全身が震える。けれどもガレスはなんとか自制してジュリエットを自分の体で覆い、絶頂を迎えた彼女の口をキスでふさいで熱い叫びをのみ込んだ。それから小声で激しく毒づきながら彼女のスカートを脚の上に戻し、ベッドから立ちあがると、剣をつかんで大股で扉へと向かった。ベストの前ははだけ、恐ろしい形相になっている。

「ガレス？」後ろでジュリエットが荒い呼吸をしていた。

しかし、彼は扉の鍵穴しか見ていなかった。

あいつら、全員殺してやる。

19

ガレスは蝶番のひとつが外れるほどの勢いで扉を開けた。

そこに彼らはいた。見知った顔はひとつもなかったが、踊り場に数人の男がいて、誰かの裸を見ようと順番に鍵穴をのぞいていたのだ。ジュリエットの裸を。

ガレスの妻の裸を。

彼は爆発した。

「このろくでなしどもめ!」目もくらむほどの怒りに剣を投げ捨て、たまたま一番近くにいた男に向かって突進した。

ガレスよりも正気の者なら、自分より二、三〇キロは重く、二〇センチも背が高いジョー・ラムフォードにタックルなどしなかっただろう。クライズデール種の種馬みたいな男に立ち向かおうとは考えなかったはずだ。ガレスよりも正気の者なら、けんかの相手にロンドンの拳闘界で無敵の王者を選んだりしなかったに違いない。

けれども、このときのガレス・ド・モンフォール卿は正気ではなかった。

彼のこぶしがラムフォードの顎にめり込み、大男は驚きのうなり声をあげてのけぞった。

木が雑草をなぎ倒すように、巨体が腕を振りまわしながら数人を下敷きにして倒れる。踊り場は狭く、バランスを崩した者が絨毯の敷かれた階段へと転がり、恐怖の悲鳴をあげて落ちていった。ガレスはそちらには目もくれず、敵に飛びかかった。ラムフォードの醜い顔は鼻がつぶれ、口は歯の半分がなかった。その口が今、怒りにゆがみ、呪いの言葉を絶え間なく吐きだしている。そこにガレスのこぶしがすさまじい勢いでぶち当たり、大男のかたい顎と激突した。憤怒にうめきながら大男は身をよじって立ちあがり、ガレスに突進して彼を後ろの壁に吹っ飛ばした。絵の入った額が割れて落ちる。ガレスは肩の骨が折れて頭蓋骨が割れたかと思ったが、その痛みをものともせずに立ちあがり、また敵に体当たりして大砲の弾のようにパンチを浴びせた。殴りつけ、反撃を腕で防いで、また殴る。ラムフォードの唇が切れて血が飛び散り、傷ついた獣のごとく吠えた大男は残忍な目を光らせた。階下で大勢が怒鳴り、叫び、一団になって階段をあがってくる。その先頭で怒りに体を震わせているのはラヴィニア・ボトムリーだった。

「やめて、ふたりとも！　わたしの館でこんなことは許さないわ！　絶対に！」

ガレスはこぶしをかわし、敵の耳の後ろを殴った。よろめいた大男の反撃をあばらに食らって肺から息を奪われ、危うく吐きそうになったが、決して手をゆるめなかった。背後から耳をつんざくような歓声があがり、壁に投げられた衝撃でまだめまいがしていたガレスは反射的に体を回転させ、太った見物人の顎をこぶしで砕いた。相手が気絶して、ほかの男たちのなかに倒れ込む。「こののぞき魔どもめ！」ガレスはうなり、ふたたびラムフォードに向かって突進した。「レディをのぞき見などしたらどうなるか、教えてやる!」

大男は後ろによろめき、まわりじゅうで耳を聾する怒号があがった。こぶしが肉に当たり、血が飛び散って壁や絨毯を汚す。そのほとんどはラムフォードの血だった。ガレスを引きはがそうといくつもの手が肩をつかんだが、それがいっそう彼を怒らせた。誰かが——おそらくマリオだろう——ガレスをつかまえたが、彼の強烈な一発を食らってどこかへ消えた。そして今やラムフォードはノックアウト寸前だった。こぶしが弱々しい弧を描いたかと思うと、大男は目をまわして前のめりになり、ずしんと音を立てて絨毯の上に倒れた。そのすぐ先の部屋の入り口に、ジュリエットがいるのが見えた。

彼女はおびえ、衝撃を受けた顔をしている。

目を覚ましたシャーロットが、天井も落ちそうな勢いで泣き叫んでいた。

全員が呆然とガレスを見つめていた。恐ろしげにあとずさりする者もいる。

「こいつはすごい! 彼はあのジョー・ラムフォードを倒したぞ!」

畏怖に満ちた低いつぶやき。力尽きたシャーロットのすすり泣き。そのあと聞こえてきたのはラヴィニア・ボトムリーのけたたましいわめき声だけだった。彼女は倒れた大男を踏み越えて、息を整えようとしているガレスのほうへまっすぐやってきた。「よくもこんなことを!」ラヴィニアが叫ぶ。「わたしはあなたを招き入れて、ただで部屋を使わせてあげたのよ! ひと晩泊めてあげたお返しに、わたしの廊下、わたしの階段、わたしの絵を壊すなんて! ひどい人ね、ガレス卿、このろくでなし!」

ガレスはまだくらくらしている頭を振り、あたりを見まわした。ゆっくりと正気を取り戻すにつれ、胸の悪くなるような恐怖を感じ、自分が何をしでかしたのかを悟った。後悔はなかった。妻の名誉を守るためなら、これぐらいのことはなんでもない。だが、今夜泊まれる唯一の場所から追いだされることになるかもしれない。最悪なのは、彼は妻にとんでもなく恥ずかしい思いをさせてしまったということだ。

ちくしょう。この話は明日の朝までにロンドンじゅうに知れ渡るだろう。

ああ、ジュリエット。本当にすまない。

ガレスは血のにじむこぶしを額に当てて壁にもたれた。ひどく遠いように思えるが、実際にはせいぜい五〇センチしか離れていないところからラヴィニアが叫んでいるのが聞こえる。全員が、彼こそ恐ろしいけだものであるかのようにこちらを見ていた。なんてことだ。名誉を重んじるなら、決闘はほかの紳士たちの立ち会いのもとでしか行ってはならないと決まっている。そうでなければ連中を外へ呼びだし、剣を持って彼らと対決すべきだった。

狭い廊下や階段に集まった人々のあいだに低いざわめきが満ちた。誰かがガレスの肩に手をかけようとしたが、彼は怒りもあらわにその手をはねのけた。ラヴィニアはまだ壁や絵や絨毯が受けた損害についてわめいている。ガレスはこぶしをこめかみに押し当て、自分への、そして妻に対して自分がしてしまったことへの嫌悪感に顔をゆがめた。

そのとき、静かな足音が聞こえた。

彼女だ。

そして誰もが静かになった。

ジュリエットが前へ進みでた。ケルト人の女王、ブーディカも誇らしく思うほどの確固とした足取りだった。これほど恐ろしく緊迫した状況でも、彼女は落ち着き払い、勇気と優美さを兼ね備えている。ガレスの前までやってくると、ジュリエットは彼が顔に当てていた血まみれの両手をさげさせ、引き寄せて彼女の戦士を抱きしめた。

そうしてガレスを抱いたまま、怒りに燃える目で人々に向き直った。

誰も、身動きひとつしない。

「わたしの夫は、今夜は誰にも邪魔させないから、と言われて部屋に通されました」ジュリエットはこちらをにらんでいる女主人に向かって言った。「彼は短気だけれど、最も立派な騎士でさえかなわないほど名誉を重んじる心もあるの。あなたのいかがわしいのぞき小屋は、そのふたつを最強の組み合わせにしてしまったわ。あなたは正当な報いを受けたのよ。恥を知りなさい。あなた方全員も！」

「彼はわたしの扉を壊したのよ！　わたしの絵も！　フランスから取り寄せたのよ、いくらかかったと思ってるの？　値段なんてつけられないんだから！　絨毯も汚された。壁も壊された。わたしの評判はぼろぼろで、もう立ち直れないわ！」

ガレスは背筋を伸ばし、顔にかかった髪をかきあげ、胃に軽いむかつきを覚えた。「いいか、ラヴィニア、絵の代金は払う」手の甲で、口から垂れた血をぬぐう。「いくらなのか言ってくれ。言われたとおりの額を出す」

しかし、ラヴィニア・ボトムリーの怒りはおさまらなかった。「値段なんてつけられないと言ったでしょ！」金切り声をあげて地団駄を踏む。「わからない？　値がつけられないほどの貴重品なのよ！」

「わたしの夫は、あなたに絵の代金を払うと言ったの」ジュリエットは歯ぎしりをしながら言った。世のなかのすべてのものに値段がつくことを、彼女は知っていた。ジュリエットは今も腕をガレスのウエストにまわし、彼を支え、彼を制御していた。どれも絨毯の上に伸びている大男にはできなかったことだ。「モンフォール家に請求書を送ってちょうだい。公爵閣下が支払ってくださるはずよ」

「ええ、そうしてもらいますとも！　さあ、ここから出ていって。あなたも、泣き叫んでいる赤ん坊も、わたしに耳をつかまれて外へ放りだされる前に！　マリオ！　マリオ！」

イタリア人の用心棒はこの展開に混乱し、狼狽していたが――ガレスのこぶしを恐れていたのは言うまでもない――びくついた顔で一歩前に出た。

「よしてくれ」ガレスは片手をあげて相手を押しとどめた。マリオを傷つけるようなことはしたくない。「実力行使の必要はない、わが友よ。すでにひと晩には充分すぎるほどのトラブル続きだったんだからな」ガレスはジュリエットをさらにそばへ抱き寄せた。彼を守り、味方になってくれた彼女を心から誇らしく思い、わっと泣きだしたい気分だ。だが、女主人に向き直った彼の目は細められていた。モンフォール家の人間を知る者なら、その物憂げな青い瞳に危険な脅しが含まれているのを悟って、震えあがっただろう。

「ぼくたちは出ていくよ、ラヴィニア。もしぼくたちが今夜ここにいたことが人に知られたら、今後この館にはロンドンでも最低のうじ虫野郎しか寄りつかなくなるようにしてやる。上流社会の人間は誰ひとり、近くを通ることさえしなくなるだろう。そうなればひいきの客もいなくなって、店を閉めるしかなくなる。わかったな、ラヴィニア？　要するにぼくが言いたいのは、おまえは身の破滅ということだ」

女主人が顔面蒼白になり、手で胸を押さえてあとずさりした。

ガレスは氷のように冷たい目で一同を見渡した。それから妻をエスコートして部屋に戻り、ふたりは黙って荷造りをした。冷たい夜気に触れぬよう、シャーロットは念入りに毛布でくるんでやった。

ふたりは口を引き結び、黙って階段をおりていった。誰がいつ挑発してきてもいいように、ガレスは片手を剣の柄にかけていた。

通り過ぎる彼らに声をかける者は、ひとりもいなかった。

そして誰ひとり、彼らを追ってひっそりと外に出た人影に気づいた者はいなかった。

20

扉が後ろで閉まり、彼らは外へ放りだされた。

暗闇のなか、夜の慈悲とすべての危険をはらむ外へと。

雨が降っていた。土砂降りだ。雨は空から垂直に落ちてきたかと思うと、次の瞬間には斜めに刺さり、水たまりに落ちてしぶきをあげ、歩道の敷石の上に曲がりくねった濁流を作り、何百もの小さな川が側溝へと流れ込んでいた。風が髪を乱し、ジュリエットのスカートをたるんだ帆のように足首にまとわりつかせる。濡れた顔にロンドンの悪臭がへばりついた。石炭の煙、汚れた川、濡れた敷石、泥、馬糞、そして絶望の匂い。

ガレスは家族とともに立ち、自分があらゆる望みを絶たれた世界一の敗者になったように感じていた。チャールズなら、ジュリエットをこんな目には遭わせなかっただろう。チャールズなら、暖かい部屋から追いだされるようなことはなかったに違いない。ああ、ジュリエットはどう思っていることか。安全で心地よく過ごせるはずだった一夜を、ガレスは怒りに任せて台なしにしてしまった。この愚行は取り返しがつかない。

妻はガレスの横で身震いし、腕のなかの赤ん坊を雨から守ろうと必死にマントを体に巻きつけている。彼は心のなかで毒づいた。イングランドでは太陽が沈んだとたんに冷え込むので、夜に女性と赤ん坊が外にいていいわけがない。彼は急いでオーバーコートを脱ぐと、マントの上からジュリエットにかけた。ふたりのレディをなんとしても雨から守りたかった。

「だめよ、ガレス、あなたが濡れてしまうわ」歩道に打ちつける激しい雨音に負けじと、彼女が抗議の声を張りあげる。それでもガレスがオーバーコートをジュリエットに着せ、フードを頭にかぶせてやるあいだ、彼女は血のにじんだ彼のこぶしを見つめていた。風がフードを吹き戻し、ほつれた髪がジュリエットの頬や目にかかる。彼女は片手をあげて髪をつまみ、後ろに払った。「わたしにはマントがあるから。このコートまでわたしにくれたら、あなたには何もなくなってしまう」

かまわない。自分にはなんの価値もないのだから。「いいんだ。ぼくはばかなことをしでかした。せめて今度は親切な救いの神の役をやらせてくれ」ガレスは彼女の頭にフードをしっかりとかぶせ、顎の下で紐を結んだ。マントの上のボタンも留め、赤ん坊の頭と鼻の先だけが外に出るようにする。「きみたちに風邪を引かせるわけにはいかない。さあ、行こう。このへんのごろつきどもはまったく信用できないからな。こんなところでぐずぐずしているのは危険だ」

急いで荷造りしたジュリエットのトランクは、マリオが外階段の上に置いたままになっていた。ガレスはそれを軽々と肩の上に担ぎ、ジュリエットを横に従えて、汚い歩道の上を油みたいに流れる小川を横切ってしぶきをはねあげながら南に向かった。雨は顔を切るように降りかかり、髪からも水がしたたる。壁に投げられたときにぶつけた肩の痛みがぶり返し、頭にも鈍い痛みを感じたが、それが壁にぶつかった衝撃のせいなのか、自分自身に対する──それとラヴィニアの館にいたあのろくでなしどもへの──怒りのせいなのかはわからなかった。

ふたりとも、何もしゃべらなかった。うつむいて足早に歩いた。どこに行けばいいのか、ガレスにはわからなかった。厩舎に戻ってクルセイダーを連れてこようか？　何にせよ、今すぐ考えなければならない。こんな夜に妻と赤ん坊を連れまわしてはいけない。通り過ぎる路地という路地に危険がひそんでいる。雨は強まり、顔、髪、首の後ろも、服もびしょ濡れで、肌は冷えるばかりだ。しかしそれも、ラヴィニアと彼女の館にいた連中に対する怒りを冷ます役にはまったく立たなかった。ガレスはちらりと妻を見た。赤ん坊を雨から守ろうと頭をかがめ、急ぎ足で彼の横を歩いている。ガレスは娼館へと引き返して、たまたま一番近くにいたあの大男だけでなく、彼らをのぞき見していた連中をひとり残らず叩きのめしたいという衝動に駆られた。約束されたとおりになんの邪魔も入らなかったなら、こんなことにはなっていないはずだ。彼らは安全で暖かな部屋のなかにいて、真夜中過ぎに雨に降られながらロンドンの危険な通りを歩くこともなかった。

ガレスはまた横目でジュリエットを見た。着替えて荷造りをするあいだも、彼女はほとんどしゃべらなかった。彼がけんかをして、ラヴィニアの館から放りだされることになったせいで怒っているのではないのはわかっている。そのことではない。ベッドでの親密な出来事が恥ずかしくてたまらないのだ。ジュリエットの態度のすべてが――ガレスと目も合わせないことから、自分の殻に引きこもって身を守っていることまで――彼にそう語っていた。ちくしょう。

あとほんの数分も歩けば厩舎だ。クルセイダーに乗り、宿屋に行く。それがガレスのすべきことだ。大枚をはたいてでもロンドンで最も高級な宿屋に家族を連れていき、娼館で起きたことの埋め合わせをしよう。倹約家のジュリエットが文句を言おうとかまわない。これはふたりの結婚初夜なのだ。ガレスは最初からまともな宿屋に彼女を連れていかなかった自分を呪った。本当はずっとそうしたいと思っていたのに。

ニューボンド通りへの角を曲がったところで、彼は人の気配に気づいた。

反射的に手が剣へ伸びる。

ジュリエットがたじろぎ、気づかわしげに彼を見た。「どうかした?」

「そのまま歩き続けろ、ジュリエット」

「なんなの?」

「誰かがつけてきている」

彼女はヒステリーを起こすような女性ではなかった。いっそうしっかりと赤ん坊を抱きしめ、言われたとおりにした。

ふたりは黙って足を速め、ニューボンド通りを歩いていった。ガレスのオーバーコートがジュリエットの細い体のまわりではためく。足元で水たまりがはねた。雨は地面に打ちつけ、風がまるで生きているみたいに通りを舞っている。ガレスが肩越しに目をやると、影のような何かが見えた。

いや、影などではない。

くそっ。厩舎までは、まだ距離がある。バークリー、ピカデリー、セント・ジェームズにある紳士クラブといった安全な場所も遠い。

「もっと速く、ジュリエット」

彼女は従った。足音もついてくる。母親の緊張を感じたシャーロットがぐずり始めた。

「ジュリエット？」

彼女がガレスをちらりと見た。フードの下の顔は青白い。ふつうの女性なら恐怖を見せるところだが、ジュリエットはふつうではない。その顔にはただ、母親としての怒りがみなぎっていた。赤ん坊、夫、彼女が大切に思うすべてに脅威を与える誰かへの怒りだ。

ガレスは走りだしながら、彼女の耳に顔を寄せて言った。「ピストルは撃てるか？」

「もちろんよ」

彼は低い声で続けた。「ぼくのベルトのところにある。フロックコートの裾を押し開いてそれを取るんだ、こっそりと。もし攻撃されたら、きみはそれを持って逃げろ。ぼくが悪党を食い止める。きみはシャーロットと安全な場所に行くことだけを考えてくれ」

ジュリエットが鋭い目で彼を見る。「わたしがあなたを置いて逃げると思うの？」

「ぼくのことはかまうな。いいからピストルを取れ」

彼女は言われたとおりにし、ガレスのオーバーコートのひだのなかにそれを隠した。追跡者も水しぶきをはねあげて走り、さっきよりも近づいてきていた。靴音がどんどん速くなっている。ガレスはブルトン通りで右に曲がり、ふいに止まってジュリエットを自分のそばに引き寄せた。トランクをおろして、角の建物の濡れた石壁に張りつく。追跡者も同じように角を曲がった瞬間、ガレスは手を伸ばして相手の喉首をつかみ、力いっぱい壁に押しつけた。驚いた男の喉からシューッという音がもれた。

ガレスは剣を抜いた。きしみながら鞘から剣が抜かれる耳障りな音を聞いて、男の顔から血の気が引く。

「あとをつけられるのは好きじゃない」うなって男の首を絞めあげ、顎の下に剣の切っ先を突きつける。男は目を丸くしてあえぎ、降参のしるしに両手をあげた。「おまえひとりか、それともほかにいるのか？」

男が咳き込み、息を吸いたいと仕草で必死に訴えた。

ガレスは彼を前に引っ張ってからふたたび乱暴に壁に押しつけた。剣は突きつけたままだ。視界の隅に、雨のなか立ち尽くすジュリエットの姿が見えた。一方の手に赤ん坊を抱え、もう片方の手にピストルを握っている。

男が片手を喉に当て、また咳き込んだ。「ひとりです、誓って」

ガレスは信用しなかった。後ろにさがって通りに素早く目を配り、走り去る馬車が数台あるほかは誰もいないのを確かめる。それから目にかかる濡れた髪を払いのけ、剣をさげると、見知らぬ男をにらみつけた。

「見覚えのある顔だ」ガレスは冷たい声で言った。「ラヴィニアの館にいたな？」

「はい」男は落ち着いてクラヴァットを直した。ガレスに彼を殺すつもりはないとわかって緊張を解いている。「気づかれていたとは驚きですよ、ガレス卿。あなたはわれを忘れているように見えたのに」彼は警戒をゆるめて礼儀正しく微笑んだ。「あんなふうに戦える人は見たことがありません！　明日にはロンドンじゅうの噂の的でしょうね」

「世辞はいい。何が望みだ？」

「お話をしたいだけです、閣下。ですが、雨のかからない場所でお願いしたい。屋根のあるところに行くのはいかがです？」

「おまえが何を話したいかによる」

「われわれ双方にとって利益になるかもしれない話です。かなり、その……おいしい話、と言わせていただきましょうか」

ガレスは目を細めた。男は中年で、背が高く、頬がこけ、目と目の幅が狭く、長くて細い顔をしていた。注意深くかぶせられたかつらの巻き毛は、雨のせいで伸びきっている。服はけばけばしいほどに派手で、靴にはバックル飾りがあり、剣は――鞘におさまったままだが――柄に凝った装飾が施されていた。明らかに、ある程度の財力はあるようだ。しかし、血筋は？　ガレスの本能は、この男が紳士ではないと告げていた。ごてごてと飾り立て、身分を偽ろうとしているようにしか見えなかった。

「話があるのなら、なぜラヴィニアのところで言わなかった？」ガレスは詰問した。

「タイミングも場所も悪くてね。それにやっと近づけるようになったと思ったら、あなたはもう外に出てしまっていた。それであとをつけたんです。本当にすみません」

「それならいい、話を聞こう」彼はいらだたしげに剣を振り、男に指示した。「ぼくの前を歩け。おまえの動きがぼくに見えるようにな」

男が肩をすくめる。「わかりました」

あざけっているのかと思うほど恭しく笑みを浮かべ、男は建物から離れてブルトン通りを歩き始めた。ガレスも相手の背中からほんの数センチのところに剣を突きつけたまま進み、ジュリエットは黙って彼の横についてきた。

「次の通りで右に曲がって、左手にある厩舎に入れ」ガレスはぴしゃりと言った。

男はうなずき、従った。

少しすると、彼らは厩舎のなかで冷たい石の壁に囲まれていた。干し草と馬の匂いが漂うなか、馬たちが動きまわり、餌を食んでいる。外ではまだ雨が降りしきっていた。

「よし」薄暗いなか、ガレスは男を観察した。「名前と職業を言え。今すぐに」

男が深々とお辞儀をしたが、その仕草にはどこかガレスをいらだたせるものがあった。こいつは日和見主義者のおべっか使いだ。自分の出自とは違う何かになることを望み、似合わない身分になりきろうとしている。「ジョナサン・スネリングといいます。バークシャー州アビンドンのスワンソープ・マナーから来ました」彼はガレスの顔をじっと見た。過度に礼儀正しい微笑みの奥で、その目は陰険な輝きを放っていた。「ご存じですか、閣下？」

ガレスは衝撃を顔には出さなかった。スワンソープ・マナー。もちろん知っている。実際、歴史が少し違っていたら、彼はそこをとてもよく知っているはずだった。かつて、今はルシアンのものとなっている広大な公爵領の一部だったことがあり、ガレスが生まれるよりも前に彼の祖父がカードの勝負に負けて失った、テムズ川沿いの肥沃な土地だ。ガレスがその名前を聞いたのは、もう何年も前のことだった。この犬みたいな男は何をかぎまわっているのだ？　ガレスがすでに感じていた疑念と不快感は一〇倍にもふくれあがった。

「知っているのは承知のうえなんだろう」彼はうなった。「かつてはわが家のものだった、ぼくの祖父が賭けに負けるまでは」

「そのとおり。その晩、おじいさまと勝負をした相手というのがわたしの伯父でしてね。彼が亡くなり、スワンソープはわたしに譲られたのです」

嫌悪感も新たに、ガレスはスネリングをにらみつけた。「それで？　ぼくが誰なのか、どうやって知った？　おまえに会ったことなど一度もないぞ」

男が肩をすくめる。「モンフォール家の方々のことは誰だって知っていますよ、閣下。あなた方ご兄弟は――もちろんご友人たちもですが――ロンドンじゅうに知られていますから。それに、あなたが何者なのか気になったとすれば、ラヴィニアに確認すればすぐにわかることです。まさにそうしたのだと言えば、あなたもご安心なさるでしょう」

ガレスは剣を握る手に力をこめ、目を細めた。この男は信用できない。好きにもなれない。

こんな男に妻と娘の近くにいてほしくない。

「話を続けろ」

スネリングの目がかすかに光った。ガレスが彼を観察しているのと同様に、相手もまた熱心にガレスを観察しているのだ。「どうでしょう、ガレス卿……あなたはこぶしで戦うのと同じくらい、剣の扱いもお上手ですか?」

ガレスは片方の眉をあげた。「ぼくに決闘を挑もうというのか?」

スネリングが笑う。「そんな、まさか。閣下のこぶしも剣も受けたいなどとは思っていませんよ。ただ、こう考えていたんです。わたしならあなたに、その素早さと強さを金に換える場所を与えてさしあげられると」

「どういうことだ?」

「二カ月前、ハイドパークでのリンゼイ卿との決闘を拝見しました。そして噂によれば、あなたは今、少々つきに恵まれていないようだ」

「ほう、そうなのか?」ガレスは冷たく言った。いったい彼の友人たちの誰がそんな情報を漏らしたのだろう?

「閣下、何を今さら! あなたはロンドンじゅうの噂の的ですよ。われわれの共通の知り合いが――カロウフィールド子爵ですが――紳士クラブで先ほど、ご友人方があなたの運は下降線をたどっていると話しているのを小耳にはさみましてね。彼らはあなたのことで賭けもしていたようです。ああ、そんな怒った顔をなさらないで、閣下。噂というのは止められないものですよ！　とにかく、あなたが今夜ノックアウトした男――うっかり前に出てパンチを食らったまぬけではなく、あの大男ですが、あれはたまたまわたしのために働いておりまして。なんというか……そう、彼と契約を交わしているんです。最近、拳闘の試合を見に行かれたことはありますか、ガレス卿？　あればご存じだったはずだ、彼が〝虐殺者〟の異名をとるジョー・ラムフォード、ロンドンの拳闘界で負けなしの王者だと」スネリングはくすくす笑った。「負けなしだった、と言うべきか。今夜、あなたがラヴィニアの絨毯の上に倒してしまったのですから。意識が戻ったら、気の毒なジョーは何を思うのでしょうね」

ガレスは何も言わず、嫌悪感もあらわに相手を見ていた。

スネリングが腕組みをする。「とにかく、わたしは考えたんです。あなたに剣の試合に出てもらったらどうか、と。ほら、地方のお祭りとかで開かれる試合があるでしょう？　あなたなら大観衆が集められる。きっと大金が稼げますよ。もっと乗り気にさせるようなことを言いましょうか？　もうけは半々で山分けです。それから、スワンソープにあなたとご家族が無料で泊まれる宿を用意しましょう。いかがです？　いい話だと思いませんか？」

「頭がどうかしているわ！」ジュリエットが叫んだ。

ガレスは動かなかった。法外な提案に衝撃を受け、侮辱されたと感じ、声も出せずにスネリングを見据えた。やっとのことで、信じられないというように小さく笑う。「よくも侮辱してくれたな、そんなことを持ちかけるなんて。紳士は金のために剣を振るったりはしない。

剣は名誉のための戦いに使われるものだ！」

「半々ではなく六対四ならどうです？　スワンソープの寡婦用住宅も提供しますよ」

「悪魔に食われろ。ぼくはそんな低俗な行為に手を染めるほど身を落としてはいない」ガレスは怒って叫んだ。「おまえが決闘する価値のある紳士なら、そんなことをぼくに提案したという理由だけでも決闘を申し込んでやるところだ！」

「わたしはただのビジネスマンですよ。ですが、よく考えてみてください、閣下」スネリングは愛想よく言ってガレスの肩を軽く叩き、ポケットに手を入れて何かを取りだした。「これが――」にやりとしてそれを差しだす。「わたしの名刺です」

ガレスは受け取らなかった。目もくれなかった。その代わりに汚らしいごみでも見るようにスネリングを見やり、顔をそむけると、剣を鞘におさめた。

「ぼくが振り返るまでにここから消えていなければ、おまえの拳闘士に今夜ぼくがしたことなどまだ序の口だったと思えるようなことを体験する羽目になるぞ、スネリング」

スネリングは休戦とばかりに両手をあげ、名刺をガレスの足元に投げた。

「では、よい夜を」愛想よく言うと、狡猾な笑みを浮かべた男は向きを変えた。肩越しに手を振って、雨が降りしきる暗闇へと消えていった。

「無神経な悪党め！」ガレスは叫んだ。「厚かましいにもほどがある！　旅まわりの一座で踊る熊でもあるまいし、ぼくに金のために見世物になれと？　何を考えているんだ！」

ジュリエットが彼にピストルを返した。「あんな人のことは気にしないで」彼女はいつものとおり現実的だった。だが、その顔からは血の気が失せ、口元がこわばっていることにガレスは気づいた。「わたしたちにはもっと大きな問題があるわ。ずっと大きな問題が」

「ああ、今夜を過ごせる場所を見つけないといけないいな」

「それより悪いこと」ジュリエットはオーバーコートを彼のほうへ突きだした。「公爵とペリーからいただいたお金が入っていた封筒よ。わたしたちがこのポケットに入れた、あの封筒」

ガレスは体内の器官のすべてが停止するのを感じた。ジュリエットを見つめる。彼女が何を言おうとしているのか、その言葉が口にされるよりも前に察していた。

「スネリングから逃げようと走っているうちに落ちたに違いないわ。ああ、どうしましょう、ガレス、あれがなくなってしまったのよ」

21

「なくなったとはどういう意味だ?」

「両方のポケットを見たのよ、ガレス。ここにはないわ」

彼は小声で毒づき、自分でもポケットをひっくり返して調べた。ジュリエットの言ったとおりだった。金を入れた封筒がなくなっている。ガレスは険しい顔で彼女の腕を取り、来た道をたどり始めた。雨に濡れた通りに目を凝らし、歩道も水たまりも調べる。路地も見た。ついには娼館まで戻った。

何も見つからなかった。

「おしまいだ。金がなくなった。これで本当に困ったことになった」ガレスはつぶやき、濡れた髪を片手でかきあげた。「くそっ、ジュリエット、なぜもっと気をつけていてくれなかったんだ?」

「ポケットのボタンが留まっていると思っていたのよ!」

「ボタンなどついていない!」

「わたしにわかるはずないでしょう! それにわたしに腹を立てても無駄よ。あれをポケットに入れたのはあなたなんだから！」

「金のことをあんなに心配していたのはきみだぞ。そんなに金が大事なら、もう少し守ってくれてもよかったじゃないか！」

　ふたりは動揺と怒りのなかで立ち尽くし、どんどんずぶ濡れになるばかりだった。ついにジュリエットが大きく息を吸い、歯を食いしばりながら言った。「もうおしまいよ、ガレス。あなたがどう思おうと、モンフォール邸に行くしかないわ」

「だめだ」

「お願いだから理性的になって。わたしたちにはお金がない、行く場所もない、びしょ濡れでこんなところに立っている。ほかに選択肢はないのよ」

「だめだ。きみはそうすればいい。だが、ぼくは絶対あそこには戻らない」

「いいわ、それなら――わたしはそうする！」

「なんだって？」

「今すぐシャーロットとわたしをそこに連れていって！」

　ガレスは怒りで小鼻をふくらませながらジュリエットを見つめた。それから彼女の腕を取ると厩舎へ戻り、クルセイダーに鞍をつけて雨のなかを出発した。雨は強く、冷たく、無慈悲だった。どんなに厚く覆われていてもシャーロットも雨に濡れ始め、泣きだしていた。

　緊張が満ちていた。誰も口を開かない。怒りが渦巻き、今にも爆発しそうだった。

「もうすぐ着く？」

「あと五分もすれば」ガレスはぶっきらぼうに答えた。もうたくさんだ。責任も、問題も、あれこれ考えすぎるのも。要するに、〝誓います〟という言葉を口にしてからの何もかもが、もうたくさんだ。これが結婚というものなのか？

彼はルシアンのタウンハウスに向かった。背の高い錬鉄製のフェンスの向こうに、堂々たる屋敷がそびえていた。彼は門を開けるとジュリエットを伴って外階段を駆けあがり、玄関の扉にこぶしを打ちつけた。

扉を開けたのは、非の打ちどころのない服装をした執事のハリスだった。

「閣下！」

「ハリス、これはぼくの妻と娘だ。ぼくが戻るまで、ふたりのことは頼んだぞ」

「ガレス！」ジュリエットが叫ぶ。「わたしたちを置いて逃げるつもり？」

「きみがここに来たいと言ったんだ、だからぼくは連れてきた」

「そうやって逃げださないで！」

「ジュリエット、ぼくはここできみと議論する気はない！」

「あなたはどうなるの？」

「どうなる、とは？」

「どこへ行くつもり？」

「きみには関係ない」

「あるわ！」

「ぼくにもわからない」ガレスはつぶやいた。濡れたオーバーコートを彼女から取り返すときびすを返し、クルセイダーの待つ門の向こうまで雨のなかを歩いていく。

彼は一度も振り返らなかった。

これでふたりは安全だ。

ガレスにできることはそれぐらいしかなかった。クルセイダーを走らせながら、彼は肩から世界の重みが取り除かれたのを感じた。人生が戻ってきた。一時的なことにせよ、妻はいない、赤ん坊もいない、責任もない。何もない。素晴らしい！　自由だ！　それは奇妙な感覚だった。クルセイダーが彼を家族から引き離すにつれ、困惑は深まっていった。新たに発見した自由を祝うべきかどうかもわからない。それともウイスキーをひと瓶空けて、消すことのできない奇妙な喪失に溺れるべきなのだろうか？　いつもの自分なら喜んだはずだ。だが、今は……怒りが薄れてくると（もしかしたら、金がなくなったのは本当に自分のあやまちだったのかもしれない、あれをポケットに入れたのは彼なのだから）、よくわからなくなっていた。彼は空っぽで、混乱していた。あのふたりがいないと少しばかり途方に暮れている自分に驚いてもいた。

いったいぼくはどうしてしまったんだ？

ガレスは馬のペースを落として歩かせた。風が雨をシート状にして顔に吹きつけてくる。角を曲がってハノーバー・スクエアに向かい、雨がしぶきをあげながら鞍の前のほうを流れていくのを見つめた。クルセイダーの濡れた皮膚からは湯気と馬の匂いが立ちのぼっている。まったく、なんというひどい晩だろう。

行くあても、なんの計画もなかった。濡れて、みじめで、寒くて、他人のことを心配せずにすむという一時的な解放感（それを幸せとはとても呼べない）もすでに薄れている。セント・ジェームズの紳士クラブに行こうかとも思ったが、すぐに考え直した。ずぶ濡れでひげも剃っていない、最低のならず者のような身なりで優雅な紳士たちのなかにまじる気にはなれなかった。それに、そもそも金がない。

まさに一文なしだ。

恐怖が背中を這いのぼり、ガレスは初めてこの事態の深刻さを痛感した。

金がない！

これからどうすればいい？

仲間たちにいくらか貸してくれと頼んでみてもいいが、そもそも〈巣窟〉のメンバーが今どこにいるのかわからない。それに、ほとんどは経済的にガレスと似たり寄ったりの状況だ。もっともペリーは別だが。遺産が手に入った彼は金には困っていない。

ペリー。そうだ、彼を探そう。気のいいペリーなら助けてくれるだろう。

ガレスはクルセイダーの向きを変え、セント・ジェームズの先の〈ホワイツ〉を目指した。あちこちのクラブの窓から温かく歓迎するような光が放たれていて、彼はそれを物欲しげに見つめた。なかに入れたらどんなにいいか。濡れた服を脱ぎ、暖炉の前でひと晩過ごせたなら。だが、こんな身なりでなかに入るわけにはいかない。外階段をあがっていって、友人がいるかどうか尋ねるだけでも充分に恥ずかしいことだ。

答えは残念なものだった。〝いいえ、ブルックハンプトン卿はいらっしゃいません〟一時間前に友人たちと出ていったという。その友人たちというのが誰なのか、ガレスにはよくわかっていた。彼は毒づいて捜索を続けた。ずぶ濡れで、みじめで、今ほど友人たちを必要としたことはなかった。

ガレスはブルックハンプトン邸へと向かった。ペリーの母親は、息子はいないとだけ言って、彼の鼻先で扉を閉めた。ほかの友人たちのタウンハウスでも、その母親たちから似たような応対を受けた。ペリーの母親にいろいろ吹き込まれてガレスに恨みを抱いているか、あるいはただ彼のことを自分の愛しい息子へ悪影響を与える者と考えているのだろう。

午前一時になる頃には、ガレスは震えて腹をすかせていた。二時には喉の渇きを覚え、疲れで感覚が麻痺して絶望を感じ始めた。三時には疲労困憊で何も考えられなくなり、あてもなくさまよっていた。グロブナー・スクエアからハノーバー・スクエアに戻り、ポール・モールとピカデリーを何度となく往復した。コーカムも、チルコットも、オードレットも、誰もいなかった。冷たい雨に打たれながら、ガレスはクルセイダーをもう一度北へ向かわせた。蹄の音が静まり返ったアルベマール通りにこだまする。暗がりから姿を現した物乞いの少年に小銭をねだられ、ガレスはその子と同じくらいみじめな気分でポケットに手を入れた。しかし、そこはもうとっくに空になっていた。少年は激しく悪態をつくとクルセイダーの足元につばを吐き、雨の町に消えていった。ガレスはまたひとりになった。

もうほかに行くあてはなく、馬をブルトン通りに近い厩舎に戻した。建物は濡れて冷えきっていたが、少なくとも雨はしのげる。彼は震えながら鞍をクルセイダーの背から外し、湯気を立てている体をひとつかみの藁でこすってやった。用心しながら鞍を持って厩舎の隅に向かい、石の床に鞍を投げると、一瞬立ち尽くしたまま床を見つめた。あまりにも疲れすぎていて、まともな考えは何ひとつ浮かばない。

ガレスは床を蹴って数本の古い藁をどかし、冷たく湿った石の上に身を横たえると、肩までオーバーコートをかけて鞍に頭をもたせかけた。石は悪臭を放ち、まるで氷の板のようだ。冷たい雨のしずくが、今も髪のなかから首筋へと流れ落ちている。こんなにもみじめに感じたのは人生で初めてだった。

だが、最後には疲労感が勝った。うとうとと目が閉じられ、ガレス・ド・モンフォール卿は深く苦しい眠りの淵(ふち)へ落ちていった。

22

ランボーン・ダウンズでも風雨が吹き荒れていた。風はレイヴンズコームの谷を暴れまわり、こちらで屋根のタイルをはがし、あちらでブナの木から枝をへし折り、ブラックヒース城の門番小屋を吹き抜けて鋭い音を立てた。庭のバラはなぎ倒され、城の窓枠のなかでガラスがカタカタと震え、古い石は雨に打たれていたが、城は頑強にそびえ立っていた。これまで五〇〇年のあいだ人間と自然の脅威から守り、これからの五〇〇年も守り抜こうという城だ。塔は黒い空に向かって伸び、きれいに刈り込まれた芝生は黒いベルベットのように広がっている。図書室の窓だけが明かりに照らされ、まだベッドに入っていない者がそこにいることを示していた。

火が入っていない暖炉のそばの椅子に座った公爵の顔は険しかった。一本のろうそくの明かりの下で、彼はロンドンから届いたばかりの信書を開いた。

〝親愛なる公爵閣下

弟君が今朝、特別な許可を受け（そのために多大な出費を要したことも付け加えておきます)、ミス・ジュリエット・ペイジと結婚されたことをご報告いたします。閣下もひとまずご安心のことと存じます。すべては予期されたとおりに順調に運んでおります。今夜、ガレス卿はご家族をミセス・ボトムリーの館にお連れになりました。慎重に調査いたしましたところ、ひと晩の宿を求めただけで、それ以上のことは何もないようです。ご一行のご無事を確認し、わたしはいったん任務を離れました。朝にはまた極秘の監視を再開いたします。また追ってご報告させていただきます。

Cより〟

ルシアンはその信書をテーブルに置き、眉間をもんだ。そうか、あいつは彼女と結婚したのだな。上々だ。しかし、夜のとばりがおりた丘を見つめながらロンドンにいる彼らのことを考えても、ルシアンは成功を手放しで喜ぶことはできなかった。ガレスはよりによって娼館へ家族を連れていったというのか。明日はどこに行く気なのか……。

彼は立ちあがり、両手を後ろで組んでゆっくりと部屋のなかを歩きまわった。弟を信用したのは正しかったのか？　彼女が弟を真人間にしてくれると信じたのは正しかったのか？　なぜ彼女は娼館に泊まることを承知したのだろう？　ルシアンは小声で毒づいた。ガレスの強烈なプライドを考えて手出しをせずにいたが――そして弟が逆境を乗り越えて最後にはまともな人間になってくれるという望みはどんどんしぼみ始めている――ルシアンはすぐにでもアルマゲドンに鞍をつけさせてロンドンへと走り、自ら弟一家をここに引きずり戻したかった。ネリッサはそうしてほしいと懇願していたし、アンドリューは口を利こうとしなかったが自分で行くと脅してきた。そして今、ガレスがまともな宿屋ではなく娼館などに家族を連れていったと聞くと……。

ルシアンは首を横に振った。いや、手出しはするまい。どんなにそうしたくとも、弟がここまで落ちぶれようとも。ガレスには自分自身を証明させてやらなければならない。

彼が成長する機会を与えてやらなくては。

ルシアンはろうそくを持ちあげて信書をポケットにしまい、黙って部屋を出た。物音ひとつしない薄暗い廊下を進んでいくと、ブラックヒース城の古い石壁はちらちらと心もとない炎に照らされた。彼は階段をあがっていった。今夜は眠れないかもしれない。風が城のまわりで荒れ狂うこんな夜には、そんなこともよくあった。そしてルシアンはまた、何年も前に塔の階段の上で父が死んでいるのを発見したあの恐ろしい瞬間に戻るのだ。だが、少なくともひとつだけ安心できることがあった。ガレスは遠く離れたロンドンで悪行にふけっているかもしれないが、ブラックヒース公爵は情報提供者を通じて弟をしっかり見張っている。

彼はすでに弟をひとり失った。

何があろうと、さらに失うわけにはいかない。

モンフォール邸の豪華な寝室で、植民地から来た慎ましい若い女性がひとり、柔らかなガチョウの羽根枕の上で夢を見ていた。分厚いふわふわの上掛けが体を温め、ラベンダー風呂に入った肌はつやつやで、暖炉の火が部屋を熱と光で満たしていた。

一方、近くの厩舎の冷たい石の床の上で、イングランドの公爵領の推定相続人も眠っていた。彼の枕はかたい革の鞍で、震える体を覆うのは濡れたオーバーコートだ。肌は濡れてざらつき、屋根からは雨漏りがしている。雨は汚い石の床から彼の体にも染み込むようだった。

夜明けが近づくにつれ、地平線が灰色にぼやけ始めた。夜警の男がランタンを持ち、疲れた馬を引いて厩舎にやってきた。床に酔っ払って伸びている男の体を無造作にまたぎ、自分の馬を狭い仕切りのなかに入れる。数メートル先で酔っ払いは眠りのなかで何事かつぶやき、寝返りを繰り返した。

しかし、ガレス・ド・モンフォール卿は酔っ払ってはいなかった。ただ夢を見ていた……。

〝おまえは怠け者で、無責任で、役立たずの放蕩者だ。モンフォール家の――特にわたしの――面汚しだ。ガレス、大人になって責任の意味を学んだら、わたしもチャールズにそうしたように敬意を払っておまえを扱おう……チャールズにそうしたように敬意を払って……チャールズにそうしたように敬意を払って……〟

ガレスは逃げようとした。けれども今回は、馬に乗ってルシアンの厳しい非難から逃げることはできなかった。笑い飛ばし、さらなるトラブルの種を見つけに行くこともできない。なぜなら、これは夢だからだ。そしてほかに行く場所はどこにもない。ガレスはなんとか覚醒しようとしたが、夢は囚人の足かせのようにくっついて離れず、そこから逃れることはできなかった。

そして今もルシアンは最大級のさげすみをたたえた目で、ガレスの鼻先を見つめていた。忌々しい言葉が何度も彼の頭のなかにこだまする。〝怠け者で、無責任で、役立たず〟

「ああ、もう放っておいてくれよ」ガレスは兄の険しい顔に向かって叫んだ。「消え失せろ、ぼくのことはかまわないでくれ！」

向き直ると、そこにチャールズがいた。

「やあ、ガレス」

ガレスは凍りつき、呆然と口を開いたまま見つめた。

ふいに興奮が沸き起こり、心臓が早鐘を打ち始めた。彼は信じられない思いで目をしばたたいた。「チャールズ？」しゃがれた声で言う。

チャールズは微笑んでいた。青い襟章がついた軍服を着て、輝く喉当てをつけ、脇に剣を差している。彼はガレスをじっと見た。兄らしい愛情に満ちたやさしい顔。それからチャールズは頭を振り、小さく笑みを浮かべて、ブーツのかかとを回転させて向こうへ歩き始めた。

ついてこい――その命令は言葉にされなくてもわかった。

われに返ったガレスは勝ち誇った目で肩越しにルシアンを見やり、チャールズのあとを全速力で追いかけた。

信じがたいことに、ルシアンはガレスを止めようとはしなかった。

チャールズは草原を進み、弟がついてきているかどうか振り返って見ることも、足を止めて待つこともしなかった。自分の隊を戦場へと導くように、まっすぐ前へ進んでいく。どれだけ歩いたのだろう？　どこへ向かっているのか、ガレスには見当もつかなかった。とうとうチャールズが止まり、追いついたガレスが横に並ぶと、兄は一歩さがって何かを指差した……灰色の靄がかかった地平線のなかから、その形が次第に鮮明に見えてきた。

ガレスはあえいだ。それは彼らの母親だった。庭でペリーの母親と紅茶を飲んでいる。その微笑みはやさしく、愛に満ち、ガレスの記憶にあるとおりのものだった。

心臓が飛び跳ねた。ママ！　ガレスは叫んだが、母はそのまま魔女と話を続け、彼の声は聞こえていなかった。彼がそこにいることにも気づいていない。靄がさらに払われると、ガレスにはそれが天気のいい夏の日だとわかった。池が青い鏡のようにきらめき、遠くに馬肥やしが積みあげられている。少年の彼がペリーと草むらに隠れ、盛大ないたずらの瞬間に備えてくすくす笑っていた。

ガレスは興奮した顔でチャールズを見た。兄は首をかしげ、目の前で繰り広げられている遠い昔の光景に注意を向けるよう促した。

「本当よ、メアリー」レディ・ブルックハンプトンが意地の悪い口調で言った。「どうしてあなたがそこまでガレスを擁護するのかわからないわ。あの子のいたずらが面白いなんて、わたしにはとうてい思えない。あなた、きっと恥をかかされて悲しむことになるわよ。ルシアンの身に何かあったら、跡を継ぐのはチャールズでしょう？　あなたはチャールズにこそ、時間と努力を費やすべきよ、あの恐ろしい小さな悪魔にではなくて！」

〝あの恐ろしい小さな悪魔にではなくて〟

チャールズがつらそうな顔でガレスを見た。兄の目にあふれる愛に胸を打たれ、ガレスはたじろいだ。チャールズもふたりが比較されるのを嫌っていることを、ガレスは知っていた。いつも自分のほうが上だと評価されることにやましさを感じていることも。チャールズとガレスがこんなにも違うのは、自分のせいだと思っているようだった。チャールズの目のなかにあふれる同情は耐えがたいほどだ。ガレスは寒がっているふりをして足を動かした。チャールズはおしゃべりしている女性ふたりを残して向きを変え、さらに前へと進み始めた。従順な犬みたいに、ガレスはあとを追った。

「どこに向かっているんだ？」後ろから呼びかける。「兄さんは幽霊なのか、それともこれは追憶なのか？　ぼくらはどこに行くんだ？　チャールズ！」

緋色の軍服姿の兄は振り返ることも答えることもせず、ただ歩き続けた。日の光が装備をぎらつかせ、髪の金色をさらに輝かせる。チャールズがふたたび足を止めた頃にはあたりは暗くなっていて、ふたりは緑豊かな村のとある像の前に立っていた。

自分が何を見ているのか、ガレスはすぐに悟った。チルコットが紫色のペンキが入ったバケツを口にくわえ、コーカムは草のなかに突っ立って豚の鳴き真似をしている。みなアイリッシュ・ウイスキーで泥酔していた。ガレスはおかしくなって、思わず笑い声をあげた。

チャールズのほうをちらりと見る。

兄は笑っていなかった。どこまでも悲しそうに見えた。ガレスの喉の奥で高笑いがぴたりとやんだ。

彼は咳払いをして目をそむけた。急に自分のふるまいが恥ずかしくなった。バークシャーでガレスがいたずらを繰り返すあいだ、兄は王のために戦っていた。ガレスが悪行にふけっているあいだに、兄は家から遠く離れた地でひとり寂しく死んでいったのだ。ふいにガレスはチャールズの目を見るのが耐えられなくなった。チャールズが彼をここまで連れてきて、見せようとしているものを直視できない。やっとのことで顔をあげると、自分が像の首にロープを投げているのが見えた。ペンキのブラシを手にした愚かな酔っ払いの顔に、恥ずかしさで身の縮む思いがする。自分がばかげたことを言い、友人たちがまぬけなことをしているのを見ながら、ガレスは横に立つチャールズの果てしない絶望を感じた。

「頼む、もうやめてくれ、チャールズ」彼は乱痴気騒ぎから目をそらした。「こんなに恥ずかしいことはない」

弟を見つめるチャールズの目には思いやりがあふれていた。それから彼は向きを変え、また歩き始めた。

次に足を止めたのは、ガレスがジュリエットと結婚したスピタルフィールズの教会だった。〈巣窟〉のメンバーたちが笑ってお互いをからかい、牧師はうんざりした顔をしている。結婚は盛大な冗談だというように全員がふるまっていた。もちろんジュリエットを除いて。彼女はそこに立っていた。ひとりだけ悲しげに、実年齢よりもずっと大人びた顔をして、〝責任〟という言葉の意味もわかっていない男と生涯の約束を交わすために、そこに立っていた。それまでの人生であらゆることに立ち向かってきたのと同じ決意をもって、ガレス・ド・モンフォール卿との結婚という逆境に立ち向かうために。ジュリエットは赤ん坊の未来を守ろうとして海を渡ってきた。そして、彼女の信頼と未来をひとりの男の手にゆだねた。それを受け取る価値もない男の手に。

ガレスはごくりとつばをのみ込み、顔をそむけた。自分は彼女にふさわしくない。ルシアンの言葉はすべて真実だ。そう、ぼくはジュリエットにはふさわしくない。

恥辱感と自己嫌悪を乗り越えようと、ガレスは両手を目に当てた。

〝おまえは怠け者で、無責任で、役立たずの放蕩者だ。モンフォール家の――特にわたしの――面汚しだ〟

ガレスは丸めたこぶしに額をつけ、自分が最近しでかした愚かなふるまいを見た。そしてジュリエットが――悲しみと憂いを漂わせたジュリエットが――あの教会で信頼に満ちた表情で立っているのを見た。ああ、なんということだ……。どれだけの時間、そこにいたのだろう。彼は自分のせいでしかない苦痛にまみれ、前後に体を揺らしながら立っていた。やっとのことで顔をあげると、目の前の光景は消えていた。ランボーンの夜のしじまに、彼と兄だけが立っていた。

チャールズは丘を見渡していた。黒い空の向こうから星々がきらめき、あたり一帯で虫の声が響いている。タカのような横顔が薄暗い夜空に映える。そしてこの奇妙な旅が始まってから初めて、彼は口を開いた。

「おまえにはふたつの選択肢がある」チャールズは静かに言った。「プライドを捨ててルシアンのもとに戻るか、それとも自力で身を立てるか」そう言って向き直り、知性あふれる澄んだまなざしでガレスの目を見る。「何をするにしても、ぼくはおまえが彼女を失望させたりしないと信じているよ」

ふたりは長いあいだ黙って見つめ合った。兄弟として、友人として。

それからチャールズは向きを変え、丘をおりていった。ガレスはひとり残された。今度はあとをついていってはいけないとわかっていた。

緋色の軍服を着た後ろ姿がどんどん小さくなり、暗闇のなかに消えていくのを見つめる。涙が頬を伝った。痛みが心臓をわしづかみにする。そして、先ほどはあれほど必死に求めていた覚醒が、今ではガレスをこの場所から引き離そうとし始めた。

「ぼくは自分自身を証明してみせる!」彼は兄をのみ込んだ暗闇に向かって叫んだ。「誓うよ、きっとそうする! 自分がジュリエットの忠実さと信頼に見合う人間だと、彼女の願いをかなえられる人間だと証明してみせる! よき夫になり、家族を守る! 神に誓って、きっとそうしてみせる! そのためにどれほど苦労しようとも!」

ガレスは目を開いた。まだ夢を見ているようで、チャールズの静かな言葉が頭のなかで鳴り響いている。つかのま、彼は暗闇のなかでじっと横たわったままでいた。それから雨が外の通りを打つ音を聞いた。背中の下に冷たくかたい石を感じ、馬の匂いをかいで、この厩舎で一夜を過ごしたことを知った。

そして突然、ガレスは自分がなすべきことを悟った。

開いた入り口から夜明けの光がひと筋、彼のほうへと伸びてきていた。床に散らばる汚れた干し草の上を這って、その光はガレスの顔の数センチ先に落ちている白いものを照らした。

心臓がどきんと跳ねた。手を伸ばし、それを拾いあげる。

それはスネリングがガレスに差しだした名刺だった。

23

「わたしに言わせてもらえれば、あなたはまっすぐ公爵のところに戻るべきよ」ブルックハンプトン伯爵未亡人はそう宣言し、音を立ててティーカップを置いた。「いいこと、彼があなたをここに放りだしてもう三日も経つのに、あなたが結婚したあの道楽者はどこに消えてしまったの？　どこかの賭博場で酔いつぶれて寝ているのか、それともどこかの罰当たりな女の腕のなかにいるのか。きっと、あと二週間は帰ってこないわよ」

ペリーの母親はさも心配しているふりをして訪ねてきたが、ジュリエットには彼女が親切なのは表面だけだとわかっていた。かの〝放蕩者〟が結婚したという話が広まってから、ここモンフォール邸にやってきた社交界の噂好きは一ダースを下らない。レディ・ブルックハンプトンとその娘もまた、ガレス卿の結婚相手を自分の目で見て、あわよくば新妻に彼の悪口を吹き込もうという魂胆が見え見えだった。

レディ・ブルックハンプトンはとりわけ鼻持ちならない人物で、その娘のレディ・キャサリン・ファーンズレーも同じくらい意地悪だった。ふたりと紅茶を飲んでいるうちに、ペリーの妹がガレスの気を引こうとしていたことが明らかになった——そしてジュリエットに彼を取られたことを深く恨んでいるのだ。

「あなたが彼と結婚してくれて、かえってよかったと思うの」レディ・キャサリンはカップに砂糖を入れてかきまわしながら、侮蔑もあらわにジュリエットの質素なドレスを――膝に抱いた赤ん坊を――見た。「結局、ガレス卿は大勢の若い女性に次から次へと手をつけて、その癖はちっとも変わりそうにないんだもの。彼のことを心配しなくちゃならないのがわたしではなくてよかったわ、そうじゃないこと、ママ？」

「本当にそうよ。あなたには、あの放蕩者よりもっといいお相手がいるわ」

「彼、最近はペンバーレイ卿の奥さまと関係を持っていたんですって」

ジュリエットはこわばった笑みを浮かべた。「今はもうそんなことはありません」

「あら、それはどうかしら……だって、今ここに、あなたと一緒にいるわけじゃないんでしょう？」

ジュリエットは膝の上でシャーロットをはずませ、彼女がティーカップを持ちあげるときに赤ん坊に手出しができないよう向きを変えた。ジュリエットは世間知らずではない。このふたりの女性が彼女の結婚にけちをつけたいのは明らかだ。それでも、彼女たちの相手ができるのはありがたかった。ここに連れてこられたあの雨の夜以来、ガレスにも、彼の友人たちにも会っておらず、ずっと彼のことを心配しどおしだったので、ほかに対処しなければならない悩みの種があるのは好都合だった。結婚初夜にあんなやさしい愛をくれた人が――今でもそのことを考えるだけで顔が熱くなる――ほかの女性の腕のなかにいるはずがない。艱難辛苦を乗り越えて結婚した妻と娘を、ほかの誰かのために捨てるはずがない。

本当にそうだろうか？

ジュリエットは言った。「夫を誤解なさってますわ。彼は立派な人です」

「立派な人ですって？　まあ、聞いた、キャサリン？」ペリーの母親は両方の眉をあげ、軽蔑の視線をジュリエットに向けた。「いいこと、わたしはあの放蕩者を少年の頃から知っているのよ。彼はあの頃から一ミリも変わっていないわ！」

そう言うと、レディ・ブルックハンプトンは一七年も前のある夏の午後の話を始めた。ガレスがいたずら好きな青い目をしたわんぱく坊主だった頃の話だ。庭でのお茶会に公爵夫人がチャールズとガレスを連れてきていた。チャールズは母親たちのそばで毛布の上に座って本を読み、ガレスとペリーはどこかで遊んでいたという。

「ああ、今でもすべてが目に見えるようだわ！」レディ・ブルックハンプトンはそう言いながら、もっと紅茶を注げとばかりにジュリエットにカップを突きだした。彼女は思い出話を続けた。公爵夫人はネリッサを身ごもっていて、大きくなったお腹を微笑みながらさすっていた。そこへブルックハンプトン家の乳母が売春婦のようにスカートを高く持ちあげて庭を走ってきて、ガレス卿が池に落ちて水の下に消えたと泣きわめいた。その場は大混乱となり、従僕たちが――泳げない者までも――池に飛び込んだり、小型のボートを繰りだしたりしてあちこちを探しまわった。彼女の夫のブルックハンプトン伯爵もベストを脱ぎ捨て、少年を探そうと池に飛び込んだ。そして彼が空気を求めて水面から顔を出したそのとき、ガレスが

――恭しく後ろに付き従っているペリーとともに――古いイチイの木の陰からひょっこり現れ、悠々と歩いてきたのだった。びしょ濡れになって、彼が溺れたと思い込んだ五〇人ばかりの人間をまんまとだましたことに大笑いしながら。

「あの子は鞭打ちの罰を受けるべきだったのよ！」レディ・ブルックハンプトンが鼻息も荒く言い放った。「けれど、公爵夫人はそう言われても耳を貸さなかった。まったく、二度とあんなことをしてはいけないとやさしくお説教されて終わりだったんじゃないかしら。彼女がちゃんと罰していれば、もしかしたらガレス卿も真人間になったかもしれないのに。でも、だめだった。彼は公爵夫人のお気に入りだったのよ。とんだやんちゃ坊主だけれど、あの子が悪いことをするはずがない、って。六歳の彼が村の娘を誰彼となくつかまえては、三ペンスやるからスカートのなかを見せろと言いだしてレイヴンズコームじゅうの人間を驚かせたときでさえ、彼女は息子に罰を与えなかったわ！」

「チャールズはどうだったんです？　公爵夫人は彼を罰したんですか？」ジュリエットはかすかな皮肉をにじませて訊いた。

「いいえ、まさか。チャールズは一度だって間違ったことをしなかったもの。だけどガレスは――とてもチャーミングな子ではあったけど、あまりにいたずらがすぎた。きらきらした目に無邪気な顔をして、そんな彼に対して厳しく接することは……あるいはずっと怒っていることはできなかったのね。何か恐ろしいことをしでかしても、公爵夫人はただ微笑んで、時が経てばあの子も落ち着くでしょうと言うばかり。でも、そうはならなかったわ。彼はさらに大胆に、さらに無法者になっていったの。とりわけ公爵夫人が亡くなってからは」

「もしかしたら周囲の関心を引きたくて、そういう〝恐ろしい〟ことをしていたのかもしれませんわ」ジュリエットは冷ややかに言い、ティーカップを少し強すぎる勢いで下に置いた。

「誰もがお兄さまのほうにより関心を向けていたなら、特に」

「それはチャールズのほうが関心を向けられるに値する子だったからよ！」

続いてジュリエットが聞かされたのは、チャールズは常に勉学に励み、真面目で礼儀正しく、一方ガレスは一家の厄介者で、ランボーン・ダウンズの災いのもとだった――そしてレディ・ブルックハンプトンを悩ませたことにペリーの親友になった――という話だった。

「ペリーも、もう大人ですからね。わたしがあの子を守って、あなたの夫から悪い影響を受けないようにするなんてことはできないわ、もちろん。でも毎週土曜の晩にペリーを低俗な酒宴に呼びだして、堕落した巣窟に引きずり込んだのが彼だということは断言できるわ。それに少なくとも二週間に一度は、そういうところに居ついたいかがわしい女たちをめぐって決闘が行われていたのよ。どうしてわたしがそれを知ったと思う？　ペリーがこの前の二月、そういう決闘のひとつに巻き込まれたの。その翌日の午後、レディ・ウォルサムのお茶会に招かれて、わたしは何もかも聞かされたわ。もうたくさん、とわたしは言った。そのとき心に誓ったの。公爵夫人のところのどら息子には、二度とうちの敷居をまたがせないって」彼女は意地の悪い勝利感のようなものをたたえてジュリエットを見た。「あら、そんな目でわたしを見ないで。彼がハンサムなのは知っているわ。うぶな女性なら、たちまち彼に参ってしまうでしょうね。それは間違いない。でも、彼がまともな夫になってくれるだろうと考えて結婚したのなら、あなたは死ぬまで後悔することになるわよ。彼はあなたをみじめな目に遭わせる。いいこと、あなたはみじめな思いしかできないのよ！」

キャサリンが口を開いた。「チャールズのほうがすてきだったわ、そう思わない、ママ？」

「当然よ。彼の家族、彼の地位、彼の祖国にとって名誉となる人だった。民を救うために外国にまで行って、いつだって善良で親切で寛大で――」

「ガレス卿もチャールズと同じくらい親切で寛大です」ジュリエットはそっけなく言った。

「どうしてあなたにそんなことがわかるの？　チャールズに会ったこともないのに。うちの娘は生まれたときから、彼との将来を約束されていたのよ。わたしたちはあの兄弟をふたりともよく知っているの。ガレス卿のことは誰だって知っている。彼が役立たずの浪費家で放蕩者だってことをね！」

「あら、わたしもチャールズに会っているんですよ」レディ・ブルックハンプトンの言葉に衝撃を受けたことは押し隠して、ジュリエットは言い返した。本当はこう付け加えてやりたかった――あなたには絶対に知りえない方法で、わたしは彼のことをよく知っていたわ。「それにガレス卿はわたしの夫です。誰もが彼について冷酷なことを言ったり、チャールズと比べたりせずにいられないのは本当に残念ですわ。それはどちらにとっても公正ではないし、正しくありません。ふたりはまったく別の人間なんですから」

「ええ。もちろんよ」レディ・ブルックハンプトンは紅茶をすすり、窓の外に目をやって、向かいのタウンハウスの屋根を歩いているハトを眺めた。「外見は似ていても、中身はまるで違っていた。わたしはときどき思うの、神さまは間違えて、いいほうを連れていってしまわれたんじゃないかしらって」

「レディ・ブルックハンプトン！」ジュリエットは驚愕して叫んだ。「そんな意地悪なことをおっしゃるなんて！」

「そうかしら？　どうしようもないわ、わたしはそう感じているんだから」レディ・ブルックハンプトンがきっぱりと言う。「かわいそうなペリーがあの恐ろしい〈放蕩者の巣窟〉に巻き込まれているのは、何もかもガレスのせいよ。ペリーが酔っ払って遊びほうけているのはガレスのせい、ペリーが夜中に障害物競走をやったり、破壊行為に興じたり、良家の女性たちを堕落させたりするのもみんなガレスのせい――」

ジュリエットは怒りが沸騰するのを感じた。

「信心深い母親として、わたしが息子に道徳と善行を教え込もうとどんなにがんばっても、ガレスがすべてを台なしにしてしまう。堕落の道にペリーを誘い込んでしまうの。彼がいなければ、ペリーは今だって家にいて、母親と妹の面倒をよく見る孝行息子でいてくれたはずよ。ロンドンじゅうを駆けまわっていたずらをしたり、不道徳な連中とつきあったりすることもなかったわ。ああ、もう、こう考えずにはいられないのよ。あのならず者と出会っていなければ、息子はどんな人間になっていたかしらって！」

ジュリエットは言い返したくなるのをぐっとこらえた――あなたみたいな口うるさい母親

がいたら、〝あのならず者〟と出会えたことはペリーの人生に起きた最高の出来事だったんじゃありません？　でなければ、どんな人間になっていたかしら！

彼女はシャーロットのほうにかがみ込み、砂糖に手を伸ばした。「息子さんにはなんの選択肢もなかったようにおっしゃるんですね。ペリーはもう大人なのに、自分の望むとおりに生きる自由もないというんですか？」無邪気なふりをして尋ねる。

「わたしが言いたいのは、ガレスが息子の目をくらませて善悪の見分けをつかなくしているということよ。ガレスは邪悪な子どもだった。そして今では邪悪な大人になった。あなたもその事実に向き合ったほうがよくってよ。彼は決して変わらないという事実に」

「レディ・ブルックハンプトン」ジュリエットはきっぱりと言った。「ここにいらした瞬間から、あなたも娘さんもわたしの夫に対してひどいことばかりおっしゃっています。申し訳ないけれど、あなた方にどういう動機があるのか、疑いたくなってきましたわ」

「動機ですって？」あからさまな対決姿勢を取られたことに驚き、レディ・ブルックハンプトンは神経質そうな笑い声をあげた。「動機なんてないわよ、ねえ、キャサリン？」

「ええ、ママ。わたしたちはただ彼の奥さまに……心の準備をしておいてほしかっただけ」

「わたしにはなんの準備も必要ありません」ジュリエットはにべもなく言った。

「あら、必要よ。あなたが結婚したあのならず者は、きっとあなたを傷つけるわ。それは今ここで断言できる。そうでしょ、ママ？」

「ええ、彼はそういう人よ、キャサリン」

ジュリエットは腹が立ってこれ以上耐えられなくなり、ソーサーが割れそうな勢いでカップを置いた。「あなた方が誰の話をなさっているのか知りませんが、わたしが結婚した人は、命をかけてわたしを救ってくれました。それに知り合いでもない、馬車に乗っていた大勢の人々のことも救ったんです。彼は自分の未来を犠牲にしてまで亡き兄のために正しい行いをして、わたしの名誉を守ってくれました。あなた方に彼について語るべきよいことが何もないのなら、どうぞもうお帰りください」

「なんて失礼な！」レディ・ブルックハンプトンがいかにも気分を害したという顔でジュリエットをにらんだ。

「ええ。植民地育ちの者は思ったままを口にするのが流儀なんです」

「だったら、わたしも思ったままを口にするべきかもしれないわ」キャサリンが不遜な笑みを浮かべて言い、シャーロットのほうにうなずいてみせた。「ねえ、おかしいんじゃないかしら、結婚して一週間も経っていないのに、もう彼の子がいるだなんて。きっとガレス卿はやることが早いのね。そうでしょ、ママ？」

「ジュリエットは彼が手をつけた最初の女性じゃないわ。でも、彼女は夫について悪い話は何も聞きたくないと言ったばかりよ、キャサリン」

ジュリエットは甘ったるく微笑んだ。「あら、でも、わたしに手をつけたのはガレス卿ではありません」

ふたりの女性が彼女を見る。

「チャールズです」

「なんですって？」その言葉はレディ・ブルックハンプトンの口から銃弾のような勢いで飛びだした。その横で、娘は顎が外れたみたいに口をぽかんと開けている。

ジュリエットは言った。「チャールズのことはご存じでしょう？　みなさんが完璧な人間だと思っていたあの人です」なんてこと、このわたしがチャールズをだしにしてガレスを擁護しているだなんて！「彼とわたしは七四年の冬にボストンで出会いました。結婚の約束をしていましたが、昨年コンコード付近での戦闘で彼は亡くなり、その約束は果たされませんでした。わたしはブラックヒース公爵の援助を求めてイングランドに来たんです。チャールズから、もし自分の身に何かあったらそうするようにと言われていたので」ジュリエットは決然とした黒い瞳で、夫を中傷する者たちを見据えた。「ガレス卿は立派な、私欲のない人です。彼のお兄さまの娘がモンフォールの家名を名乗れるようにするために、彼はわたしと結婚しました。それこそ、最も高貴なふるまいだとわたしは思います。そうではありませんか？」

レディ・ブルックハンプトンは言うべきことを見つけようとして、顎をカクカクさせている。「ええと、その……ええ、そうね、そうかもしれないわ」

キャサリンの顔はどす黒い赤に染まっていた。「つまり、あなたは……わたしのチャールズと婚約していたっていうの？」

「彼はあなたのチャールズだったの？」ジュリエットはまたしても甘ったるい微笑みを浮か

べて立ちあがった。「ごめんなさいね。そんな話は彼から一度も聞いたことがなくて。彼はわたしのものだとばかり思っていたわ。さあ、もうよろしいかしら。今日はいろいろとやることがありますの。では、ごきげんよう」

ブラックヒース公爵ルシアンは二匹の猟犬を従えて、散歩用のステッキでイバラやイラクサをかき分けながら丘を歩く長い散歩を終えて家に帰るところだった。そのとき、城のほうから近づいてくる蹄の音が聞こえた。彼は眉をひそめ、犬たちに座るよう命じた。その散歩は朝の日課となっており、彼がその散歩を邪魔されたくないと思っていることは城の者なら誰もが知っていた。

ただし、ロンドンから信書が届いたときだけは別だ。

馬に乗ってきた従僕は顔を赤くして息を切らしていた。手綱を引き、まだ完全に停止していないうちから馬をおりる。

「閣下！　信書でございます、ロンドンからの！」

ルシアンはステッキを——実はふつうの散歩用ステッキではなく、剣が仕込まれている——小脇に抱え、冷静な顔で手紙を受け取った。封を破いて読み始める。

〝親愛なる公爵閣下

誠に残念なお知らせですが、ガレス卿を見失いました。月曜の夜遅く、奥さまとお子さまともどもミセス・ボトムリーの館を追いだされたようです。そこにいた数人がガレス卿に怪我を負わされる騒ぎがあったとの由。〈巣窟〉のメンバーの方々とも話をしましたが、誰もガレス卿の居場所を知らず、心配しているとのことでした。これから奥さまのもとに参ります。モンフォール邸に滞在なさっており、弟君もきっとすぐに戻られるでしょう。いつもの通い先にはガレス卿がいらした形跡がいっさいありません。もう夜も遅い時間となりましたので、最悪の事態を恐れ始めております。閣下もなるべく早くロンドンにおいでになり、捜索を後押ししていただけますよう、切にお願いいたします。

Cより〃

ルシアンの顔が怒りでどす黒く陰った。「まったく、なんてことだ。次はいったいなんだ？二三歳にもなったやつのために、忌々しい乳母を雇わなければならないのか？」

「閣下？」

彼は信書をくしゃくしゃにして握りしめた。その目に燃える怒りのすさまじさは、従僕が思わずあとずさりしたほどだった。

「先に馬で帰れ、ウィルソン。そして厩舎へ行って、アルマゲドンに鞍をつけるよう言っておけ。わたしはすぐにロンドンへ発つ」

24

翌朝九時過ぎ、性急なノックに応えて玄関を開けたモンフォール邸の従僕は、そこに立っている男が誰なのかわかっていなかった。

「申し訳ございませんが」従僕はそう言いながらすでに、緑色のブロード地の地味なスーツに身を包んだ長身の男の目の前で扉を閉めかけていた。「奥さまはどなたともお会いになりません」

「おや、ぼくとなら会うと思うがね」男は微笑んだ。「ぼくは彼女の夫だ」

従僕の口がぽかんと開いた。「ガレス卿！」必死に詫びの言葉を述べて喉を詰まらせる。「屋敷じゅうのみなが心配していたのですよ。てっきり――」

「ああ、みんながどう言っていたかは想像がつく」ガレスは従僕をさえぎり、痛ましげに微笑んだ。「だがごらんのとおり、ぼくは妻と娘を見捨てたわけじゃない。どうか妻に会わせてくれないか、ジョンソン？」

従僕はお辞儀をして、あわてて奥へと引っ込んだ。彼はガレス卿のことが好きだったし、ガレス卿が〝妻を捨てた〟などという意地悪な話はまるで信じていなかった。

それからすぐ、ジュリエットがスカートをはためかせて階段をおりてきた。

「ガレス？」

彼女は階段の下で足を止めた。ためらい、不安そうに彼を見ている。ガレスは帽子を片手に持ち、控えめな笑みを浮かべていたが、ジュリエットを見たとたんに鼓動が激しくなって、体の内側のすべてが歌い始めたかのようだった。三日間、この瞬間を待ち望んでいたのだ。彼女に会いたくてたまらなかった。そして自分がどういうふうに迎えられるかを思うと恐ろしかった。結局のところ、ガレスはジュリエットと言い争いをしたあげく、彼女をここに放りだして姿を消していたのだから。

「やあ、ジュリエット」彼は少年のようにおどおどしながら言った。

彼女は手すりにもたれ、警戒と安堵の入りまじる表情で彼を見た。「ガレス」

ふたりは同時に言った。「すまなかった」「ごめんなさい」

彼らは駆け寄り、ジュリエットはガレスの腕のなかに飛び込んで、彼は彼女を抱えあげて一回、二回と振りまわした。スカートが宙に舞い、ジュリエットのまばゆい笑顔が彼のすぐそばにあった。ガレスは彼女をおろしてキスをした。飢えたように、許しを求めるように、そしてまだ自分を好きでいてくれるか確かめるように。ジュリエットは情熱あふれるキスで応えてくれた。

「ああ、愛しい人」ガレスはつぶやき、喜びと安堵に輝く彼女の顔を見おろした。その瞬間、彼は悟った。ガレスが彼女の評判を心配していたのと同じくらい、ジュリエットも彼の評判を気にしていたのだと。「あんなふうに行方をくらまして悪かった。何も連絡しなかったぼくを許してくれるかい？」

「わたしがお金をなくしたことを許してくれるなら」

「あれはぼくが悪いんだ。きみのせいじゃない」

「いいえ、あれはわたしが――」

「しいっ」ガレスは微笑み、ふたたびのキスで反論を封じた。そのキスにふたりはわれを忘れた。

ジュリエットが両腕で彼を抱きしめた。「ああ、本当にうれしいわ、ガレス。戻ってきてくれたのね。死ぬほど心配したのよ！」

「ぼくはきみに心配してもらえるような人間ではないよ、ジュリエット」ガレスは彼女の心の広さに胸を打たれていた。「チャールズだったら絶対に――」

「やめて。チャールズのことは聞きたくない。誰もがいつまでもあなたを彼と比べようとすることには、もううんざりよ。わたしは今この瞬間を、あなたと分かち合いたいの。わたしはあなたと結婚したんだもの」

ガレスは声も出ないほど驚愕していた。ジュリエットの言葉に喜びが爆発し、彼は妻をきつく抱きしめた。頬を彼女の柔らかな髪に押し当て、その体の感触を味わい、彼女の肩の華奢な骨が自分の手の下にあることがうれしかった。〝わたしは今この瞬間を、あなたと分かち合いたいの。わたしはあなたと結婚したんだもの〟その言葉のなかに、彼が望んでいたものがあると思っていいのだろうか？　ジュリエットはついに、完璧すぎる兄を忘れて彼だけを見てくれているのか？

そうだとしたら、自分は本当に恵まれている。イングランドで最も幸せな男だ。ガレスはジュリエットを抱きしめたまま、彼女の石けんの香りをかぎ、彼女の胸が押しつけられる感触を堪能した。ジュリエットの手が彼の背中をさすっている。ああ、結婚初夜に始めたことの続きをするのが待ちきれない！

「どこにいたのか尋ねもしないのかい？」ガレスは腕の長さの分だけ彼女を放し、にやりとして訊いた。下まぶたを引きおろして目玉を見せ、面白い顔をしてみせると、ジュリエットは笑いだした。「ぼくの目の奥をのぞき込んで、三日間の放蕩生活でどんなに充血しているか見たくないか？」

「もう、からかうのはやめて」彼女はガレスを軽く叩いた。「そんなふうに試さなくても、わたしはあなたを信頼しているわ」

その言葉はどんなに強い酒を飲んでもかなわなかったやり方で、彼を温めた。「本当に？　正直に言うが、この世界にぼくを信頼してくれている人がいると知れて、とても謙虚な気持ちになったよ」

「わたしがあなたを信頼しない理由なんてひとつもないわ。ロンドンじゅうの噂好きたちがこぞってやってきてはあなたの悪口を言って帰っていったけれど、特にペリーのお母さまと妹さんはひどくて、こちらから追いだしてやったのよ」ジュリエットがにやりとする。「もちろん、あの人たちの言うことなんて信じなかったけれど」

「きみが彼女たちを追いだしたって？　ペリーの母親と妹を？」

「ええ、まあね。あの人たち、あなたのことをさんざんけなしていたから」

ガレスは首をのけぞらせて笑った。「きみは本当に気骨があるな。さすがは植民地育ちの勇敢な女性だ！」ふいに心配に駆られ、真面目な顔になる。「ぼくはどう言われていた？聞かないほうがいいのかもしれないが気になるよ」

「ああ、あなたが大勢の若い女性に次から次へと手をつけていたって。それとペンバーレイ卿の奥さまと関係を持っているそうね」

彼は大笑いした。「ペンバーレイ卿の〝奥さま〟と？　彼の愛人の間違いかもしれないな。それにしたって三カ月も前に終わっている。まったく、なんというたわごとを！」

「ええ、わたしもそんなことだろうと思った」

「ああ、ジュリエット。信じてくれてうれしいよ。どうやってきみに感謝したらいいか」

彼女の目にぬくもりが満ちた。ジュリエットは華奢な手を伸ばして彼の顎をなぞり、その手を背中のほうにまわして、はにかんだ顔で見あげた。そのピンク色に染まった頬を見て、ガレスは彼女が途中で終わった初夜の行為のことを考えているのだとわかった。「感謝の方法なら、思いつくのがひとつあるわ」

「ああ、神よ、なぜぼくは三日前に出ていったりしたんだろう？」

「知らないわよ。でも、これだけはわかってる。あなたを信じていれば、わたしはいつかきっとそのご褒美がもらえるって」ジュリエットが冗談めかして言う。「あなたがこの数日、よその女性と過ごしていたのではないと信じているわ。飲んで騒いでいたわけでもないということも、あなたを見ればわかる。きれいにひげが剃られているし、目は澄んでいるし、この新しいスーツは……ずいぶん地味ね。いったい何をしていたの、ガレス？」

彼はジュリエットの二の腕をつかんだ。「夢を見たんだ、ジュリエット。夢というより、幻想のようなものだった。ぼくは――」ふいに、夢のなかでチャールズが導いてくれたことは言わずにおこうと決めた。言えばジュリエットは夢にこめられたメッセージよりも、チャールズのことを聞きたがるだろう。そう考えるだけで、ガレスのなかに嫉妬の炎が燃えあがった。彼はジュリエットの情熱がたまらなく好きだった。この三日、彼のことを心配してくれていたと思うとうれしい。そして今は妻と――ぼくの妻と――亡き兄のことを語り合いたくはない。「たぶん、その夢のなかにメッセージがあったんだと思う」ガレスは話を続けた。「それを見て、ぼくは怖くなった。夢のなかで、ぼくはかつての自分を見たんだ。そして、このまま続けていたらどうなるかを悟った。きみを失ってしまうのが目に見えていた。それに……まあ、まだお互いのことを本当に知っているとは言えないが、ぼくはどんどんきみを好きになっているんだよ。それで持っていた高価な服を売り、宝石を売り、そして――」一瞬、苦痛の影が彼の顔をよぎった。「クルセイダーを売った」

「まあ、そんな！　あの馬があなたにとってどんなに大事か――」

愛馬を売るのも宝石を質に入れるのも同じことだというように、ガレスは肩をすくめた。

「きみとシャーロットのほうがもっと大事だ。それにみんなで暮らす場所を探して、腹におさめる食べ物を手に入れるために、金が必要だった」

ジュリエットは眉をひそめた。ガレスが新たに手に入れた自信を打ち砕きたくはないが、ある疑念が忍び寄ってくるのをどうにも止められなかった。彼は今度もやはり、あらかじめ物事を考え抜いて準備したわけではないのでは？「ガレス……それはとても気高い行為だと思うけれど、そのお金が尽きたらどうするの？」

彼は肩をすくめ、うつむいて絨毯の端を蹴った。明らかに恥ずかしそうにしている。「ぼくは……その、仕事を見つけたんだ。これできっと大丈夫さ。いや、贅沢な暮らしはさせてあげられないが――」

「仕事ですって？」

「ああ。この数日、ぼくがどこでどう過ごしていたのか、きみはきっと不思議に思っているだろう。実はプライドをかなぐり捨てて、アビンドンのスネリングに会いに行ったんだ。ほら、あの夜、ぼくたちのあとをつけてきて、ぼくに仕事を提案した男だよ。ぼくはきみとシャーロットをバークシャーへ連れて戻る前に、彼と話をして、ぼくに何をさせたがっているのか確認したかった」

「あなた、アビンドンに行っていたの？　わたしたちを養う方法を見つけるために？」

「そうだ」ガレスはにやりとした。「ぼくを誇りに思ってくれるかい？」

「ええ、まあ、でも――彼があなたにやらせたがっている仕事というのは？」

彼がふたたび肩をすくめる。「たいしたことじゃない……ちょっと戦うだけだ」

「ガレス、なんだかこれはいい話とは思えないわ」

「きっと大丈夫だよ、ジュリエット。ぼくは自分の面倒は自分で見られる」

「この前は、あの人の話に激怒していたじゃないの。侮辱されて、彼を殺しそうな勢いだったわ。それが、いつから〝きっと大丈夫〟と言えるようになったの？」

ガレスが手を伸ばして彼女の肩をつかんだ。「ジュリエット、ぼくたちにはその金が必要なんだ」

「紳士はお金のために剣を交えたりしないものだと思っていたわ」

「そのとおりだ。でも、まあ気にするな、たいしたことじゃない。紳士だって家族を養う方法は見つけなければならない、そうだろう？」

「ガレス、わたしは――」

彼は向きを変え、外階段に立てかけておいた包みを取ってくると、微笑んでそれを差しだした。美しい赤いバラの花束で、高価なシルクのリボンでまとめられている。「さあ、きみへの贈り物だ。お祝いにと思ってね」

「ガレス――」ジュリエットは頭を振り、わざと怒った顔をしてみせた。「あなたが倹約家になろうとしているのなら、わたしに花を買うなんていう浪費をしていてはいけないわ。お金は必要なものに使わないと」

ガレスがにやりとする。「気に入ったかい？」

「もちろんよ。でも大事なのはそこではなくて――」

「ぼくは気に入ったかと訊いたんだ」

「ええ、まあ、だけど――」

「だったら、それは必要なものだ。さあ、シャーロットを連れておいで。近所の連中が目を覚ます前にロンドンを出よう、いいね？」ガレスは自分の地味なスーツを面白がるように、そしてどこか悲しげに見おろした。「物見高いやつらにこれ以上、噂の種をまきたくはないからな」

「どういう意味だ、彼女がロンドンを出ていったというのは？」

大声が玄関ホールに響き渡り、レディ・ブルックハンプトンのいる居間にまで轟いた。彼女はそわそわしながら、つい先ほどまで通りの向こうのモンフォール邸をのぞいていた小さな望遠鏡を置いた。そのモンフォール邸から嵐のように出てきたブラックヒース公爵がこの玄関に飛び込んできて、青ざめた顔をした従僕が今まさに公爵から怒鳴られて縮こまっているところだった。レディ・ブルックハンプトンの顔からも血の気が引いた。ブラックヒース公爵がここまで激怒しているのは見たことがない。

「閣下！　ようこそいらっしゃいました――」

公爵は帽子を脱いで玄関ホールのなかへと足を進めた。怒り狂った彼の勢いに、壁が縮んだように思えたほどだ。「あなたはこの町で起きているありとあらゆることをご存じだ。彼女はどこにいる？　そして、わたしのどうしようもないろくでなしの弟はどこだ？」

知らないふりをしても意味はない。公爵はレディ・ブルックハンプトンが望遠鏡でのぞいていることを知っているし、彼女が貴重な情報源であることも知っている。彼女は手を振って従僕をさがらせ、勇敢にもルシアン・ド・モンフォールと目を合わせた。「ご存じのとおり、ガレス卿は何日も彼女をほったらかしにしていました。彼女と結婚して、お金がなくなって、彼女を捨てたんです」片手を口の脇に当ててささやく。「あのお子さんがチャールズ卿の子どもだというのは本当なんですの？」

「それはどうでもいい。彼らはどこへ行った？」

「あら、閣下、その質問にはわたしよりもお宅の従僕のほうがちゃんとお答えできるように準備しておくべき――」

「彼らは――どこへ――行った？」公爵が歯ぎしりしながら言った。こめかみに血管が浮きあがっている。

「いいわ、どうしてもお聞きになりたいんでしたらお答えしますとも！　本当にたまたま見かけたんです、今朝ガレス卿がお戻りになって、あの女性とまた出ていくのを。でも、どちらに向かわれたかまでは存じません」公爵の怒りがふくれあがるのを見て、レディ・ブルックハンプトンはさも心配そうに両手をもみしぼった。「ああ、ルシアン！　わたしと同じくらい、あなたもよくご存じでしょう。あなたの弟さんには、彼女と赤ちゃんの面倒を見ることなどできっこありませんわ！　路上で暮らすようになって、食べ物も手に入らず飢えさせるのは目に見えています。彼女に物乞いをさせるようになる前に、あなたが彼らを見つけてあげなければ！」

「ペリーはどこだ？」

「知りません。最近は息子がどこにいるのかなんて、わたしにはちっともわかりません。誰かさんのおかげであの子は――」

「役立たずの友人連中は？」

「ごめんなさい、それもわたしにはさっぱり……」

公爵は悪態をつき、大股で扉のほうへ戻ると帽子を頭にのせた。恐ろしい形相で乗馬鞭を握りしめ、馬に飛び乗る。そして振り返りもせずに通りを駆けていった。

レディ・ブルックハンプトンは詰めていた息を吐きだした。膝が震え、壁にもたれて額を叩く。この何年ものあいだで初めて、彼女はあの〝放蕩者〟を心から気の毒に思った。道を誤った弟を見つけたときに公爵がどういう対応をするのか、見ものだこと。

彼らはロンドンから出る駅馬車に乗った。今回は騒ぎを起こして彼らの命をおびやかす追いはぎも出現しなければ、ぬかるみに車輪を取られて速度が落ちることも、雨が降ってきて屋根の上に乗っている者たちにみじめな思いをさせることもなかった。馬車はもうじきロンドンの町を離れようとしていた。

向かいの席では、シャーロットを膝にのせた夫がうつらうつらしている。ジュリエットは窓の外の移り変わる景色や雲を見つめながら物思いにふけった。不安で背筋がぴりぴりする。夫が不在だった三日間の貞節は信じられても、彼を興奮させている怪しい仕事の計画にはあまり信頼が置けなかった。ガレスは気楽に、優雅に人生を送るように生まれついた貴族だ。非嫡男で、魅力とカリスマ性に恵まれた彼が政治家、あるいはどこかの国の大使を務めている姿は容易に想像できる。でも、剣術の見世物のような低俗なことをやっている姿を思い描くことはできない。彼はいったい何を始めようというのだろう？

少なくともアビンドンはオックスフォード大学のある町のすぐ南に位置していて、ブラックヒース城からもそう遠くない。必要とあらば、ジュリエットから公爵に助けを求めることもできる。

もっとも、ガレスは兄を頼ったりしないだろうけれど。問いつめたところ、彼は結婚初夜の残りをどこで過ごしたのかを――しぶしぶながら、かいつまんで――打ち明けた。冷たい厩舎で寝たと聞いて、ジュリエットは彼を絞め殺してやりたくなった。そのプライドの高さは、下手をすれば彼ら家族の破滅を招く原因にもなりうる。モンフォール邸でジュリエットと一緒に過ごせばよかったものを、ガレスが厩舎で震えて眠る羽目になったのは、そのプライドのせいなのだ。それがなければ、彼は家族をブラックヒース城に連れていって公爵の庇護を受けさせていたに違いない。それなのにガレスはスネリングの提案を受けると決めてしまった。貧乏な貴族として、身を切られるほどつらいことだったはずだ。

どうして彼はそうしたのだろう？

ジュリエットはガレスの穏やかな寝顔を見つめた。彼はプライドをかなぐり捨て、地位も血統も自分よりはるかに劣る男のために働くことを決めたのだ。けれど、たとえ世界が終わっても、彼が兄の助けを求めることはないかもしれない。だとしたら、独裁者たる兄との関係をこじれさせている理由は、そのプライドなのだろうか？　あるいはいつでもチャールズと比較され、傷ついてきたから？　なんであれ、ガレスが自分自身を証明したがっているのはたしかだ。誰に対して？　ジュリエットではないとしたら、ルシアンだろう。どうあってもガレスに成功してほしいと願わずにはいられない。

馬車は宿屋で停止し、馬を交換した。数人の乗客が屋根からおり、新たに三人が乗ってきた。向かいの席のガレスは長い脚を伸ばしてあくびをすると、頭を横に傾けて赤ん坊に眠たげな微笑みを向けてから、またうとうとと目を閉じた。ガレスの膝はジュリエットの膝にくっついていて、彼女は彼のかたい腿に手を置いてキスしたかったが、ほかの乗客の存在が彼女を思いとどまらせた。ガレスの寝顔は少年のようで、とびきり魅力的だ。気がかりなことなど何もないという顔。ジュリエットは頭を振って小さく笑みを浮かべた。そう、たぶん彼は何も気にしていないのだ。

レディ・ブルックハンプトンのたわごとのなかで、正しいことがひとつだけあった。ガレスとチャールズは外見は似ていても、中身はまるで違っているということだ。家族をあてのない冒険に連れだし、何もかもうまくいくという根拠のない自信を持って馬車でうたた寝するチャールズの姿を思い描くことはできそうもない。お金のために剣を抜いて戦い、見世物になるチャールズの姿など想像できなかった。

というより、チャールズの姿を思い浮かべることができない。

ジュリエットは困惑して眉をひそめた。もう一二カ月以上も彼の顔を見ていない。記憶のなかの顔がどんどんおぼろげになってきていると気づいて、彼女は衝撃を受けた。チャールズの真面目そうな口元を思い出そうとすると、代わりに浮かぶのはガレスのからかうような笑みだった。チャールズの声の響きを思い返そうとすると、ガレスの気取らない笑い声が聞こえ、チャールズと愛を交わしたのがどんな感じだったか思い出そうとすると、脳裏に浮かぶのはミセス・ボトムリーの部屋でのあの熱い一夜のことだけだった。男らしい夫に高みへといざなわれ、息ができなくなってめまいがして、これ以上ないほど生きていると実感できたあの夜。

ジュリエットの視線がふと、ガレスの膝の上に力なく置かれた長い指をとらえた。その指が何をしてくれたか――ゆったりとくつろいでいるように見える彼の口が何をしてくれたか――を思い出すとふいに欲望が沸き起こり、ジュリエットはそわそわと身じろぎをした。胸がどきどきして鼓動が乱れる。それから彼女は五〇〇〇キロ近くも離れた場所に埋葬されている男性のことを思い出し、やましい気分に襲われた。

「チャールズ」彼の記憶を呼び起こそうとしてささやく。首からさげている細密画を取りだし、手のひらにおさめたまま見おろした。それはチャールズが亡くなる二カ月前にボストンで描かれたものだった。画家の繊細な筆使いは見事に彼の雰囲気をとらえていた。ジュリエットはそれを長いあいだ見つめていた。髪粉のせいで青白い髪。兵士らしくしっかりと引き結ばれた口。意外にも熱い野心が宿った物憂げな青い瞳。

ジュリエットに感じられたのは奇妙な空虚さだけだった。

彼女は細密画を注意深くボディスの下へと戻した。それから娘を抱きしめ、ガレスに対して募る一方の想いについて考えながら、チャールズへの想いが薄れていくことを考えながら、窓の外を眺めた。

ジュリエットは知らなかった。向かいの席でガレスが目覚め、黙って彼女を見つめていたことを。

25

スワンソープ・マナーはジュリエットがこれまで見たなかで最も美しい場所だった。テムズ川の肥沃な土手の上に位置し、手入れの行き届いた芝生や牧草地、何エーカーもある小麦畑に囲まれている。領主屋敷（マナーハウス）はかわいらしいピンク色のれんが造りで、かなめ石の装飾が施されていた。川を見晴らす素晴らしい景色が楽しめて、南には緑の丘が広がっている。アビンドンの宿屋〈子羊亭〉で雇った馬車はバラやイチイの生け垣、今を盛りと咲き誇っている西洋スモモやピーチやチェリーの木々に縁取られた私道を進んでいった。町にふたつある古い教会のひとつ、セント・ヘレンズ教会の尖塔が遠くにそびえているのが見える。近くのアメリカスズカケノキからカッコウの鳴き声が聞こえ、その向こうの川では、まだらに日光を反射させた水面で白鳥やマガモ、オオバンといった鳥たちがのんびりと水をかいていた。

「なんてすてきなお屋敷なのかしら」馬車が正面玄関の前で止まると、ジュリエットはささやいた。

ガレスが哀れっぽく微笑む。「ああ。残念ながら、ぼくの愚かな祖父がカードの勝負に負けて手放したわけだが」ふたりの視線が合った。ジュリエットはガレスの目の奥に後悔のようなものを見た気がしたが、彼はまたすぐ窓の外に目をやった。「聞いた話では、ぼくは祖父によく似ているらしい。祖父のしたことを見れば――彼が何を投げ捨てたかを考えれば――道楽者の人生がどんな犠牲を払うことになるか、ぼくにもわかってきた気がするよ」

「まあ、ガレス……あなたは自分で思っているほど道楽者ではないわ」

「こう言ったほうがいいかな、きみに出会わなかったらそうなっていただろうというほどの道楽者ではない、と」彼はからかうようにウインクした。「きみとシャーロットに出会わなかったら、だよ、もちろん」

「わたしたちがあなたに影響を与えたと言っているの？」

「親愛なるレディ、きみが勇敢にもあの追いはぎのピストルに立ち向かった瞬間から、きみはぼくに影響を与えていた」

屋敷の扉が開き、その向こうの暗がりに優雅なシャンデリアと木製の手すりから続く階段が見えた。従僕が馬車の扉を開ける。スネリングが外階段をおりてきた。わざとらしいほどの笑顔は、ジュリエットが前に彼を見たときとまるで変わっていない。

「ああ、ガレス卿、レディ・ガレス！ 旅は快適でしたか？ きっとここを気に入っていただけるでしょう、ええ、本当に。あなた方のために寡婦用住宅を用意しておいたのです。さあ、こちらへ。早くご案内したくてたまりませんよ！」

ガレスはうなずくように頭をかがめ、馬車をおりた。外に立って髪を陽光にきらめかせながら、完璧な紳士らしくジュリエットとシャーロットが馬車をおりるのを手伝う。彼がスネリングを嫌っているのは明らかだった。公爵家の子息であるガレスが、かつては自分の一族のものだったこの素晴らしい屋敷ではなく寡婦用住宅に住まわされるのは、どれほど腹立たしいことだろう。ジュリエットには想像するしかなかった。自分より低い身分の男が新たな持ち主となり、主人用の寝室で眠っているのだ。彼女はチャールズを愛していたが、彼だったらこんな屈辱的な状況に耐えられるとは思えなかった。ルシアンでも、アンドリューでも、おそらく無理に違いない。

夫に対する尊敬と称賛の念が押し寄せてきて、ジュリエットの喉元に熱いものがこみあげた。芝生を横切って歩いていきながら——スネリングは一方的に領地のことや天気のことをしゃべり続けている——彼女はガレスの肘に手をかけ、輝く目で見あげた。距離の近さに胸が高鳴る。思わず足取りがはずんで頬が熱くなり、うら若き乙女に戻ったように思えるのはすてきな感覚だった。

まあ、わたしったら、何を考えているの？

だが、ジュリエットにはわかっていた。ガレスに出会ってから初めて、彼女は自分が結婚した男性に対する欲求を認め、その正体を詳しく知ろうとしているのだ。後ろめたさを感じることもなく。それはとてもいい気分だった。解放感に満ちた、素晴らしい感覚だ。

「こちらが寡婦用住宅です」スネリングが鍵を開け、勝ち誇ったように扉を大きく開け放した。「いかがですか、閣下？」

ジュリエットはたじろいだ。イングランドでも最も豪勢な屋敷に住まうことに慣れている貴族にとって、転落を告げるその問い自体が侮辱に思える。スネリングの大仰な笑顔と用心深い目を見れば、彼もそう認識しているのは明白だった。

スネリングはわざと夫を挑発しているのだろうか？

だが、ガレスは動じなかった。無礼な物言いに反論もしない。ただじっと外に立ち、両手を腰に当てて、超然とした態度で建物を見あげた。

「なんとかなるだろう」ようやく彼は口を開いた。「きみはもう行っていい」

スネリングはずっとにやにやしていたが、今は陸にあがった魚のように口をぱくぱくさせていた。自分の持ち物なのに、唐突な、横暴な退去命令を受けたのだ。思わずぶつぶつと文句を言ったものの、彼はわざとらしい笑顔と大げさな追従、薄っぺらい友情の証にガレスの肩に置いた手を——それが置かれた瞬間、ガレスの目には警告の光が宿った——引っ込めた。

「ええ、閣下、もちろんですとも！　長旅でお疲れでしょう。おふたりとも、おやすみになりたいのはよくわかります。では、ごきげんよう、ガレス卿。明日の朝七時にお会いしましょう、厩舎のすぐ裏の納屋で」

「九時にしてくれ」まだ冷ややかに建物を眺めていたガレスが気軽な調子で返す。「そんな早い時間は無理だ」

「ガレス卿」スネリングはもはや楽しそうではなかった。「あなたはわたしのために働くんですよ。わたしの言ったとおりにしていただきます」

「ぼくはぼくのしたいようにする」ガレスは穏やかに微笑んだ。「それがいやなら、きみはきみのために戦うほかの誰かを見つけてくるんだな。わかったか、サー？」

「わたしは――」スネリングの顔がどす黒い赤みを帯び、目つきが陰険になる。怒りの反論を押し殺して、彼はなんとか作り笑いを浮かべた。ジュリエットは彼が体の脇でこぶしを握りしめたことに気づいた。「よくわかっていますとも」一転して、明るくへつらうように言う。「九時ですね。ではまた、そのときに」

スネリングはジュリエットにお辞儀をして、大股で去っていった。その後ろ姿からはスカンクの最後っ屁のように怒りが放射されている。

彼の姿が視界から消えるやいなや、ガレスが首をのけぞらせて愉快そうに笑った。「あの道化師め！」

「あんなふうに彼を怒らせていたら、あなたは仕事を始める前に首になるわよ」

「あんなふうにぼくを怒らせ続けるなら、彼はぼくが最初のパンチを放つ前に闘士を失うことになるだろう」

「なんですって？」

「なんでもない」ガレスはにやりとして彼女の腕を取った。「単なる言いまわしだよ、愛しい人。おいで、あたり一帯を見てこよう」

ジュリエットは目を細めてガレスを見たが、彼はただ無邪気な笑顔で彼女の腕からシャーロットをすくいあげると金色の巻き毛を撫でまわし、ジュリエットの手を引いて歩きだした。

庭から見ると、この建物は植民地のマナーハウスとそっくりだった。同じピンク色のれんが造りで、優美なかなめ石の装飾がアクセントになっている。小麦、大麦、ライ麦畑が見渡せて、一方の側にはガーデニング用の小さな区画があり、家の裏側にはイバラやガマの生け垣、明るい緑色のツタが這う木々がある。その向こうにはテムズ川から枝分かれした支流のミル川が並行して町へと向かっていた。

日光が木々を透かして照らし、眠たくなるような平和な光景を作りだしていた。鳥のさえずりが空気を満たしている。

あまりにも美しすぎて、現実とは思えないほどだ。

ジュリエットは建物の屋根に木々が投げる影の動きを見つめた。「ガレス」ゆっくりと言う。「ここはとてもすてきだけれど、なんだか全体にいやな感じがするわ」

彼はシャーロットを高く掲げて笑った。「ほら、また心配してる!」

「いいえ、本当にあの人のことが信頼できないのよ。というか、好きになれない」

「それはぼくも同じだよ。だが、今のところスネリングは何も悪いことはしていない。少しばかり嫌味を言うぐらいさ。彼はぼくに仕事をくれたんだ、ジュリエット。簡単な仕事だよ。何が問題なんだ? ここで満足できなければ、ぼくたちはただ出ていけばいい」ガレスはにやりとして身をかがめ、ジュリエットの唇にキスをして、彼女が顔を赤らめるのを見て笑った。「おいで、家のなかを見てみよう」

けれどもなかに入ってみると、失望せずにはいられなかった。室内は湿った石と長らく使われていない暖炉から漂う煙の匂いがした。カーテンは洗濯が必要だ。床は掃き掃除をしないといけないし、建物全体がちゃんと手入れされていなかった。スネリングは彼らのためにこの家を用意しておいたと言ったが、明らかにまともな準備はされていないようだ。

「なるほど」ガレスが肩をすくめ、気高い笑みを浮かべた。「ミセス・ボトムリーのところよりはましだ。そうだろう、ジュリエット？」

「あそこまでひどくはないわ」彼女もここが実際よりもいいふりをしようとした。

「少し掃除をして、ペンキを塗って、床に新しい絨毯を敷いたら、きっとすてきで幸せな家になる」

「そうね……ちょっと汗水垂らして働くくらい、わたしにとってはなんでもない」

「ぼくもだ。とはいえ恥ずかしながら、あまりそういう経験はないんだが。でも、がんばるよ。何をすればいいか教えてくれ、ジュリエット」

ふたりは家のなかに置きっぱなしになっているいくつかの家具を見つめた。壁には湿気がこもり、窓は汚れている。とうとう彼女は重いため息をついた。お芝居をするのは得意ではない。

「ごめんなさい、ガレス。あなたがこんな暮らしをするなんておかしいわ」

「何を言っているんだ？　いい家じゃないか」

ジュリエットは首を横に振った。「問題は家じゃない。スネリングよ。スワンソープ。あなた。あなたはシャーロットとわたしの面倒を見るためにがんばっている。でも、わたしはブラックヒース城とあそこであなたが持っていたものを考えずにはいられないの。あなたがどういう生まれで、どういう暮らしをしてきたかを考えずにはいられない」かぶりを振る。「なのにあなたは、かつてはあなたの一族のものだった土地の寡婦用住宅で暮らす羽目になっているのよ。それがどれほど屈辱的なことか、わたしには想像すらできないわ」

ガレスはシャーロットを守るように抱いたまましゃがみ込み、煤のたまった暖炉を調べていた。「尻尾を巻いてルシアンに助けを求めに戻るよりは屈辱的じゃない。おそらく、それが唯一の選択肢なんだろうが」彼は背筋を伸ばし、まっすぐジュリエットを見た。その目には成功してやるという猛烈な決意がうかがえる。自分は世界じゅうのみなが思っているような役立たずではないと証明してみせるという誓いが。「それを避けるためなら、どんなことだってしてみせるさ」

ガレスの気持ちを思い、ジュリエットは胸が痛んだ。シャーロットを彼の腕から引き取って近くの椅子に寝かせると、夫に歩み寄って彼の手を握り、顔を見あげて静かに言った。

「わたしはあなたを信じるわ、ガレス」

彼は苦痛に満ちた笑みを浮かべ、頭をさげて額をジュリエットの額につけた。「ぼくを信じるのは危険なことかもしれないぞ」

「シャーロットとわたしにできるのはあなたを信じることだけよ」

「そして、ぼくに残されたのはきみとシャーロットだけだ」

彼女は微笑んだ。

ガレスがにやりとする。

「だったら、一緒にがんばりましょう」彼女は言った。

「ああ。ぼくがそばにいてほしいと思う人はきみしかいない、ジュリエット」

ふたりはさらに近づき、お互いの体の熱がまじり合った。

「あなたはお兄さまが間違っていたと証明できる。あなたならやれるわ、ガレス。みんなが間違っていたと証明するのよ」

「そこまで絶対的な信頼を寄せられる価値が自分にあるのかどうかわからないな」

「わたしがそう思っているんだからいいの」

「本当に？」ガレスは喜びに顔を輝かせた。

「本当よ」ジュリエットは彼を見あげた。頬がじんわり熱くなるのを感じながらも、この明るい、お互いを鼓舞するようなやりとりを楽しんでいた。「そう思っていなかったら、わたしはとっくにあなたのもとを去ってアメリカに帰っているわ」

「ジュリエット！」ガレスがのけぞり、心底おびえたようなふりをしてみせた。「ぼくがしくじってきみたちふたりを失ったら、どうすればいい？」

「しくじるか成功するかは重要ではないわ。大事なのはその努力よ。そしてあなたががんばるなら、わたしはいつだってあなたの味方でいる」ジュリエットは思わず爪先立ちになって、彼の頬にキスをした。「ありがとう、ガレス。ありがとう――また英雄になってくれて」

喜びと感謝がガレスの顔に浮かぶのを見て、かつて一瞬でも彼を信じていなかったときがあったのを思い、彼女は恥ずかしくなった。それから彼はジュリエットの手を取って自分の唇へと持っていき、関節越しに彼女を見つめた。「ぼくこそ、ありがとう、ジュリエット。正直に言って、誰かがそれほどの自信を持たせてくれるというのは、ぼくにはあまりなじみのないことなんだ」

そこにこそ、ガレスの抱える問題の根っこがあるのだ。

彼の視線が深くやさしい感情で陰った。ガレスはわたしに恋している、とジュリエットは悟った。女にはいつだってそれがわかるのだ。そして彼女は興奮と恐怖の両方を感じた。興奮したのは、ガレスの唇が手の甲をかすめただけで体が生き返った感じがしたから。恐怖を覚えたのは、チャールズを忘れさせることができる人がいるとしたらガレスしかいないとわかっていて、ジュリエットはすでにチャールズを忘れかけているからだ。チャールズのために、そして娘のためにも、忘れたくはないのに。

情熱と罪悪感とが闘った。

そして今、ガレスは伏せたまつげ越しにジュリエットの目を見つめ、唇は彼女の指の節をかすめている。熱い息が肌に吹きかけられ、彼の口が次の関節へと移って、指のあいだのくぼみへとおりていくのを感じる。全身を貫くかすかな震えを、彼女はもう止められなかった。

止められるわけがない。誘惑的で物憂げな青い瞳に釘づけにされているのだから。

ジュリエットを見つめたまま、彼は手の甲を覆うレースを鼻でどかし、唇で手首の内側を、親指の付け根を、手のひらのくぼみをかすめていった。そのくぼみに舌の先端で突き刺すようなキスをする。

ジュリエットは赤面した。「ガレス!」

彼は目を合わせたまま微笑み、舌で手のひらに小さく円を描いた。ジュリエットの体が燃えあがる。彼女は身をよじり、両脚をきつく閉じた。脚のあいだに突然、甘いうずきが生じたからだ。

「ガ、ガレス、わたしたち――」

「階上に行ったほうがいいかい?」ガレスが誘うように言った。「それはいい考えだ。ぼくはきみのすべてを奪いたい」

「まあ!」

「もっとも」彼が手を伸ばす。激しく脈打ち始めた喉をかすめた指が、細密画をつるしている鎖に触れた。「きみがまだ愛している男を裏切りたくないと思っているのなら別だが?」

その言葉には恨みも嫉妬も怒りもこめられていなかった。単なる質問であり、どんな感情も含まれてはいない。

ジュリエットはぞっとした。その瞬間に悟ったからだ。馬車のなかで彼女がこの絵をしげしげと眺めていたとき、ガレスは眠っていなかったのだと。ジュリエットがこの絵を取りだして親指で撫で、そこに描かれている男性に心で語りかけるのを彼は見ていた。恥ずかしさと屈辱に体が熱くなる。

「見ていたのね」彼女はやましさで顔を赤くした。

「見ていたよ。だが、責めているんじゃない。ぼくはきみに、必要なだけ時間を与えると言った。決してきみを急かしたりはしない」

「それはわかっているわ。でも、ガレス、わたしはあなたが好きだけど、とても好きだと思っているけれど、わたしは……チャールズを愛したように誰かを愛することはもうできないかもしれない。それではあなたに対して公正じゃないと思うの」

「ジュリエット」ガレスは微笑み、手で彼女の頬を撫でた。「ぼくの大切なジュリエット。きみに結婚してくれと言ったとき、きみがまだチャールズを愛しているのはわかっていた。きみの心がどこにあるのか、思いがどこにとどまっているのか、ぼくにはわかっていた。ずっと知っていたよ。きみがチャールズと同じようにぼくのことを考えてくれるようになるかもしれないなんて幻想は抱いていない。ぼくはそれを受け入れている。それがきみにはわからないのかい？」

「まあ、ガレス……」彼女は頭を振った。罪悪感に胸がよじれる。「あなたはどうなの？あなたはわたしのことをどう思っているの？」

「愛しい人」ガレスはやさしく言った。「それは痛いくらい明白なんじゃないかな」

ジュリエットは息をのみ、彼の目にはっきりと浮かぶ愛情を直視することができずに視線をそらした。同じくらいガレスを愛していると認められないことに罪悪感を覚える。それでも彼が欲しかった。バラのつぼみが春の太陽に向かって伸びていくように、彼を求めてうずいている。引き裂かれるようなこの思いをどうしたらいいのかわからない。

この小さな、質素な部屋に、兄ほど愛してはもらえないとわかっていながらジュリエットと結婚した男性とともに立っていると、ふいに選択肢が見えてきた。悲しみの牢獄に引きこもるか、先ほど味わった解放感のなかに思いきって飛び込むか――その解放感は彼女とシャーロットに未来への扉を開くかもしれない。

勇気をかき集め、ジュリエットは決断を下した。

「だったら、わたしを感じさせて、ガレス」ほとんど懇願するように言う。「わたしの心をもう一度開いて。わたしたちが一緒にひとつの人生を生きていけるように」

ガレスが彼女の手を自分の口へと持ちあげ、関節のひとつひとつに唇を押し当てた。「本当にそれがきみの望みなのか、ジュリエット？」

「勇気を出して見つけようとしない限り、それがわたしの望むものかどうかなんてわからないわ。わたしの心は傷ついている。だって、一方ではチャールズに忠実でいたいと思っているけれど、もう一方では自分はあなたの妻だと思っているんだもの。チャールズの妻じゃない。あなたの妻よ」彼女の目は理解と許しを求めていた。「彼を忘れさせてくれる？あなたにそれができる？」

「正直に言うと、わからない」ガレスはゆっくりと微笑んだ。「だが、これだけは約束できるよ。喜んで挑戦してみる、と」

ジュリエットはうなずいて目を閉じ、期待に身を震わせた。大きく音を立てて深呼吸をする。ガレスの舌は彼女の指の付け根を探検していた。心臓が早鐘を打つなか、彼女は冷たい嵐が去ったあとの若木のようにじっと立っていた。

「ジュリエット?」

「なあに?」

「今も挑戦しているところなんだが」ガレスが楽しげにささやく。

ジュリエットは目を開けた。彼は黙って笑いかけていた。その瞬間、彼女の恐怖は薄れた。信頼している相手が、自分を愛してくれているかもしれない相手がそんなふうにからかってきたら、いつまでも深刻な顔をしてはいられない。

「まあ、ガレス!」ジュリエットは小さく笑って言った。

「まあ、ガレス!」彼が口真似をして笑う。それからジュリエットを見おろし、彼女の片手を持ちあげて、自分の頰に押しつけた。「ぼくに触れてくれ、ジュリエット」

おずおずと、彼女はガレスの手から離れて彼の顔に指を走らせた。頰は少しごつごつしていて、肌は温かい。体の内側が燃えあがり、ふいに息をするのも苦しくなった。手を彼の首の脇へ、続いて肩へと滑らせ、盛りあがった二の腕の筋肉を、胸の広さを味わう。ゆったりとした白いシャツの下に感じる肋骨の一本一本の隆起をなぞり、引きしまった腹部へと手を動かして、ジュリエットは震えながら目を閉じた。過去を忘れることを恐れていないと自らに証明するためには、彼女がリードしなければならない。別の男性を愛することもできると証明しなくてはならないのだ。手をさげていくと、ガレスが身をこわばらせて息を詰めた。彼女はブリーチズのウエストバンドのところでためらった。そして、おずおずと布地越しに彼のものに触れる。

ガレスが鋭く息を吸い、動きを止めた。

ジュリエットは自分の手が置かれたところを見おろした。夫に向かってなんとばかげたせりふだろう。

「あの……大丈夫？」彼女は言った。

「ぼくは楽しんでいるよ」

「すごく？」

「ああ……うん」

彼女は震える指を滑らせた。手の下のものはかたく張りつめている。布地越しでも、それが脈打っているのをジュリエットは感じた。彼女の血が熱くなり、その熱が全身の肌にも広がっていく。男性がどれほど大きいものか、ジュリエットは忘れていた。興奮が高まり、大胆な気持ちになった。もっと欲しい。

もっともっと。

彼を自分のなかに迎えたかった。チャールズではない。ガレスをチャールズだと思い込んでいるわけでもない。ガレスその人を求めていた。

彼女の夫を。

ジュリエットは男性の証に軽やかに爪を這わせ、ガレスを見あげた。彼は満足げな笑みで自信を与えてくれた。さらに強く触れてみる。彼の呼吸が変化して、目が強く閉じられ、ほとんどしかめっ面になった。ガレスが一歩さがって後ろの壁にもたれた。「ああ……ジュリエット」

シャーロットは近くの椅子のなかでおとなしくしている。

「赤ん坊をソファに寝かせよう」ガレスが声を抑えて言った。「ぼくたちが見えないところに」

「あの子は眠っているわ、ガレス」

「それでも……もし起きて目にしたら……」

今度はジュリエットのほうが彼の慎み深さに笑った。彼女は言われたとおりにして戻ってくると、続きに取りかかった。

「このほうがいい」ガレスが息をついた。半ば目を閉じて、片手で彼女の腕をさすっている。ジュリエットが触れ、探検し、愛撫すると、彼は頭を壁に預けた。まだちゃんとキスもしていないのに、すでに興奮して高ぶっている。そんなガレスの様子が彼女に女性としての自信を与え、心をゆっくりと目覚めさせていた。男性を誘惑するのがこんなにすてきな感覚だったなんて、すっかり忘れていた。彼女自身も高ぶって、どこか奇妙な、自分が自分でなくなっている感じがした。肌が燃え、おくれ毛が汗ばんだ首筋に張りつく。ジュリエットはもう自らを抑えられなかった。ブリーチズを突き破りそうな勢いで張りつめているものを両手で包み込む。

彼女は膝をつき、布地の上からそこにキスをした。

「ああ！」ガレスがあえぎ、壁にもたれる。両手でジュリエットの頭をまさぐり、ピンを引き抜いてシルクのような髪をほどいた。彼女はガレスに頬をこすりつけ、腿やヒップの筋肉を手でさすり、こわばりに口づけした。彼が快感にうめく。震える指でボタンをひとつずつ外してブリーチズの前を開け、欲望の証を解放した。それをまず右の頬へ、次は左の頬へ押し当てて、そっと唇を這わせていく。

「ジュリエット……ああ、そんな！　すまない……こんなこと……でも……やめないでくれ」

彼女は唇を開き、舌で軽く触れた。

「ああ！　ジュリエット、お願いだ！」

張りつめた先端を口に含むと、ガレスはあえぎ、壁に体を突っ張らせて、力なく降参の声をあげ始めた。彼がジュリエットの髪を握りしめる。ときにそれは痛いほどだったが、彼女は愛撫を続けた。ガレスは長く耐えていたものの、ついに彼女のうなじに片手をかけて立ちあがらせた。ジュリエットはシャツの下に両手を入れて上へと滑らせ、かたい胸の筋肉の感触と肌のぬくもりを堪能した。ガレスの口が情熱的に彼女の口を求め、舌が奥へと分け入ってくる。今度は彼がキスをしながらじりじりと彼女を後ろへ押していった。

「ジュリエット……ああ、ジュリエット、きみのせいで頭がどうにかなりそうだ……」

そう、彼女は正しいことをしたのだ。一〇〇万年経っても後悔しないという自信がある。唇が合わさり、体はぴったりと重なって、ジュリエットのウエストにまわされたガレスの腕にいっそう力がこもる。彼がキスをやめて荒い息をつき、その唇で喉をかすめられてジュリエットは息をのんだ。ガレスの指がなめらかな首筋を撫で、胸へと滑り、レースに縁取られた襟ぐりの下へと入り込む。

「ああ、ガレス……」

彼の手は熱く、大きかった。シュミーズとボディスが一緒に引きおろされ、たわわな胸があらわになる。彼は片手でふくらみを包み、親指で先端をはじいてから、そこに吸いついた。

最初の激しい波の高まりを感じて、ジュリエットはあえいだ。うめき声を漏らしてガレスに体を押しつけ、あられもなく腰をこすりつける。唇はガレスの口を求め、指は彼のうなじを這いあがって、つややかな髪のなかへともぐり込んだ。

「ああ、ジュリエット……」彼は胸をむさぼるようにキスを続けている。「きみはとても美しい……本当に、すごくきれいだ」

彼女は声をあげ、情熱の靄のなかでわれを忘れた。

「ぼくの名前を言ってくれ」彼がしゃがれた声でささやいた。手をスカートの下に差し入れて布地をたくしあげ、繰り返す。「ぼくの名前を言ってくれ。きみを燃えあがらせているのが誰なのか、きみの口から聞きたい」

「ガレス」

彼が笑った。

「ガレス、ガレス、ガレス！」

最後は息も絶え絶えの叫びになっていた。彼の両手がジュリエットの腿をつかんで持ちあげ、体を浮かせたからだ。驚いてガレスの肩をつかみ、身を支えると、彼女はちょうど彼のこわばりの上にまたがるような格好になった。ガレスの指がヒップをまさぐり、彼女は開かれた脚のあいだにひんやりする空気を感じた。腕を彼の首にまわして額に、こめかみに、ほつれた髪にキスをする。まつげに、鼻に、頬に、そして口にキスをしながら、ジュリエットはできるだけ大きく脚を開いて本能的に彼を求めた。熱く脈打つものの先端が、彼女の入り口を探り当てる。

ジュリエットは身をかたくした。

ガレスは動かなかった。約束どおり、無理じいはしたくなかったからだ。

けれども彼女はガレスを求めていた。どうなってもかまわないと思うくらい、彼のすべてを自分のなかに受け入れたかった。彼を促すように腰を揺らす。

「ああ、ガレス——お願いよ！」

その言葉を彼は待っていた。軽々とジュリエットを抱えあげ、ゆっくりと体の中心に欲望の証を沈めていく。こわばりが完全に彼女を満たし、押し広げると、ガレスはさらに奥へ、奥へと分け入った。恍惚(こうこつ)としてジュリエットはわれを忘れ、首をのけぞらせた。頭に残っていた最後のピンが床に落ちて音を立て、漆黒の髪が首から背中へと流れて、彼の両手を官能的にくすぐる。ヒップをつかむその両手でガレスはジュリエットの体をさげていき、太くかたいもので完全に彼女を貫いた。

「ああ、ガレス！」

頭をがくんと前に倒し、このめくるめくような感覚をできるだけ引き延ばしたくて、彼の肩に指を食い込ませる。今ではジュリエットの胸がちょうどガレスの口の高さにあり、彼が左右のふくらみにキスを降らせるたびに、彼女は叫び声をあげた。そしてガレスが彼女の体を動かし始めた。

下へ。

上へ。

その動きが速まり、息が荒くなるにつれ、ブリーチズが少しずつずれて床に落ちた。強く突きあげられるたびに、スカートと髪がジュリエットの背中やヒップを鞭のように打つ。

「ああ、ガレス……ガレス！」

ふたりは後ろにあったテーブルの上に倒れ込んだ。かたい木とかたい体にはさまれて横たわったジュリエットに、彼女の夫が激しく突き入れる。口は飢えたように彼女の口をむさぼり、両手は体じゅうをまさぐっていた。ガレスが突くたびにテーブルがきしみ、揺れ、はずんだ。ジュリエットはひときわ強烈な快感の波が押し寄せてくるのを感じ、ガレスが彼女の名前を叫びながら精を放つのと同時に歓喜の悲鳴をあげた。現実を飛び越えるような感覚にめまいがする。一度ならず二度、三度と絶頂が訪れて、彼女は幸せの涙を流しながら悦楽の波に身を任せた。

ようやく呼吸が元に戻ると、ふたりは自分たちがテーブルの上に横たわっていることに気づいた。ジュリエットに覆いかぶさったガレスは腕で自身の体重を支え、彼女は大きく脚を開いていて、足の先がテーブルからはみだして揺れている。その格好のあまりのばかばかしさに、彼らは同時に笑い始めた。

鳴り響く鐘のまわりで振動する空気のように、ジュリエットの体の内側のそこかしこが震えていた。わたしは自由で、喜びにあふれ、そして生きている。大らかで愛すべき放蕩者の夫がついに、一年前は彼女のすべてだった男性の幽霊を追い払ったのだ。

「ガレス？」

「なんだい、愛しい人？」

「思うんだけど……わたしたちにも希望はあるかもしれないわね」

26

結婚式のあと教会の外で別れてからは誰もガレスに会っていないと、ブラックヒース公爵ルシアンは弟の友人たちから知らされた。ラヴィニア・ボトムリーからは、ガレスが拳闘の現ロンドン王者を倒したときに彼女の娼館に損害を与えたため、数百ポンド支払ってほしいと言われた。さらには駅馬車の切符を売っている〈北斗七星亭〉では、女性と子どもを連れたガレスの風体と一致する男が切符を買い、北へ向かったという情報を得た。

要するに、ガレスはまたしても期待を裏切って、こそこそと屋敷から逃げだしたということになる。ルシアンが恐れていたとおりだ。

まあ、そうなるだろうとは思っていたが。

彼は失望に顔をゆがめながらアルマゲドンの向きを変え、忠実な情報提供者とともに馬を北へと走らせた。

ジュリエットは朝食を求めて泣いているシャーロットの声で目が覚めた。ゆったりと伸びをしながら窓から差し込む明るい光に目をしばたたくと、すぐ外で小鳥がさえずっているのが聞こえ、前の住人が寡婦用住宅に残していったくすんだ古いカーテンが風に揺れているのが見えた。彼女はあくびをして、朝まで抱きしめてくれていた腕の主へと手を伸ばした。ところがベッドには誰もいなかった。

「ガレス？」振り返って呼びかける。

答えはない。ジュリエットは体を起こした。

耳を澄ましても、じれったそうに大きくなったシャーロットの泣き声しか聞こえない。ジュリエットは目をこすりながら床に足をおろした。暖炉の上に置いてある小さな時計を見て、針が差している時刻に息をのむ。もう九時半だ。こんなに遅くまで寝ていたのは初めてだった。

そもそも男性の腕のなかで朝まで眠ったのが初めてなのだと考えて、彼女は赤面した。チャールズとは人目を忍んで養父の薪小屋の裏などでひそかに会っていたので、逢瀬の時間は濃密とはいえ短かった。目立たないように颯爽としたイングランド軍将校の制服を脱いでふつうの農夫の格好をした彼とは、ひと晩じゅう一緒に過ごしたことはない。彼の胸に頭をのせて髪を撫でられながら、子ども時代の話をしてくれる声に耳を傾けつつ眠りに落ちるなどという経験はなかった。彼女を守るようにまわされた腕のなかで夢を見たことも、その腕のなかで昨日みたいに涙が出るまで笑ったこともなかった。ガレスが〈放蕩者の巣窟〉のメンバーと一緒にレイヴンズコームである彫像に何をしたかを思い出すと、今でも笑ってしまう。紫色に塗られたあの部分を想像するだけで……。

くすくす笑いながらベッドを出て伸びをしていると、すぐそばにあるテーブルの上に手紙が立てかけられているのが目に入った。

〝愛するジュリエットへ
スネリングの仕事をしに行ってくるよ。帰りは何時になるかわからないが遅くなると思うから、そのときは先に寝ていてくれ。

愛とキスをこめて
ガレス

追伸：すでにきみが恋しい。さらにたくさんの愛とキスをこめて〟

ジュリエットは幸福感でふくらんだ胸に手紙を押し当てた。余計な雑念が消えて心が澄み渡り、彼を恋しく思う気持ちだけがあふれる。〝すでにきみが恋しい〟

彼女は手紙に唇をつけ、心のなかでささやいた。わたしもあなたが恋しいわ。

シャーロットの泣き声がさらに大きくなって、切迫感を増していた。ジュリエットは手紙をテーブルの上にそっと戻すと、暖炉のそばの木製の揺りかごに近づいて娘を抱きあげた。揺りかごは昨夜ガレスがアビンドンまで行って、今週中にベーカリーの息子に剣の使い方を教えるという条件で手に入れてきてくれたものだ。

「どうしたの？　お腹がすいたの？」

シャーロットはお腹がすいているどころか飢えていたらしく、母親の胸に猛然とつかみかかった。ジュリエットは一心に母乳を飲んでいる赤ん坊を見おろしながら、頬が熱くなるのを感じた。こうしていても、昨日同じように彼女の胸に顔を寄せて官能的なキスを繰り返していた夫の姿ばかりが浮かんでしまう。そして彼に抱きしめられて感じた燃えるような歓びがよみがえった。スネリングのところになど行かないで、今ここにガレスがいてくれたらどんなにいいだろう。本当の意味でともに迎える最初の朝に、互いの腕のなかで目覚められたら最高だったに違いない。

娘を胸に吸いつかせたまま、ジュリエットはベッド脇のテーブルに目をやった。スカーフの下からチャールズの細密画につけ替えたリボンがのぞいていて、それに反射した光に目を引かれたのだ。じっと考え込みながら細密画を取りあげたが、すぐつける気になれず、手のひらにのせてそこに描かれた男性の顔を見つめる。彼と過ごしたのが、はるか昔に思えた。

「チャールズ……あなたと出会ったときのわたしは、なんて若かったのかしら」彼の顔に向かってささやき、言葉を探す。「あの頃はまだ世間知らずの小娘で、たくましい軍馬にまたがった、まばゆいほどすてきな軍服姿のあなたにすっかり夢中になったわ。だけど今ならわかる。わたしたちは一緒になっても、決して幸せにはなれなかったでしょうね。あまりにも似すぎていたもの。現実的で、真面目で……たぶん、慎重なんだと思う。そんなあなたをあのときのわたしはたしかに求めていたし、これからもあなたのことは絶対に忘れないわ。でも今のわたしが求めているのは、あなたの弟なの」

喉が締めつけられ、ジュリエットはごくりとつばをのみ込んだ。

「こんなふうになったことを気にしないでくれるといいのだけど」どこまでも青いチャールズの目を見つめる。「けれどあなたならきっと、わたしが不幸せでいることは望まないわよね」

もちろん答えは返ってこなかったし、返ってくるのを期待しているわけでもなかった。答えは自分自身の心のなかにあるのだと、彼女はよくわかっていた。

三〇分後、ジュリエットは顔を洗い、着替えをすませ、新しく住むこの土地を探検する準備を整えた。この小さな家にはやるべき仕事がたっぷりあるけれど、それを始めるのは午後にして、午前中はまずアビンドンの町まで歩いていって様子を見てくるつもりだった。それともスワンソープの周辺を散歩して、川を泳いでいる白鳥やマガモやオオバンをシャーロットと眺めてもいいかもしれない。その途中で夫を見つけ、こっそり様子を見られたらなおいい。可能性は無限にある。

ジュリエットはシャーロットを抱いて階段をおり、窓の前で立ち止まって外を見た。春らしくうららかに晴れた空にはふわふわした雲が浮かんでいて、裏庭の芝生にはデイジーとタンポポがあちこちに咲いている。居間に入ると、若い娘が暖炉の前で這いつくばっていて、ジュリエットは驚いた。古い石炭をシャベルで鉄のバケツに移していた娘が人の気配に気づいて顔をあげ、飛びあがるように立ってお辞儀をする。

「奥さま！」ひどい訛りだ。

ジュリエットはたじろいだ。いきなり見知らぬ人間を目にしたからだけでなく、〝奥さま〟という呼びかけがあまりにも耳慣れなかったからだ。そんな呼び方には、これからも慣れるとは思えない。

「ええと、あなたとは初対面よね」戸惑いつつ、娘に言う。

「すいません。あたし、ベッキーっていいます。ミスター・スネリングがここで奥さまのメイドになってもいいって言ったので、来させてもらいました。かまいませんでしょうか？お屋敷から朝食を持ってきたんですよ。冷たい燻製のハムにパンとバター、それにミルクです。こっちには食べるものがないだろうと思って」彼女は頭を小鳥のようにぴくっと傾けて、テーブルを示した。「あそこに用意してあります」

「まあ、どうもありがとう」テーブルを見たジュリエットは昨日ガレスとそこでしたことを思い出し、顔から火が出そうになった。ジュリエットは椅子に座り、ベッキーがこちらの頭のなかをのぞけなくて、本当によかった！ジュリエットは椅子に座り、コップにミルクを注いだ。食べ物を見たとたんにお腹が鳴る。「あなたも一緒にいかが？」

ベッキーは食べ物がのったトレイを明らかに物欲しそうな目で見たが、すぐに首を横に振った。

「いいえ、いただけません」

「遠慮しないで」娘の骨張った手とやせぎすな体をちらりと見て、ジュリエットは罪のない嘘をついた。「それに、わたしひとりでは食べきれないわ」

ベッキーは落ち着かない様子で小さく肩をすくめると、スカートで手を拭いてからハムを一枚取った。自分にはそれ以上の権利がないと思っているのか一番小さいもので、さらに促されてようやくもう一枚取る。ミルクもなかなか注ごうとしなかったが、しばらく経つとようやくジュリエットを信用して緊張を解き、ピッチャーを手に取った。

「ミスター・スネリングのことを聞かせて。彼があなたをよこしてくれたのね？」ジュリエットはミルクを飲み、食べ物を口に運びながら尋ねた。

「そうです。もう本当にうれしくて。お屋敷のほうで働いてたんですけど、怠け者でやる気がないってやめさせられそうになっていたんです。それで奥さまが来るって聞いたとき、赤ん坊がいたらきっと手がまわらないだろうから、半分のお給金でこっちで働かせてもらえないかって訊きました。スワンソープから出ていきたくなかったから」ベッキーは赤くなって、口の脇に手を当てた。「ここにいい人がいるんです」

ジュリエットはにっこりした。「わたしと同じね！」

「まさか、とんでもありません！　奥さまのいい人を見ました！　スワンソープじゅうの人たちが、旦那さまの噂をしているんですよ！　特に町からここへ働きに来てる娘たちが。ちゃんと目を光らせておいたほうがいいです。みんな狙っていますから」

ジュリエットは笑いながら頭を振った。「もう、ベッキーったら。あなたが来てくれてうれしいわ。ちょっぴり故郷が恋しくなっていたから、こんなふうに……おしゃべりする人ができて本当にほっとしているの。ここには知り合いがひとりもいないし、遠くから来たばかりですごくよそ者という感じがして……」

「人間はどこに行っても変わらないって、すぐにわかりますよ」ベッキーは田舎の人間ならではの、地に足のついた意見を口にした。「知り合いがいなくてひとりぼっちな気分は、あたしも経験したことがあります。そうだ、いいことを思いつきました。ミスター・スネリングは毎週金曜日の夜に、広場にある庁舎（カウンティ・ホール）で大きな試合を主催するんです。ちょうど今日が金曜ですから、オックスフォードから名士の人たちが大勢やってきて、まるでお祭りみたいににぎやかになるんです。姉のボニーに頼んで、赤ちゃんの面倒を見てもらいましょう。姉には三人子どもがいますから、世話なら慣れてます。ふたりで試合を見に行くっていうのはどうですか？」

「そうねえ……」

「とっても楽しいですよ。ブル・オルークが出るって話ですから、きっとたくさんの人が集まります。ブルって聞いたことあります？　アイルランド人の農夫なんですけど、ものすごくたくましくて、手はバケツくらいあるし、腕は動かすとシャツが破けちゃうくらい太いんです。きっといい試合になりますよ。ブルは今のところ無敗なんです。行きませんか？」

「そういう血を流すスポーツは好きではないのよ」ジュリエットはためらった。

「見たくなければ目をつぶればいいんです。そもそも、ものすごい数の人たちが集まって騒ぎ立てるので、リングの近くには行けないと思います。だから、たいして見えませんって」

「どうしようかしら……」ほかにやりたいことを二〇以上は思いつけたが、ガレスは今夜帰りが遅くなると書いていた。だったら、ほかにやることもないのではないだろうか？　それに家の外に出るのはいいことかもしれない。「いいわ、あなたの勝ちよ。何時までに支度をしておけばいい？」

　ジュリエットにはもちろん、本当のことは話していなかった。
ガレスをはじめスネリングのもとで働いている男たちが、干し草を敷きつめた納屋で今朝何をするのかを。垂木からロープでつりさげたおがくずの詰まった革の袋を相手に、何をするのかを。言えばジュリエットは必ず怒る。最近はやさしさや崇拝に近いものさえ浮かべている彼女の目に、非難と怒りが浮かぶのを見るのは耐えられなかった。

　それに、そんなことは知らなくていい。実際、知る必要などないのだ。これは単に生活の糧を得る手段にすぎない。世のなかにはもっと高潔な仕事も卑しい仕事もあるが、仕事は仕事だ。それにとにかく今は、収入を得ることが大切なのではないだろうか。

　もちろんそうだ。ガレスは生まれて初めて、自分の力で金を稼ぐのだ。兄がイングランドで五指に入るほど裕福であるというだけで、ただ与えられるのではなく。駅馬車の乗客を救ったときと、結婚することでジュリエットとシャーロットを助けたときを別として、彼は生まれて初めて自分のしていることに満足していた。誇りを持てた。人に頼らず自力で立っているのだと。退屈でしかたがない状態から一瞬だけ抜けださせてくれる新しい方法を探すのではなく、物笑いの種になるようなことをしでかすのではなく、結局はルシアンが助けてくれるとわかっているからこそ厄介事に身を投じるのではなく、自らの肉体と頭を使って妻と娘を養っているのだ。彼がこの世の何よりも愛しているふたりを。

この世の何よりも愛しているふたり。

そうであることには一片の疑いもない。ガレスはかわいいシャーロットを初めて会った瞬間から熱愛していた。モンフォール家特有の濃いまつげの下から見あげる、彼の兄と同じ青い目を見たときから。そしてジュリエット。黒い髪にクリームのようになめらかな肌をした美しいジュリエット。彼女の愛にあふれた手と長く官能的な脚を思い出すと……。

にやにやとだらしのない笑みが浮かぶ。自分はイングランド一、幸運な男だ。だからスネリングが本当は何をさせるために彼を雇ったのかを打ち明けて、その幸運を危険にさらすような真似はしない。

ガレスはみなに明るく挨拶をすると、たくましく盛りあがった汗まみれの肩にシャツを引っかけて、上半身裸のまま納屋を出た。激しい運動をしたあとなので、筋肉が熱く張りつめ、体にはまだ興奮が残っている。そのせいで自分がややこれ見よがしな仕草で歩いているとわかっていたが、そうせずにはいられなかった。今の彼は自信に満ちあふれているのだ。そしてこの自信が正当なものであると今夜証明できれば、試合の売上金の半分をよこすとスネリングは約束した。

とにかく、ルシアンにかぎつけられないといいが。

ジュリエットにばれるのも同じくらいまずい。もちろんいつかは知られてしまうだろうし、そんなに先のことではないだろうが、そのときはそのときだ。

試合のせいでモンフォール家や自分自身やジュリエットの評判を落とすのが怖くはないのか？

モンフォール家や自分の評判はどうでもいいが、ジュリエットの評判はもちろん気になる。だが、それについてもあとで考えるつもりだった。

木立の向こうにピンク色のれんが造りのマナーハウスが、そしてその向こうに寡婦用住宅が見えた。右側からは粘土質の岸沿いに流れているテムズ川が、きらきらと太陽の光を反射して彼を呼んでいる。

ガレスは足を止めた。太陽の光を浴びているむきだしの肩が熱く、いかにも冷たくて心地よさそうな川の水に気を引かれた。それに畑で働いてきたかのような汗くさい体で、家に戻るわけにはいかない。

このまま帰ればジュリエットに質問され、何もかも知られてしまう可能性がある。嘘はつきたくなかった。これまですべてを話さないことで誤解はさせていても——そう、嘘はついていない。

ガレスは幸せな気分で口笛を吹きながら、野原を横切って川のほうに向かった。あたりには野バラがまだ咲き誇っていて、草のあいだからキンポウゲやタンポポやデイジーが顔を出し、木々の幹を覆うツタの葉は陽光を受けて鮮やかな緑色に輝いている。彼は生きている喜びを感じた。今の暮らしに対する深い満足が、体の隅々まで広がっていく。しかし細い支流のミル川に近づき足元が黒っぽく肥沃な土壌に変わると、素晴らしい土地を所有しているスネリングに対する羨望がふたたび頭をもたげた。

この土地が自分のものだったら、どんなにいいだろう。

だが、かなうはずのない夢を見てもしかたがない。どれだけスネリングが嫌いか——スネリングの持っているものがどれほど羨ましいか——を考えても、せっかくのいい気分が台なしになるだけだ。それに自分にはジュリエットとシャーロットがいると考えて、ガレスは悦に入った。スワンソープが束になっても、ふたりにはかなわない。

ガレスは小道を見つけ、そこをたどってミル川を渡る橋へと進んだ。橋の真ん中で立ち止まって、川に浮かぶふわふわした白鳥のひなをしばらく眺める。それからみっしり生えている芝の上を歩いて本流のほうに向かった。

思ったとおり、そこには誰もいなかった。近くのサンザシの木に止まっているコマドリと、水際から彼を見あげている二、三羽のマガモ以外、生き物の姿はない。

ガレスは低い枝にシャツをかけ、ブーツとブリーチズを脱いだ。体をこわばらせて川に入っていくと、水の冷たさに息が止まった。すぐに歯がカタカタと鳴りだし、脚の感覚がなくなる。けれども彼はそのまま水に身を沈めて、朝の練習の痕跡を流した。

ああ、本当に人生は素晴らしい。

27

ベッキーはスネリングが主催する試合の人気について、大げさに言ったわけではなかった。その日の夕方、彼女と一緒にアビンドンへ来たジュリエットはそう思った。徒歩や馬車や馬などあらゆる手段で、人々は町の中心を目指していた。御者たちはとにかく馬車を前に進めようと怒鳴り合い、人も馬も走ってはいないものの、先を急いでいるのは明らかだ。そんなあいだを縫うように犬たちが走りまわっている。道端では菓子パンなどの軽食やエールが売られていて、陽気な雰囲気が漂っていた。

「すごい人出ね！」ジュリエットはきょろきょろしながら声をあげた。

「ブルのときはいつもこうなんですよ」ベッキーの声が、ミル川のほとりに立ち並ぶ古い建物の前を通る中世のアーチ道に響く。「負けなしですからね。ブルより強い男はバークシャーにはいません。ミスター・スネリングは彼と雄牛をつないで引っ張り合いをさせたこともあるんです。ブルがあまりにも強くて、雄牛は彼をぴくりとも動かせませんでした」

「そんなに強い人間がいるはずないわ！」

「本当に人間なのかって思ってる人は多いです」

ジュリエットは笑うしかなく、黙ったままベッキーと一緒に中世の建物を抜けてテムズ通りに出た。そこには人々の喧騒を打ち消すように水車小屋の水の音が響いていて、彼女はあたりに満ちている興奮にとらわれ、心配事を忘れて気分が華やいだ。これまで心のなかにとどめていたチャールズに今朝ようやく最後の別れを告げ、解放したということもある。そして久しぶりに自分を振り返ってみると、ガレスの妹を除いて同性の友人はずいぶん長いこといなかったと気づいた。いつからかなんて、考えたくもないほどに。母親であるというのは休みのない仕事をしているようなものだったし、チャールズを失った悲しみから、楽しみを求める気にはずっとなれなかったのだ。けれどもガレスのおかげで、ようやく元の彼女に戻りつつある。

ああ、ガレスに会いたい。

彼のことを考えると、恋しくてたまらなくなった。今日はほとんど顔を合わせておらず、午後遅くにほんの少し戻ってきてくれたときに会っただけだ。ガレスが入ってきたとき、ジュリエットとベッキーはキッチンの床を磨いていた。彼は楽しそうににこにこしていて、肌はつややかに輝き、髪は濡れてやや乱れていたので思わず指でとかしてあげたくなった。そのあとは、ガレスが近くにいてはとても仕事などできなかった。彼がリンゴを食べながら落ち着きのない猫みたいにキッチンを歩きまわったり、ジュリエットの顔や壁や椅子の脚にふざけてこぶしを当ててきたりするので、頭がどうかなりそうだった。

「もう、やめて」彼女はとうとう我慢できなくなって叫び、笑いながらガレスを見あげてぴしゃりと叩いた。

「無理だよ」ガレスはベッキーにウインクしてみせたあと、身をかがめてジュリエットの唇にしっかりとキスをした。するとと甘いリンゴとお日さまの味に彼への欲望が一気にこみあげ、ジュリエットはベッキーがキッチンにいなければよかったのにと思わず願ってしまった。

「どうしてそんなにご機嫌なの？」ガレスがようやくキスをやめて体を起こしたので、急に激しく打ち始めた心臓のあたりを手で押さえて、赤い顔で息を乱しながら訊いた。

「別に何もないよ。ふつうさ」彼がジュリエットの肩をふざけてつつく。

「あなた、これから何か試合でも見に行くみたいに興奮しているんだもの」

ガレスはぴくりと眉をあげ、屈託なく笑った。「そうだな。じゃあ、試合に行ってくるよ」ジュリエットの言葉に冗談で返し、リンゴを持った手で敬礼をすると、彼はふたたび出ていった。

ジュリエットはマナーハウスに向かって芝生の上を歩いていく夫を見送った。世界の頂点に立っているかのように自信にあふれた姿からようやく視線をそらして振り返ると、ベッキーがしゃがんだまま、おかしそうに頭を振っていた。「まったく、男の人って！いつまで経っても大人になれないんですから。そう思いません？」

「でもね、ベッキー……彼には今のままでいてほしいの。泣きたくてたまらないときにも笑わせてくれるし、絶望に沈んでいるときにも希望を見つけてくれるから。深刻になるべきときとそうでないときを、ちゃんとわかっている人なのよ。面白くて一緒にいて楽しいし、頭もいい、それに人に笑われることを恐れたりしない」ジュリエットは微笑んで、小さくため息をついた。「だから彼には今のままでいてほしいわ。変わってしまうなんていや」

ベッキーが床の上から、いたずらっぽい目でジュリエットを見あげた。

「どうしたの？」

「あの方が本当にお好きなんですね。すてきだと思います」

「ベッキー！」

彼女はにこにこしながら肩をすくめた。「見ていて、すぐにわかりますよ。でもあの方はとってもハンサムで魅力的でおやさしいので、好きになられて当然です」

「ええ、まあ、そうなの。でも、その――」ジュリエットはうろたえ、マナーハウスのれんがみたいに顔を赤くして視線をそらした。「そうだと認めるのは簡単ではないのよ、たとえ自分に対してでも」

ベッキーはよくわかるというように笑った。「そうですね。でも、早く認めちゃったほうがいいですよ。あの方のほうは明らかに奥さまに夢中ですから」

「ベッキー、よしてちょうだい！」ジュリエットが照れるとベッキーはくすくす笑い、ふたりは床磨きに戻った。幸いベッキーはもう何も言わなかったが、ジュリエットの頭には彼女の言葉がこびりついて離れなかった。こうしてふたりでテムズ通りを歩いている今も、ベッキーとの会話が頭のなかをぐるぐるまわっている。ジュリエットはミル川の流れに浮かんでいるカモにパンくずを放っているベッキーを、ちらりと見た。

〝あの方が本当にお好きなんですね〟

ジュリエットはガレスとの結婚について考えてみた。彼は楽しいことが好きでよくふざけるが、彼女は真面目で現実的だ。彼は向こう見ずで衝動的、目立つふるまいが好きだが、彼女は慎重で堅苦しく、注目を集めるのが好きではない。彼は貴族階級に生まれ、生活のために働いたことがないが、田舎者の彼女はぶらぶらと無為に過ごすのをよしとしない。こんなふたりをつなぐものなどあるのだろうか？

何もない。

いいえ、すべてがそうとも言える。

チャールズが死んだあと、もう一生太陽が明るく輝くことはないと思っていた。けれども違った。ガレスはジュリエットのいろんな部分を柔軟に受け止めて、笑わせてくれる。チャールズはこんなふうに笑わせてくれたことはなかった。そう、ガレスはチャールズには思いもおよばなかったほど彼女を幸せにしてくれるのだ。りりしく洗練されていたチャールズは、ガレスのようにふるまうことを求められたら愕然とするだろう。チャールズは真面目で抑制が利きすぎている。だからジュリエットとの組み合わせだと、いつかは互いに退屈するようになっていたはずだ。

彼女は橋の上からアビンドンの家々の屋根に目を向けたあと、オレンジがかった雲が浮かぶ空を見あげた。〝放蕩者〟のガレスについてひとつだけたしかに言えるのは、絶対に退屈しないということだ。この先、何年一緒にいようとも。

彫像の紫色に塗られた部分がまたもや頭に浮かび、ジュリエットは小さく笑った。

「何がおかしいんですか？」ベッキーがブリッジ通りを進む人々の群れに加わりながら、訊いてきた。通りの両側に並ぶ建物を見ると、右側は馬車旅用の宿屋のかわら屋根が沈みゆく太陽の光を受けて明るく輝き、左側は温かな色合いのれんがや石造りの建物が暗く陰っている。

「なんでもないわ……ただちょっと夫のしたことを思い出していただけ」

「旦那さまのことをしょっちゅう考えているんですね」

「もう、またそういうことを言って！」ジュリエットが笑うとベッキーも笑い、そのあとは恋人のジャックの話をしながら、知り合いを見かけるたびに指差して名前を教えてくれた。

道がのぼり坂になったあと、湾曲して目の前に広場が開ける。そこには金色の石造りの背の高いカウンティ・ホールが立っていて、通りから三段ほどあがったところが野外劇場の舞台のような空間になっていた。大勢の人々が取り囲んでいるそこには中央にロープで囲ったリングが作られており、スネリングを含む数人が集まっている。

「ミスター・スネリングは興行で稼いでいるの？」ジュリエットは訊いた。

「稼ぐ必要があるからやっているわけじゃありません。収入はスワンソープ・マナーから得られるもので充分すぎるほどあるはずですから。ミスター・スネリングは身分が上の人たちと親しくつきあいたくて、試合を組んでるんですよ。それだけのために。格闘技の試合は名士や政治家たちに人気がありますから。ミスター・スネリングはあたしたちと変わらない庶民ですけど、身分が上の人たちとつきあって、高級な服を着て、お上品にふるまうことで、もともとの自分とは違う人間になったふりができるんです」

「あなたはミスター・スネリングが好きじゃないのね」

「ここにはあの人を好きな人なんていませんよ。絶対に信用できませんから。ああ、見てください！　あれがブル・オルークです！」ベッキーが背伸びをして、群衆の頭の向こうに見える男を指差した。「見えますか、ミセス・ジュリエット？」

ジュリエットが首を伸ばすと、試合が行われるリングがかろうじて見えた。ブル・オルークは簡単に見分けられたが、これほど醜い男を見るのは初めてだった。折れた跡のある鼻、巨大な唇、花崗岩（かこうがん）の板のような額、毛足の短いオレンジ色の絨毯みたいな髪。けれども、その肩には思わず目が吸い寄せられた。顔のなかで唇がとんでもなく目立っているように、全身のなかで肩がものすごい存在感を放っている。

「すごいわね、戦う相手が気の毒だわ」ジュリエットはささやき、身を震わせた。「手がバケツくらい大きいという話は冗談だと思っていたのに！」

「彼はその手の使い方をよく心得ているんです。ブルのパンチを受けると、漆喰でできているみたいに骨が簡単に折れちゃうんですから！」

「本当にそうだ」すぐ後ろにいる身なりのいい男が言った。リングに熱心に見入るあまり、ジュリエットのうなじに息が吹きかかるくらい体を寄せている。「去年の夏にやつが凶暴な（サヴェージ）シーンと戦ったときの試合を見に行ったんだ。おまえも覚えているだろう、ジェム？」

「忘れられるわけがない」質問した男と群衆のあいだに燻製のニシンよろしくぴったりはさまれている紳士が返した。「〝アイルランドの誇り〟だと称していたが、斧を打ち込まれた木みたいにブルに倒されてしまった。あれはたしか三ラウンド目だったな」

「二ラウンドだ」

「ああ、そうそう、二ラウンド目だった。それで試合は終わった」

「〝サヴェージ〟・シーンの選手生命もな」

「今夜は誰がブルのパンチを受けるんだろう？」

「よく知らないが、新顔だそうだ。なかなかやるらしいぞ」

「なかなかやるって、どれくらい？」

「スネリングによれば、ジョー・ラムフォードを倒したらしい」

「そいつはすごい！　ラムフォードはロンドンでは無敵の王者で、一度も倒されたことがないんだ。賭けが盛りあがるように、話を作っているんじゃないのか？　新顔だって？　ブルはそいつを五分でぶちのめすだろう」

「そんなわけがあるか！　三分でダウンのほうに一ギニー賭ける」

まわりのみんながどっと笑いだしたが、ジュリエットはなぜか急に落ち着かない気分になった。

そのときスネリングが両手をあげて静粛を求め、熟練した役者のような余裕と自信を漂わせながら群衆の前に歩みでた。一方、リング上の賞金稼ぎの拳闘士の横に介添え人――こういうものがつくという点において、拳闘は決闘と似ていなくもない——が近づいて並ぶ。スネリングがブルの介添え人に酒の入った携帯用容器を渡すと、介添え人は笑いながらそれをブルに渡した。ブルがそれを口につけて長々と中身を喉に流し込み、容器を群集に向かって放る。すると五〇人ほどの人々がそれを求めて殺到し、倒れたり殴ったりして奪い合った。

続いてスネリングが陰になっているほうを向いてブルの対戦相手にリングにあがるよう呼びかけると、小さなどよめきが起こった。

「次にご紹介しますのは今夜の挑戦者……はるばるランボーン・ダウンズからやってきた〝放蕩者〟です！」

ジュリエットの顔から血の気が引いた。

まさか、ありえない。

だが、どう見ても——。

そこにいるのはガレスだった。

ブル・オルークに挑戦する男を見ようとまわりが押し合いへし合いしているなかで、ジュリエットは体が動かず息も吸えなかった。夫がリングの上を横切ったあと、ふたたび戻ってくるのを見つめながら、目の前の光景を必死で理解しようとする。自信たっぷりなガレスの笑みは、彼をあなどっている観客にすぐ思い知らせてやるとでも言いたげだ。

「いったいあの男は何者なんだ？」ジュリエットのすぐ後ろに立っている紳士が、あからさまに失望した声で言った。

「さあな、聞いたことがない。でも、これではっきりした。ブルが一ラウンドの終わりまでにやつを眠らせることに一クラウン賭けよう！」

「一ラウンドの終わりまでもつかな」

「どうしたらいいの？」目の前で進行していく悪夢のような現実に、ジュリエットはささやいた。ふたりの拳闘士がシャツを脱ぎ、リングの両端から相手を値踏みしている。これ以上は無理だった。ここにとどまって、ガレスが傷つき屈辱にまみれるところを見ていることなどできない。もしかしたら――ブルの外見からしてありえないことではない――殺されてしまうかもしれないのだ。ガレスの言っていた〝仕事〟とはこれなの？　彼はこうして戦って、ジュリエットとシャーロットを養うつもりなのだろうか？

裏切られたという思いに吐き気がして、ジュリエットは向きを変えた。悪態をつかれたり、いやらしい目を向けられたり、ヒップをつねられたりしながら、人々を押しのけてひたすら進む。

ベッキーが後ろから追ってきた。「ミセス・ジュリエット！　すみません、知らなかったんです！　本当に！」

「彼はわざと誤解させたのよ」

「どういうことですか？」

「スネリングに雇われたのはこんな真剣な殴り合いをするためじゃなくて、剣の模擬試合のためだと思い込まされていたの」

ベッキーが困惑してジュリエットを見つめる。

「彼が殺されてしまうわ。ごめんなさい、ベッキー。このままここにいて、彼が殺されるのを見ているなんて無理よ。そんなことになったら耐えられない」

「待ってください、ミセス・ジュリエット！　ジュリエット！」

そのとき、ベッキーの声が激しいどよめきにかき消された。選手たちが最初のこぶしを交えたのだ。ジュリエットは死に物狂いで人々を押しのけ、頭がくらくらするような歓声と怒号を背にようやく人のまばらな通りまで行き着くと、必死に走りだした。

ブリッジ通りを駆け抜け、川沿いの草地や野原を過ぎて、ミル川を横切る歩行者用の橋を渡る。スワンソープのマナーハウスを横目に芝生を全力で突っ切って、ジュリエットは寡婦用住宅に飛び込んだ。家のなかはがらんとして薄暗く、気味が悪いほど静まり返っている。けれども一キロ以上も離れた場所での騒ぎはまだ聞こえてきて、彼女は隅にうずくまって両手で耳をふさぎ、インク壺(つぼ)とペンと紙を探して視線をさまよわせた。

〝公爵閣下へ

手が震えて見苦しい字になってしまうのをお許しください。ですがこうしている今も、ジョナサン・スネリングに拳闘士として雇われた弟さんはバークシャーとオックスフォードシャーから大勢の観客が詰めかけている拳闘の試合に出ています。お願いですから、すぐにいらしてください。わたしたちはスワンソープ・マナーに滞在しています。ご存じとは思いますが、アビンドンのテムズ川沿いにある領地です。
どうか、くれぐれもお急ぎくださいますよう。

ジュリエット・ド・モンフォール〟

ジュリエットは寡婦用住宅を出て、マナーハウスに走った。そこでちょうど非番になった従僕を見つけて、手紙を届けてくれるように説得した。一〇分後、手紙は南のレイヴンズコームへと出発していた。ガレスのせいで巻き込まれた、この恐ろしい状況を終わらせることのできる唯一の人物に向かって。

28

　ガレスは頭がぐるぐるまわっていて、スネリングと介添え人のウッドフォードに両側から支えられながら、よろよろと暗い野原を家に向かって進んでいた。

　どこにも怪我はない。疲れてもいない。ただ勝利という美酒に酔っているだけだ——それとボトル半分のシャンパンに。防御する前に素早く一発打ち込まれてできた左半身上部のちょっとしたあざを除けば、どこにも戦いの痕跡は残っていない。何箇所かひりひりするところはあっても、見てわかるような傷はないのでよかった。スワンソープの誰かから今夜の試合のことを聞かされていなければ、ガレスがふつうとは言えない仕事をしてきたとジュリエットに疑われることはないだろう。

「今夜みたいな調子で戦い続ければ、今にイングランド王者になれますよ」スネリングが熱のこもった口調で言い、のぞき込むようにして笑った。ガレスは彼の醜い顔にこぶしを叩き込んでやりたくてしかたがなかった。それができたら、少なくともすかっとするだろう。今夜の試合では、それが感じられなかった。始まったと思ったら、あっという間に終わってしまったからだ。「これまで誰も、オルークからダウンすら奪えなかったんです。それなのに、あんなに早く倒してしまうんですから。信じられないとはこのことですよ！　金を返せとみんなが騒ぎだすんじゃないかと、ひやひやしました」

「まったくだ。本当にすごかった。三ラウンド開始三五秒で決まった一発で、ブルの息の根を止めたんだからな」ウッドフォードもうなるように言った。彼はがっちりとたくましいがに股の農夫で、やはりスネリングのもとで試合に出ている。

ガレスは顔をしかめ、シャンパンのせいで霧がかかったようにぼんやりしている頭をはっきりさせようと振った。だが、かえってめまいがひどくなってよろめき、危うく両側のふたりを道連れにして倒れてしまうところだった。「ブル、ブルって、なぜみんなが大騒ぎするのかわからないな」体を立て直すと、ガレスは考え込んだ。「のろますぎて、こちらの攻撃をちっとも防げなかったじゃないか。片手を後ろで縛られている男と戦ったようなものだ」

「でかいやつはたいていそうです」スネリングが説明する。「小山みたいに盛りあがった筋肉は動かすのに時間がかかりますからね。そうじゃないか、ウッドフォード？」

「ああ、そのとおり」

「だが、いやな気分だった」ガレスは言い募った。「くそっ、あいつを殴るたびに哀れな気がして……」

「おやめなさい。そんなやわなことは考えちゃいけません。あなたは偉大な王者になるんです。広く名前が知れ渡って――」

「それはまずい」試合に出たことがルシアンに知れたらどうなるか……ガレスはぞっとした。

「あなたを見にロンドンからも客がやってくるようになる」

「有名になどなりたくない。家族を養えるだけの金を稼げればいい」

「このまま戦い続ければ、奥方にダイヤモンドのネックレスでもティアラでも買ってあげられるようになりますよ！」

「そうだな。もっと体格のいいやつやたくましいやつはいるが、ガレスはぴか一のこぶしを持っている」ウッドフォードが続けた。「ラムフォードとちゃんとした試合で戦うところを見たいもんだ」

「ネイルズ・フレミングとの試合がいい！」

「いや、ブッチャーと戦わせるべきだ。きっといい試合になるぞ……」

延々と続くふたりのおしゃべりが意味をなさない音の連なりになり、ガレスは理解しようとするのをやめてシャンパンを飲みすぎた自分を呪った。吐き気はするし、目の焦点は合わず、体はふらつく。こんな感覚を楽しんでいたときがあったとは、今になってみると信じられない。今夜は何かがしっくりこなかった。浅く掘られた墓から漂ってくるかすかな異臭のように、おかしいと思いながらもこれが原因とはっきり言えない。しかしこのいやな気分が、どんよりとよどんでいたブル・オルークの目に関係していることはたしかだった。それと、のろのろしたパンチや反応の遅さに。ガレスは頭を振り、低く悪態をついた。シャンパンの泡でできた海の上を漂っている脳みそが乾いた大地に戻ってきてくれないと、何も考えられない。

ちゃんと考えたい。いや、考えなければならないのだ。

「いいか、スネリング、おまえが試合を組むのは勝手だ。だが今夜の分け前をちゃんともらうまでは、次の試合には出ないからな」

「屋敷に戻ったら、そこでお渡ししますよ。もう少し辛抱してください。今は——」

「辛抱なんてくそくらえだ。それからもうひとつ言っておく。ぼくたちの家の寝室の窓を直させろ。冷たい風が吹き込むんだ、赤ん坊がいるというのに」

スネリングがガレスの背中をなだめるように叩く。「いいですか、窓のことなんか心配しないでください。余計なことを考えず、来週の試合のための練習を始めて——」

ガレスはよろめきながら足を止め、大きく振り返って雇い主と向き合った。「スネリング、一度だけ言う。一度だけだぞ。ぼくは窓を直してもらいたいんだ。明日の午後までに。わかったか?」

スネリングの笑みが凍りついた。ガレスの背中にかけていた手を外し、目を細めて口を引き結ぶ。しかし険悪な表情で口を開きかけた彼は、そこで思いとどまった。そして緊張を解いてにっこりと人のよさそうな笑みを浮かべたが、ガレスはだまされなかった。スネリングは彼に好意を抱いていない。だが、まったく気にならなかった。好きじゃないのはお互いさまだ。

「あなたのためなら、なんでもしましょう」スネリングがぎこちない声で言う。「窓を直してほしいというなら直します。今すぐ稼いだ金が欲しいというなら、渡しましょう。だから来週の試合の準備をしてください。わたしの希望はそれだけです」

三人はふたたび歩きだした。今度は誰も口を利かない。

この野郎、くそったれ！　ガレスは心のなかで罵った。

前方の木々のあいだに、明るく窓が輝いているスワンソープのマナーハウスが見える。その大きな屋敷を見ただけで、ガレスはいつもの切望で胸が痛むのを感じた。彼のジュリエットとシャーロットには、あの屋敷こそふさわしいのだ。壁沿いに湿気が這いあがってくる、みすぼらしいカーテンのかかった窓ガラスにはひびが入っているような狭い寡婦用住宅ではなく。窓のひびのせいで昨日の晩は寝室が冷え込み、彼とジュリエットはシャーロットを一緒のベッドに寝かせなければならなかった。こうして屋敷に招き入れられ、豪華に飾られた応接間で雇い主が金を数えているのを見おろすという奇妙に逆転した状況に身を置いていると、胸のなかの切望がどんどん強くなり、心臓にかぎ爪を食い込ませてくる。

この屋敷が欲しい。この土地が欲しい。欲しくて欲しくて頭がどうにかなりそうだ。

別に手に入れて悪いことはあるまい。この屋敷はモンフォール家の人間が建てた。モンフォール一族が代々ここに住んで、愛情を注ぎ、手入れをしてきたのだ。しかし今は、正当な所有者ではなくこの先も決してそうはなれない男のものになっている。だからこの屋敷は、突然見知らぬ人間に引き綱をつかまれてしまった忠実な犬のように、ガレスに懸命に呼びかけてきているのだろう。

もしここがぼくのものだったら、今あちこちに置かれているばかげた彫像は残らず捨てて、壁を太陽の黄色や野の花のピンクや晴れ渡った空の青といった陽気な色に塗り直す。床にはかわいいシャーリーのために、ふかふかのラグを敷こう。シャーリー専用の遊び場だ。そこであの子は歩く練習をし、あの子のために買った子犬と遊び、初めてのお茶会を開く。本当にここがぼくたちの家だったら、どんなにいいか……。

「ほら、ガレス。これで全部です。なんなら数えてもかまいませんよ」スネリングはガレスが伸ばした手にずっしりと重い革袋をのせた。

しかし、ガレスはそんな真似はしなかった。足りなければ、スネリングがどこにいるかはわかっている。彼は革袋をポケットに入れたが、シャンパンでぼんやりしていながらも、ふとあることに気づいた。スネリングはもう彼に敬称をつけていない。それが気になった。普段は身分を鼻にかけたりしないが、スネリングが身のほど知らずにもガレスと気安くつきあおうとしていることには居心地の悪さを感じた。いらいらして、妙に腹が立つ。だがそれをスネリングに告げるのは、考えた末やめておくことにした。今日はすでに充分この男をいらだたせてやっている。

ただし、とりあえず見逃すだけだ。

ガレスはふたたびおぼつかない足取りで芝の上に出ると、寡婦用住宅に向かった。そこは一階の窓がひとつ明るいだけで、あとは暗闇に包まれている。

ジュリエットが起きて待ってくれている。なんてうれしいのだろう。

彼は夜気で頭をはっきりさせようと何度か深呼吸をしたあと、外階段をのぼって扉を開けた。

「ジュリエット？」

薄暗がりのなかにいる彼女を見つけるのにしばらくかかった。ジュリエットは冷えた暖炉のそばの椅子に、身じろぎもせず座っている。ガレスの声を聞くと、彼女はわずかに残った力を振りしぼるようにのろのろと振り向いた。

「死なななかったみたいね」無表情に言う。

ガレスはぎくりとした。「知って……いたのか」

「あそこにいたもの」

なんてことだ。彼は息をのんだあと、緊張をやわらげようとにやりとした。「結構強かっただろう？」

「強かったかって？　さあ、わからないわ。ブル・オルークの相手が誰かわかった瞬間に帰ったから」

「なぜ？」

「なぜだと思う？　あなたが怪我をするところを見たくなかったからよ」

「なんだ、ジュリエット。あんな拳闘の試合で負けると思うなんて、ぼくを信用していないのか？」

「あんな拳闘の試合ですって？　あの男はまるで……中世に作られた要塞みたいだったわ！」

「ミセス・ボトムリーのところにいたやつもそうだったが、簡単にやっつけたじゃないか」

「ガレス」ジュリエットが非難するように彼を見た。その目には裏切られたという思いと傷ついた気持ちと悲しみが浮かんでいる。「あなたの能力が問題なんじゃないのよ。それはあなたもわかっているでしょう？」

バケツいっぱいの冷たい水を頭からかけられても、これほど一気に酔いは醒めなかっただろう。罪悪感で頬が熱くなり、ガレスは視線を落として床板の節穴を蹴りながら、どう言い訳をすればいいのか、何をすれば信頼を取り戻せるのか考えをめぐらせた。顔をあげると、ジュリエットはまだこちらを見つめている。彼が何か言うのを待っているのだ。

「悪かったよ、ジュリエット」

彼女は顔をそむけ、その静かな謝罪で涙がこみあげたかのように目をしばたたいた。

「正直に話すべきだった。ぼくが間違っていた」ガレスは弱々しく言った。

「そうよ、ガレス。あなたは正直に話すべきだった。なぜそうしてくれなかったの？」

彼はため息をついて部屋を横切ると、ジュリエットが座っている椅子の横に膝をついた。肘掛けの上に置かれている手を取って唇をつけたあと、自分の心臓のあたりに当てる。「心配するとわかっていたから言わなかったんだ。きみにはもう充分、心配事がある。それで言わなかった」

「……」

「剣術を教えたり、お祭りのときなんかに剣の試技を見せたりする仕事だと思っていたのに」

「ぼくもだよ。だが先週ここに来てスネリングのところへ詳しい話を聞きに行ったら、代わりに拳闘の試合に出てみないかと訊かれたんだ。あの娼館でラムフォードを倒したから」ガレスは肩をすくめた。「必死だったんだよ。ぼくたちには住む家も金もなく、申し出を受けるしかないように思えた」反応のないジュリエットの手を握ったあと、その手のひらを頬に当て、わかってほしいという思いをこめて見あげる。「お願いだ、ジュリエット。どうか許してほしい。ぼくはただ、きみとシャーロットの面倒を見たかっただけなんだ。それしか望んでいない」

彼女は悲しげに頭を振り、ガレスの額に落ちた髪を撫でつけた。「怪我をしたら、どうやってわたしたちの面倒を見るの？　死んでしまう可能性だってあるのよ」

「馬に乗っていたって、怪我をしたり死んだりすることはある」

「もう馬を持っていないんだから、落馬することはないわ」

「ジュリエット、頼むよ。きみの支えが必要なんだ。非難するのではなく励ましてほしい。これがぼくにとってどんなに大切か、わかってくれないか？」ガレスは彼女の手の関節にキスをしたあと、一本一本の指にやさしく唇をつけていった。「生まれて初めて、自分の手で金を稼いだんだ。ただ渡されるのではなく、ぼくが稼いだんだよ。この両手で。怠け者の役立たずで、ただのごくつぶしだったぼくが――」

「もうやめて！」ジュリエットが怒ったように叫び、目に涙を浮かべた。「あなたは役立たずなんかじゃない。今までだってそんなことはなかったわ」

「いや、そうだった。だが、これからはもう違う」ガレスはジュリエットの横にひざまずいたまま、いそいそとポケットのなかに手を入れた。そこから革の袋を出し、誇らしげに彼女の手にのせる。「ほら、開けてごらん。中身を見てくれ。今夜の試合だけでスネリングがいくら払ったか、見てから考えてほしい」

ジュリエットは首を横に振り、袋を開けもせずに彼に返した。「ああ、ガレス……」

「ああ、ジュリエット」ガレスは彼女の真似をしたあと、おかしな顔をしてみせた。

雰囲気をやわらげようという彼の試みも虚しく、ジュリエットが顔をそむける。

高揚していた気分が急にしぼんで、ガレスはどうしたらいいかわからなくなった。胸が痛かった。

ジュリエットの沈黙には耐えられない。

「あなたは役立たずなんかじゃないわ」彼女はようやくまた口を開くと、ガレスの髪に触れた。それから懸命に小さな笑みを作る。「だけどやっぱり、あなたの首を絞めてやりたい気分よ」

「わかっている」

「また何か隠し事をしたら、本当にそうするかもしれない」

「もう二度と隠し事はしない。誓うよ」

ふたたび居心地の悪い沈黙が続く。

やがてジュリエットが小さな声で訊いた。「怪我はしなかった?」

「ああ、していない」

彼女の目を見ると、信じていないのがわかった。「じゃあ、体をかがめたりそらしたりしてこぶしをよけるのが、ずいぶん上手なのね……」

「やめてくれ、ジュリエット。そんなのは臆病者のすることで、男らしくないと仲間内では言われている。ぼくはそんな真似はしない」

「だったら、どうやって殴られないようにするの？」

「腕で受け止めるんだ」ガレスはこぶしを握って腕をあげてみせた。「こんなふうに」

「そうなのね」彼女は少し口をつぐんだあとで続けた。「それなら腕が痛いんじゃない？」

彼は笑った。言葉にはしないがジュリエットが許してくれたとわかって、安堵感が体じゅうに広がる。彼女は自分にはもったいないくらい心が広い。「ああ、痛む。でもきみがここにキスしてくれたら、すぐによくなると思うよ」ガレスは腕を彼女のほうに伸ばした。

ジュリエットは目に涙を浮かべたまま微笑むと、彼の腕に唇をつけた。それから椅子の上で向きを変えて薄暗いなか目を凝らし、ガレスの頬骨や顎やこめかみに手のひらを滑らせる。腫れているところや怪我をしているところがないか調べているのだ。どこも傷ついていないとわかると、彼女の肩がほっとしたようにゆるんだ。

しばらくして、ジュリエットが口を開いた。「ガレス……今晩ここに戻ってきたとき、わたし……ひどく動揺していたの。それであることをしてしまったのよ。きっとあなたが気に入らないことを」

「なんだい？」

彼女がガレスの目をまっすぐ見つめる。「お兄さまに――ルシアンに手紙を送ったの」

ガレスは自分のこめかみに当てられていたジュリエットの手をつかんだ。「なんだって？」

「すぐに来てほしいと書いたわ」

言葉を失い、彼は呆然とジュリエットを見つめた。今、聞いたことが、彼女のしたことが信じられなかった。

「ジュリエット、なぜそんなことを――」

「ごめんなさい、ガレス。あなたが心配なあまり、早まったことをしてしまった。後悔しているわ」

ガレスは小声で罵ると、さっと立ちあがった。額にこぶしを押しつけ、部屋のなかを大股で行ったり来たりし始めた。「ルシアンならあっという間にここに乗りつけて、すべてをきちんとしてくれると思ったんだな。そしてぼくたちを城に連れて帰ってくれると」

当惑したように、彼女が小さく肩をすくめた。「そうね、そんな感じかしら」

「ぼくは戻らない。きみはそうしたければ戻るといい。シャーロットを連れて。でも、ぼくは絶対に戻らないからな！」

ふたりは部屋の端と端から見つめ合った。深く傷ついた心と無言の謝罪が空中でぶつかる。しばらくそうやって見合ったあと、ジュリエットがため息をついて立ちあがった。スカートの衣(きぬ)ずれの音を響かせながらガレスの前まで来て、控えめに身を寄せ、心臓のあたりに頬をつける。そして彼に両腕をまわすと、ちらちらと揺れるろうそくの火に目を向けながら言った。「だったら、わたしも戻らないわ、ガレス。あなたがここにとどまって自分自身と世界に何かを証明したいのなら、わたしもそばにいる。あなたがスネリングのために戦いたいというなら、もう何も言わない。あなたが怪我をしたときは精一杯手当てをするわ。あなたがしていることを好きにはなれないし、これからも死ぬほど心配するけれど、どうしてもやらなければならないというなら、あなたから離れはしない」彼女は震える息を大きく吸った。「ただ……絶対に死なないでね」

「でないと、きみはぼくを許してくれないだろう」

「そうよ、許さないわ」

ガレスの怒りは燃えあがったときと同じように、急速に消えていった。ジュリエットのほっそりした体を引き寄せ、頭のてっぺんに頰をつける。しぶしぶながらでも支えると言ってくれた彼女に感謝の気持ちがこみあげた。ルシアンは厄介だ。彼女の行動が必然的に引き起こす結果に思いをはせずにはいられなかった。それでも、彼女の行動が必然的に引き起こす結果ないものはない。とはいえ、ジュリエットを責めたり怒ったりすることはできなかった。彼女は仕事についてわざと誤解させたガレスを許してくれただけでなく、彼とともにがんばると言ってくれたのだから。本当はブラックヒース城に戻って、ルシアンの庇護を受けたほうがずっと安心できるというのに。

「ジュリエット？」

「ガレス？」彼女が何かを期待するように、小さな声で口真似をする。

ふたりは見つめ合い、唇をほころばせた。

「くそっ、もう我慢できない」ガレスはつぶやき、うっすらと唇を開いて熱っぽい目で見あげる妻に笑いながらキスをした。

29

空がかすかに明るくなりかけた夜明けの時間。

ジュリエットは夫の腕のなかでその胸に身を預け、肩のくぼみに頭をのせて安らかに眠っていた。ところが何かに眠りを邪魔されて、ふと目が覚めた。ぼうっとしたまま目を開けると、早朝の静けさを破って外から音がする。マナーハウスのほうだ。

それ以上考えなくても、音の正体がわかった。

ルシアンが着いたのだ。

ジュリエットは頭をあげた。ガレスは仰向けの状態で軽くいびきをかきながらぐっすり寝ていて、夢を見ているのかまぶたがぴくぴく動いている。眠りの気配をまとった温かい彼の体は心地よく、ジュリエットは起こしたくなかった。

けれども外の音はどんどん近づいてきた。止めようとしている使用人の声や、なだめすかすようなスネリングの声が聞こえる。

そして公爵の声も。

「わたしの邪魔をしてみろ、スネリング、喜んでこの馬でおまえを踏みつぶしてやる。そこをどけ」

「ですが閣下、弟君を起こすのには少しばかり早すぎるのではありませんか？　昨日あんなにいい試合をしたあとですから」

「おまえの哀れっぽい言い草にはこれ以上我慢ならない。わたしは弟に会いに来たんだ。だから今すぐに会う」

「しかし、弟君は今はわたしのために働いているのですから……」

「それもうこれまでだ！」

彼らはすでに寡婦用住宅のすぐ外まで来ていた。玄関の前まで。公爵がいつ扉を叩き始めてもおかしくない。

「ガレス！」ジュリエットは夫の肩を揺さぶった。バター色の早朝の光に、力強い筋肉が浮きあがっている。「ガレス、起きて、ルシアンが来たわ」

「うん？」彼は目を開け、ぼうっとした表情で天井を見つめた。そして玄関の扉を叩く音が響き始めると、額に手を当てて音が響くごとにうめいた。「ああ、くそっ、頭が痛い……」

「ガレス、お兄さまに会わなくては。早く開けに行かないと扉を壊されてしまう」

だが、公爵はそんな野蛮な真似はしなかった。ガレスがよろよろとベッドを出てしかめっ面で充血した目をこすっていると、ルシアンがそっけなく命じるのが聞こえてきた。

「鍵を持ってこい、スネリング」

「勘弁してくれ」ガレスは悪態をつきながらブリーチズをはき、窓の前に行って大きく開け放つと、下に向かって怒鳴った。「まったく、ルシアン、今何時だと思ってるんだ！」

「ガレス！　今すぐおりてこい！」

「失せろ、ぼくは寝る」

それだけ言うとガレスは窓を閉め、ベッドにぐったりと座り込んで膝の上に肘をつき、こめかみをもんだ。

ジュリエットは隣に座って彼の肩に腕をまわすと、やさしく引き寄せた。ガレスの耳や頭の横、くしゃくしゃになって額の上に垂れている髪にキスをして言い聞かせる。「早くすませてしまいましょうよ。そうしたら気分がよくなるわ」彼の胸にそっと手を滑らせて、その広さと力強さを味わった。

「本当に……そう思っているのか？」今度はガレスがキスをしてきて、熱い唇を彼女の首筋に滑らせる。

「ええ」ジュリエットは微笑み、彼の頬に頬を合わせた。「それに、お兄さまがおとなしく帰るわけがないとわかっているでしょう？　あなたの無事を確かめるまでは絶対に放っておいてくれないわ。だから早く階下に行って話をして、心配する必要はないとわかってもらうのよ。あなたのお兄さまですもの、弟を愛しているから来たのであって、あなたの人生を台なしにするためじゃないわ」

「なんでも自分が支配しなくては気がすまない仕切り屋だから、ここに来た。それだけさ」

「いいえ、違う。お兄さまは弟のあなたを愛しているから来たのよ」

じっと座っているガレスの顔にさまざまな感情が浮かんだ。彼は大きなため息をつくと両手で顔をこすって目をしばたたき、立ちあがった。椅子の背にかけてあったシャツを取って袖に手を入れる彼を見ていて、ジュリエットは紫色のあざに気づいた。けれども右腕の下に隠れていたそのあざをガレスは気にする様子も見せず、シャツの裾を淡々とブリーチズのなかに入れて髪を指で整えると、上体をかがめて彼女にキスをした。「ぼくのそばにいてくれ、いいね？」

「もちろんよ」

それを聞いて、ガレスはようやく寝室の扉を開けると裸足のまま階下へ向かった。

〝お兄さまは弟のあなたを愛しているから来たのよ〟

階段をおりて玄関へと向かうガレスの頭に、ジュリエットの言葉がこだまする。彼は扉の前で足を止めて深く息を吸うと、錠を外して扉を開けた。

ルシアンの姿が目に飛び込んでくる。

アルマゲドンの手綱を握った兄はこちらに背を向けて芝生の上に立っていて、その向こうにマナーハウスへと戻りかけているスネリングと使用人が見えた。スネリングたちは鍵を取りに行こうとしているのだろう。そのときルシアンが振り向いて、ガレスと目が合った。兄は心配そうに目の下にしわを寄せ、口元を緊張でこわばらせている。しかしそんな表情は一瞬で消え、兄の顔が険しくゆがんだかと思うと黒い目が怒りにきらめいた。

〝お兄さまは弟のあなたを愛しているから来たのよ〟

「ああ、やっと現れたか、かわいい弟よ――」

子ども扱いはやめてくれ」ガレスは兄の言葉をさえぎった。「兄さんが来た理由はわかっている。ぼくに何をさせたいのかも、ぼくに何を言いたいのかも。だからはっきり言うよ。ぼくは戻るつもりはない。なんと言われようとここにとどまる。ジュリエットもね。城に連れ戻すつもりなら、耳をつかんで引っ張っていくしかないぞ」

ルシアンが眉をあげる。「ずいぶん鼻息が荒いな、どういうことだ？」

「聞こえただろう？　ぼくは生まれて初めて自分の力で金を稼いでいる。兄さんのお情けにすがって生きるのではなくて。いい気分だよ。ものすごく。それを兄さんに奪わせはしない」

「いいか、弟よ。そんなふうに突っかかる必要はない。おまえから何かを奪うつもりなど、まったくないのだから。とはいえ金を稼ぐのに、殴り合いをするのではなく何か別の方法はなかったのか？」

「とりあえず、できることをしなくてはならなかったのさ」

ルシアンは遠ざかっていくスネリングの背中にちらりと目をやると、ガレスが挑むように立っている玄関前の外階段にアルマゲドンを連れて近づいた。少し高い位置にいる弟を見あげ、怒りのこもった声でささやく。「おまえはばかだよ、ガレス。あいつがどんな男か知っているのか？」

「よく知っているさ」

「よく知っているだと？」ルシアンは吐き捨てるように言った。「いいか、よく聞け。スネリングは危険な男だ。日和見主義者で、金のためならどんなことでもする。そしてその邪魔になるものは、躊躇なく叩きつぶしていく。それもわかっているのか、ガレス？」

彼は兄の言葉をあざ笑った。「へえ、王族や政治家をはじめ、あらゆる高貴な人々を普段相手にしているわりには、卑しい生まれのジョナサン・スネリングにずいぶん詳しいじゃないか」

「わたしが知っているのは、昨夜フォックスから聞いたことだけだ。法廷弁護士として、彼はそういう情報を扱う立場にいる」

ガレスは居心地が悪くなって身じろぎをし、目をそらした。

「三年前、スネリングは競馬で八百長をしたかどで告発された」ルシアンが興奮した様子で続ける。「その告発からやつが逃れられたのは競馬クラブの有力メンバーに知り合いがいたからで、そのメンバーはスネリングに買収されたと世間では噂されている。その前の年には、ロンドンの紳士クラブでカードゲームの最中にいかさまをした。その晩やつに四〇〇〇ポンド負けたサー・モーズリーはいかさまに気づいて夜明けの決闘を申し込んだが、結局決闘は行われなかった。なぜだかわかるか、ガレス？　約束の場所にスネリングが現れなかったからだ。やつはイングランドを出て大陸に行き、モーズリーが都合よく死ぬまで身を隠していた」

「つまり、あの男は後ろ暗い過去を持つ臆病者というわけだ」ガレスは肩をすくめた。腕組みをしながら、無造作に戸枠に寄りかかる。「それでもかまわないさ。やつはたっぷり支払ってくれる」

「おまえが自分の属している場所に戻れば、わたしはその五倍の金を出そう」

ガレスは苦々しい笑みを浮かべた。「どうして戻らなくちゃならない？　あれだけ怠け者だ、役立たずだ、放蕩者だとなじられたのに？　ぼくのことはもう見限ったと言っておいて、どの口で戻ってこいなんて言えるんだ？　また同じように侮辱されるとわかっていて、戻りたいと思えるはずがないだろう」

「ここにいてはおまえの身が危険にさらされる」

「また子ども扱いか、ルシアン。そういうのはもういやなんだよ」

「ああ、たしかにそんなふうに扱っていたかもしれない。だがおまえが実際に子どもっぽくふるまっていたときのほうが、ことは簡単だった」ルシアンがつっけんどんに言う。

ガレスは眉をあげて、兄を見つめた。ルシアンはたじろぐことなくその視線を受け止めたあと、顎をこわばらせて川の向こうに視線を移した。ふたりのあいだにぎこちない沈黙が落ちる。しばらくして、ガレスはため息とともに外階段の最上段に腰をおろし、両手を髪に差し入れた。「これまで兄さんに言われたなかで、今のが一番褒め言葉に近いせりふだな」

「ああ。この調子で続けたら、そのうちわたしから謝罪の言葉も引きだせるかもしれないぞ」

「そんな日が来たらうれしいね」

ルシアンはアルマゲドンの手綱を持ったまま外階段をのぼり、黒いフロックコートの裾を階段につけて弟の隣に座った。ふたりは無言で長いあいだそのままでいた。

「おまえのことはひどい扱いをしてしまったと思っている」ルシアンが口を開く。

「ああ、兄さんはひどいやつさ」

「ブラックヒースに戻ってきてくれないか?」

ガレスは首を横に振った。「それはできない」

「理由を教えてくれ」

「自分の力で新しい人生を切り開きたいからだ。ジュリエットは兄さんに助けを求めたが、焦ってそうしてしまったことを後悔している。兄さんがいつもみたいにぼくを厄介事から救いだそうと思って来てくれたのはわかっているよ。だが、そうやって面倒を見てもらう日々は終わったんだ。ぼくには養っていかなければならない妻と子がいて、ふたりはぼくを信じてくれている。やればできると信頼してくれているんだ。その期待を裏切れない」

「そうか」ルシアンがゆっくりと言った。「何か助けは必要ないか? 使用人をよこしても——」

「いや、いらない。自分の力でやりたい。そうしなくてはならないんだ。兄さんに助けてもらわずに」

「決心はかたいようだな」

「そういうことなら、これ以上わたしがとどまる必要はない」ルシアンは笑みも見せずに立ちあがると階段をおりた。そこで足を止めて振り返り、ガレスを見あげる。兄のいかめしい顔には奇妙な表情が浮かんでいた。称賛とも寂しさとも懸念ともつかない――おそらくその三つがまじり合った表情が。「ひとつだけ約束してくれるか?」

ガレスは片方の眉をあげ、無言で問いかけた。

「万が一どうしようもない状況に陥ったら、連絡してきてほしい」ルシアンの黒い目がガレスをじっと見つめる。その目を見て、ガレスは悟った。兄は自分を同等の人間として扱っていると。「プライドを脇に置いて助けが必要だと認めることが、自分の力だけで解決しようとするより勇気がいるときもある」

「ああ」

「覚えておくよ」

「そうしてくれ」ルシアンは言った。そして一度も振り返ることなくアルマゲドンにひらりとまたがり、馬の脇腹にかかとを打ちつけて走り去った。

30

納屋に行って朝の練習を始める頃には、ガレスの頭痛はすっかりおさまっていた。

今朝の打ち合いの相手はディッキー・ノリング。スネリングがブリストルで勧誘した、感じのいい前途有望な若者だ。ディッキーは一八年間、船上や船に関係した仕事をしてきて、拳闘士というよりけんか慣れしているといった感じだった。それでもなかなかの強さで、ガレスは警戒しながら間合いを図り、こぶしを交わした。だが思いどおりに力強く動く自分の体に喜びを覚えながらも、ガレスは集中しきれなかった。夜明けにルシアンが来たときのことが、繰り返し頭によみがえる。

〝また子ども扱いか、ルシアン。そういうのはもういやなんだよ〟

〝ああ、たしかにそんなふうに扱っていたかもしれない。だがおまえが実際に子どもっぽくふるまっていたときのほうが、ことは簡単だった〟

「ディッキー、もっと顔をうまく防御しろ!」ガレスのこぶしがディッキーの頬骨の上をかすめると、スネリングが怒鳴った。

「やってますよ、でも彼の動きが速すぎて!」

「それなら、おまえはもっと速く動けばいい」

ディッキーが気合いを入れ直して、猛然と打ちかかってくる。ガレスはそれをひとつひとつ腕で止め、受け流し、相手の顎に力のこもったパンチを打ち込んだ。

「なんてこった！　まったくあなたときたら、新人にしては強すぎる……いったいどこでそんな戦い方を覚えたんです？」

「兄や弟がいるからな」ガレスは言い、またもやディッキーのこぶしを止めてにやりとした。村の子どもたちからいろいろ教わったことや、〈巣窟〉のメンバーたちと体が鍛えられるし楽しいので拳闘の技術を磨いたこと、すぐにこぶしに訴えるのでしょっちゅう宿屋や居酒屋から放りだされていたことは黙っていた。頭のなかにまだルシアンの残像があり、そんなおしゃべりをする気分ではない。階段の上に並んで座った兄は、完全に信用したとは言えないまでも対等の人間としてガレスに敬意を示してくれていた。しかも兄はプライドをのみ込んで、限りなく謝罪に近い言葉を口にしたのだ。それに去る直前に見せた表情。あれは称賛と呼んでもいいものだった。なぜルシアンはブラックヒースに戻ってきてほしいと頼んだのだろう？　ただ命じるのではなく。自分の判断が正しいと思っていただろうに、そんな気持ちを抑えてガレスの決断を受け入れてくれた。どれほどの葛藤を経て、兄はそうしてくれたのか。

ルシアンはぼくに自分の力を証明する機会を与えてくれたのだ。その期待は絶対に裏切らない。

「よし、今日はここまでだ」スネリングが宣言した。「ディッキー、おまえはあがっていい。ガレス、あなたには金曜の夜にネイルズ・フレミングと試合をしてもらいます。この試合の宣伝には大金を注ぎ込んでいますから、今週はとりわけ念を入れて練習してください。ネイルズとの試合の結果がよかったら、次はブッチャーとの一戦を組みますから」

「肉屋（ブッチャー）だって？」ガレスはにやりとした。「そいつはリングネームか？　それとも実際の職業なのか？」

「両方ですよ。そしてやつはその名に恥じない戦いをします。もう契約して金を払いましたから、来週にもここへ来るでしょう」

「ブッチャーが来るのか？」ディッキーが信じられないというように声をあげる。

「そうだ。やつはスコットランド一強い。そしてわたしの見立てでは、うちのガレスはもうすぐイングランド一強い男になる。そうしたら素晴らしい戦いになるぞ。スコットランド対イングランド、ブッチャー対放蕩者だ」

「ぼくは大事な商売道具というわけか」ガレスはいい気分で、ディッキーに軽くこぶしを当てる真似をした。「じゃんじゃん稼げ、ってな！」

おどけたスコットランド訛りに、みんなが笑った。

「まあ、そう前のめりにならないでください」スネリングがいなした。「まずはネイルズに勝つことです」

やはりスネリングに雇われているネイルズは干し草の束のそばに座っていて、何か考え込むようにガレスを見つめている。ガレスは前にスネリングの厩舎で、ネイルズがほかの拳闘士たちと練習しているところを見たことがあった。素早く精力的に動くネイルズは、その名のとおり釘（ネイル）のように細く引きしまった体をしている。もじゃもじゃの短いコーヒー色の髪、引っ込んだ顎、何本か欠けている歯、そして体のほかの部分に比べて不釣り合いに大きいこぶしが特徴の彼は、ガレスと目が合うとにやりとした。

「今ちょっと試しにやってみるというのはどうだ？」練習の相手をしてくれたディッキーの背中を親しみをこめて叩きながら、ガレスは提案した。体じゅうに活力がみなぎり、自分の力を見せつけたくてしかたがなかった。

「よしてください、金曜の試合の楽しみが台なしになってしまいます」スネリングが却下する。

「ほんの少し練習で打ち合うだけさ」ガレスは雇い主の言葉を聞き入れず、ネイルズを促した。「どうだ、ネイルズ？　やってみたくないか？」

「ここでただ座っておまえばかりが楽しんでいるのを見ているより、そのほうがいいな」

「わかりましたよ」スネリングがしぶしぶという調子で言い、ガレスのほうに行けとネイルズを手で促した。「じゃあ、どうぞ。でも本気でやり合わないでくださいよ。殺し合うのは金曜の夜まで取っておいてください」

ネイルズはにやりとするとシャツを脱いでこぶしを構え、干し草のあいだを縫ってガレスに向かっていった。最初にパンチを当てたのはネイルズだった。ガレスの防御の下を絶妙なタイミングでかいくぐり、こぶしでガレスの顎をかすめる。次の攻撃はなんとか止めたが、ネイルズはとてつもなく素早かった。しかも賢く熟練していて、力も強い。ガレスは目の前の強敵に集中し、あっという間にルシアンとのことを忘れた。

金曜の夜は全力で向かっていかなければならないとわかり、彼はうれしかった。またブル・オルークとのときみたいな手応えのない試合では面白くない。

試合を思い起こさせるものが、あらゆる場所にあった。

宣伝のポスターは大通りの角にも、イースト・セント・ヘレンズ通り沿いにも、広場にも、ブドウ園沿いにもあった。ジュリエットがベッキーと連れ立って町へ買い物に行くと、人々が足を止めて〝放蕩者の女房だ〟と彼女を指差した。それだけでなくもう賭けが始まっていて、ネイルズが一〇対一で人気を集めていると知ってジュリエットの気分は沈んだ。

だが賭けで自分の人気が低いとわかっても、間近に迫った試合に対する夫の熱意はまったく衰えていなかった。それどころか練習にいっそう熱心に取り組み、スネリングから払われるはずの金についてうれしそうにしゃべり、さらに翌週に控えている〝ブッチャー〟とかいう恐ろしげな名前のスコットランド人との一戦を新たに深めた自信とともに待ち望んでいた。

そんなガレスの姿を見ていると、ジュリエットは自分がどれほど彼の試合を恐れているか、その話を聞くだけでどれほど動揺するか、とても言いだせなかった。だから目前に迫ったネイルズとの試合についてガレスが興奮してまくしたてても、舌を嚙んでこらえた。帰宅した彼が壁や炉棚や戸枠をふざけてこぶしで殴っても、何も言わずに顔をそむけた。けれどもある午後、家に入って、床に腹這いになった夫の背中にシャーロットがのってふたりで楽しそうに笑っているのを見たときは、胸がずきんと痛んだ。たった一撃で、かわいい娘は父親であるこの男性――生物的な意味は別として――を失ってしまうかもしれないのだ。

ジュリエットの〝放蕩者〟は正真正銘のダイヤモンドだと判明した。こうして赤ん坊と一緒に無邪気に遊んでいる姿を見ると、たとえ一時期でも、なぜチャールズのほうがいいと思ったのかわからなかった。

そしてあっという間に数日が経ち、ネイルズとの試合が迫ってきた。

金曜の夜、ガレスはネイルズ・フレミングを二ラウンドであっさり打ち倒し、人々は熱狂した。群衆は新たに誕生した英雄を称え、次のイングランド王者だと褒めそやしながら、スワンソープ・マナーまで運んでいった。「ブッチャーを連れてこい！　ブッチャーを！　スコットランドのやつらに、イングランドの男と戦うもんじゃないと思い知らせてやる！」何百人もの人々が気勢をあげた。門の前でおろされたガレスは右頬の上部の切り傷以外は怪我もなく、試合が終わった一時間後には寡婦用住居に戻った。

ろうそくを一本だけ灯し、なんとか本を読もうとしながら彼を待っていたジュリエットは、扉が開く音を聞くとほっとして涙が出そうになった。

神よ、彼をお守りくださってありがとうございます。

「ジュリエット？　ぼくは死ななかったぞー」気も狂わんばかりに心配していた彼女をからかい、ガレスが節をつけて歌うように呼びかけた。明らかに、ジュリエットが今夜どういう精神状態だったかわかっているのだ。

彼女は本を置いてろうそくを持ち、揺りかごで寝ているシャーロットの横を通り過ぎてガレスのほうに急いだ。キッチンを出たところで、気持ちを静めるために足を止める。遠くから聞こえてくる試合のどよめきを聞きたくなくて家じゅうの窓を閉めきっていたことを、彼に知られたくなかった。夕食をとれなかったことも、必死に読もうとしていた本に何が書かれていたかまったく思い出せないことも、居間の床に跡がつくほど歩きまわっていたことも、知られたくない。

けれど、そんな心配はまったく必要なかったのだ。暖炉のそばに立っているガレスはぴんぴんしていて、散歩してきたというほども疲れた様子がなかった。頬に小さな切り傷があるが、怪我はそれだけだ。ほっとして力が抜け、ジュリエットはがくがくする膝で彼の腕のなかへ飛び込んだ。

「ガレス！」

「ただいま、愛しのジュリエット」ガレスが彼女を持ちあげてキスをする。「ああ、きみはなんておいしそうなんだ」彼はジュリエットの胸を手で包み込みながら、顔を傾けてふたたび唇を重ねた。「うん、素晴らしい味だ！」

彼女はよく調べようと、腕を突っ張って体を離した。「どこも……なんともないみたいね。

本当に試合をしてきたの？」

「実は、してきたとは言えない」ガレスの表情が陰ったので、何か思い悩んでいるのだとわかった。

「どうしたの、ガレス？」

彼は真剣な表情で返した。「確信があるわけではないが、なんだか変だった。どうしても腑に落ちないんだ」ジュリエットから離れて暖炉の前に戻り、そこで落ち着きなく行ったり来たりしたあと椅子に座る。「今日の相手のネイルズとは今週、練習で打ち合ったんだ。一度だけね。油断できない相手だった。すごく動きが速くて。それなのに今夜は、寝ぼけてるんじゃないかというくらい動きが鈍かった。絶対におかしい……」

「体調が悪かったとか？」

「いや、それはないと思う。試合が始まった直後は張りつめた緊張感を漂わせていて、いい打撃もあった。ほら、ここをやられたんだ」ガレスが頬を指先で叩く。「だが、一ラウンド目の後半から様子が変わった。明らかに動きがおかしくなった。はっきりとは言えないが、薬でも盛られたのかと思うくらいに」

「お酒を飲んでいたのかも」

「違う。試合前にエールを何口か飲んでいたが、酔っ払うほどじゃなかった。絶対に酒ではないよ」

急に寒けがして、ジュリエットはぞくりと体が震えた。唇を噛み、座っている彼のところに行く。そして肘掛けに腰をおろすと、話の続きを待った。

「先週対戦したブル・オルークのときとまったく同じだ」ガレスに抱き寄せられて、ジュリエットは彼の肩に頭をもたせかけた。「どこかのろのろしていて、切れがなかった。観客は気づかなかったかもしれないが、対戦したぼくにはわかる。今夜の試合は公正なものじゃなかった。戦っているのに、ぼんやりパンチを受けるなんてありえない……」

「それで、あなたはどうしたの？」

「ぼくにできる唯一のことをしたよ」ガレスが苦々しい口調で言う。「試合を終わらせたんだ。パンチを出されてもぼんやり立っているだけのネイルズを見て、打つのはやめてやつを押し、膝をつかせた。観客は野次を飛ばしてきたが、そんなことはどうでもよかった。試合を続けて、そのあと何ラウンドもこぶしを叩き込む気にはなれなかったんだ。そんなのは間違っている」

彼はジュリエットに腕をまわしたまま、上を向いて暗い表情で天井を見つめた。「どうすればいいのかわからない。スネリングに話そうかとも思ったが、ネイルズやブルがアヘン中毒か何かなら告げ口はしたくない。彼らが試合に向けて気持ちを高めるために、そういうものを必要としている可能性もある。くそっ、どうすればいい？　見当もつかないよ」

彼女は立ちあがって椅子の後ろにまわり、ガレスの肩をもんだ。そこは発散できなかったエネルギーでかたくなっていた。「ガレス……もし彼らが試合の恐怖に立ち向かえなくてアヘンを使っていたのだとしたら、これまでの試合でも素早さや反射神経が鈍っていたはずよ。

そしてそうだったのなら、今みたいな有名選手になっていたはずがないわ」

「ああ、たしかに」

「それにアヘンを吸っていたのなら、試合前から様子がおかしかったんじゃないかしら。途中からではなく」

「そのとおりだ」ガレスは重いため息をつくと椅子の上で前かがみになり、手のひらの付け根に額をのせた。そのまま指を広げて髪に差し入れ、頭をつかむ。「ぼくもずっと同じことを考えていた。もうひとつの可能性を考えたくなかったからだ。そちらはあまりにも……恐ろしい」

「不正が行われたということ？」

「ああ」力を入れたりゆるめたりするたびに髪のあいだから見え隠れする彼の指を、ジュリエットは見つめた。「考えれば考えるほど、そうとしか思えないんだよ、ジュリエット。誰かが試合前に彼らに薬を盛り、必ずぼくが勝つようにした」

「まあ、なんてこと」ジュリエットは震える息を大きく吸った。それから唇を嚙みしめ、こぼれでそうな言葉を押しとどめる。お願い、ガレス、わたしたちをここから連れだして。恐ろしい試合と、ここで繰り広げられている邪悪な陰謀から遠く離れたところに。お願いだから……手遅れになる前に出ていきましょう。そして戻るのよ――。

いったいどこへ？　ジュリエットはわれに返った。ブラックヒース城で公爵の庇護のもとに入る？　そうすることを思い浮かべただけで、彼女の心は抗った。ガレスはあれほどがんばって責任感と自尊心を身につけ、人間として成長したのだ。けれどブラックヒースに戻れば、新しく発見した自分をふたたび見失ってしまうだろう。

「ジュリエット」彼女の考えていることを察したのだろう、ガレスが立ちあがって近づいてきた。両手でジュリエットの顔を包み、そっと顎を持ちあげて目を合わせる。その手は有能で力強く、かつてのような白くてやわなものではなかった。この手で彼は戦い、対戦相手をリングに沈めてきたのだ。「愛しいジュリエット……ここにはずっといるわけじゃない。それは信じてくれ」

「でも、ガレス、あなたの疑いが正しくて、不正が行われているのだとしたら？　あなたの命だって危険にさらされるかもしれないのよ」

「その危険に気づいていることで優位に立てる」ガレスは両手の親指で彼女の頬をやさしく撫で、額にキスをした。「このまま何も気づいていないふりをして、今までと変わらない生活を続けるつもりだ。うまくいけば黒幕が誰かを見つけ、次の犠牲者が出る前に正義の鉄槌（てっつい）を下してやれる」ため息をつき、懸念を目に浮かべたジュリエットを見つめる。「ここから今すぐ連れだしてもらいたいときみが思っているのはわかってる。だが駅馬車を襲う追いはぎを放っておけなかったのと同じように、不正が行われていると知りながらここから逃げだすなんて真似はできない。どうかわかってくれ。これはぼくがやらなければならないことなんだ」

ジュリエットは目を閉じて、ガレスの強さと自信と彼女を抱きしめる腕の温かさに慰めを見いだそうとした。また彼に英雄を演じてほしくはなかった。彼に危害がおよぶのではないかと、自分たち家族が壊れてしまうのではないかと、怖くてたまらない。ガレスがあえて巻き込まれようとしている危険を思うと恐ろしさに心が震える。でもそんな彼だからこそ、愛し、尊敬しているのだ。ほかの男だったら背を向けて逃げだすだろう。彼女の〝放蕩者〟は違う。正義がなされるまで決して休まない。

愛しているわ、心のまっすぐなあなたを。胸が苦しいくらい愛してる。

ジュリエットの目に涙がこみあげた。

「もう心配するな」ガレスが彼女の涙を見て、その理由を誤解した。「明日、ネイルズのところに行ってくる。オルークのところにも。ふたりの話をよく聞いてくるよ。ふたりは手練(てだ)れの拳闘士だ。ぼくはどちらの試合にも勝つべきではなかった。だから誓う。もし汚い不正行為が行われているのなら、それを突き止めるまで絶対に出ていかない」

ジュリエットは目尻のさがったロマンティックな目を、愛しい顔を、長いあいだじっと見あげていた。彼はなんと高潔な心を持っているのだろう。放蕩者と呼ばれている男の内側には、正義感とかたい決意が満ちているのだ。こうして抱きしめられ、彼の本質を理解した今、ジュリエットはもっと前に伝えておくべきだったことを口にするときが来たと悟った。

「ガレス？」

「なんだい、愛しい人？」

大きく息を吸って、彼の頬にそっと触れる。「あなたを……愛しているわ」

「ああ、ジュリエット……」ガレスの顔がみるみるうちに真っ赤になった。彼女の遅すぎる愛の告白に喜んでいるのは明らかだ。「こんな状況でそう言ってくれて、最高にうれしいよ」

「もっと前に伝えるべきだった。最初にそう気づいたときに。だけどそのときはまだ、自分自身にも認められなかったから」

「最初に気づいたのはいつだったんだ？」

「あなたが男の子の代わりに撃たれたときよ。あの子だけではなく馬車に乗っていた全員を助けようとしてあなたが死にかけたときから、愛し始めたんだと思う。あれからずっと愛していたわ……口にはしなかっただけで」

「だが――チャールズへの気持ちは？」

ジュリエットは小さく微笑んだ。「正直に言うわね。以前はわたしも、ほかの人たちと同じようにあなたたちふたりをいつも比べていた。でもあなたを知るようになるにつれて、そういう比較はしなくなっていったの。そしてたまに比べてしまうときも……あなたのほうがいいと思うようになったわ」上を向き、顔をほころばせたガレスにキスをする。「最近では、わたしとチャールズだったら決してこんなふうに幸せにはなれなかったと思うようになった。わたしたち、あまりにも似すぎていたもの。だけどあなたとは……どう言えばいいのかしら、ほかの誰といても、あなたといるときみたいに楽しかったことはないわ」

「ああ、ジュリエット。言葉では表せないくらいうれしいよ」彼は口が耳に届きそうなくらい大きな笑みを浮かべていた。「だが、これだけは言わせてほしい。ぼくの気持ちは最初から決まっていた」

「どんな気持ち？」

「きみを愛している」

「本当に？　本当にそれが今の気持ちなの？」ジュリエットは懸命に笑おうとしたが、片目から涙がこぼれてしまった。それを指の背でぬぐって洟を鼻をすする。これではまるで赤ん坊みたいだ。

「ああ、そうさ。いいかい、ぼくのかわいい奥さん。これからきみを二階に連れていって、それを証明するつもりだ」

ガレスは笑いながらジュリエットを抱きあげると、階上の寝室まで運んでいった——そこで彼はたっぷりと愛を証明し、彼女に試合のことも不正行為のことも忘れさせた。

31

夜遅くまでジュリエットを愛した翌朝、ベッドで目を開けたガレスのまぶたが鉛のように重かったのは当然といえば当然の結果だった。それでも眠っている妻を見ていると、このまま彼女を腕に抱き、そのシルクのような髪に顔をうずめて、朝も昼も夜も一日じゅうゆっくり過ごしたいという気持ちが沸き起こる。

そうできたらどんなにいいか。だが、もちろん無理だ。練習のため九時までに納屋へ行かなければならないし、その前に町で少し話を聞いてまわりたい。目立たないようにさりげなく探りを入れるつもりだった。あちこちで質問していると気づかれ、その理由を勘繰られたくない。

ガレスはジュリエットを起こさないようにそっと毛布を持ちあげてベッドから出た。妻の上にやさしく毛布を戻し、素足に冷たく感じられる床の上を飛び跳ねるように横切って、椅子の上に積んである服のなかからストッキングとブリーチズを手早く身につける。疲労感はまだ残っているし、昨晩ジュリエットに話した件に対する懸念はあるものの、いい気分だった。それも当然だ。彼女のくれた短い言葉が、晴れ渡った夏の空に浮かぶふわふわの雲のように今も頭のなかを漂っている。

〝あなたを……愛しているわ〟

ガレスは微笑み、枕の上に黒髪をスペインの扇のように広げて眠っている彼女を眺めた。彼もジュリエットを愛していた。そのつややかな髪を、なめらかな肌を、黒い瞳を、かわいらしい鼻を。聞くと誰もが頭をかいて、どこの出身なのだろうと考えをめぐらせる、鼻にかかった柔らかいアクセントさえも。ほっそりしていながら力強い体も好きだ。豊かな胸も、ウエストからヒップにかけての女性らしい曲線も……できればこの体に、これからもたくさん子どもを宿してもらいたい。向こう見ずなガレスを、彼女は冷静かつ現実的な考え方で落ち着かせてくれる。衝動的な彼を制する理性の声なのだ。ジュリエットを心から愛している。彼女の勇気を、分別を、献身的な心を。なかでも一番愛しているのは、今や無条件にガレスを信頼し、決断を支持し、彼とともにいてくれるところだ。ほかの女性だったら、ただちに赤ん坊と一緒にブラックヒース城へ連れて戻るよう要求するだろう。全能なる公爵の庇護を受けるために。

けれどもジュリエットは頑固に言い張ることもなく、泣きわめいたり、策を弄したり、泣き落としにかかったりもしなかった。もちろん不安は感じている。彼女の目を見ればそれがわかった。それでも彼女はルシアンと同じようにガレスを信頼してくれた。ふたりの期待に応えるために、精一杯の力を発揮しなければならない。以前の彼だったら、そんな期待など一顧だにしなかっただろう。しかし今は、ふたりのうちのどちらかでも——あるいは彼自身を――失望させるくらいなら、死を選んだほうがました。

外からクロウタドリの鳴き声が聞こえた。夜が明けたことを言祝ぐ、その日最初の歌だ。川を泳ぐアヒルたちが鳴き交わしている声も、遠くから響いてくる。炉棚の上の時計を見ると、五時をまわったところだった。くそっ、早い。だが、練習を始める時間まで数時間余裕があるのはたしかだ。それだけあれば、ネイルズとブル・オルークにゆっくり話を聞きに行けるだろう。

身支度を終えたガレスは出ていく前にベッドの横で立ち止まり、ジュリエットの顔にかかる髪をどけて、モクレンの花びらみたいに白くて柔らかな頬にそっとキスをした。かわいいシャーリーは揺りかごで眠っていて、毛布の下の小さな体は規則正しくかすかに上下している。ガレスはそこでも足を止め、やさしい笑顔で赤ん坊を見おろして額にキスをした。それからふたりを起こさないように、静かに部屋を出た。

一〇分後、ガレスはバターを塗ったパンを頬張りながら、ミル川とアビー・メドウのあいだの葉陰になった小道を町へ向かっていた。明るい太陽が水面をきらめかせ、木の幹を覆うツタの葉を鮮やかな緑色に輝かせている。今日がどんな日になるのかはまだわからないが、ひとつだけたしかに言えることがある。

今日は最高の天気になるだろう。

ガレスがセント・ニコラス教会の門をくぐったところで、ディッキー・ノリングが声をかけてきた。

「ガレス卿！　ガレス卿！　もう聞きましたか？　ひどい出来事ですよね。ご家族のことを考えると本当に――」

いやな予感がして、ガレスは入り口の石造りのアーチ状の屋根の下で足を止めた。通りの向こうのカウンティ・ホールから駆け寄ってきて息を切らしている若者に目を向ける。「なんの話だ、ディッキー？」

「昨日の夜、ネイルズが死んだんです。あなたに倒されたあと、目を覚まさなかったんですよ。あなたの一発が強すぎたせいだと言ってるやつらもいるけど、医者によればネイルズは倒れたときに頭を打ったのだとか。明日、埋葬されるそうです」

一瞬、何を言われたのか理解できず、ガレスは呆然とディッキーを見つめた。

「なんだって？」

「だから、ネイルズがゆうべ死んだんですよ！」

信じたくなくて、今聞いたことを否定する気持ちが沸きあがった。ネイルズが死んだ？　まさかそんな。そこまで強く打った覚えはまるでないのに。

「大丈夫ですか？　ちょっと顔が青いみたいですけど」

「ああ、大丈夫だ。ただ少し……驚いて。信じられない。なんてことだ」ガレスは頭を振って、気を落ち着けようとした。額を指先で押さえ、教会の冷たくかたい石壁にもたれる。頭のなかでさまざまな考えが渦巻き、ぞっとするような予感に背筋が冷たく泡立った。「ディッキー、ネイルズの家がどこにあるか知らないか？　行って、奥方にお悔やみを伝えなくては……」

しばらくののち、ガレスはイースト・セント・ヘレンズ通りにあるテラス付きの小さな家の前に、三角帽を握りしめて暗い表情で立っていた。窓辺には清潔な白いカーテンがかかっていて、戸口にはすでにクレープ織りの黒い喪章がさがっている。罪悪感で胃が締めつけられながらも、彼の頭は困惑でいっぱいだった。同じ考えが繰り返し浮かぶ。そんなに強くは殴らなかった……強くは殴っていない……強くは……。

つらい思いをしているネイルズの未亡人に対して、なんと意味のない言い訳だろう。ガレスは気分が悪くなった。

震える息を大きく吸って、ノッカーをつかむ。早朝だが、ネイルズの妻はきっと起きているとわかっていた。田舎の住民は早起きだし、夫を亡くした直後に喪失感をものともせず熟睡できる人間がそういるとは思えない。それでもガレスはためらった。もしかしたら、悲しむ家族はそっとしておいて、このまま立ち去るほうがいいのかもしれない。彼らにとって、ガレスは今一番会いたくない人間だろう。

この臆病者め。

ノッカーを持ちあげて扉を叩き、そのまま待った。

扉の向こうで人が動く気配がして、ガレスはなんと言えばいいか考えながら咳払いをした。掛け金があがって扉が開き、潤んだ目の縁を赤くした女性が顔をのぞかせた。手に持ったハンカチはくしゃくしゃに丸まり、スカートには子どもがふたりくっついている。女性はガレスを見ると息をのんでハンカチを鼻に当て、目に涙を浮かべた。

ガレスは彼女への同情で胸が痛んだ。「ご主人が亡くなったと聞いて」帽子を握りしめて静かに言う。どう慰めればいいのかわからず、このひどい状況に吐き気がした。「お悔やみを伝えたくて来たんだ。邪魔をして申し訳なかった」

そのまま向きを変えて立ち去ろうとしたが、女性の声に足を止めた。

「お待ちください！」

彼は大きく息を吸って振り返ったが、何を言えばいいのかも、どうすればいいのかもわからなかった。

戸口に立つネイルズの妻の憔悴しきった姿が、ひどく小さく見える。「どうか帰らないで」彼女は下唇を震わせてささやいた。「ご自分が夫を殺したと思われているんでしょうけれど……それは違います」

「そう言ってくれて感謝するよ、ミセス・フレミング。だが、ぼくにも責任はある。ぼくが介添え人だったら、試合を止めただろう。戦っている身としては続けるしかなかったが……」

「いいえ、あなたはわかっておられません。わたしはこれまで夫の試合をすべて見てきました」涙でいっぱいの目につらそうな表情が浮かんだ。「昨夜もあそこにいたんです。そして夫がどんな状態だったかをこの目で見ました。あなたは夫を強く打っていなかったし、夫は倒れたとき膝からくずおれました。お医者さまがどう言おうと、頭を床に打ちつけたりはしていません」

ガレスはネイルズの妻を見つめ、眉をひそめた。

「わかりませんか？」彼女が泣きはらした目でガレスを見あげる。その目はきちんと理解するように求めていた。「夫はあなたの手で死に追いやられたんじゃない。試合の直前に誰かにアヘンチンキを飲まされたせいで死んだんです！」

夫がアヘンチンキに強いアレルギーを持っていたことをミセス・フレミングがガレスに話しているのと同じ頃、ルシアンの情報提供者は窓辺に立って、公爵から受け取ったばかりの手紙を読んでいた。

〝弟は今、バークシャーのアビンドンにあるスワンソープ・マナーにいる。そしてわたしは、弟がそこで巻き込まれている出来事に大いに懸念を抱いている。すぐに現地へ行って様子を探り、毎日報告してほしい。異常な事態が起こった場合はすぐに知りたい。今度こそ弟を見失うな。

ブラックヒース〟

最後の部分が強調してあるところを見ると、公爵はかなり真剣なのだろう。かなりというか、ものすごく。

ニール・チルコットはその手紙をたたんでポケットに入れ、馬の用意をさせた。すぐにアビンドンに行って、ほかの〈巣窟〉の仲間たちが来るまで身をひそめていなければならない。ブラックヒース公爵の手紙の文面から、一刻の猶予もないのは明らかだった。

スネリングはネイルズへの追悼の意を示すため、雇っている拳闘士全員に一日休みを与えた。ほとんどの者は飲みに出かけたが、ガレスは違った。

彼は〈古い鐘亭〉で、エールのジョッキを前に不機嫌な顔で座っているブル・オルークを見つけた。噂では、ブルは年下で経験のないガレスに負けるという屈辱を味わったあと、毎日飲んだくれているらしい。そしてガレスとの試合をする前に何かなかったか訊いても、たいして答えられなかった。ブルが思い出せたのは最初にこぶしを交わしたあと〝ものすごく変な気分〟になったということだけで、しかもそれをガレスの打撃が強かったせいだと考えていた。そこでガレスは聞いたことをただしっかり記憶して、余計なことは言わなかった。

そして月曜日、彼は朝の練習のあと地元の薬屋に行った。そこで話を聞いても何もわからなかったが、犯人がアビンドンで薬を購入するほどまぬけである可能性はもともと低い。火曜日の午後はベッキーの弟のトムに馬を借りてウォリングフォードの薬屋に行ったが、やはり何もわからず、水曜日はウォンテジの町で聞き込みをして、やはり成果はなかった。

調査は結局無駄に終わるのではないかと思い始めたとき、ガレスはとうとう求めていた情報を得た。木曜の午後遅く、オックスフォードの小さな店に入ってこれまでと同じように薬剤師に質問をぶつけると、細面で目と目の間隔が狭い男が最近アヘンチンキを大量に買っていったという答えが返ってきたのだ。男の素性は不明だという。

しかし、ガレスにはわかっていた。

その晩、家に向かって馬を走らせながら、彼はルシアンの言葉を思い出していた。

〝ひとつだけ約束してくれるか？　万が一どうしようもない状況に陥ったら、連絡してきてほしい〟

兄の言ったとおりだ。プライドを脇に置いて助けが必要だと認めることが、自分だけの力で解決しようとするより勇気がいるときがある。

家に着くとすぐ、ガレスはルシアンに宛てて手紙を書いた。

32

金曜の午後。

スコットランド出身の恐るべきブッチャーとの試合まで、あと六時間。

ルシアンはまだ来ていなかった。

ガレスは午前中を檻のなかのライオンのように床の上を行ったり来たりして過ごし、外から少しでも人の声が聞こえるとびくりとして、すべては自分の思い過ごしなのではないかと思い悩んだ。結局のところはっきりした証拠があるわけではなく、ただ状況的に限りなく怪しいというだけだ。もしルシアンが駆けつけて、単にガレスが大げさに騒ぎ立てただけだとわかったら、きまり悪いことこのうえない。

彼は窓の前に行って、そわそわと外の様子をうかがった。ジュリエットが庭の菜園でしゃがみ込み、細い溝を掘って種を埋めている。ガレスはほっとして息を吐いた。この五分で少なくとも一〇回は妻の様子を確認し、床の上を這いまわるシャーロットにはその一〇倍も目をやっている。赤ん坊は彼が木をくり抜き、硬貨を詰めて作ったガラガラで遊んでいた。

ガレスがふたたび行ったり来たりし始めると、シャーロットは大きな青い目で彼を見あげ、病院に閉じ込められた患者みたいなせわしない動きを追った。

彼は足を止めた。いったい何をそんなに心配しているの？　チャールズにそっくりな青い目にそう問いかけられた気がして急に力が抜け、ひどくまぬけな気分になる。対戦相手ふたりに明らかにアヘンチンキを盛られた形跡があることや薬剤師の言葉で、すっかり浮き足立っていた。自分の小心さに呆れて頭を振る。ガレスはため息をついて赤ん坊の横に腰をおろすと、うれしそうに膝の上にのぼってきたシャーロットを抱きあげた。こうして触れ合っていると気持ちが落ち着いた。このところ邪悪な部分ばかりを目にしているこの世界にも、まだ無垢で純粋で輝かしいものが存在しているとわかってほっとする。

けれどもしばらくすると、シャーロットはただやさしく揺すられているだけでは満足できなくなったらしい。赤ん坊が落ち着きなく身をよじるのを見て、この生活にすっかり慣れたガレスには理由がわかった。

「お腹がすいたのかい、かわいいシャーリー？」

ガレスは膝立ちになると、数分前にうきうきしながら用意したボウルを取って、ふたたび腰をおろした。シャーロットは最近離乳食を始めていて、彼はそれがうれしくてしかたがなかった。これなら彼にも食べさせてやれるからだ。とはいえ一時間前に赤ん坊を任せていくときも、ジュリエットは半信半疑の様子だったが。〝食べ物は丁寧につぶしてやってね〟彼女はそう言って、まるで手伝いをしたくてしょうがない二歳の子を相手にするように何度も実演してみせ、ガレスはひたすらうなずいてやりすごしたのだった。〝かたまりが少しでも残らないように確認して。食べたがらなかったら、無理に全部食べさせなくていいから〟

ガレスはボウルの中身をスプーンですくって赤ん坊の口に運びながら、まずひとつ目の間違いに気づいた。「うーん……もしかしたら昨日の夕食の残りから、ビーツじゃなくてマメかニンジンをつぶしたほうがよかったのかもしれないな」そうつぶやいて考え込む。はっきり言って、父と娘で乗りだしたこの新しい難事業において、誰の力が足りないのか判断するのは難しかった。彼の娘は今や頭のてっぺんから爪先まで赤いビーツまみれで、父親はといえば、やはり手も膝の上もビーツまみれだ。シャーロットがビーツまみれの姿で見あげてにかっと笑うと、ガレスは笑いが止まらなくなった。ふたりとも、今の状況が楽しくてしかたがなかった。

ボウルの中身が半分まで減ったとき、ハンマーを振るうような勢いで扉を叩く音が響いて、ガレスはびくりとした。ルシアンだ。赤ん坊を片手でやすやすと抱えながら玄関の扉を開けると、そこにはペリーをはじめ、〈放蕩者の巣窟〉のメンバーたちが立っていた。

「なんてこった！　いったい赤ん坊に何をした？」ペリーの顎が床に届くかというくらい、がくんと開く。

シャーロットを見おろしたガレスは、自分たちがどんなふうに見えるかにようやく気づいた。すべすべした赤ん坊の顔には大きな赤い染みがいくつもできているし、両手も真っ赤、服はめちゃくちゃ、顎からは真紅のビーツの切れ端がぶらさがっている。まずい、ジュリエットに殺される！　ガレスは焦った。

あわててテーブルからナプキンを取り、シャーロットの顔をこするが、ちっともきれいにならなかった。「くそっ！　どうすりゃいいんだ！」彼の叫びを聞いてペリーが愉快そうな表情になり、残りのみんなもげらげら笑いだした。

「父親業にどっぷり浸かってるみたいだな、ガレス」

「放蕩に明け暮れた日々は遠いかなたというわけだ！」

「次はおむつを替えているところに出くわすんじゃないのか、ははは！」

「失せろ！」彼らの子どもじみたふるまいをどれだけ恋しく思っていなかったかを悟って、ガレスは怒鳴った。ふざけた様子やからかいの言葉、それにシャーロットのガラガラを取ってガレスの目の前で執拗に振ってからかってくるチルコットの態度を、笑って受け流す気分ではない。そこでチルコットの手首をきつくつかみ、ガラガラを取り返した。「なんだって雁首そろえて、こんなところまで来た？」

「もちろん今夜のおまえの試合を見るためさ」

「そうそう。レイヴンズコームじゅうにポスターが貼られているんだ。〝スコットランドからやってきたブッチャーか、放蕩者か？〟って文句が書いてあるやつさ。相当宣伝に気合いが入ってるぞ、ガレス。今やおまえは有名人だ」

　ガレスは小声で罵った。「聞いてくれ。おまえたちが来てくれてよかった。実はある陰謀が進行している疑いがあって、おまえたちの助けが必要になるかもしれないんだ」

「いったいなんの話だ？」

彼はこれまでにわかったことを急いで仲間たちに伝え、どのような疑念を抱いているのかを説明した。

「そうか。だが、ガレス、証拠はないんだろう」

「ああ。今はまだ。でも、必ず証明してみせる。人がひとり死んでいるんだ。誰がやったのか明らかにするまで、絶対に諦めるつもりはない」

〈放蕩者の巣窟〉のメンバーたちは早く町を見に行きたいと長居せずに立ち去ったが、彼らがアビンドンにいるというだけでガレスは心強かった。チルコットはまぬけだし、ほかの連中はガレスの話をただの冒険活劇くらいにしか思っていない。ただひとりペリーだけが、彼の言ったことを真剣に受け止めているようだった。ペリーはいいやつで、頼れる友人だ。

だが、ルシアンはいったいどこにいるのだろう?

試合は六時からで、もう四時をまわっていた。ガレスは兄が黒馬にまたがって怒涛のごとく駆けつけてくると思っていた。ところが手紙をよこすわけでもなく、手紙を受け取ったという知らせもなく、もちろんルシアン自身が来る気配もない。何かがおかしい。絶対に変だ。

ガレスは窓辺に行き、両手をポケットに突っ込んで川の向こうに目をやった。カルハムの方角へとうねるように続いている草地が、遠くへ行くにしたがって空を背景にバラ色がかった青緑色にかすんでいる。

早く来てくれ、ルシアン。いったいどこにいる?

一階から扉を叩く鋭い音が響いた。ジュリエットが――幸い、彼女はシャーロットをビーツまみれにしたガレスを殺さずにいてくれた――部屋を横切って玄関に向かう音がする。すぐにベッキーが動転した声で何か話しているのが聞こえてきた。

「ガレス！　すぐにおりてきて！」ジュリエットがせっぱ詰まった声で呼びかけた。

彼はあわてて向きを変えると、階段を二段抜かしで駆けおりた。玄関の内側にベッキーと彼女の弟のトムが立っているが、ベッキーは青ざめて震え、目は泣いているみたいに赤い。

「いったいどうしたんだ？」ガレスはふたりの肩にやさしく腕をまわして居間へと促した。

「座って、何があったのか話してくれ」

「ああ、ガレス卿、トムの話を聞いてください！」

トムが頭の後ろをさすりながら話し始めると、ルシアンが来なかった理由が明らかになった。まだアビンドンにも行き着かないうちに、馬が何かに――あるいは誰かに――驚いて棹立ちになり、トムは馬から落ちて暗闇で誰かに襲われたのだという。そしてオックスフォードの町の裏通りで意識を取り戻したときには、縛られて猿ぐつわを嚙まされ、二日酔いの一〇〇倍ひどい頭痛を抱えていた。それから半日以上かけて拘束を解き、ようやく家に戻ってきたのだ。

「渡した手紙はどうなった？」ガレスは訊いた。

「なくなっていました。家に着いたら馬は戻っていましたが、鞍袋はありませんでした」

ガレスは悪態をついて髪をかきあげ、部屋の向こう側にいるジュリエットと目を合わせた。

彼女はつややかな巻き毛をまとめた頭にかぶっている糊の利いたモブキャップと変わらないくらい、真っ白な顔になっている。

ジュリエットがゆっくりと首を横に振った。「ガレス、今夜の試合に出てはだめよ。あなたが気づいていることを知られてしまったんですもの。あなたの命が危ないわ」

「だが、ジュリエット、戦わないわけにはいかない」

「いいえ、戦う必要なんてないわ」

「イングランドじゅうから人が集まるんだぞ！　賭けで何千ポンドも動いているんだ。戦わなければ、この先二度と顔をあげて歩けない。みんなに臆病者と思われて、一生立ち直れないよ。そうなったらこの国を出るしかない！」

ジュリエットの表情がこわばった。両腕で自分を抱きしめ、顎をあげて挑むように彼を見つめる。「お願いよ、ガレス。試合には出ないで」

「頼むよ、ジュリエット。わかってくれ」

「何をわかれというの？　あなたの命が危険にさらされているのよ。今夜は絶対に戦ってほしくない！」

ガレスが振り返ってベッキーとトムにちらりと視線を向けると、ふたりは彼の気持ちを察して素早く出ていった。それを見届けて説得する方法を変え、妻のもとに向かう。ガレスはまず、力の入っている彼女の腕の緊張を解こうと、やさしく撫であげた。しかし、鍵のかかった扉を前にしているみたいに取りつく島もない。

「ジュリエット」彼女の額とこめかみにキスをしながら、顎の下に指を入れて持ちあげた。唇を合わせたが、ジュリエットの口はこわばっていて、ちっともゆるまなかった。怒っているのだ。「今夜、ぼくの身には何も起こらないと約束するよ」

ジュリエットは腕にさらに力をこめて、彼の訴えに耳を貸すのを拒んだ。「それならわたしは、このままあなたが試合をするのなら出ていくと約束するわ」

驚愕して体を引く。「なんだって？」

「聞こえたはずよ」

「ずっとそばにいて支えてくれるんじゃなかったのか？　くそっ、ジュリエット。ぼくを信じていると言ってくれたあの言葉を、証明するときが来たんだぞ」

「ここにいて、あなたが死ぬのを見ているつもりはないの。わたしには面倒を見なくてはならない赤ん坊がいる。どうしても戦うというなら、ブッチャーとの試合に行けばいいわ。だけど戻ってきても家は空っぽよ――戻ってこられたらの話だけど」

「ジュリエット！」

「選んでちょうだい、ガレス。プライドを取るか、家族を取るか」そう言うと、彼女は背を向けて部屋を出ていった。

彼をひとり残して。

「どういうことです、ブッチャーと今夜戦わないっていうのは？」ガレス卿をマナーハウスの豪華な客間へと促しながらも、スネリングは動揺を隠せなかった。ワインを入れたデカンターとグラスをふたつ持ってくるよう使用人にせかせかと命じて、すぐに続ける。「町じゅうの人間が今夜の試合に期待しているんですよ！　この町の住人だけじゃなく、遠くからも大勢来るんです。今さらやめるなんてありえない。大変な騒ぎになります！」

だが、若き拳闘士の決意はかたかった。「無理だ、スネリング。試合には出ない」

心臓が胸を突き破りそうな勢いで激しく打っているのを感じながら、スネリングは必死にこの緊急事態に対処する方法を探した。落ち着け！　そう自分に言い聞かせながら、汗の噴きでた手のひらをブリーチズにこすりつける。問題の原因を突き止めて、なんとかガレスを試合に出させるのだ。「とにかく座って、何が問題なのか教えてください」これまでも神経質になりがちなガレスをなだめるのに威力を発揮してきた、父親のようなやさしい声でスネリングは言った。けれども相手の淡い青色の目がすっと冷たくなるのを見たとたん、やり方を間違えたのがわかった。ガレスは混乱し、おびえているかもしれないが、父親になだめられるような子どもではない。

まさか、知っているのか？　いや、そんなことはありえない。ウッドフォードとわたししか知らないはずだ。試合を前にして、またちょっと神経質になっているだけだろう。そうに決まっている！

スコットランド人にどれだけの大金を賭けたかを考えて、スネリングは恐怖のあまり涙が出そうになった。今夜ガレスがブッチャーとの試合に出なかったら、持っているものをすべて失ってしまう。

「もうたくさんだというだけだ。ほかにどんな説明がいる？」ガレスが簡潔に答えた。

鋭い目が射抜くようにスネリングを見据える。

スネリングは落ち着かない気分で身じろぎをした。額には汗が噴きだし、使用人がワインを運んできたときはほっとした。震える手でワインを注ぎ、片方のグラスをガレスの前に置く。しかし彼は毒を盛られるとでも思っているかのように、グラスに触れようともしなかった。本当にばれたのか？

「なるほど、あなたでもそういうことがあるんですね。臆病風に吹かれたってことですか！」スネリングは額の汗をぬぐい、自分のなかに隠れている外交的手腕を引っ張りだして、なんとか笑みを作った。「いや、そういうものです。いくら強くてもね。そしてあなたは最高の拳闘士だ。おそらくイングランド一の。初めてあなたが戦うのを見た瞬間にわかりましたよ」ごくりとワインを飲む。「少し神経質になっているのは理解しました。お気持ちはよくわかります。ブッチャーの評判を知れば、どんな人間でも恐怖を感じるでしょう。でも、あなたはそんなものには負けないはずです。あなたみたいに強いこぶしを持つ男はイングランドじゅうを探してもいない。すでに強敵ふたりに勝ってるんです。ロンドンで倒したジョー・ラムフォードも入れれば三人だ。まさに生まれついての拳闘士と言っていい。素晴らしい才能ですよ。あなたなら、きっと三ラウンドでブッチャーを倒せる。賭けてもいい！」

だがガレスは冷たい目でちらりと彼を見ただけで、すっと視線をそらした。

「わかっています、ネイルズに起こったことのせいでしょう？　ですがガレス、あれは事故だったんです。自分を責める必要は――」

「自分を責めてなどいない」淡い青色の目が挑むようにスネリングをとらえた。「ただ、今夜ブッチャーと戦いたくないだけだ。はっきり言って、もう誰とも戦いたくない。やめさせてもらうよ、スネリング。やる気がなくなった」

「そんなことを言われても――」

ガレスが立ちあがった。「ぼくは家族を連れて故郷に戻る」

目もくらむような激しい怒りが奔流のようにスネリングを襲い、彼はぶるぶると震える両手を懸命に抑えた。今もし銃を持っていたら、この尊大な若造をこの場で撃ち殺していただろう。しかし、銃は持っていなかった。スネリングはどれほどの金を今夜のブッチャーに賭けてしまったか、ガレスが試合に出なかったらどれほどのものを失うか、ひたすら考えながら立ち尽くすことしかできなかった。

「ただ出るのをやめるなんて許されませんよ！」スネリングは思わず怒鳴った。「くそっ、モンフォール、試合に出ると同意したはずです！」

「だが、ぼくには妻と娘がいる。ふたりをネイルズの家族のような目に遭わせるわけにはいかないんだ。今夜の試合でぼくの身に何かあったら、妻は悲嘆に暮れ、娘は父親なしで育つことになる」ガレスは帽子を取りあげて出口に向かった。「では失礼するよ」

スネリングは飛びあがるように立って、急いでテーブルをまわり込んだ。慎重な態度を投げ捨て、ガレスに言葉をぶつける。「まったく、よりにもよって、あなたがそんな臆病者とは。モンフォール一族のあなたが！」

ガレスが足を止め、スネリングはこの若者がいかに長身でたくましいかを急に思い出した。ゆったりしたシャツの下に力強い筋肉を隠している男を、こんなふうに挑発するなど無謀だった。殴られると思って、スネリングは息を止めた。けれどもこの〝放蕩者〟は、ミセス・ボトムリーの娼館で出会ったときの短気で衝動的な若者から、冷静に自分を抑えられる大人へと成長していた。「今言われたことに対して、本当なら決闘を申し込みたいところだ。だが、決闘は紳士としかしないことにしている――紳士になりたがっている男とではなくてね。ではスネリング、今度こそ失礼するよ」ガレスの冷静な笑みが、ただ殴られるよりもスネリングの胸をえぐった。

「待ってください！」彼は残りのワインを一気に飲み干すと、相手よりも先に扉の前へ行こうと必死にソファを飛び越えた。ぜいぜいと息をつきながら背中を扉につけ、自分の雇った拳闘士を血走った目で見あげる。スネリングなど存在しないかのように視線を前に据えたまま近づいてくるガレスに、つまみあげられて放り投げられるかもしれない。「お願いですから聞いてもらえませんか」スネリングは笑みを作り、懇願の意をこめて両手を広げた。恥も外聞もなくすがっているとわかっていたが、絶対にこのまま去らせるわけにはいかない。面子にこだわっている余裕はなかった。「今回の試合を宣伝するのに大金を注ぎ込み、手間もかけてきました。あなたには住む家を与えて人並みの暮らしができるようにしたし、リングネームまであげたんですよ。その礼がこれですか？」

「スネリング、おまえに借りなどない。そこをどいてくれ」

「ですが――」

ガレスは黙って彼の背後に手を伸ばすと、掛け金を外して扉を開いた。よろけて転びそうになったスネリングの横をガレスが通り過ぎ、玄関へ向かう。足音が高い天井と壁に反響するのが聞こえた。

「待って！ 待ってください！」スネリングは叫んだ。骨の髄まで染み込んだ優雅さを得られるなら寿命の一〇年分を、貴族らしい冷ややかな尊大さを手に入れられるならさらにもう一〇年分を差しだしても惜しくないと思いながら――。

そして今夜、この若い放蕩者をリングにあげられるのなら、自分の持っているものをすべて差しだしてもいい。

「ガレス卿！」

長身の後ろ姿は、もうすぐ玄関に到達するところまで進んでいる。

「ガレス卿！ どうすれば今夜の試合に出てくれますか？ なんでも言ってください。一〇〇〇ポンド払えばいいですか？ 二〇〇〇ポンド？ いくらでも言ってください、ガレス。勝ったらそれを差しあげますから！」

スネリングの声が玄関ホールにこだまする。

ガレスが開いた扉のところで足を止め、一面に広がる小麦とライ麦と大麦の畑を見渡した。

このあたりはバークシャーで最も肥沃な大地だ。彼の頭上には豪華な鉛枠の扇形窓があり、その下の石材の部分にはモンフォール家の紋章が永遠に刻まれている。

ガレスは黄褐色の頭を後ろに傾けて扉の上にある一族の紋章を見あげたあと、ゆっくりと振り返ってスネリングを見た。その表情はまったく変わっていないが、目だけが勝利の色を宿していた。

「ならば、スネリング」ガレスは言った。「ぼくはこのスワンソープ・マナーが欲しい」

ガレス卿が去ったあと、スネリングは強い酒をあおらずにはいられなかった。心臓はまだ激しく打っているが、体を揺さぶるような安堵感が血管を通って全身に広がり始めている。彼はブランデーを注いでソファに沈み込むと、ガレスに試合をさせる方法を見つけられたことを神に感謝した。すべてを失ってしまったと、地獄のような思いを味わった。

〝ぼくはこのスワンソープ・マナーが欲しい〟

その言葉を思い出して、スネリングは悪態をついた。尊大な貴族の若者が求めたのは、それだけではなかった。試合のときの介添え人をウッドフォードではなくガレスの友人のブルックハンプトンにすることと、ネイルズの未亡人にこの先一生不自由なく暮らせるだけの金を与えることも望んだ。しかも、わかったというスネリングの言葉を信用せず、ブルックハンプトンの前で合意の確認までさせられたのだ。

〝そうでなければ、ぼくは戦わない〟

くそっ、若造め。スネリングが二杯目を注いでいると、執事のサンダーソンが来客を告げに来た。

「ウッドフォード！　いったいどこにいたんだ？」スネリングはほっとして笑った。

「モンフォールのことで話がある」

スネリングは笑みを消した。「扉を閉めろ」

ウッドフォードは黙って言われたとおりにし、不安げにあたりを見まわしてからスネリングの向かいの椅子に座った。「やつはおれたちのしていることを知っている」

「なんの話だ？」

ウッドフォードは答える代わりに、コートのポケットから折りたたんだ羊皮紙を取りだした。「昨日の夜遅く、トム・ホートンがこれをブラックヒース公爵に届けようとしていた。庭師のクリードンがつかまえたが」その手紙を雇い主の目の前のテーブルに放る。「だがまぬけなクリードンは、ついさっきようやくこれをおれのところに持ってきた。それでまあ、あんたに見せたほうがいいだろうと思ってね」

あわてて手紙を開いたスネリングは怒りで顔を紅潮させた。「まったく、あのモンフォールの野郎は頭がまわる！」大声で怒鳴って、手紙をくしゃくしゃに丸める。もしこれが絶大な権力を持つブラックヒース公爵のもとに届いていたら、スネリングは問答無用で木につるされていただろう。それだけのことが手紙には書かれていた。彼はウッドフォードの目の前で手紙を振った。「何もかも知られているじゃないか！」

「ああ、薬剤師のオズグッドからガレスが妙な質問をしていったと聞いて、変だと思ったんだ。それでクリードンに金を握らせて見張らせていたら、やつはガレスがトム・ホートンに手紙を託すのを目撃した。それでトムのあとをつけ、頭を殴って奪った鞍袋に入っていたのがこの手紙だ」

「やつはなんですぐにこれを持ってこなかったんだ？」

「鞍袋のなかにジンも入っていたからさ」

「まったく、使えない野郎だな！」

ウッドフォードはテーブルの上に両手をついて、そわそわと後ろを振り返りながら雇い主に身を寄せた。「どうする、ジョナサン？」

スネリングは自分の悪事が記されている手紙をろうそくの上にかざし、黒く焦げて丸まっていくのを見守った。「そんなの決まってるだろう」手に残った灰を振り払いながら言う。「ガレスは知りすぎた。やつがブラックヒースにすべてをぶちまける前に、なんとかするしかない。公爵に知られたら終わりだ」

ウッドフォードがすっと立ちあがる。「わかった。おれがなんとかする。ガレスはブルックハンプトンを探しに町へ行ったと言っていたな。それなら牧草地を戻ってくるのを待ち伏せして、背中にナイフを突き立ててやろう。死体はテムズ川に投げ込めば――」

「だめだ、だめだ。ガレスには相当な金を注ぎ込んでる。それをテムズ川なんかに放り込んで無駄にするなんて、もってのほかだ」スネリングも立ちあがってもう一杯酒を注ぎ、激しく顎を動かして口じゅうに酒をまわしてから飲み込んだ。険しい表情のまま、ウッドフォードを振り返る。「だめだ、ウッドフォード、これまでもやつにはたんまり稼がせてもらったが、今夜はそれとは比べものにならないくらいの大金がかかっている」

「でも、どうするんだ？　全部知られているのに？　おれたちがスコットランド野郎に薬を盛ってガレスを勝たせるとわかっているんだから、ガレスは試合のあと、みんなの前でおれたちを糾弾――」

「ばかか、おまえは。スコットランド野郎に薬を盛ったりなどしないさ。わたしがやつに賭けたのは、負けるのを見るためじゃないんだ」

ウッドフォードが信じられないというように眉をあげる。

「ガレスはイングランド人だ」スネリングは続けた。「だからイングランド人は全員、彼を応援する。スコットランド野郎がどれだけでかくても、若造の放蕩者が一ラウンドももたずにめった打ちにされる可能性がいくら高くても、そんなことは関係ない。こいつは愛国心の問題なんだ」

ウッドフォードは顎をこすりながら、聞き入っていた。

「みんながガレスに賭けるなかで、わたしだけが最後の一ペニーまでスコットランド野郎に賭ける。なぜだかわかるか？」スネリングの目はぎらついている。「それはガレスが今夜、負けるからだ」

ウッドフォードが首を横に振った。「だがな、ジョナサン、やつが試合の前にあんたから差しだされたものを口にするほどまぬけだと思っているなら、大きな間違いだぞ」

「別に何も飲んでもらう必要はない。おまえはあのスコットランド野郎が戦うところを見たことがないのか？」スネリングは小さく笑い声をあげた。「ガレスが勝てる見込みは万にひとつもない。強いといっても、とうていやつに肩を並べられるほどじゃないからな」彼は立ちあがった。その体からは、憎しみと怒りがゆらゆらと立ちのぼっている。「だから今夜の試合では薬を盛ることはしない。われらが放蕩者は正々堂々と戦って、完膚なきまでに叩きのめされるんだ」

ウッドフォードが眉をあげる。

「いいか、ウッドフォード、今日の試合にかかっているのは金だけじゃない。スワンソープ・マナーもだ。ガレスをリングにあがらせるためにはそうするしかなかった。ガレスが勝ったら、わたしはここを失う。だから負けてもらわなくては困るんだ。わかったか？」スネリングはテーブルの上にこぶしを叩きつけた。「ガレスは今夜、リングの上で負ける！　あとはやつがおれたちのしたことを絶対に人に話せないよう、ブッチャーに報酬を上乗せしてやったほうがいいな。ちょっとしたことをしてもらう見返りをたっぷりと……」

「ちょっとしたこと？」

「やつにはガレスを負かすだけでなく――殺してもらう」

33

この前の秋の聖ミカエル祭後、アビンドンの人々がこれほど興奮するのは初めてだった。町へ入る道には人々が群れをなし、洒落た馬車が農夫の荷馬車と押し合いへし合いしながら進んでいる。通りを見おろす窓からは人々が身を乗りだして、スネリングとウッドフォードを従え、〈放蕩者の巣窟〉の仲間たちに囲まれてブリッジ通りを進むガレスに歓声を浴びせている。人々は熱狂的な愛国心にとらわれていた。白地に赤い十字のイングランドの国旗が窓辺にはためき、店の前を飾り、群衆によって運ばれている。興奮して大声をあげている人々は、イングランド王者の姿を見つけると轟くような声援を投げかけた。自分にはそれほどの支持を受ける資格がないかもしれないという考えを、ガレスは押し戻した。今の彼には自らを疑う余裕も、ほんの二〇分前に出くわした胸が張り裂けるような場面を思い起こす余裕もなかった。出かけるために階下へおりると、ジュリエットが石のようにこわばった表情で涙を流しながら荷造りをしていたのだ。

そんなことがわが身に起こるとは、現実だと思えなかった。あれほどうまくいっていた彼女が、ガレスを愛していると言ってくれた彼女が、去っていこうとしているなんて。一族のもとにスワンソープ・マナーを取り戻し、この世で最も愛するふたりに家を与えるためにすべてを――健康も、評判も、命さえも――かけて戦おうとしているガレスを、彼女が見捨てようとしているなんて。ちくしょう、ジュリエット、きみが必要なんだ。お願いだから――頼むから思い直してくれ。ぼくを信じてほしい。戦いを終えて家に戻ったとき、ぼくを迎えてほしい。とうとう胃がねじれ始めたのを感じて、ガレスは悟った。彼が恐れているのはブッチャーと戦うことでも負けることでもない。

妻を失うことだ。

自分の命よりも愛している妻を失うこと。

「まったく、ガレス、これまでさんざんとんでもない真似をしてきたおまえだが、今回の試合にかなうものはないよ！ 命知らずにもほどがある！」オードレットが怒鳴り、ガレスは物思いから引き戻された。

「命知らずと言えるかどうかはわからないな」ガレスは言い返し、上から弧を描いて落ちてきた赤いバラの花束をひょいとかわした。見あげると、宿屋の窓から数人のかわいいメイドが身を乗りだして懸命にこちらへ手を振り、投げキスをしている。彼は踏みつぶされる前に花束を拾って一本だけ抜き取り、ちっともそんな気分ではないのに、にやりとして残りのバラを投げ返した。娘たちがいっせいに興奮した金切り声をあげる。

コーカムが群衆の声に負けないように声を張りあげた。「なあ、ガレス、ペリーが介添え人を務めるなら、エールを持っている役は誰がやるんだ？」

ガレスは何歩か離れたところを歩いているスネリングをちらりと見た。「誰が持っていようとかまわない、ちゃんとエールを守っていてくれるならな。で、誰がやる？」

ガレスのすぐそばにいたチルコットが立候補した。「ぼくがやる！」

「そうか。いいか、エールから絶対に目を離すんじゃないぞ。わかったな？」

チルコットが能天気な笑みを浮かべて敬礼する。「了解です、船長！」

「大丈夫か、こいつ」ガレスはつぶやき、飲み物を持つ役はコーカムに任せるべきだったかもしれないと後悔した。

ガレスたちは人込みのなかをのろのろと進んでいった。ピンク、赤、白、クリームなどさまざまな色のバラの花びらが家々の窓から降ってくる。「さがって！　道を空けてくれ！」スネリングがいくら怒鳴っても、群衆の声に負けてしまう。やがて試合会場となるカウンティ・ホールが見えてきた。たくさんの旗で飾り立てられたそこは、取り囲む一〇〇〇〇人もの観衆を見おろすようにそびえている。人々は試合に対する期待から、思い思いに大きな声を出したり歓声をあげたりしていた。スタート通りとブリッジ通りと中央通り（ハイストリート）は次々に流れ込んでくる者たちで歩道から歩道までいっぱいで、それに馬やうるさく吠える犬やさまざまな乗り物が加わって、にっちもさっちもいかなくなっている。ガレスはこれから自分がしようとしていることを初めて実感し、不安が頭をもたげるのを感じた。

そこで、これまでの人生で注目を集めたときのことをひとつひとつ思い返してみた――レディ・ブルックハンプトンのところで溺れたふりをしたときのことから、クルセイダーにまたがって人間のピラミッドを跳び越える彼をレイヴンズコームのほぼすべての人間が見物しに来たときのことまで。それらの無謀な行為と今日の試合はまったく変わらないと、自分に言い聞かせる。

これまでガレスは笑いを取るため、わざとひんしゅくを買うため、あるいはただ恥をさらすためにあらゆることをしてきた。それなのに、大舞台を前にして急に足がすくむのはなぜだろう？

もし今夜の試合でブッチャーに勝ったとしても、家に戻れば苦い敗北が待っているとわかっているからだ。

「おい、ガレス、元気を出せ！　もしかして不安なのか？」チルコットが近寄ってきて、眉をひそめる。

「ばかなことを言うな」ガレスは笑い飛ばし、手を振って彼を遠ざけた。

「スネリングがジュリエットに何かするかもしれないと心配しているのはわかる。だが、彼女のそばにいるヒューが守ってくれるよ」

「わかっているさ」だが、ヒューは彼女がガレスのもとを去るのを止められるわけではない。

すぐ前にいるスネリングが人々を押しのけて進み、カウンティ・ホールの階段をのぼり始めた。堂々とした石造りの建物の一階は四方の壁がないので、二階以上の部分が竹馬の上にのっているように見える。その一階の石造りの床にポールを立て、ロープを張って、リングが作られていた。一行の登場に興奮した群衆の声が雷のように轟いたので、スネリングが全身を使って張りあげた声ですらのみ込まれそうになった。

「ご紹介しましょう。スコットランドはエディンバラからはるばるやってきた、アンガス・〝ブッチャー〟・キャンベル！」

ブッチャーが人々を押しのけながらやってきて、スネリングと今日の彼の介添え人であるウッドフォードの待つリングに駆けあがる。ますます熱狂して試合の開始を待ち望む観客を前に、ブッチャーは突きあげたこぶしを振りながら自信たっぷりに笑い、広場の上にわれがねのような声を響かせた。

「おまえらの放蕩者を夢の国に送り込んでやる。やつを倒したあとは誰の挑戦でも受けるから、リングにあがってこい！」

「なんだ、あの化け物は」急に不自然なほど静まり返った〈巣窟〉のメンバーのなかでただひとりコーカムが声を漏らし、息をのんだ。ガレスは不安が背中を這いあがるのを感じた。

一九〇センチを超す巨体のスコットランド人は、戦場にそびえる要塞のようにここにいるすべての人間を見おろしている。まるで母なる自然がこのリングのために作ったかのような姿で、首は雄牛並みに太く、胸は分厚くて、恐ろしく長い腕の先には農耕馬の蹄くらいもある傷跡だらけのこぶしがついていた。たくましい上半身が引きしまった腰につながっており、その下に並ぶ力強い腿は二本のオークの木さながらだ。

「くそっ、信じられない」オードレットが驚愕して失っていた声をようやく取り戻す。

コーカムはブッチャーから目が離すことができずにいた。「おい、ガレス、もしかしたらこの試合はあんまりいい考えじゃないかも――」

「黙れ」チルコットが後ろからみんなを制し、生まれて初めて賢明な言葉を吐いた。「ガレスはやつをこてんぱんにのしてくれる。そうだろう、ガレス？」

「当然だ。さもなくば死ぬだけさ」ガレスはそう返して対戦相手をまじまじと見たが、次の瞬間、スネリングにリングへと招き入れられ、耳を聾するばかりの歓声を浴びた。スネリングがガレスを紹介する声が人々の声にかき消される。介添え役のペリーが陰鬱な表情でガレスのそばに立ち、チルコットはエールが入った瓶を大切そうに胸に抱えてリングのすぐ外に控えた。

「あの傍若無人なスコットランド人について、ちょっと調べてみた」ペリーがガレスに身を寄せて小声で言った。ロープに囲まれたリングの中央に白墨で四角形を描いているスネリングの手下に目をやりながら続ける。「やつはまっしぐらに突進してくる質で、ものすごい打撃力を持っている。左でも右と同じくらい素早く打てるし、パンチが繰りだされる軌道は驚くほどまっすぐだ。いいか、用心しろよ。相手は一ラウンド目からおまえを倒すつもりで来るだろう」

ガレスは筋肉を伸ばして肩をまわし、これから始まる試合に気持ちを集中させた。「心配するな、ペリー。任せておけ」

「ああ、そうするよ。だが、頼むから用心してくれ。言いたいのはそれだけだ。そばでずっと見守っている」

「わかった」ガレスは微笑み、声援を送る群衆に手を振ってみせた。「ひとつだけ頼みがある」

「なんだ?」

「試合を止めるな。どれだけひどくやられても、絶対に止めないでくれ」

「ガレス、友人としても、介添え人としても、ぼくは必要だと思ったら試合を止める」

「それならチルコットと代わってくれ、やつを介添え人にするから」

ペリーは横を向くと、敗北感をにじませた声で悪態をついた。

「ありがとう、親友よ。おまえなら頼みを聞いてくれるとわかっていた」ガレスは友人の背中を叩いた。

ルールが口早に説明されているあいだ、ガレスはリングの向こうで体を曲げ伸ばししながら明らかに悪意のこもった視線を向けているスコットランド人を見つめた。膝をついたらダウンと見なされる……ダウンした場合はリング中央の白い四角形のところまで三〇秒以内に戻って敵と向かい合わなければいけない……それができなければ負けとなる……三〇秒以内にそこまで戻れないときを除いて、何があっても負けとはならない……ただし介添え人が試合を止めた場合は負けと見なす……試合が開始されたあとは、選手本人と介添え人以外がリングのある舞台にあがることは許されない……膝の裏側やブリーチズに覆われた部分など、ウエストから下のいかなる部分も攻撃してはならない……。

いいから早く始めろ! 不安と期待と本能的な闘争心が入りまじって、ガレスの心臓は激しく打ち始めた。

介添え人がそれぞれの選手を位置につかせる。シャツを脱ぎ始めたガレスは、突然観客がどっと沸いたことに気づいた。次の瞬間、ブッチャーの体が至近距離から放たれた砲弾のような勢いでぶつかってきた。頭ががくんと前に倒れ、背中からぶつかったロープがガレスを支えきれなかったために、体がリングを越えて舞台の端を過ぎ、何もない空間へと飛びだした。彼は数人の見物客の頭と肩にねじれながらぶつかり、すさまじい衝撃とともに道の上に着地した。土ぼこりにまみれ、屈辱に震えるガレスを無数の顔が見おろして、立て、立て、立てと怒鳴ったり叫んだりしている。彼は怒りに駆られて闘鶏のニワトリのように飛び起きると、一気に舞台までの数歩を詰めて元に戻っているロープを飛び越え、悦に入った顔のスコットランド人に猛然と殴りかかった。

群衆が狂ったように歓声をあげる。

ブッチャーは一秒一秒を楽しんでいた。ガレスのこぶしを見てうれしそうに笑い、顎や胴や頬にものすごい速度で叩きつけられるパンチを、ただ立って受けている。まるで敵にわざわざ準備運動をさせてやっていると言わんばかりの、余裕しゃくしゃくの態度だ。けれどもガレスのパンチがまともにみぞおちに入ると、ブッチャーはわずかに体を折って笑みを消した。そしてさらに強い打撃を顎に受けたとたん、彼の目に鋭い光が宿った。真剣に戦うべきだと悟ったのだ。

そしてスコットランド人は確実に本気を出し、ガレスには飛んでくる巨大なこぶしがまったく見えなかった。力のこもった右のパンチを相手に叩き込んだと思った次の瞬間、彼はマスケット銃の台尻で顔の横を殴られたような衝撃に襲われた。気がつくとリングの上で四つん這いになっていて、もうろうとした頭を振る。今のはなんだったんだ？　そのあいだも頭上から叫ぶような審判の声が聞こえてくる。

「五……六……七……」

「立てー！」群衆が怒鳴っている。ガレスはペリーに乱暴に引っ張りあげられて自分のコーナーに戻ったあと、なんとか三〇秒経つ前にリングへ戻った。そして頭に血がのぼったまま、にやにやしているスコットランド人に突進した。落ち着け。ゆっくりだ。一発一発丁寧に打て。頭を使って戦え。力ではやつのほうが上だ。

バン、バン、バン——ブッチャーの顎に、顎の先に、腕に、強く短い打撃を当てる。そのとき、恐ろしい威力を持ったこぶしがまたしてもすごい速度でガレスの顔に向かってきた。素早く腕をあげて防御したが、衝撃で体が地震に襲われた建物みたいに揺れた。それでも踏みとどまってパンチを繰りだしたが、当てることはできなかった。笑みを浮かべたブッチャーがフェイントを織りまぜて短く小刻みにこぶしを繰りだし、目や頬などを自在に狙ってガレスをロープ際まで追いつめていく。ガレスは右腕を攻撃だけでなく防御にもうまく使い、それらをすべて防いだ。ところがしばらくして腹部にパンチを食らうと、体を折ってあえぎながらこみあげた吐き気を必死で押し戻さなくてはならなかった。群衆は激戦に興奮している。ブッチャーがガレスの髪をつかんで頭を引きおろし、脇の下に抱えて何度もこぶしを叩きつけた。一発一発がれんがで殴られているかのようで、ガレスは死に物狂いでもがき、髪が抜けるのもかまわず身をよじった。足を蹴りだし、相手のあばらにも肘打ちを食らわせたが、ブッチャーはどうあっても思い知らせてやろうと心を決めているらしく、ガレスをがっちりとらえて放さない。がんがんする耳には人々の叫びや怒鳴り声やわめき声が海岸に打ち寄せる波の音のようにしか聞こえず、頭蓋骨の横に連続して加えられる不快な衝撃と締めつけてくるブッチャーの腕、鉄みたいにかたいこぶししか感じられなかった。血が顔を流れ落ち、気持ちは折れていないのに体からどんどん力が失われていく。意識が薄れてきたガレスの頭には、ひとつの考えだけがぐるぐるまわっていた。

ジュリエットが来ていなくてよかった、こんな場面を見ずにすんでよかった――ドス！　ブッチャーのこぶしが当たる。ジュリエットが来ていなくてよかった、こんな場面を見ずにすんでよかった――ドス！　よかった……。

そのときブッチャーが腕を外し、ガレスはそのまま石の床にくずおれたが、無意識のうちに片手をついて転倒の衝撃をやわらげていた。とことん殴られたせいでふらふらして、四つん這いのままよろめく。ブッチャーがガレスのまわりで得意げに勝利のダンスを踊っていて、自国の選手に対する群衆の熱狂があざけりや失望や軽蔑へと変わっているのがわかった。

「立て！　イングランド人の名折れだ！　立って果敢に戦ってみせろ！　このまま終わるつもりか！」

「立て、立て、立て！」

「一〇……一一……一二……」

「ガレス！」ペリーが彼の前にしゃがんだ。「ここでやめなかったら殺されるぞ。この気違いじみた試合をもう終わらせて――」

「ばかを言うな、ペリー」ガレスは咳き込み、血の味が広がるのを感じた。「さっさと立たせてくれ……。水か……エールを……チルコットはどこだ……」

ペリーは脇の下に腕を差し込んでガレスを引っ張りあげたが、ぐったり体重を預けられてよろめいた。

「一五……一六……一七……」

「ほら、しっかりしろ！」鋭くささやくペリーの声が耳元でしたかと思うと、頰を片方ずつ強くはたかれて、ガレスはぱっと目を開けた。反射的にかためたこぶしで相手を殴りそうになったが、ぎりぎりのところでそれが敵ではなく友人だと気づいた。だが――。

ああ、脚が動かない。神よ、お助けください。

「二一……二二……二三……」

投げつけられた卵がガレスの顔の横をかすめ、ポールにぶつかって割れた。

「さっさと前に出て戦え、みじめったらしい貴族野郎め！」

目をしばたたいても白墨で描かれた線はゆらゆらと揺れて止まらなかったが、ペリーがガレスの肩甲骨のあいだを勢いよく押してブッチャーのほうに押しだした。リングのすぐ外で、腕組みをしたスネリングが勝利の笑みを浮かべて立っているのが見える。

それで闘争心に火がついた。

ガレスは大声をあげてブッチャーに突進し、左でフェイントをかけながら右のこぶしを突きだした。相手の丸太のような腕がさっとさがったが、ガレスはすぐに反応してその下にもぐり、ブッチャーのあばらに荒々しい一撃を食らわせた。その勢いでこぶしの皮がむけたが、それだけのかいがあって何かが折れる明らかな音が響いた。ようやくだと思いながら、ガレスは狂気に満ちた喜びに襲われた。どちらも全力で打ちつけ、フェイントを出し、相手の攻撃を防御して、明日などないかのように目の前の戦いに没頭している。群衆は騒然として、階段を駆けあがったり、ロープに押し寄せたり、声がかれるまで叫んだりしていた。ガレスがブッチャーをじりじりとロープ際に追いやっていくにつれ、スネリングの笑みが凍りつき、緊張した様子が増していく。ガレスの繰りだす攻撃があまりにも強くて速いので、ブッチャーは防御することしかできない。忠実な介添え人としてガレスに合わせてリングのまわりを動きまわっているペリーは、コマドリをつかまえた猫よろしく満足げな顔をしていた。ブッチャーはもう笑っていなかった。ガレスの攻撃をかわすのに全神経を集中し、反撃の糸口を懸命に探している。ふたりとも汗まみれで激しく息をつき、筋肉は大きくふくれあがって、力強い腕には血管が浮きでていた。

「さあ、来い、この野郎！」ガレスはスコットランド人をまわり込み、相手がふたたび全力でパンチを放ってくるように鋭いジャブを繰り返した。相手が打ってくれれば、もう一度その下をかいくぐって攻撃できる。「来いよ、打ってみろ、腰抜けめ――」

バン！　ものすごい勢いで殺人的なこぶしが飛んできた。ガレスは右腕をあげて顔を守ったが、一一〇キロ近くはあろうかという体重のすべてがのったパンチの勢いは投石機から放たれた石も同然で、腕の筋肉がつぶれ骨が折れるのを感じた。目もくらむ激痛が怒涛のように襲ってきて、思わず顔をゆがめる。よろよろとさがったが、右腕はもう使い物にならず、打つことも守ることもできないのは明らかだった。つまり、あとは頭と左腕と気力しか身を守るものはない。それなのにブッチャーは息をつく間もなく、闘牛士に向かって突進する雄牛のごとく襲いかかってきた。

もうこれまでだ。終わった。

ブッチャーが思いきりこぶしを叩きつけてくる。思わず負傷したほうの腕をあげて防御したガレスは、骨が折れた部分にこぶしが当たった瞬間、しゃがれ声で叫んでいた。吐き気がこみあげ、噴きだした汗が顔を流れ落ちる。必死にもう片方の腕を伸ばした瞬間、ブッチャーの盛りあがった肩の向こうに見知った姿があるのを発見した。

力強い黒馬にまたがり、群衆より一段高いところから世界を睥睨（へいげい）している男——いかめしい表情に恐ろしいほど憤怒をたたえたルシアンだった。

その横にはフォックスもいて、彼がまたがっているのは……。

まさかあれは、クルセイダー？

バン！　ブッチャーのこぶしがまともに顎先に入って、ガレスの目の前に星が飛んだ。よろよろとさがりながら怒りを覚える。もううんざりだ。わざわざここまで来たルシアンに、自業自得だとでも言いたげな冷たい目をした兄にアルマゲドンの上から見おろされていることに、ブッチャーに、ジュリエットに、観客に、誰も彼もに腹が立った。ここに立ち続けて、やられっぱなしの見世物になるつもりはない。ブッチャーがキツツキのように絶え間なくこぶしを叩きつけるのを見て、スネリングが興奮して飛び跳ねている前で。兄が軽蔑と諦観を浮かべた顔で見つめている前で。そして何より、スワンソープ・マナーを目の前にちらつかされた状態で。このスコットランドの乱暴者を倒す方法はひとつしかない。筋肉ではなく頭を使うのだ。

いくら倒されても、絶対に諦めるものか！

役に立たない右腕を胸に抱え、ガレスはブッチャーの目を狙って左腕を振りだした。こぶしが目ではなく、その上の張りだした骨の部分に当たる。こいつの目を見えなくさせれば勝てるかもしれない！　包丁で切られたみたいにブッチャーの眉の上の肉がぱっくりと開き、もじゃもじゃの眉毛を通ってまつげまで血が伝い落ちる。観客が一気に沸いた。ブッチャーが吠えるような声をあげて目をこすり、頭を振る。相手が方向感覚を失ったのを確認して、ガレスは新たな自信とともにふたたび突っ込んでいった。ブッチャーの鼻と目、そしてふたたび眉毛の上にパンチを浴びせる。今やスコットランド人の顔は血まみれで、目が腫れてふさがり始めていた。作戦がうまくいったことに励まされ、ガレスは勢いの増したこぶしでブッチャーの顔を連打した。目の上の切れた部分は確実に広がっていき、とうとう大男は両腕をあげて顔を守り始めた。それを見て、観客が不満の声をあげる。軽蔑すべき臆病なふるまいと見なしたのだ。

ガレスは体を汗で光らせ、片方のこぶしだけを振るって相手を追いつめながら、群衆の上にそびえているルシアンを見やった。

兄はもう怒りに顔をゆがませておらず、微笑んでいる。

スネリングが罵る声、〈巣窟〉の仲間たちが励ます声、群衆が応援する声が響くなか、ガレスはブッチャーをロープ際へと追いやった。勝ってみせる。こいつを完膚なきまでに叩きのめして、スワンソープをわがものにする――。

ところがブッチャーが反撃してきた。大きく吠えたあと頭を低くして突進し、ガレスの腰をつかむ。そのままガレスの折れた腕をあばらに押しつけるようにして体ごと持ちあげ、恐ろしい力で石の床に叩きつけた。後頭部が床にぶつかる大きな音が響く。ブッチャーの巨体が飛びのってきたところで、ガレスの意識は途絶えた。

「くそっ、なんてこった！」

群衆の悲鳴や怒号のなか、審判のカウントが始まっていた。ペリーは急いでリングに入り、ウッドフォードと一緒に、動かなくなったガレスの上からブッチャーをおろそうとした。

「四……五……六……」

「もう彼は起きない。試合を止めろ」ウッドフォードがうなるように言う。

「うるさい！」

「七……八……九……」

ペリーは懸命に友人を目覚めさせようとした。だが頬を叩いても、体を揺さぶっても、耳に口を寄せて怒鳴っても、ぴくりとも動かない。

「一一……一二……一三……」

ペリーには観客の声はまったく聞こえていなかった。動揺のあまり心臓がものすごい速さで打ち、試合を止めるべきかどうか頭がまわらない。もう一度ガレスの頬を叩いてみたがやはり反応はなく、痛みにうめく声さえあがらなかった。半分閉じたまぶたのあいだから細く白目がのぞいていて、完全に気絶しているのがわかる。

どうしようもなくなり、ペリーは顔をあげた。〈放蕩者の巣窟〉のメンバーたちが何かを伝えようとしている。振り返ると、近づいてくるブラックヒース公爵の姿が人々の頭の上に見えた。群衆は船のへさきで波が分かれるように、アルマゲドンの前に道を空けている。

「一七……一八……一九……」

「ガレス、何をしている。起きろ！」

ブッチャーがだらだらと血を流しながら得意げにそっくり返り、倒れたままの対戦相手をさげすむように見おろしたあと、両手を突きあげて勝利の雄たけびをあげた。〈巣窟〉の仲間は声を限りに叫んでいて、そのなかを公爵はどんどん近づいてくる。せっぱ詰まったペリーはガレスを肩に担ぎあげ、重みでよろけながら自分たちのコーナーに連れ戻した。冷たい石の上に乱暴におろし、あっけに取られているチルコットからエールの瓶を奪って、中身をガレスの顔にドボドボかけた。

「二二……二三……二四……」

するとようやくペリーの行動が報われた。ガレスのまつげが突然ぴくぴくと動いたかと思うと、けいれんするように頭が勢いよく持ちあがって苦痛のうめき声があがった。目の焦点が合わないまま体を起こそうとしたガレスは大きく揺れたあと、ため息とともにふたたびペリーの腕のなかにくずおれた。

「二五……二六……二七……」

あと三秒しかない。ペリーは小さく悪態をつき、ガレスの折れている腕をつかんでひねりあげた。するとガレスが人間とは思えないような絶叫とともに勢いよく立ちあがってこぶしを突きだし、それが危うくペリーのブロンドの頭のてっぺんに当たりそうになった。ペリーは意識はともかくようやく立ちあがったガレスをリング中央まで連れていき、もう一度ブッチャーに向けて押しだした。

しかしガレスはふらついていて、周囲の観客もぐるぐるまわる渦にしか見えなかった。それでもブッチャーの血だらけの顔はちらちら見えたので、まわりの人々の叫び声をなんとか意識をはっきりさせようとした。だが、痛みしか感じない——ずきずきと脈打つ腕、痛めつけられたあばら、ジャガイモのように容赦なく床に叩きつけられた後頭部が痛む。とはいえブッチャーにいくら強く殴られても、その痛みはもうぼんやりとしか感じなかった。自分の身を守ろうという気がまるでないまま、ふらつく体でその場に立ち、打たれても目をしばたたくだけでやりすごす。そしてまだかろうじて働いている頭の片隅で、こんなガレスを見なくてすむようにジュリエットがこの場にいないことを、試合の様子を一生耳にしなくてすむことを、ブッチャーがさっさとこれを終わらせてガレスを眠りにつかせてくれることを願っていた。彼はもう膝をついているのに、なぜこのスコットランド人はやめようとしないのだろう？　ペリーは反則だと怒鳴り続け、ルシアンも——くそっ、本当にルシアンか？——天をも揺るがすような声で叫んでいる。

「ペリー！　さっさと試合を止めろ！　今すぐ止めなければ、人殺しの罪でおまえを刑場に送ってやる！」

「だめだ！」ガレスは叫んで首を横に振ったが、アルマゲドンにまたがったルシアンが人々の怒号をものともせずに舞台への狭い階段を駆けあがって大混乱になった。審判が叫び、スネリングがわめいている。人々がいっせいにロープに向かって押し寄せ、ブッチャーが獲物に飛びかかるライオンのように猛然とガレスに向かってきた。このまま何もしなければ、彼は死ぬだろう。

ガレスは急いで立ちあがるとこぶしを構え、大きく息を吸った。そしてブッチャーの眉間に思いきりそれをぶつけて突進を止めた。ブッチャーが石になったかのようにばたんと倒れ、群衆の興奮が頂点に達する。ガレスはよろよろとその場を離れてロープを抜け、残る力を振りしぼって立ち続けた。審判がゆっくりとカウントを取り始める。

「二八……二九……三〇」審判はガレスの血が出ているこぶしをつかむと、高く差しあげた。

「勝者！」

次の瞬間、歓喜の叫びをあげる人々が舞台に詰めかけ、ロープのすぐ外に立っていた〈巣窟〉のメンバーたちが押されてのけぞった。ルシアンが恐ろしい形相のまま、間の抜けた笑みを小さく浮かべながらゆらゆら揺れているガレスに近づいてくる。

「聞いてくれ、ルース……ぼくはスワンソープの主になったんだ！」

兄を追い越してこちらに向かってくるほっそりした姿を見て、ガレスは目をしばたたいた。スカートをひるがえして走ってくる彼女の顔は涙で濡れている。

「ジュリエット？」信じられずに声を絞りだした。

そこでとうとう限界が来て、ガレスは気絶した。彼を受け止めたのはジュリエットで、そこへルシアンがやってきて弟を肩に担ぎあげた。三人は静かに舞台を横切り、アルマゲドンが待っているところまで行った。舞台の上にはロジャー・フォックスコート卿と警官が残って、急にぶるぶる震えだしたスネリングに歩み寄った。

「おまえを逮捕する」

34

弟がアンガス・〝ブッチャー〟・キャンベルを倒したからよかったようなものの、そうでなければルシアン自身が大男のスコットランド人を殺しているところだった。

ガレスは試合後に意識を失ったあと、覚醒するまで長い時間がかかった。気絶した彼をアルマゲドンに乗せてスワンソープ・マナーへと向かうあいだは、この二番目の弟も失うことになるのだろうと思い、ルシアンは険しい表情を浮かべずにはいられなかった。馬のあとをついてくる人々は大喜びで歓声をあげていたが。

勝ってほっとしたこと、体力を最後の一滴まで絞り尽くしたこと、そして脳震盪（のうしんとう）が強力な鎮静剤となって、ガレスはこんこんと眠り続けた。けれどもその晩遅く、腫れあがった顔に冷たい布を当てているジュリエットの目の前でようやく目を覚ました。折れた腕は医師が固定してくれていたが、視界はぼんやりとかすんでいて、彼はすぐに激しい吐き気に襲われた。

「自業自得だ」ルシアンはうなるように言い、濡れた布をジュリエットから取って、ガレスのむきだしの胸に叩きつけた。「これを頭に当てておけ。そうすればそれほど痛まないだろう」

しかしガレスは兄の言葉にはまったく注意を向けず、ただぼうっとジュリエットを見あげていた。まるで二度と会えないと思っていた世界一愛しいものを目にしたかのように。二度と会えない可能性は大いにあったと、ルシアンは皮肉めかして考えた。彼が朝の六時過ぎに寡婦用住宅に着いたとき、弟はすでに試合へと向かい、残された義理の妹は目が溶けそうなほど泣きながら荷造りをしていた。

ルシアンは泣いている女性が好きではなかった。プライドの高い夫について涙ながらにこぼされても、まったく心を動かされない。だからジュリエットの訴えに忍耐が尽きると、彼女の腕のなかからシャーロットを取りあげて啞然としているヒュー・ロチェスター卿に押しつけた。そして怒った彼女が抗議するのを無視して肩に担ぎあげ、おとなしく待っていたアルマゲドンに乗せて試合会場へ連れていった。

そこでブッチャーに打ちのめされているガレスを見て、ジュリエットは衝撃を受けた。ガレスがこんな試合に出ているのは、彼自身のためではなく妻とシャーロットのためだと悟ったのだ。

今、ルシアンはふたりが互いへの愛情を確認し、許し合っている吐き気がしそうな光景を前にして、怒りをぶちまけたくてたまらなかった。

「そういう甘ったるいやりとりは気分が悪くなる。わたしのいないところでやってくれ」うなるように言いながらベッドに近づき、弟をにらむ。「いいか、ガレス、よく聞け。拳闘の試合に出るのはもう終わりだ。またおまえがどこかの王者と対戦するなどという話が耳に入ってきたら――」

ガレスが手を振った。「少しはぼくを評価してくれよ。ぼくはあいつを倒したんだ」

ルシアンはぎりぎりと歯を食いしばった。ガレスは王者の称号だけでなく豊かな土地を手に入れ、スネリングが人殺しのぺてん師だということを明らかにし、ブッチャーとまともにやり合ったその勇気でアビンドンの人々の心をわしづかみにした。

ガレスが目覚めるのを待つあいだ、ジュリエットが知っていることをすべて話し、その話をフォックスも裏づけた。フォックスは相当な……圧力をかけてスネリングとウッドフォード、クリードンから自白を引きだしたあとここに寄り、判明したことを教えてくれたのだった。ブッチャーことアンガス・キャンベルも、試合で対戦相手を殺したら二〇〇ポンド上乗せしてもらえる約束だったことを認めたという。

さらにフレミングの未亡人やオックスフォードの薬剤師やしらふになったブル・オルークの証言も加わって、恐るべき計画の全貌が明らかになった。

スネリングは熟練した屈強な拳闘士をイングランドのあちこちから集め、毎週金曜日の夜に戦わせていた。そんなとき、彼はラヴィニア・ボトムリーの娼館でガレスがジョー・ラムフォードを倒すところを見て、大金を稼ぐ計画を思いついた。ガレスは無名で、大衆は彼がネイルズ・フレミングやブル・オルーク、アンガス・〝ブッチャー〟・キャンベルのような選手と互角に戦えることを知らない。つまり客はガレスではないほうの選手に金を賭けるはずで、そのためスネリングは一見彼よりも強そうな男との試合を組んできた。あとはガレスに金を賭け、本命と目されている選手にほんの少しアヘンチンキを与えて反射神経を鈍らせてやれば、楽に金もうけができたのだ。

ところがその過程で、不運にもひとりの罪のない男が命を落としてしまった。しかし、もうネイルズの死が事故として埋もれることはない。スネリングとその一味がネイルズを殺した罪で処刑されるよう、フォックスがあらゆる方面に働きかけているからだ。

連中はネイルズだけでなく、ルシアンの弟も殺そうとした。そんなやつらに罪をまぬがれさせるつもりはない。

自分の情報提供者が見かけほど無能ではなかったことに、ルシアンは感謝した。チルコットが知らせをよこさなければ、アビンドンに着くのが間に合わなかっただろう。

ルシアンが行ったからといって、何かが変わったわけではないが。弟は兄の助けに頼らず、自力でうまくやりおおせたのだから。

ガレスの頭痛をやわらげようと肩の下に枕を入れるジュリエットを手伝いながら、ルシアンはまだ顔をしかめていた。驚くべきことに、彼女はあんな乱暴かつ屈辱的な方法で試合へ連れていったルシアンに腹を立てていないようだ——怒っていようがいまいが気にはならないが。彼女には、医者がガレスの腕を治療しているあいだ、ルシアンがずっとスネリングを罵っていたところを見られてしまった。弟の意識が戻るまで、いらだちを隠せずに悪態をつき、せかせかと歩きまわっているところも。要するに、ジュリエットには彼がどういう人間なのかを知られてしまったのだ。ルシアンは単なる過保護な兄であり、ガレスが目を開けたとたん心配でたまらなかった気持ちが怒りへと変わったことを、彼女は理解している。

ルシアンはベッドの横に置いてあるろうそくをつかんだ。「おまえは死ななかったことを幸運に思うべきだ」ろうそくを弟の顔の上にかざして、目をのぞき込む。

ガレスが兄の手を払いのけた。「なんのつもりだ？」

「なんでもない」

「お医者さまにあなたの目を調べるように言われたのよ」ジュリエットが説明した。「虹彩（こうさい）の大きさが左右で違っていたら、脳に問題がある可能性があるんですって」

ガレスはただ笑った。

「おまえには問題などないさ」ルシアンは小声で言うと体を起こした。ろうそくをベッド脇のテーブルに戻したが、乱暴に置いたせいで木の表面にへこみができた。

「ああ、それにぼくの顔が見えないところにいれば、兄さんも問題を背負わずにいられる」

ガレスは冗談めかしてそう言ったあと、ジュリエットが腕の上に上掛けをかけてくれたので幸せそうに吐息をついた。またしてもふたりが甘くやさしい視線を交わすのを見てルシアンは気分が悪くなり、一瞬天井を見あげたあと視線をそらした。

〝放蕩者〟が人殺しの計画にまんまと足を踏み入れるのを放っておいたら、弟はバークシャーの素晴らしい土地を手に入れるというおまけ付きで切り抜けたわけだ。死ななかったのは運がよかったとしか言えないが。

だが正直に言うと、弟が誇らしい。

そう、誇らしいが、死ぬほど腹が立ってもいる。とりわけ頭に来ているのは、スネリングが何をやっているのか気づいていながら、ほとんど手遅れになるまでルシアンを呼ぼうとしなかったことだ。ようやく連絡を取ろうとしたときには、スネリングの手下に手紙を奪われてしまった。まったく。ガレスに悪事がばれたとスネリングがもっと早く気づいていたら、今頃ガレスは銃弾を撃ち込まれて墓のなかに――チャールズと同じように――いたかもしれない。弟の勇気と賢さをひそかに称賛しながらも、ルシアンはいらだちを抑えられなかった。

「ルース？」

むっつりした顔で振り向き、弟を見おろす。

「クルセイダーをどうやって取り戻したのか、まだ話してもらっていない」

「馬市場で売られているのをフォックスが見つけて、その場で買い戻してくれたんだ。さあ、もう寝ろ。やすまなくてはだめだ。さっさと元気になってもらわなければ、おまえにこぶしで思い知らせてやることもできないからな」

「やれるものならやってみろ、ぼくは王者なんだぞ」ガレスはささやき、弱々しく笑った。

ルシアンは弟を見つめて頭を振った。普段は感情を見せない厳しい口元に、隠しきれなくなった小さな笑みがこぼれる。「そうだな」彼はやさしく言った。「おまえは王者だ」

ガレスが驚いたように片方の眉をあげる。

ルシアンは続けた。「信じるか信じないかは勝手だが、おまえはわたしが期待したとおりの人間に成長した」笑みを大きくする。「おまえは大人になったんだ。わたしは誇りに思っった。

それだけ言うとルシアンは弟に背を向け、驚いて何も言えずにいるふたりを置いて立ち去ているよ」

ベッドの両脇の二本のろうそくだけが照らす薄暗い静かな部屋で、揺りかごのなか、すやすや眠っているシャーロットが小さなため息をついた。

公爵の足音が聞こえなくなるのを待って、ジュリエットは夫に目を向けた。

「まあ、驚いた。怪物にも心はあったのね」そうささやいて、にっこりする。それから夫の唇を指先でなぞった。「ガレス?」

「なんだい、愛しい人?」

「ひとつだけ言っておくけれど、もし今回みたいなことをもう一度やったら、ルシアンがあなたの息の根を止める暇はないわ。わたしが先にやるから」

ガレスは笑い、折れていないほうの腕を妻の首にまわして引き寄せると、弱々しい抗議の声を無視して思う存分キスをした。ジュリエットはすぐに彼と同じくらい頭がぼうっとした。身を寄せた彼女を、ガレスが隣に抱き寄せる。ふたりはひとつの枕の上に向かい合って頭をのせ、彼は指先で妻の胸に触れた。

「愛しているわ、ガレス」

「ああ、ジュリエット、ぼくもきみを愛している。今夜きみが駆け寄ってくるのが見えたとき、どれほどうれしかったか、絶対にわからないだろうな……ぼくを捨てて出ていかずにいてくれたとわかって、どんなにうれしかったか」ガレスはごくりとつばをのみ込んだ。その瞳には妻への愛と感謝があふれていた。「今夜の一番大きな勝利はブッチャーを倒したことじゃない。目が覚めたとき、きみがここにいてくれたことだ。ぼくのそばに」

「ああ、ガレス……あなたを疑ってしまったわたしを許してくれる？」

「きみが何をしても許すよ。さあ、もうろうそくの火を消して、一緒に横になってくれないか？」彼はジュリエットの胸に触れ、親指で先端を探り当てた。いたずらっぽくにやりとして、そこがとがってくるまで愛撫する。「きみがいないと、このベッドは広すぎて寂しいんだ」

エピローグ

クリスマスの数週間前のある日。ルシアンはみなが朝食の席から去ったあと、ひとりでコーヒーを飲みながら、どうしたらアンドリューをガレスと同じように大人へと成長させられるか思案していた。ガレスの場合はうまくいったが、アンドリューはどうするのがいいだろう？　するとそこに、今朝届いた手紙をのせた銀製のトレイを持った従僕がやってきた。例によってさしたる興味もないまま、ルシアンは淡々と目を通していった。特に変わったものはない。請求書、投資の勧誘、友人や慈善団体からの借金の申し込み、社交行事への招待――おや！　二通の手紙に注意を引かれ、彼は眉をあげた。ほかの手紙を脇によけ、まず一通目の封を開ける。それはジュリエットとガレスから近況を知らせる手紙だった。シャーロットはもう歩くようになり、ガレスは最近地元の議会の議員に選ばれたという。そしてジュリエットはふたり目の子を身ごもったらしい。手紙は家族みんなをクリスマスに招待したいという言葉で締めくくられていた。

ルシアンは椅子の背にもたれ、顎を撫でながら考え込んだ。外を見ると、今日はイングランドの冬には珍しく太陽が低い位置から弱々しいながらも雲越しに光を投げかけ、ブルーベル色の空が広がっている。スワンソープ・マナーでクリスマスを過ごすのも悪くない。ルシアンはその様子を想像して笑みを浮かべた。

手紙をたたみ、ガレスとジュリエットが結ばれるために自分が果たした役割を考えるたびにわいてくる満足感にしばし浸った。

〝放蕩者〟は順調にやっている。次は〝反逆者〟――アンドリューの番だ。

きっと大変な仕事になるだろう……。

ルシアンは笑みを残したまま、アメリカの聞いたこともないどこかの町の消印がついている二通目の手紙を取りあげた。宛名の筆跡に見覚えがある。彼は眉をひそめて封筒を裏返し、封を破って読み始めた。

〝一七七六年、一〇月二八日

親愛なるルシアン兄さんへ……〟

なんだって？　ルシアンは思わず腰を浮かせかけ、テーブルをひっくり返しそうになった。

「なんてことだ！　生きていたのか！」

はやる気持ちに目が追いつかずに悪態をつきながらも、興奮したまま一気に読み進める。

〝……なんと書けばいいのかわかりません、兄さんがどんなふうに信じていたかわかっているし――この手紙を読み終わったらどう思われるかと考えると。家族のみんながそれほど泣かずにいてくれたことを祈ります。ぼくには家族に悲しんでもらう価値も、心配してもらう価値も、許してもらう価値もありません。これほど長いあいだ連絡をせずにいたこと、不幸にもみんなに死んだと思わせてしまったことについて、きちんと説明したい。でも、手紙はそれにはふさわしくないと思います。だからそちらへ戻って家族の顔を見ながら、すべてを話します。

あと数週間で着く予定なので、クリスマスには会えるはずです。そのときには、これまで覚えていたぼくを全部忘れてください。病と環境のせいで、今のぼくは以前とまったく違っています。だから期待しすぎずに、再会の日を待っていてほしいのです。

もうすぐ会えるのを楽しみにしています。みんなに神のご加護と祝福がありますように。

チャールズ〟

ルシアンは呆然として、しばらく動けなかった。それから手紙を握りしめたまま立ちあがると、急いで部屋を出て大声でネリッサとアンドリューを呼んだ。

どうやら〝反逆者〟を大人にするのは、もう少し待たなければならないらしい。

〝愛すべき者〟が戻ってくる。

訳者あとがき

一七七六年、イングランド。ブラックヒース公爵家の放蕩者、ガレス・ド・モンフォール卿は乗合馬車を襲った追いはぎを果敢に撃退し、身を挺して救った美しく若い女性、ジュリエット・ペイジと出会う。彼女はガレスの亡き次兄、チャールズの婚約者で、ふたりのあいだにできた赤ん坊を連れていた。チャールズとの最後の約束を守り、公爵の庇護を求めてボストンからはるばる海を渡ってきたのだった。

けれどもブラックヒース公爵は、赤ん坊の後見人になることを拒んだ。長兄の決断に激怒したガレスは、自分がジュリエットと結婚して赤ん坊に家名を与え、母娘を守ると公爵に宣言する。まだチャールズへの愛を忘れられずにいたジュリエットは、ガレスの義侠心に感謝しつつも、大人になりきれていない放蕩者からの無鉄砲な求婚に戸惑いを見せるが……。

本作『放蕩者を改心させるには』はモンフォール家シリーズの第一作目です。著者は、ジョージ王朝時代のイングランドを舞台にした本シリーズや海の男を主人公にしたシリーズを手がけるダネル・ハーモン。『ニューヨーク・タイムズ』紙や『USAトゥデイ』紙のベストセラー作家で、〝Lord of The Sea〟という作品では、二〇一四年度のRITA賞ベスト・ヒストリカル・ロマンスにノミネートされています。

本作では、モンフォール兄弟（妹もいます）のなかでも一家の恥と悪名高いガレスが大暴れ……いえ、大活躍します。〈放蕩者の巣窟〉という遊び仲間を集めた集団を率いて、無責任に飲んだくれ、いたずらや女遊びに明け暮れていたガレスですが、真面目を絵に描いたような亡き兄、チャールズの婚約者である、これまた生真面目な田舎娘のジュリエットと運命的な出会いを果たして恋に落ちます。『ロミオとジュリエット』の有名な〝バルコニーでの愛の告白〟シーンを彷彿させる、〝木の上での求婚〟シーンが見ものです。

まったく正反対なふたりが惹かれ合う様子は「夫婦の性格は正反対のほうが相性がいいのか」、いやいや「似た者夫婦のほうがうまくいくのか」と現代にも通じるテーマを考えさせてくれるのではないでしょうか。互いの性格の違いに、ふたりがどのように折り合いをつけていくのか、はたまた折り合いはつかないままなのか……結末は、どうぞ本編でお楽しみください。

シリーズ第二作目では、本作の最後で明らかになった驚愕の事実から物語が展開します。三作目の主人公は飛行機の発明を目指すアンドリュー、四作目の主人公は冷酷を装いつつ弟たちを溺愛するブラックヒース公爵ルシアン。本作では登場が少なかったネリッサも第五作目でヒロインとして登場し、シリーズは八作目まで続きます。日本でも続々、刊行されるといいですね。

それでは、美しき放蕩貴公子と気丈な天使の愛の物語を、読者のみなさまがお楽しみくださることを願っています。

二〇二〇年一二月

ライムブックス

放蕩者(ほうとうもの)を改心(かいしん)させるには

著　者　ダネル・ハーモン
訳　者　村岡(むらおか)　優(ゆう)

2021年1月20日　初版第一刷発行

発行人　成瀬雅人
発行所　株式会社原書房
〒160-0022東京都新宿区新宿1-25-13
電話・代表03-3354-0685　http://www.harashobo.co.jp
振替・00150-6-151594
カバーデザイン　松山はるみ
印刷所　図書印刷株式会社

 ISBN978-4-562-06539-4 Printed in Japan